도망친 곳에 낙원이 있었다

도망친 곳에 낙원이 있었다
Mediocre Monk

고단한 속세의 굴레에서 벗어나는
부처의 인생 수업

그랜트 린즐리 지음 | 백지선 옮김

프런트페이지
FRONTPAGE

제임스와 평화, 명승부를 위하여

차례

1장
·
태국 외딴
숲속 사원으로
가는 길

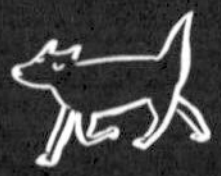

공항 트램에서 우리는 서로를 곁눈질로 흘끔거렸다. 방콕에 있는 우리 둘에게는 누가 봐도 공통점이 많았다. 둘 다 백인에 20대였고, 허리끈이 달린 배낭을 멘 여행객이었다. 그러니 그녀에게 말을 걸기란 어렵지 않았다.

수도원에 처음 다녀온 이후로 나는 잘 보이고 싶은 여자를 만나면 마음챙김을 주제로 감성적인 말을 늘어놓는 습관이 생겼다. 보통은 명상해 본 적 있느냐는 질문으로 시작했다. 대답을 듣고 난 뒤에는 여자가 내게도 같은 질문을 던져주길 기다렸고 마침내 질문을 받으면 주변 음악 소리에 묻힐세라 목청껏 외쳤다.

"실은 한 달 동안 외딴 숲속의 수도원에서 지낸 적이 있어요…. 8일간 묵언 수행도 하고, 하루에 한 끼만 먹기도 하고, 뭐 그런 걸 하면서요. 제가 좀… 별나죠?"

가끔은 효과가 있었다. 호감을 얻어 로맨틱한 하룻밤을 보내는 보상이 따랐다. 그게 아니더라도 최소한 내가 **복잡**하고 **심오**한 사람이라는 인상은 심어줄 수 있었다. 물론 역효과가 날 때도 있었다. 그럴 때는 여자가 반색하며 이렇게 외쳤다.

"어머나, 그럼《먹고 기도하고 사랑하라》읽어봤어요?"

그러면 나는 이를 악물고 대답했다.

"네! 아니, 조금은 봤어요. 대충 무슨 얘기인지는 알아요. 제가 겪은 일은 그보다 **훨씬** 강렬했지만요."

공항 트램이 모퉁이를 돌며 기우뚱했다. 금발의 배낭 여행객과 나는 머리 위의 노란색 손잡이 봉에 몸을 의지했다. 그러면서 둘 다 고개를 들었고, 그 순간 눈이 마주쳤다. 딱히 경치랄 게 없는데 도 창밖을 보는 척하면서 얼른 고개를 돌렸다. 밖은 어두웠다. 이 제 명상을 좋아하는 감수성 풍부한 남자의 대사를 반복하는 데에 진저리가 났다. 그런 대화는 무익하고 제자리를 맴돌기 일쑤였다. 난생처음 한 달간 수도승의 삶을 맛본 뒤 흘려보낸 3년은 지독한 실망뿐이었다. 상대가 아무리 매력적이라도 마찬가지였다. 명상 을 주제로 한 대화는 정작 명상을 실천할 때 아무런 도움이 되지 못했다. 내가 다시 수도승의 삶으로 돌아가는 여정에 오른 건 바 로 그 때문이기도 했다. 만나는 사람들에게 명상을 설파하고 싶은 충동에서 벗어나 그저 명상을 실천하고 싶었다.

이번에야말로 제대로 해보고 싶었다. 그래서 전 세계에서 계율 을 가장 엄격히 따르기로 유명한 승려들이 모인 숲속의 사원, '태 국 숲속 전통Thai Forest Tradition'의 한복판에 과감히 발을 들이기로 했 다. 이 여행을 위해 내가 준비한 것은 고작 몇 주간의 유급 휴가 신청이 아니었다. 의료 컨설팅 회사라는 번듯한 직장을 그만두었고, 비행기 표도 편도로 예약했다. 최소한 반년은 돌아오지 않을 작정이었다. 아예 돌아오지 않을지도 몰랐다. 연애는 사절이었고 살던 아파트를 비웠으며 문명과 단절했다. 나는 이따금 '문명과 단절했다'는 말을 속으로 되뇌었다. 그러면 왠지 대단한 사람이 된 기분이었다. 나는 트램 창문에 비친 내 모습을 바라보며 깊은 숨을 들이쉬었다. 그러고는 잘하고 있다는 듯 창문 속 나에게 작은 고갯짓을 했다.

트램이 모퉁이를 돌며 또 한 번 기우뚱했다. 힐끗 곁눈질하니 그녀가 나를 대놓고 쳐다보고 있었다.

"안녕하세요."

그녀의 인사에 나는 침을 삼키고 답했다.

"안녕하세요."

"어디에서 왔어요?"

"어, 미네소타주요. 그쪽은요?"

"앨라배마주요. 열흘 동안 푸껫에서 지내면서 친구들이랑 요리 수업을 들을 예정이에요. 그쪽은요?"

"음." 나는 잠시 머뭇거렸다. "저는 몇 달쯤 있을 거예요."

그녀는 눈썹을 치켜올렸다. 부연 설명이 필요한 순간이었다.

"수도원에 가는 길이에요…. 동쪽 지역으로요."

나는 신중하게 말을 골랐다. 한때 여자의 관심을 끌기 위해 지껄였던 '원대한 모험에 나선 명상하는 남자'의 대사가 튀어나오려 했기 때문이다. 이 대사는 마치 '나'라는 상품을 끊임없이 홍보하는 텔레비전 광고의 시엠송 같았다. 그녀의 호기심을 가라앉히려 체류 기간도 적당히 줄여서 말했건만 소용없었다. 그녀의 눈썹은 여전히 치켜세워져 있었다.

그 순간 만약 마음의 변화에 집중했다면, 가슴 속에 살짝 피어나는 자만심을 감지했을 것이다. '나 좀 멋진걸?'이라 말하는 듯한 눈빛으로 창문에 비친 내 모습을 힐끗 돌아보고 싶은 충동을 알아차렸을 것이다. 철저하게 고독한 삶을 살고픈 욕구와 그러한 인간으로 **보이고 칭찬받고** 싶은 욕구가 충돌하는 것도 느꼈을 것이다. 그러나 나는 그러지 못했고, 그래서 내 진짜 마음을 읽지 못했다. 그녀의 호기심을 채워주고 싶었던 게 아니었다. 그녀의 관심을 받아 차오른 자만심과 겸손한 마음이라는 상반된 감정을 탐닉했을 뿐이었다. 자제심을 발휘하면 기분이 좋아진다. 관심을 받으면 더 좋아진다. 나는 둘 다 누리고 싶었다.

기존의 대본은 버렸지만 나는 어느새 또 다른 대본을 골라 준비하고 있었다. 이번에는 예전의 자아에 넌더리내는 나 자신을 기특해하는 대본이었다. 그 대본에 따르면, 예전의 자아는 비애와 태국으로 떠나온 모험 덕분에 빠르게 해체되고 있었다. 그해 초, 나는 친한 동생을 잃었다. 교통사고로 인한 갑작스러운 죽음이었다. 나는 아무런 준비 없이 제임스를 떠나보내야 했다. 그 후 내게 가장 중요했던 술과 섹스, 직업적 성공은 무의미해졌다. 나는 무기력에 빠졌고, 이 무기력은 세속의 모든 쾌락에서 초월하는 과정에 따른 결과이겠거니 하고 착각했다. 친구의 죽음을 애도하며 직

도망친 곳에 낙원이 있었다

장을 그만뒀고 세상과 관계를 끊었다. 급기야는 내 발목을 잡는 모든 것을 피해 지구 반 바퀴를 날아왔다. 비탄과 모험을 통해 위대한 현자로 거듭나 결국 머리를 밀고 승복을 입으리라고, 나는 확신했다.

그녀의 호기심 어린 표정이 어리둥절한 표정으로 바뀌어 있었다. 나는 얼른 딴생각에서 빠져나와 대충 얼버무렸다.

"그게, 어, 제가 어릴 때 애틀랜타에서 자랐거든요. 이 먼 타지에서 남부 억양을 들으니 반갑네요."

우리는 트램에서 내려 '욜'(y'all, '여러분you all'을 뜻하는 미국 남부 방언 – 옮긴이)이 얼마나 중요한 단어인지 토론하며 택시가 줄지어 선 곳으로 향했다.

그녀가 맨 앞에 선 택시의 뒷문을 열었다. 그러더니 연석에 잠시 멈춰 서서는 할 말이 있는 듯 나를 돌아보았다. 거리는 조용했다. 자정이 지난 시각이었다. 나는 숨을 멈췄다. 트램에서 택시 승강장까지 걸어오는 내내 두려워했던 순간이 드디어 온 것이다.

그녀는 나를 숙소로 초대할 것이다. 내가 응하면 우리는 함께 밤을 보낼 것이다. 그러면 MJ를 배신한 꼴이었다. MJ는 몇 달 전 뉴욕에서 만난 여자였다. 소중한 친구를 하늘로 떠나보낸 뒤, 연애를 거부했고 평생은 아니더라도 최소 반년은 순결 서약을 따를 작정이었건만 나는 여전히 속절없이 사랑에 빠졌다.

우리는 몇 주 동안 매일 화상 채팅을 했다. 방콕에 오기 바로 전 주말에도 내가 MJ를 찾아갔다. 함께 브로드웨이에서 〈레 미제

라블〉을 봤고 보는 내내 서로의 두 손을 꼭 잡았다. 태국행 비행기에 오르기 선날, 나는 MJ에게 봉두에 각각 따로 넣어 봉한 편지 여섯 통을 상자에 담아 부쳤다. 연락이 닿지 않을 반년 동안 한 달에 한 통씩 읽도록 봉투마다 월을 적었다. 태국에 계획보다 오래 머물거나 구족계具足戒를 받아 정식 승려가 될 수도 있으니, 편지를 부칠 MJ의 주소를 일기장에 적어 배낭에 챙기는 것도 잊지 않았다. 통신 서비스가 끊기기 직전, 댈러스 포트워스 국제공항의 탑승구에서 나는 마지막으로 MJ에게 전화를 걸어 사랑한다고 고백했다. 그때는 그게 용감한 행동인 줄 알았고, 하고 나니 속이 후련했다. 외국으로 떠나면서 전하는 사랑 고백은 깊은 관계를 제안하는 동시에 그 관계를 단절하겠다는 뜻이다. 이것이 얼마나 비겁한 행동인지 당시에는 미처 알지 못했다. MJ는 내 고백을 가볍게 웃어넘겼다.

"안 그래도 당신이 그 말 할까 봐 불안했는데."

우리는 이미 정식으로 사귀지 않기로 합의한 관계였다. MJ는 나를 기다릴 의무가 없었고 나도 돌아오리라는 확신이 없었다. 달리 말하면, 나는 싱글이었다. 그러나 MJ와 헤어진 지 스물여섯 시간 만에 낯선 여자와 동침할 수는 없었다. 그랬다가는 성숙한 수행자라는 내 나름의 자아상을 유지하지 못할 게 분명했다. 게다가 그건 MJ와 나 자신을 배신하는 짓이었다. 내가 이 먼 타국까지 온 건 숲속에서 가부좌를 틀고 앉아 명상하기 위해서지, 방콕의 어느 택시 뒷좌석에서 새로운 사랑을 싹트기 위해서가 아니었다.

그런데도 나는 머뭇거렸다. 연석을 딛고 엉거주춤 서서는 입을 헤 벌린 채 그녀의 다음 말을 기다렸다. 그때는 내가 스스로 놓은 덫이 보이지 않았다. 금욕과 방종을 번갈아 갈망했지만 어느 하나도 이루지 못했는데, 그 이유를 깨닫지 못했다. 둘 다 가질 수 없다면 타인이 나 대신 선택해 주길 바라는 나의 속내도 들여다보지 못했다.

"그럼," 그녀가 입을 열었다. "즐거운 여행 하세요. 아주 멋질 거 같네요."

그녀가 올라타 문을 닫자 택시는 곧 어둠 속으로 사라졌다.

나는 고개를 저으며 조소를 터트렸다. 그녀가 당연히 초대하리라 짐작하고는 혹시나 그 초대를 덥석 받아들일까 봐 걱정했던 내가 한심스러웠다. 역시 나는 외딴 자연 속에 철저히 고립되어야 했다. 나 자신을 믿을 수 없었다. 게다가 나는 극단에 끌리는 부류였다. 극한의 상황에 놓이면 전사가 된 것 같아 좋았다. 나는 그때까지 칭찬과 안정, 특출함 등 너무 많은 걸 쉽게 얻었다. 너무 쉬웠던 탓에 잔꾀만 늘었다. 친한 친구들은 나를 족제비라 불렀고, 아버지는 작은 악마라며 그렇게 살지 말라고 경고했다. 맞는 말이라는 걸 알았지만 그런 삶을 멈추지는 못했다.

지구에서 가장 금욕적인 승가 수도원을 찾아가는 건 그래서였다. 극한의 상황에서는 나 자신을 책임져야 했다. 거기에선 혼자서 끌어내지 못하는 힘을 어떻게든 끌어내야 살아남을 수 있었다. **처음** 수도원에 갔을 때 나는 자기 수양과 통찰, 자립의 힘을 얻었다. 아니, 그렇다고 생각했다. 그러나 수도원을 떠난 뒤로 그 힘은 차츰 사그라들었다. 대국에 온 건 그걸 되찾기 위해서였다. 마지막으로 한 번 더 나 자신을 극한으로 떠밀어 완전한 깨달음을 얻고 싶었다.

물론 아직 갈 길이 멀긴 하지만 말이다. 나는 한숨을 쉬고는 두 번째 택시 쪽으로 몸을 돌렸다. 뒷좌석에 올라타 방콕 버스 터미널에 가려면 요금이 얼마나 드는지 물었다.

"500이요." 운전사가 말했다.

나는 큰 소리로 웃었다. 태국인 택시 운전사가 미국인 여행객에게 으레 하는 농담인 줄 알았다.

"알았어요, 300만 주세요." 운전사가 말했다.

그제야 나는 운전사가 미국의 '달러'가 아니라 태국의 화폐 단위인 '밧'으로 말했음을 깨달았다. 의도치 않게 흥정을 한 셈이었다.

—

택시는 어둡고 축축한 도시를 미끄러지듯 통과했다. 얼마 뒤 운전사는 육교 밑에 차를 세웠다. 그러고는 뒤돌아 육교를 가리키며 요금을 내라는 듯 손을 내밀었다. 여기서부터는 걸어가야 했다. 잿빛 물웅덩이가 고이고 철근이 콘크리트 밖으로 드러난 육교 위에 올라서니 경기장만 한 건물이 보였다. 버스 터미널이었다. 육교로 고속도로를 건너 반대편에 내려서니, 철제 기둥으로 떠받친

도망친 곳에 낙원이 있었다

텐트들이 쳐져 있고 텐트 밑에는 플라스틱 상자에 앉은 남자들과 기름투성이인 가스레인지가 줄지어 있었다. 고개를 숙인 채 텐트 사이를 누비고 주차장을 가로지르니 터미널이 나왔다.

터미널은 한 칸짜리의 썰렁한 공간이었는데, 안에 들어가니 한쪽 벽에 작은 매표소 창문이 늘어서 있었다. 분홍색과 라임빛 녹색으로 칠해진 매표소 벽에는 영어는 하나도 없이 구불구불한 태국어만 빼곡했다. 동쪽행 야간 버스 편을 찾으려 매표구를 다 뒤졌지만 직원이 안 보였다. 탄식이 새어 나오려 했다. 터미널 중앙에 어지러이 놓인 알루미늄 의자에서 하룻밤을 묵어야 했다. 의자 네 개를 이어 붙인 뒤 그 위에 드러누웠다. 서까래에 매달린 눈부신 투광등에서 치과용 드릴처럼 윙윙거리는 소리가 났다. 나는 한 팔로 눈을 가리고 다른 팔로는 배낭의 끈을 말아 건 채 잠을 청했다.

동틀 녘에는 키 큰 창문이 늘어선 반대편 벽 쪽으로 자리를 옮겼다. 푸르스름한 빛이 감도는 분주한 새벽 거리가 창밖으로 내려다보였다. 주차된 버스 몇 대가 부르릉거리며 잠에서 깼고, 행인들이 서로를 밀치며 바쁘게 교차로를 건넜다. 소형 오토바이 운전자들은 핸들 양쪽 끝에 비닐봉지를 매단 채 뒤뚱거리며 인파를 헤치고 다녔다. 짧게 울리는 경적, 검은 머리카락, 발랄한 목소리로 주고받는 인사말. 그때, 군중 사이로 주황색 천이 언뜻 보였다.

승려였다! 자세히 보려고 몸을 앞으로 기울였지만, 이내 실망감에 어깨가 축 처졌다. **숲속** 승려가 아니었다. 그가 입은 건 짙은 황토색 승복이 아니었다. 가마솥에 잭푸르트나무 조각을 가득 넣고 팔팔 끓인 물에 천을 넣어 염색하는 전통 방식으로 만든 승복이 아니라, 대량 생산하고 풀을 먹여 내형 할인점에서 파는 현란한 색상의 승복이었다. 남자는 두 다리를 마구 흔들며 바삐 걸었다. 게다가 담배를 피우면서. 그는 도시의 승려였다. 나는 저런 승려는 가짜라고 생각하며 입을 삐죽거렸다. 숲속에 살면서 엄격한 규율을 따르는, 내가 스승으로 모시고 후에 나도 되기를 바라는 그런 승려가 진짜였다.

나는 거리에서 시선을 거둔 뒤 다시금 버스 편을 찾아 나섰다. 와이파이도 영어 안내문도 없으니 매표구를 일일이 다니며 목적지를 직접 말하는 수밖에 없었다. 내가 갈 곳은 라오스 국경 지대이자 태국 북동부의 구석진 시골 지역, 우본 라차타니Ubon Ratchathani였다.

우여곡절 끝에 버스를 찾아 앞쪽 좌석에 자리를 잡았다. 정확한 정보는 없지만 동쪽으로 가려면 족히 다섯 시간은 걸릴 테니 한숨 푹 잘 수 있을 것이다. 나는 의자를 뒤로 젖히는 버튼을 찾아 팔걸이 밑으로 손을 뻗었다. 아무것도 없었다. 스웨이드 소재의 의자 가장자리를 더듬어도 정체 모를 끈적거리는 잔여물만 묻어났다. 버튼도, 레버도 없었다. 게다가 발을 뻗을 공간이 없어 플라스틱으로 된 앞좌석 뒷면에 무릎이 눌렸다.

나는 덩치가 큰 편은 아니다. 키 178센티미터에 호리호리한 몸매다. 중학교 때 반소매 운동복을 입으니 팔꿈치만 볼록 튀어나온 앙상한 팔이 고스란히 드러나는 게 창피해 농구를 그만뒀을 정도

도망친 곳에 낙원이 있었다

였다. 그러나 이 버스에서만큼은 거인이 된 기분이었다.

호흡이 가빠졌다. 버스는 아침 해를 정면으로 바라보며 고속도로를 질주했다. 창문은 선팅이 안 돼 있었고 눈부신 햇빛을 가려줄 커튼도 없었다. 20분도 안 돼 나는 육즙을 뚝뚝 흘리며 구워지는 고깃덩이처럼 땀을 흘렸다. 창문에 머리를 기대보았지만 유리창을 통해 전해지는 진동 때문에 머리뼈가 울렸다.

창밖으로 상점과 식당이 늘어선 번화가가 보였다. 번화가 뒤로는 햇빛에 달궈져 아른거리는 지평선을 따라 평평한 들판이 펼쳐졌다. 거슬리는 풍경이었다. 번화가와 들판은 내가 상상한 안개 낀 산과는 거리가 멀었다. 나는 문명사회의 풍경이 사라지길 빌었다. 그러나 버스를 탄 지 두 시간이 지나도 여전히 도시 외곽이었다. 알파벳 대문자로 '팀버랜드'라고 적힌 간판을 내건 할인 매장이 보였다. 벽돌담에 '파인허스트'라는 간판이 걸린 골프장 입구도 지나쳤다.

그게 끝이었다. 더는 창밖을 보고 싶지 않았다. 나는 씩씩거리며 버스 안으로 관심을 돌렸다. 통로 위에 작은 텔레비전이 걸려 있었다. 내 생각을 읽기라도 한 듯 텔레비전이 지직대며 켜졌다. 광고 방송이었다. 고장 난 게 아닌가 싶을 만큼 소리가 컸지만, 곧 생각을 고쳐먹었다. 좋은 **기회**일지도 몰랐다. 태국어를 배울 기회 말이다. 태국의 문화를 배울 수도 있었다. 젤을 발라 부풀린 머리 모양을 한 젊은 남자가 파티를 여는 장면이 나왔다. 남자는 씩 웃으며 카메라를 향해 어떤 단어를 큰 소리로 내뱉었다. 박하사탕인가? 심 카드인가? 알 수 없었다.

광고가 끝나자 같은 광고가 처음부터 다시 방영됐다. 조금 거슬렸지만 태국어를 배울 두 번째 기회려니 생각했다. 그러나 나는 한 단어도 해석하지 못했다. 단어가 어디서부터 시작되고 끝나는지도 알 수 없었다. 미리 태국어를 좀 배우고 왔어야 했다는 후회가 피어올랐지만 심호흡하며 애써 밀어냈다. 태국에 오기 전 몇 달간을 **최고의 언어 학습법은 몰입**이라고 되뇌며 허비한 일이 떠올랐다. 나는 명상도 그렇게 하면 되리라 믿었다. 태국에 오기 전 몇 달 동안 서서히 명상을 실천하는 대신, 술을 마시고 책을 읽고 숲속에서 명상하는 상상만 하며 지냈다. 몰입의 마법과 극한 상황의 힘을 믿었다.

광고가 다시 끝났다. 어깨의 긴장이 풀렸다. 태국어를 하나도 안 배워 왔지만 괜찮았다. 어차피 숲속에 고립돼 말없이 수행할 테니 태국어를 몰라도 상관없을 것이다. 아니, 영어는 물론이고 언어 자체가 필요하지 않을지도 몰랐다.

광고가 세 번째로 다시 시작됐을 때는 허리를 곧게 세우고 다른 승객들의 시선을 살폈다. 모두 나보다 스무 살은 많아 보였고 50센티미터는 작아 보였는데, 아무도 이 우스꽝스러운 광고에 관심을 두지 않았다.

그렇다고 당장 자리에서 일어나 텔레비전 소리를 낮춰달라고 요구할 엄두는 나지 않았다. 그런 **눈꼴사나운** 미국인 관광객이 되고 싶지 않았다. 그러나 뒤늦게 깨달았지만, 나는 이미 **그런** 미국

도망친 곳에 낙원이 있었다

인 관광객이었다. 태국어는 한 글자도 배우지 않은 데다 가기로 한 수도원의 주소도 모르면서 어떻게든 다 해결되리라는 근거 없는 자신감만 믿고 태국에 오지 않았는가.

무엇보다 그런 요구를 하면 텔레비전 소리 따위가 거슬릴 만큼 정신력이 부족하다는 걸 인정하는 것만 같았다. 나는 자기 수양을 통해 어떤 고초든 견뎌낼 힘을 기르기 위해 태국에 왔다. 어차피 광고는 곧 끝날 것이다. 세 번쯤 반복하고 나면 무슨 프로그램이든 시작될 것이다. 나는 부글부글 끓는 속을 달래며 심호흡하고는 석가모니의 가르침을 떠올리려 애썼다. *그냥 내버려두자. 광고도 내버려두자.*

광고가 또다시 시작됐을 때는 플롯에 분노가 쏠렸다. 내용이 상당히 비현실적이었다. 10대 아이들은 정신이 나가지 않고서는 그렇게 미친 듯이 춤추지 않는다! 광고가 다섯 번째로 반복될 때는 이 광고를 보는 것보다 만드는 게 더 끔찍했을 거라는 깨달음을 얻었다. 젤을 발라 부풀린 머리를 한 주연 배우는 같은 장면을 수십 번 촬영하면서 필사적으로 치아를 드러내며 환한 미소를 지었을 것이다. 열일곱 번째로 광고를 볼 때는 이 젊은 남자 배우에게 측은한 마음이 들었다. 남자가 집에서 거울을 보며 미소 짓는 연습을 하는 모습이 그려졌다. 내가 그랬듯 욕실 문을 닫아걸고는 부모님이나 여동생의 발걸음 소리가 들리나 귀를 쫑긋 세운 채 연습했을 것이다. 세련되고 상냥한 표정을 이리저리 지어보고 속삭이는 목소리로 재치 있는 대사를 읊었을 것이다. 어릴 때의 부

끄러운 기억이 떠오르자 괜히 배우에게 정나미가 떨어졌다. 민망
힘에 질로 몸이 구겨져 작니삭은 의자 속으로 파고들었다. 광고는
어김없이 다시 시작됐고, 어느 순간부터는 숫자 세기를 포기했다.

윤회輪廻. 불현듯 이 단어가 떠올랐다. 윤회는 생명이 있는 것은
죽어도 다시 태어나 생生이 반복된다는 불교 교리다. 불교에서는
인간이 살아 있는 동안 욕망을 멈추지 못하기 때문에 윤회의 사
슬을 끊지 못한다고 보았다. 이 광고는 천박한 쾌락을 끝없이 추
구하는 삶을 상징했다. 바로 그거였다! 이 광고가 윤회의 굴레에
갇혔다고 나까지 그럴 필요는 없었다. 나는 허리를 곧게 펴고 앉
아 미소를 지으며 고개를 끄덕였다. *이제 알았어요! 깨달음을 주신
우주여! 이제 정규 프로그램을 틀어주셔도 된답니다. 고마워요!*

하지만 그런 일은 없었다. 광고는 끝없이 반복됐다. 처음 한 시
간은 인류학자의 시각으로 동남아시아 특유의 관습이나 광고 업
계의 관행을 엿보려 애썼다. 촬영 기술이든 음악 취향이든, 뭐든
하나라도 배우려 했다. 그러나 말이 워낙 빠르고 콧소리가 강해
지적 탐구심이 절로 꺾였다. 그다음부터는 광고가 반복될 때마다
배우 얼굴의 각 부위를 하나씩 집중적으로 관찰했다. 기계처럼 열
리고 닫힐 때마다 하얀 조약돌 같은 치아를 가지런히 드러내는
입을 통해 배우의 진심이 무심코 드러나는 듯했다. 열정이 가득한
얼굴 뒤로 감춰진 찡그린 표정과 눈, 코, 입이 뚫린 해골이 보였다.
어차피 우리는 죽고 나면 찡그린 표정의 해골만 남을 터였다.

다음은 눈에 집중했다. 간절한 눈빛이었다. 무대 뒤의 사연이

도망친 곳에 낙원이 있었다

보였다. 장면이 그려졌다. 촬영 날 그는 같은 대사를 열다섯 번 외쳤다. 입가의 근육이 얼얼했다. 거짓 환희를 연기하면서 그는 회의가 들기 시작했다. 나도 컨설턴트로 일할 때 이와 같은 경험을 했다. 그도 수많은 칭찬과 격려를 들으며 지금의 자리에 올랐을 것이다. 천재 소년이라는 말을 자꾸 듣다 보니 카메라 앞에서 주연 배우로 서고 싶어졌을 것이다. 그의 빛나는 눈은 환하게 웃고 있지만 도와달라고 외치고 있었다. 그는 자신이 원한다고 믿었던 꿈을 이뤘다. 이제 와서 달리 무엇을 할지, 그는 알 수 없었다.

여섯 시간 뒤, 버스가 한낮의 뜨거운 햇볕을 받으며 갓길에 배기가스를 내뿜었다. 승객들이 가방을 둔 채 자리에서 일어나 통로로 줄지어 나왔다. 내 예상보다 더 긴 시간을 달려왔건만 보이는 건 여전히 들판뿐이었다. 나는 운전사에게 다가가 물었다.

"여기가…?"

운전사는 짧고 얕게 절하고는 영어로 말했다.

"중간이요."

나는 놀라 입을 떡 벌렸다.

"중간… 이라고요?"

운전사는 고개를 끄덕이고는 웃으며 다시 절했다.

땀이 줄줄 흘렀다. 나는 비틀거리며 버스에서 내렸다. 작열하는 태양 때문에 실눈으로 좌우를 살피며 길을 건넜다. 자갈이 깔린 공터로 가니, 허물어질 듯한 콘크리트 블록 건물이 길가에 덩그러니 서 있었다. 승객들이 건물에 뚫린 몇몇 창문을 통해 음식을 받고 있었다.

이곳의 점심은 미국에 있는 태국 식당에서 먹어본 음식과 딴 판이었다. 새의 발과 연골, 동물의 털 다발이 들어 있었다. 이론상으로는 내가 바라 마지않는 문화적 몰입을 할 수 있었다. 나는 낯선 음식의 색다른 맛을 즐길 줄 아는 사람이었다. 아니, 그렇다고 믿었다. 다른 문화권의 요리사들과 농담을 주고받다가 분위기가 좋아지면 요리사의 가족사와 음식과 관련된 일화를 듣기도 했다. 그런 날에는 세상이 참 넓다는 것과 인간이란 지극히 다르면서 같은 존재라는 인생의 역설을 잠시나마 깨달았다. 요리 프로그램의 사회자가 되고도 싶었다. 물론 그런 마음을 대놓고 드러내지는 않았다. 멋져 보이지 않았고, 문화적 전유(주류 문화의 구성원이 비주류 문화의 요소를 자기 것처럼 차용하는 것 - 옮긴이) 같았기 때문이다. 무엇보다 그와 같은 모험을 행동에 옮길 용기가 없었다.

나는 그 모든 로망과 로망을 실천하지 못하는 나 자신에게 넌더리를 내며 홀로 일회용 접시에 담긴 흰쌀밥을 먹었다. 지루한 풍경이 눈에 들어왔다. 야윈 들고양이들이 귀하디귀한 그늘에서 얕은 물웅덩이처럼 납작 엎드려 잠자고, 그 위를 파리 떼가 맴돌고 있었다. 나는 얼굴에 붙은 파리를 쫓아내며 접시를 치우고는 무릎에 얼굴을 묻었다.

3년 전 처음 수도원에 갔을 때는 이렇지 않았다. 주지 스님이 뉴질랜드 오클랜드 국제공항에 직접 나와 나를 맞아주었다. 승려는 운전이 금지돼 있어 스님의 조카도 따라 나왔다. 푸른 농지와 소나무 숲이 펼쳐진 구불구불한 언덕을 지나니, 1990년대 이후 세계 곳곳에 퍼진 태국 숲속 전통을 따르는 수많은 목가적 은둔처 중 하나가 모습을 드러냈다. 주지 스님은 풀로 덮인 길을 걸어 내가 묵을 숙소로 안내해 주었다. 면적이 7제곱미터쯤 되고 삼나무 지붕널을 얹어 백단향 숲에 들어온 듯 좋은 향이 나는 작은 통나무집이었다.

지금은 어떤가. 버스 정류장에서 땀과 먼지로 범벅된 채 햇빛에 화상을 입으며 웅크리고 앉아 있다. 나는 가르랑거리며 시동거는 소리가 들리자마자 제일 먼저 버스에 올라탔다. 이후 여섯 시간은 폐소공포증이 생길 것만 같은 축축하고 몽롱한 상태가 지속됐다. 텔레비전 속 그 광고는 또다시 시작됐다. 태양이 드디어 존재감을 과시하길 포기했는지 버스는 어느새 어둠 속에 잠겼다. 잠시 물음표 모양으로 웅크리고 있으려니 도대체 여기서 뭘 하고 있는건지 의문이 들기 시작했다. 그러나 이내 그 생각을 밀어 냈다. 나는 여기 **있어야 한다**. 이건 내가 원하는 것이다. 이제 와서 달리 무엇을 할지, 나는 알 수 없었다.

—

마침내 버스가 멈췄다. 우본 라차타니. 종점이었다. 흐느적거리며 계단을 내려가자마자 남자 한 무리가 나를 둘러쌌다. 그들은 비난하는 어조로 내게 무언가를 외쳤다. 배낭끈을 부여잡고 도망칠까 잠시 고민했지만, 자세히 보니 손님을 태우려는 오토바이 운전사들이었다. 열두 시간 동안 광고가 제공한 태국어 몰입 수업을 들었건만 나는 그들의 말을 한마디도 알아듣지 못했다.

"왓 빠 나나챳."

내가 가려는 숲속 사원의 이름을 말하자 운전사들이 말을 멈췄다. 서로를 바라보며 어깨만 으쓱했다.

"왓 빠 나나챳?"

다시 말했지만 역시 답이 없었다.

이번에는 세 단어를 하나씩 천천히 발음해 보았다. '사원'을 뜻하는 왓$_{wat}$, '숲'을 뜻하는 빠$_{pah}$, '국제'를 뜻하는 나나챳$_{nanachat}$ 즉, '국제 숲속 사원'을 또박또박 말했다. 그러고는 한 손으로 머리 위에 지붕을 그린 뒤 손깍지를 끼우고 눈을 감으며 명상하는 흉내를 냈다. 그러자 한 운전사가 나도 방금 한, 아니 했다고 믿은 그 단어를 외쳤다.

"아, 왓 빠 나나챳!"

네. 거기요.

나는 운전사를 따라가 비포장도로용 오토바이의 뒷자리 끝부분에 걸터앉았다. 그러자 그가 고개를 저으며 더 안쪽으로 앉으라고 손짓했다. 나는 살짝만 더 당겨 앉고는 한 손으로 머뭇거리며 그의 허리를 잡았다. 어색했던 중학교 댄스파티로 되돌아간 기분이었다. 운전사가 가속페달을 밟은 순간, 몸이 공중으로 날아가려 했다. 도로에 들어설 때쯤 나는 코알라처럼 그의 허리에 매달려 있었다.

운전사의 어깨 너머로 보니 한밤중인데도 도로가 놀랍도록 혼잡했다. 정지 신호등이 켜지면 행상인들이 멈춰 선 차 사이를 누비며 비닐봉지에 든 간식을 팔았다. 갑자기 하늘에 구멍이 뚫린 듯 비가 쏟아지기 시작했다. 상인들이 흩어지고 차량의 속도가 줄었다. 운전사와 나는 고개를 숙인 채 계속 질주했다. 빗줄기가 시야를 가려 거리를 점점이 수놓은 불빛만 흐릿하게 보였다.

문득 두려움이 밀려왔다. 거리는 미끄러웠고 오토바이는 상부가 너무 무거워 불안정했다. 얇은 바퀴가 금방이라도 미끄러져 반대편 차로에서 달려오는 닭장 트럭과 충돌할 것만 같았다. *이러다 사고 나겠네.* 실제로 **사고는 이러다 났다.** 제임스의 차도 빙판길에 미끄러져 대형 화물차와 부딪쳤다.

나는 만약의 충돌 사고에 대비해 살아남을 방법을 궁리하기 시작했다. 충돌 직후 공중으로 날아오를 때 몸을 공처럼 최대한 둥글게 말아 배낭을 멘 등으로 떨어지면 아스팔트 길을 따라 미끄러지며 안전하게 착지할 수 있을 것이다. 나도 모르게 몸을 작게 움찔거리며 곡예 동작을 연습했다. 내 몸이 떨리는 걸 느꼈는지 운전사가 오토바이를 도로 밖으로 몰아 자동차 정비소의 차양 아래에 세웠다. 우리는 오토바이의 양 끝에 서서 폭우가 잦아들기를 기다렸다.

어깨에 잔뜩 들어갔던 힘은 빠졌지만, 주변을 돌아본 후 안도감은 이내 실망감으로 바뀌었다. 빛나는 철제 기둥이 하늘 높이

치솟은 유리 지붕을 떠받치는 구조의 정비소는 야생의 자연과는 동떨어진 현대식 풍경을 이뤘다. 나는 보는 사람마다 스마트폰을 신기해하고 차로 우려내 마시면 몸에도 좋은 야자수 잎이나 짚을 손으로 엮어 지붕을 만드는, 그런 오지의 풍경을 꿈꿨다. 물론 교통사고라도 나면 천만다행이라며 도시에 있는 우본 병원을 찾아가겠지만 말이다.

나는 운전사 옆에서 뿌루퉁한 표정을 지었다. 운전사는 담뱃불을 붙인 뒤 뒤편의 세 정비공을 돌아보고는 도로를 가리키며 말했다. "왓 빠 나나찻." 정비공들은 각각 다른 방향을 가리키며 본인이 생각하는 가장 좋은 길을 안내했다.

운전사는 고개를 끄덕이고는 다시 앞을 봤고 우리 사이에는 또 침묵이 흘렀다. 비에 흠뻑 젖은 데다 푹푹 찌는 날씨였지만, 문득 이 고요함이 고맙게 느껴졌다. 짐을 싸랴 작별 인사를 하랴 정신없이 보낸 지난 몇 주를 생각하면 고마울 만도 했다. 어차피 지금은 가만히 있는 것 말고는 할 수 있는 일이 없었다.

몇 분이 흘렀다. 우리는 가끔 한 번씩 서로에게 미소를 지으며 둘 다 이해하는 유일한 말 한마디를 주고받았다. "왓 빠 나나찻." 어조만으로도 소통이 되는 것 같았다.

운전사가 제일 먼저 이 말로 운을 뗄 때는 잡담의 어조였다.

"그래, 숲속 사원에 간다고요?" 왓 빠 나나찻.

나는 다소 엄숙한 어조로 같은 말을 반복했다. 다음과 같은 뜻이었다.

도망친 곳에 낙원이 있었다

"네, 바로 그곳에 갑니다. 흥분되지만 솔직히 겁도 조금 나네요." 왓 빠 나나찻.

운전사는 고개를 뒤로 젖히고 담배 연기를 빗줄기 속으로 길게 내뿜었다. 그러고는 다시 그 말을 반복했다. 동경과 존경이 어린 어조로 보아 다음과 같은 뜻이 분명했다.

"대단하네요. 거긴 만만한 사원이 아니거든요. 아주 엄격하죠. '숲속 사원에서의 세 달은 다른 사원에서의 20년과 같다'는 말이 있을 정도예요. 수행에 전념하려고 여기까지 오다니 앞날이 참 기대되는 청년이네요. 정말 대단해요." 왓 빠 나나찻.

나는 고개를 끄덕이며 겸허히 칭찬을 받아들였다.

비는 곧 잦아들었다. 우리는 다시 고속도로를 탔다. 반갑게도 오지의 느낌이 물씬 나는 도로였다. 차로도 몇 개 안 될 뿐더러 갓길이나 가드레일도 없고 고속 차로나 저속 차로, 반대 차로를 구분하는 차선도 없었다. 잠시 후, 운전사가 방향을 홱 트는 바람에 나도 모르게 꺅 소리가 튀어나왔다. 어느새 오토바이는 내가 인지하지도 못한 캄캄하고 좁은 옆길을 달리고 있었다. 차로가 하나뿐인 거친 길이라 타이어의 소음이 더 크게 울렸다. 뒷바퀴가 도로의 움푹 팬 구멍을 지날 때마다 엉덩이가 날아갈 듯 들썩거렸다. 불빛이 환하고 혼잡했던 대로에서 벗어나니 주변의 풍경이 눈에 들어왔다. 어느 쪽을 봐도 평평한 들판이었다. 잘은 몰라도 농경지인 듯했다.

잘 모르는 건 이 운전사도 마찬가지였다. 그는 표지판 하나 없는 교차로를 지날 때마다 속도를 줄이면서 도로의 앞뒤를 실눈 뜨고 살폈다. 그러다 결국 유턴을 했다. 물어보지 않아도 알 수 있었다. 길을 잃은 게 분명했다.

길가에 몇백 미터 간격으로 설치된 작은 구조물이 보였다. 얇은 나무줄기로 만든 울퉁불퉁한 기둥에 양철 지붕을 얹은, 밭일하다 쉬는 그늘막 같았다. 사원을 못 찾으면 그 밑에서 하룻밤 지내도 괜찮을 듯했다.

기분 좋은 상상이 펼쳐졌다. "진짜 굉장했다니까." 지인들에게 모험담을 들려주는 내 모습이 그려졌다. "하도 외딴곳에 있어서 현지 운전사도 못 찾더라고. 찾다 못해 '그냥 아무 데나 내려주세요'라고 했지. 운전사가 태국어로 '말도 안 돼요'라고 하길래 내가 그랬지. '내가 알아서 할게요.'" 길고 긴 여정의 마지막을 야간 도보로 장식할지 모른다는 생각이 드니 가슴이 두근거렸다. 운명의 여신에게 모든 걸 맡긴 진정한 방랑자가 된 기분이었다.

그때, 운전사가 아까 지나쳤던 교차로로 되돌아가더니 숨을 헉 들이쉬었다. 그는 브레이크를 밟으며 나무에 반쯤 가려진 목제 표지판을 가리켰다. 그러고는 표지판에 적힌 태국어를 읽었고, 나는 그 밑에 음차로 표기된 영어를 읽었다. 우리는 동시에 외쳤다.

"왓 빠 나나찻!"

그런데 입구라고 할 만한 곳이 없었다. 오른쪽은 들판뿐이라 오토바이를 탄 채로 왼쪽으로 천천히 움직이니 우뚝 솟은 높고 울창한 숲이 나왔다. 운전사는 무언가 발견했는지 도로 한복판에

도망친 곳에 낙원이 있었다

멈춰 서고는 숲에 난 작은 틈을 향해 뒤뚱거리며 오토바이를 끌고 갔다.

드디어 출입구가 보였다. 출입구 안은 칠흑같이 어두웠다. 운전사는 이제 다 왔다는 듯 내리라고 손짓했다. 나는 출입구 안으로 들어가 달라고 손짓했다. 이대로 깡충 내려 표지판도 없는 출입구를 통과해 캄캄한 숲속으로 들어가고 싶지 않았다. 조금 전까지만 해도 바로 이런 순간을 자랑스레 떠벌릴 날을 상상했지만 말이다.

운전사는 고개를 가로저었다. 꿈쩍도 하지 않은 채 손사래를 치며 겁에 질린 표정을 지었다. 그 표정을 보니 나도 겁이 났고 그럴수록 그가 같이 가주길 바라는 마음이 간절해졌다. 그러나 한편으로는 갈등을 꺼리는 미국 남부인 특유의 본성이 발동했다. 결국 나는 포기하고 돈을 줬다. 그는 지폐를 재킷 주머니에 쑤셔 넣고 빠르게 세 번 절하고는 온 길로 쌩하고 사라졌다.

나는 비에 젖은 도로 한복판에 홀로 남았다. 도로의 움푹 팬 구멍마다 고인 무수히 많은 물웅덩이에 달빛이 비쳤다. 가만히 출입구를 바라보았다. 폭이 3미터쯤 되는 철문이 열려 있었다. 배낭에서 휴대폰을 꺼내 손전등을 켤까 잠시 고민했지만 그러지 않기로 했다. 방바닥에서 자고 있을 승려들을 방해할 수도 있었다. **아이폰으로 현자의 수면을 방해한 시끄러운 미국인**이라는 첫인상을 남기고 싶지는 않았다.

오토바이 소리가 멀어지자 야행성 곤충들의 합창 소리가 들렸다. 조금이라도 늦게 들어가고 싶어 배낭을 뒤져 세면도구가 든 사방을 꺼냈다. 양치하고 길 건너 울타리 기둥 아래로 가 침을 뱉고는 입을 헹구는데 갑자기 뱀이 나타나 움찔했다. 자세히 보니 철조망의 구부러진 철사였다.

불빛의 도움 없이는 바닥을 분간할 수 없어 넘어질 것 같았다. 고민 끝에 짧은 간격으로 발을 질질 끌며 바닥과의 접촉을 계속 유지했다. 두 팔은 나뭇가지에 눈이 안 찔리도록 와이퍼처럼 흔들었다. 그렇게 나는 앞이 안 보이는 채로 발을 질질 끌고 미친 사람처럼 팔을 마구 흔들면서 출입구를 통과했다. 그 모습이 마치 인생을 상징하는 순간처럼 보일 수도 있었으나 그때는 그런 걸 포착할 겨를이 없었다.

나는 곧 어둠에 완전히 파묻혔다. 잠시 멈춰 서서 두 손을 코앞에 갖다 댔지만 아무것도 보이지 않았다. 어지러웠다. 그때, 전조등 불빛이 보였다. SUV 한 대가 밀집한 나무 사이로 구불거리는 길을 타고 다가와 멈췄다. 차창이 내려가고 영어로 말하는 남자의 목소리가 들렸다.

"지금 도착하신 거예요?"

"네."

"이 시간에요? 흠." 반가워하는 목소리는 아니었다. "이 길을 따라 쭉 가세요. 오른쪽 건물 위층이 숙소예요."

차창이 다시 올라가고 SUV가 나를 빠르게 지나쳐 갔다. 붉은 꼬리등 불빛이 길을 비추며 깜박거렸다. 남자가 차에서 내려 출입구의 철문 두 짝을 휙 닫아걸었다. 나는 발을 끌며 계속 앞으로 걸어갔다. 조금 전 SUV가 지나온 길을 본 덕분에 감이 잡혔다. 역시나 조금 가니 공터가 나왔고 남자가 말한 건물의 윤곽이 달빛에 드러났다. 2층짜리 건물이었는데 1층은 건물을 지탱하는 얇은 기둥들을 빼고는 사방이 뻥 뚫려 있었다. 나는 건물을 향해 살금살금 다가갔다. 건물 가장자리에 도착했는데 발밑에서 무언가가 바스락 부서졌다. 화들짝 놀라 들여다보니, 정찬용 접시만 한 낙엽 한 개가 나란히 놓인 신발들 옆에 떨어져 있었다.

나는 무릎을 꿇고 앉아 운동화를 벗은 뒤 부서진 낙엽을 집어 빤히 바라보았다. 승복의 황토색은 낙엽의 색을 본뜬 것으로 '초탈超脫'을 상징한다. 나무에서 벗어난 낙엽처럼 승려도 고통을 일으키는 욕망에서 벗어나길 기원하는 것이다. 나는 낙엽의 줄기를 잡은 채 생각에 잠겼다. 여정의 문턱에서 이처럼 중요한 불교 교리를 상징하는 낙엽을 만나다니. 내가 특별한 잠재력을 타고났다는 걸 온 우주가 인정한다는 뜻이 아닐까? 이 중요한 상징물을 발로 짓밟기는 했지만 그건 애써 무시했다.

그때, 건물에서 소리가 들렸다. 깜짝 놀라 쳐다보니 열린 문 안쪽에서 두 사람의 그림자가 나타났다. 한 명은 키가 작고 날씬했으며 다른 한 명은 키가 크고 통통했다. 둘은 내 쪽으로 곧장 걸어왔다.

"잘 오셨어요." 키 작은 남자가 쾌활한 억양의 영어로 말했다. "방금 도착하셨죠? 어서 오세요. 위층을 안내해 드릴게요. 우리도 온 지 얼마 안 됐어요. 며칠 더 있다 갈 거예요."

두 남자를 따라 중앙 계단을 터덜터덜 올라가니 사방이 막힌 방이 나왔다. 여남은 명이 통조림 속 정어리처럼 다닥다닥 붙은 채 방바닥에서 자고 있었다. 가이드 역할을 하는 쾌활한 남자가 구석의 빈자리를 가리켰다. 의무적으로 감사 인사를 속삭였지만, 침낭에 들어가 누우니 속이 부글부글 끓었다. 백단향 향기가 나는 독채 오두막이 아니라 암내가 진동하고 여럿이 같이 쓰는 공동 숙소였다. 게다가 룸메이트들은 승려가 아니라 나처럼 세면도구와 전자기기를 배낭에 챙겨 온 일반인이었다. 절벽 끝의 바위 위에서 홀로 잠드는 극한 상황을 꿈꿨건만 누군가의 옆에서, 그것도 휴대폰으로 문자를 보내는 낯선 인간 옆에서 자야 한다니.

119달러짜리 엑스페드 캠핑 매트에 조용히 바람을 불어 넣었다. 내 수면 매트가 남들이 깔고 누운 얇은 비닐 매트보다 푹신해 보이기는 하나 그게 뭐 중요한가. 뭐라고 지적하는 사람은 없었지만 '귀하게 자라서가 아니'라는 변명이 반사적으로 떠올랐다. 나는 그저 **준비성**이 철저할 뿐이다. 무엇보다 이들은 단기 체류자가 분명했다. 아까 본 친절한 두 영국인도 일주일도 안 돼 떠날 것이다. 물론 내가 이들보다 **훨씬 오래** 머무르리라는 걸 알아주는 사람은 없었다. 인정하기 싫었지만 깊은 실망감이 피어올랐다. 나의 도착을 펄쩍 뛰며 반기는 사람은 아무도 없었다.

2장

•

생각과 다른
수도원 생활

다음 날, 마루판 소음에 잠에서 깼다. 룸메이트들이 투덜거리며 기지개를 켰다. 그러더니 매트를 돌돌 말아 출근하는 지하철 통근자처럼 다닥다닥 붙어 서서는 한쪽 벽에 매트를 쌓았다.

나는 일어나 앉아 어리둥절한 표정으로 눈을 깜빡였다. 시계는 새벽 6시를 가리키고 있었다. 왓 빠 나나찻 웹사이트에는 기상 시각이 이보다 3시간 반 빠른 새벽 2시 30분이라고 나와 있었다. 우선 이런 외딴 수도원에 웹사이트가 있다는 것 자체가 거슬렸다. 전자기기가 하나도 없는 안식처를 꿈꿨던 내 이상에 흠집이 난 것이다. 그런데다 웹사이트의 정보까지 잘못됐다는 걸 확인하니 실망감이 더 깊어졌다. 동트기 전 엄숙하게 울려 퍼지는 징 소리 대신 아래층의 냄비와 팬이 쨍그랑거리는 소리만 요란해서 절로 인상이 찌푸려졌다.

나는 기숙사에서 나가면서 나이가 지긋해 보이는 남자에게 다가갔다. 50대로 보이는 백인이었는데, 아래층으로 우르르 몰려가는 이들과 달리 매트 무더기 옆에 느긋하게 선 모습이 인내심이 있어 보였다. 이 남자라면 지금의 상황을 설명해 줄 수 있을 것 같았다. 그러나 그는 내가 질문을 고민하기노 전에 콕 쏘아붙였다.

"명상할 시간 같은 건 없어요. 온통 잡일뿐이에요. 가르침도 없고요. 계속 일, 일, 일만 해요."

나는 입이 떡 벌어진 채 물었다.

"정말요? 왜죠?"

남자는 얼굴을 찡그리며 내뱉었다.

"까티나kathina. 그거 때문이에요."

"그게 뭔데요?"

"무슨 기념일이래요. 점점 더 붐빌 거예요. 난 그때까지 안 있을 거지만요. 곧 떠날 거예요."

나는 우거지상을 한 남자에게서 돌아섰다. 나도 그가 어서 떠나길 바랐다. 그는 내가 자라면서 익힌 대인 관계의 불문율을 어겼다. 부정적인 감정을 느낄 수는 있어도 남에게 드러내지는 않는 게 예의였다. 나는 그가 무서웠다. 그와 어울리면 전염성 강한 부정적인 기분이 내게도 옮을 것 같았다.

아래층에서는 야단법석이 벌어지고 있었다. 하도 소란스러워 계단 중간에 잠시 멈춰 북새통을 지켜보았다. 주로 40대 이상으로 보이는 여자 신도들이었다. 모두 주방과 식사하는 공간 사이를 분주히 오가거나, 가스레인지와 스테인리스스틸 싱크대 주변을 바삐 돌아다녔다. 몇몇은 건물 밖에서 플라스틱 상자에 쭈그리고 앉아 임시로 설치한 레인지로 음식을 조리하고 있었다. 10킬로그램이 넘는 농산물 자루를 이리저리 옮기고 검게 그을린 방패만 한 중국요리용 웍을 흔들었다.

다른 무리는 음식을 차리는 공간에 완성된 요리를 날랐다. 신선한 과일과 간장에 졸인 삶은 달걀, 유아용 수영장만 한 파란색 통에 수북이 담긴 찹쌀밥이었다. 벽이 없는 1층은 사방이 뚫려 바깥의 풍경이 훤히 보였다. 40대 이상의 남자 신도들이 주변을 어슬렁거리며 숲으로 이어지는 흙길의 낙엽을 빗자루로 쓸고 있었다. 이곳에서 모든 작업의 주된 동력은 팔에 온통 그을음을 묻힌 채 씩씩하고 능률적으로 일하는 여자들이었다. 승려는 월든 호수의 소로(《월든》의 작가, 헨리 데이비드 소로Henry David Thoreau — 옮긴이)처럼 극도로 자립적인 삶을 사는 줄 알았는데 아니었다. 나중에 안 사실이지만 소로 역시 어머니가 가져다준 음식을 먹었다.

또 하나 알게 된 사실이 있었다. 요리하는 여자들과 비질하는 남자들은 나처럼 잠시 지내다 가는 손님이 아니라 주변 마을의 주민이었고, 오래전부터 매일 수도원의 승려들을 먹여 살리느라 눈코 뜰 새 없는 하루를 보냈다. 여자들은 아래층으로 비틀거리며 내려온 내 룸메이트들, 즉 단기 체류자들을 지휘하는 일도 했다. 단기 체류자들은 눈에 잘 띄었다. 흰색 승복 차림으로 잘 짜인 군무 속에 어색하게 끼어들려 애쓰고 있었다.

나는 신입인 나를 누군가가 봐주길 기다리며 계단 중간에 엉거주춤 서 있었다. 졸업 파티에서 박수갈채를 받을 순서를 기다리는 예비 졸업생처럼 말이다. 그러나 아무도 눈길을 주지 않았다. 주방의 소란 속으로 발을 디딜 엄두는 나지 않았고 비질도 정확히 어디를 쓸어야 할지 몰랐다. 단기 체류자가 할 만한 노동은 음식을 차리는 공간에 앉아 부채를 흔들어 요리에 꼬이는 파리를 쫓는 일뿐이었다.

소란에서 멀찌감치 떨어진 주변부에 여느 단기 체류자와는 달라 보이는 무리가 있었다. 그들은 옹기종기 모여 수줍음과 분노가 동시에 어린 표정으로 꼼지락거리며 서 있었다. 조금 전 만난 우거지상의 남자도 있었다. 이제 보니 아까 2층에서 느긋해 보였던 건 인내심이 아니라 게으름 때문이었다. 그 누구도 일을 돕지 않았다. 그 무리에 끼고 싶지는 않았다. 그러나 아무도 날 맞아주지 않아 토라지고 주눅 든 채로 모두가 일하는 모습을 보고만 있는 나도 그들과 다를 바 없었다.

나는 계단에서 깡충 뛰어내려 바닥에 있던 부채를 집어 들고는 방치된 카레 그릇을 부쳤다. 그러면서 주변 풍경을 둘러보았다. 내가 원했던 풍경이 아니었다. 너무 북적였고 승려는 한 명도 없었다. 그러다 파리 한 마리가 카레 그릇의 가장자리에 앉았다. 부채로 파리를 후려쳤는데 나도 모르게 힘이 과하게 실렸다. 그러자 누군가가 고함을 쳤다. 나는 구부정한 자세로 두 손을 들어 올리며 사과할 준비를 했다. 첫날부터 '생명을 해치지 말라'는 불교의 첫 번째 계율을 어겼으니 그러는 게 마땅했다. 하지만 파리는 멀쩡하게 날아갔고, 고함친 사람 쪽을 돌아보니 날 보고 외친 게 아니었다. 누군가가 또다시 고함을 쳤고 주방과 음식을 차리는 공

도망친 곳에 낙원이 있었다

간을 오가는 발걸음이 빨라졌다. 잠시 후 깜짝 파티가 시작되기라도 하는 듯 여기저기서 쉿 하며 고함치는 사람들을 조용히 시켰다. 나처럼 파리를 쫓던 체류자들도 바닥에서 일어나 다들 초조하게 힐끔거리고 있는 숲속을 바라보았다.

덤불 사이로 주황색이 언뜻언뜻 비쳤다. 황토색 승복을 입고 삭발한 승려 열 명, 스무 명, 아니 서른 명이 줄줄이 나무 사이로 모습을 드러냈다. 나는 부채질을 멈추고 행렬을 빤히 쳐다보았다. 주변을 빗자루로 쓸던 남자들이 흙바닥에 무릎을 꿇고 앉아 절하기 시작했다. 승려의 행렬이 곡선을 이루며 점점 가까워졌다. 승려들은 간격을 좁게 유지하며 차분하고 효율적으로 걸었다. 맨발의 걸음걸이가 어찌나 물 흐르듯 매끄러운지 마치 행렬 전체가 하나의 유기체처럼 느껴졌다. 맨 끝의 승려가 숲 밖으로 나오고 보니 모두 마흔 명이었다.

남자들이 일어나 바퀴 달린 나무 탁자 몇 개를 굴려 건물 가장자리에 세로로 길게 연결했다. 그런 뒤 바닥에 있던 발우를 들어 탁자로 옮겼다. 승려 한 명이 앞으로 나와 공양이라 불리는 의식을 시작했다. 남자와 탁자를 사이에 두고 마주 보고 선 뒤 음식이 뷔페처럼 차려진 긴 탁자를 따라 그와 나란히 걸었다. 그러면서 남자가 음식 접시를 하나씩 탁자에서 살짝 들어 올리면, 승려는 접시를 받았다가 바로 탁자에 내려놓았다. 이 과정을 거치면 공식적으로 '공양'받은 음식이라 모든 승려가 먹을 수 있었다. 이는 형식적이지만 중요한 의식이었다. 태국 숲속 전통의 승려들은 공양

받지 않은 음식은 먹을 수 없었다. 공양받은 음식을 하룻밤 보관해서도 안 됐다. 즉, 공양 의식은 매일 치러야 했다.

그러는 동안 나머지 승려들은 첫 번째 탁자 앞에 멈춰 섰다. 나는 승려들의 승복을 훑어보았다. 연공서열에 따라 줄을 선 듯했고, 맨 뒤에 선 제일 어린 승려들에게 눈길이 갔다. 수련 중인 승려, 즉 행자는 정식 승려와 달리 흰색 치마와 오른쪽 소매가 없는 흰색 티셔츠를 입고 있었다. 어린아이인 줄 알았는데 가까이에서 보니 내 나이 또래였다. 머리카락과 수염, 눈썹을 다 밀어 마치 털을 깎은 양 같았다.

얼굴을 살피니 속내가 드러나지 않도록 미리 연습했는지 무표정이었다. 보는 눈이 많으니 당연했다. 최소 100명은 돼 보이는 신도들이 조금 전과는 달리 조용히 타일 바닥에 무릎을 꿇고 앉아 승려들을 올려다보았다. 승려들은 하나같이 눈을 내리떴다. 누구는 의연해 보였고 누구는 처량해 보였지만 근엄한 표정만은 모두 같았다. 나는 왠지 그게 거슬렸다. 어젯밤 만난 영국인 체류자들은 수도원 생활을 가볍게 여겨 싫었고, 이 승려들은 지나치게 엄숙해서 싫었다. 그 순간 나는 **오직 나**만이 균형 잡힌 태도를 지녔다는 오만한 생각을 하고 있었다.

행자들 앞에는 최근에 비구계 수계식受戒式(평생 승려로 살겠다고 맹세하는 의식으로 나도 받을까 고민 중이었다)을 치른 신입 승려들이 서 있었다. 그들의 승복은 갓 염색한 천으로 지어 윤기가 흘렀다. 겉에 걸치는 천은 크기와 모양이 침대 시트와 비슷했다. 직사각형 모양의 천을 몸에 두르고 양 끝을 모아 돌돌 감은 뒤 감긴 천 뭉치를 왼손으로 잡으면 발목까지 오는 원피스처럼 몸 전체가 감싸진다. 신입 승려들은 이 천 뭉치를 자꾸 잡아당겼다. 옷이 풀려 뒤태가 드러날까 봐 불안한 듯했고 실제로 몇 명은 천 뭉치가 헐렁해 보였다.

행렬의 선두에 선 승려들의 천 뭉치는 단단해 보였다. 이름난 고승들이 분명했다. 나는 이들의 표정을 살피려고 목을 길게 뺐다. 어떻게든 평생 가슴에 새길 통찰을 얻고 싶었다. 나와 눈을 마주치고 엄숙하게 고갯짓하는 승려가 있을지도 몰랐다. 나를 일원으로 받아들이는, 진짜가 진짜를 알아보는 고갯짓 말이다. 그러나 실망스럽게도 다들 위엄이라고는 안 느껴지는 무관심한 표정이었다. 자신들을 떠받드는 의식에 익숙해졌는지 늘 하는 일이라는 듯 무덤덤해 보였다.

문득 마흔 명 모두 똑같이 머리를 밀었는데도 외모가 참 제각각이라는 생각이 들었다. 주름이 많은 사람, 키 큰 사람, 동양인, 백인, 흑인에 안경을 쓴 사람도 있었다. 안경은 조금 꺼림칙했다. 옷은 엄격히 제한하면서 저런 섬세한 장신구를 허락하다니 너무 관대한 게 아닌가 싶었다. 숲속 승려는 기본적으로 승복으로 쓸 옷감 세 장, 샌들 한 켤레, 발우 한 개만 소지할 수 있었다. 안경은 모양과 소재에 디자인적 요소가 들어가니 개인의 스타일과 취향이 드러날 수밖에 없다. 내가 보기에 안경은 불교의 여덟 가지 계율 중, 게임과 오락뿐 아니라 꾸밈과 치장을 금하는 일곱 번째 계

율에 어긋났다. 나는 고승이 되면 안경을 쓰지 않으리라 다짐했
다. 시력이 나빠져도 나쁜 시력을 **있는 그대로 받아들이는** 나를 그
려보았다. 나는 단호하고 현명하고 불자다운 '있는 그대로 받아들
인다'는 표현을 즐겨 썼다. 이 말이 얼마나 잔인한 부메랑이 되어
돌아올지는 미처 깨닫지 못했다.

　공양 의식이 끝나자 맨 앞의 두 고승이 발우에 찹쌀밥을 담아
깔고는 옆으로 이동해 채소와 완숙 달걀 등 전채를 골라 담았다.
다음으로 주요리인 녹색, 노란색, 빨간색 카레와 렌틸콩을 담았
고, 마지막으로는 포장된 사탕과 초콜릿류, 종이 팩에 담긴 두유
등 후식과 음료, 신선한 과일을 담았다. 나머지 승려들도 차례대
로 발우를 채워 숲속으로 가져갔다. 드디어 맨 뒤에 선 제일 어린
행자의 차례가 됐다. 똑바른 자세와 뼈가 다 드러나는 어깨, 유난
히 엄숙한 태도가 인상적인 마른 백인 소년이었다. 그는 후식 구
역에서 사탕을 하나 집으려고 손을 뻗었다가 잠시 멈췄다. 흘끗
올려다보는 시선으로 보아 관객이 있다는 걸 뒤늦게 깨달은 눈치
였다. 그의 손이 허공에 잠시 머물렀다. 동시에 그는 눈동자를 획
획 움직이며 다른 후식을 재빨리 훑어보았다. 긴장한 내색을 감추
려고 의연한 자세를 취했지만 그럴수록 오히려 긴장이 고조되는
눈치였다. **모두가 보는 앞에서** 후식을 가져갈지 말지 고민 중인 게
분명했다. 방종과 금욕을 모두 원하는 내게는 익숙한 갈등이자,
보기에는 흥미진진하지만 직접 겪고 싶지는 않은 갈등이었다.

　소년은 쿠키 통에서 쿠키를 훔치다 걸린 아이처럼 빈손을 뒤

로 빼며 얼굴을 붉혔다. 그러다 재빠른 동작으로 다시 손을 내밀어 후식을 하나 집더니 도망치려는 듯 몸을 돌렸다. 그러고는 다시 획 뒤돌아 관객에게 안 보이게 몸을 가리면서 다른 그릇에 손을 슬며시 뻗어 후식 한 개를 또 낚아챘다. 나는 숨을 헉 들이켜고는 쓴웃음을 지었다. 엉터리 승려라는 생각이 들었다. 애초에 소년이 다른 승려들처럼 당당하게 간식 두 개를 챙겨 제 갈 길을 갔다면 신경도 안 썼을 것이다. 탐심을 감추려 애쓴 소년에게서 내가 혐오하는 또 다른 나를 보았고, 그래서 불편했다.

—

승려들이 모두 숲으로 떠나자 내 주변의 신도들이 자리에서 일어났다. 마흔여덟 시간 동안 먹은 끼니가 전날 먹은 밥 한 접시뿐이었다. 배가 몹시 고팠던 터라 나도 따라 일어나 발우를 향해 손을 뻗었다. 그러자 뒤에 있던 단기 체류자가 속삭였다.

"아직 아니에요. 법당으로 가세요."

우리는 빈손으로 승려들을 따라 숲속에 들어갔다. 법당은 40미터쯤 떨어져 있었다. 주방과 기숙사가 있는 건물에 비하면 대성당이었다. 두꺼운 대리석 기둥들이 3층 높이는 족히 돼 보이는 건물의 지붕을 떠받치고 있었다. 내부의 바닥은 광택이 나는 돌이었고, 우리는 모두 맨바닥에 앉았다. 승려 마흔 명은 법당 맨 끝 무대처럼 한 칸 높은 단상 위에 가부좌를 튼 채 일정한 간격으로 줄

지어 앉아 있었다. 우리와 마주 보고 앉은 승려들 앞에는 아직 손도 내지 않은 음식이 방석 위에 놓여 있었다.

청중인 우리는 기껏해야 100여 명이었고 법당은 1천 명 넘게 수용할 수 있는 크기였다. 그런데도 어떤 이유에서인지 신도와 체류자는 단상 위의 승려들과 멀찌감치 떨어져 앉았다. 한 신도가 네발걸음으로 기어가 주지승 옆에 마이크를 설치했다. 마이크는 야생의 자연 속 수도원을 꿈꿨던 내게는 달갑지 않은 물건이었으나, 드디어 가르침을 들을 수 있을 것 같아 반가웠다. 나는 심호흡을 크게 한 번 하고 몸을 앞으로 기울였다. 주지승이 눈을 감으며 목청을 가다듬고는 염불을 시작했다.

"나모 땃사 바가와또 아라하또 삼마 삼붓닷사."

주지승은 같은 말을 또 한 번 반복했다. 기억이 났다. 승려들이 공적인 자리에서 말하기 전에 관습적으로 석가모니에게 경의를 표하는 팔리어였다. 나는 염불을 영화의 예고편이라고 생각하고 설레는 마음으로 본편이 나오길 기다렸다. 세 번 반복하고 나자 주지승은 다시 목청을 가다듬었다. 호리호리하고 근엄한 표정의 주지승은 이 같은 격식에 익숙한 듯 차분하고 여유로워 보였다. 드디어 주지승이 눈을 뜨고 좌중을 가만히 바라보며 설법을 시작했다. 태국어였다.

처음 1분간은 우주의 신호를 받아들이려 안간힘을 썼다. 알아듣는 단어가 하나라도 나오면 신의 뜻을 잠깐이나마 접할 수 있으리라 기대했다. 그러나 2분이 지나면서부터는 집중력이 고갈

도망친 곳에 낙원이 있었다

됐다. 애초에 그다지 감동적인 설법 같지도 않았다. 주지승도 집 안일을 처리하듯 기계적으로 말하는 것처럼 보였다. 태국인 신도 들도 깊이 몰입하는 눈치가 아니었다. 1분 뒤 주지승은 자세를 고 쳐 앉고 합장하면서 장광설을 끝냈다. 주지승이 세 번째로 목청을 가다듬자 나머지 승려들도 두 손을 모아 손깍지를 끼며 목청을 가다듬었고 신도들도 따라 했다.

한 신도가 표지를 비닐로 코팅한 책자를 나눠줬다. 그러자 주 지승이 태국어로 무언가를 중얼거린 뒤 한구석에 모여 앉은 단기 체류자들을 바라보며 마이크 쪽으로 몸을 기울였다. 나는 허리를 펴고 숨을 들이쉬면서 드디어 전해질 고승의 첫 번째 가르침에 귀 기울일 준비를 마쳤다.

"7쪽입니다." 주지승이 말했다.

신도들은 중구난방으로 기도문을 읽었고, 이를 다 외우고 있는 단상 위의 승려들은 단조롭게 중얼거렸다. 7쪽의 기도문도 태국 어였다. 밑에 영어 음차 표기가 돼 있어 따라 읽을 수는 있었으나 뜻은 알 수 없었다. 태국에서 태국어를 보는 게 왜 그렇게 답답한 가 싶겠지만, 왓 빠 나나찻은 **국제** 숲속 사원이다. 이보다는 더 많 은 정보가 영어로 적혀 있으리라 기대했다. 게다가 나는 수도원에 오자마자 가르침을 얻을 수 있을 줄 알았다.

기도문을 읽다가 단상 위의 승려들에게 시선을 돌렸다. 몇 명 이 고개를 뒤로 젖힌 채 입으로는 기도문을 외고 눈으로는 천장 을 노려보고 있었다. 잠깐, 방금 한 명이 눈알을 굴리지 않았나?

불쾌한 의심이 슬며시 피어올랐다. 승려들은 대부분 기분이 언짢아 보였다.

아니, 아니, 아니야. 나는 얼른 마음을 가다듬고 기도문 책자로 애써 시선을 돌렸다. 그런 생각을 품다니. 이곳은 **행복한** 곳이어야 했다. *아마도, 아니, 분명 배가 고파서 그렇게 보인 걸 거야.*

기도가 끝나자 모두 말 한마디 하지 않고 해산했다. 뷔페가 차려진 탁자로 돌아가자마자 나는 수프용 숟가락을 들고 법랑으로 된 큼지막한 발우를 가득 채워서는 다른 체류자들을 따라갔다. 우리 자리는 법당의 맨 끝 구석에 벽을 하나 세워 분리한 공간이었다. 태국인 신도들은 제일 늦게 음식을 펐다. 음식을 준비한 당사자들이 제일 늦게 먹다니 이상해 보일 법도 했지만, 태국의 숲속 사원에서는 거의 모든 일에 서열을 따르니 당연했다. 승려들이 법당에서 제일 먼저 먹으면, 다음으로 분리된 벽의 한쪽 편에 마련된 공간에서 단기 체류자들이 먹었다. 주변 마을에서 온 태국인 신도들은 뷔페가 차려진 공간에서 제일 늦게 먹었다.

단기 체류자들도 단상 위의 승려들처럼 서열에 따라 바닥에 앉았다. 수도원에 더 오래 머문 사람은 불상과 마주 보는 앞쪽에 앉았다. 아직 아무도 식사를 시작하지 않았다. 마지막에 도착한 내가 뒤쪽에 자리를 잡자 누군가가 종을 쳤고 그 소리를 신호로 모두 각각의 방석 위에 놓인 코팅된 카드를 집어 들었다. 카드에는 영어로 된 기도문이 적혀 있었고 우리는 다 같이 로봇 같은 말투로 기도문을 읽었다.

도망친 곳에 낙원이 있었다

"공양 음식은 현명하게 심사숙고해 먹습니다. 재미를 위해, 쾌락을 위해, 살찌우기 위해, 아름다워지기 위해 먹지 않습니다. 내 몸을 유지하고 내 몸에 양분을 공급하며 건강을 유지하고 경건한 삶을 장려하기 위해서만 먹습니다. 죄짓지 않고 안락한 삶을 계속 영위할 수 있도록 허기를 채우되 과식하지 않겠습니다."

종소리가 다시 울렸다. 모두 말은 없지만 게걸스럽게 각자의 발우를 덮쳤다. 오전 내내 바닥에 앉아 있어 다리가 욱신거렸지만 그 순간은 하나도 불편하지 않았다. 식사는 하루에 한 번뿐이었다. 뒤편의 숲속에서 지저귀는 새소리도 들리지 않았다. 밥과 카레와 채소를 숟가락에 모아 담아 입속에 욱여넣자마자 다음 한 입을 준비하는 데에만 온 신경이 쏠렸다.

밥과 카레, 과일을 층층이 쌓은 무더기 맨 위에 올린 갓 구운 시나몬 롤은 아껴 뒀다 마지막에 먹기로 했다. 롤빵이 점차 가라앉아 그릇의 바닥에 안착할 때까지 숟가락으로 롤빵의 주변을 조심조심 파먹었다. 평소였다면 후식은 입에도 대지 않았을 것이다. 장거리 달리기를 한 지 10년이 되니 단 걸 좋아하던 식성이 점차 바뀌었다. 하지만 뷔페 탁자 끝에서 번들거리던 시나몬 롤과 비워져가는 발우를 보자, 또다시 스물네 시간 동안 아무것도 먹지 못하리라는 사실이 떠올랐다. 게다가 조금 전 법당에서 마음챙김에 관한 감동적인 설법을 듣지 못해 심통이 난 상태였다. 결국 음식을 담으며 후식이 담긴 쟁반을 지나칠 때 시나몬 롤을 하나 집었다. *젠장, 단 거라도 먹자.*

그런데 빵을 한 입 크게 베어 물자마자 구역질이 났다. 시나몬 소라고 생각했던 기다란 갈색 조각은 알고 보니 머리카락이었다. 반들거리는 글레이즈는 설탕을 녹인 게 아니라 돼지기름이었다. 소리를 내지 않고 겨우 삼키기는 했지만 입안을 뒤덮은 두꺼운 기름막이 사라지지 않았다. 다른 음식은 이미 다 먹었다. 입을 헹굴 음료도 없었다. 기름을 문질러 씻어낼 밥도 없었다. 한 번 더 담는 건 금지돼 있어 탁자로 달려가 과일을 집어 올 수도 없었다. 기름의 바다에 갇혀 오도 가도 못하는 신세였다.

나는 침을 꿀꺽 삼켰다. 그러니 기름 빵 맛이 다시 느껴졌고 여태 먹은 음식이 통째로 넘어올 것 같았다. 그때는 생각할 겨를이 없었지만 내가 그토록 갈구했던 영적 가르침, 특히 업보에 관한 절묘하고 확실한 가르침을 얻을 수도 있었던 순간이었다. 나는 입을 꾹 다물고 한 번 더 침을 삼켰다. 미끌미끌한 기름막이 겨우 사라져 더는 기름 맛이 나지 않았다. 구역질이 가라앉자 나는 셔츠로 이마의 땀을 닦았다. 식사를 마친 단기 체류자들은 빈 발우를 주방으로 가져가 씻고 말리고 있었다. 나는 조용히 자리에서 일어나 먹다 남은 빵이 안 보이도록 발우를 가슴께로 기울인 채 걸어갔다. 다행히 싱크대 옆에 입구가 열린 쓰레기통이 있어서 머리카락이 박힌 빵을 버릴 수 있었다.

식사를 마친 뒤로는 내내 잡일을 했다. 우거지상을 한 남자의 말이 맞았다. 명상은 한 번도 하지 않았다. 정식 인사나 신입 교육이 없어 눈치껏 다른 사람들을 보면서 빗자루와 삽이 어디에 있

도망친 곳에 낙원이 있었다

고 그것들로 무엇을 하는지 터득했다. 다들 상호작용은 절대 하지 않겠다고 작심한 듯했다. 아무도 잡담을 나누지 않았다. 눈도 마주치지 않았다. 마치 초만원이 된 승강기 속 사람들 같았다.

"내가 여기까지 온 건 허드렛일이나 하기 위해서가 아니다."

그날 밤 나는 일기장에 이렇게 적고는 도피성 공상에 빠졌다. 상상 속에서 나는 누군가에게 **발견돼** 내 재능에 알맞은 최고의 자리에 오를 신동이었다. 멘토의 눈에 띄길 기다리는 숨은 천재랄까. 진작 일어나야 할 일이 아직 안 일어나다니 이상했다. 나는 펜을 잡고 지켜야 할 바를 몇 개 휘갈겨 썼다. 타인에게 영적 조언을 얻을 수 없다면 나라도 나 자신에게 줘야 했다.

"열린 마음을 유지하라. 판단은 유보하라. 긴장을 풀라."

일기장을 덮은 뒤 수면 매트에서 벽 쪽으로 돌아누웠다. 깊은 숲속 나만의 오두막에 홀로 있는 상상을 했다. 눈을 감으니 고독이 느껴지는 듯했다. 태국의 전설적인 숲속 승려의 잠언이 떠올랐다. "숨 쉴 시간이 있다면 명상할 시간도 있다." 뭐, 숨 쉴 시간이 있기는 했다. 한숨을 쉬고는 야행성 곤충들의 연주 소리에 귀를 기울였다. 그러자 오늘 하루 중 처음으로 찌그러졌던 이마가 펴지고 가슴이 펴졌다.

더 먼 곳에서 오는 소리도 들렸다. 자동차 엔진 소리였다. 희미하게 쿵쿵거리는 베이스 소리도 들렸다. 수 킬로미터 떨어진 마을에서 금요일 밤을 한창 즐기고 있는 모양이었다. 민소매 티셔츠를 입은 또래의 청년들이 자동차 창문을 내린 채 추파를 던지고 고함을 치고 투덜대는 모습이 그려졌다. 그들이 음악 소리를 높이고 가속페달을 밟으면서 전방을 주시하지 않는 모습을 상상했다.

다시 이마를 찌푸리며 천장을 노려보았다. 나는 모든 걸 두고 떠나왔다. 비행기를 두 번 갈아탔고 버스를 열두 시간 탔으며 폭우를 뚫고 오토바이를 탄 끝에 현지인들도 길을 잘 모르는 외딴곳에 도착했다. 야생의 자연에서 지내면서 인생을 완전히 바꾸고 싶어 모든 걸 버리고 왔다. 그러나 밤바람 소리에 마음의 평안을 얻기는커녕, 들리는 소리라고는 쿵쿵대는 테크노 음악뿐이었고 드는 생각이라고는 그날의 자동차 사고뿐이었다.

망할, 이건 말도 안 돼. 사고가 났던 날 밤, 내가 제일 먼저 한 말이었다. 죽음은 나이가 많은 사람에게 찾아오는 것이라고 생각했다. 친한 동생이 죽는 건 상상해 본 적도 없었다. 나보다 어린 사람이 죽을 수 있다니, 말이 안 됐다.

일반인들(한 명은 코를 골기 시작했다)에게 둘러싸인 채 부루퉁한 얼굴로 침낭에 누워 있으려니 그 말이 다시 떠올랐다. 이 상황도 말이 안 됐다. 나는 자주 '말도 안 돼'라는 말에 사로잡혔다. 누가 약속이라도 어긴 듯 억울했다. 예전에 누군가가 무력감에 빠진 나를 보고 '청년위기Quarter-life crisis'를 겪고 있다고 했다. '청년'위기라니, 마치 인생에 중년기와 노년기가 당연히 올 것이라 보장하는 말이었다. 그러나 누구에게도 보장된 시간은 없었다. 견디기 힘든 슬픔이 밀려왔다. 나는 한구석에서 몸을 둥글게 말았다. 종일 마주치지 않으려 애쓴 그 우거지상의 남자와 같은 표정이었다.

도망친 곳에 낙원이 있었다

·

3장

까티나 준비와 휴가

이튿날, 나는 다른 체류자들보다 먼저 일어나 기숙사를 나서며 부지런한 나 자신을 칭찬했다. 솔선수범하는 태도는 내가 그들보다 영적으로 우월하다는 증거라고 믿었다.

요리와 비질을 맡아 하는 현지의 주민들과 경쟁하고 싶은 마음은 전혀 없었다. 무엇보다 나만 아는 이 경연 대회에서 나는 그들에게 질 수밖에 없었다. 그들은 나보다 훨씬 빨리 일어났기 때문이다. 주방은 이미 식재료를 손질하는 작업으로 떠들썩했다. 주민들이 가져온 덮개를 씌운 접시에는 심지어 더 이른 시각에 손질을 끝낸 식재료가 담겨 있었다. 게다가 주민들은 일과를 수행할 때도 편안해 보였고 수도원을 향한 존경심이 몸에 배어 있었다. 주민들과 있으면 **손님**에 불과한 내 위치가 더 부각되는 것 같았다. 엄밀히 따지면 수도원의 서열상(제일 늦게 식사하고, 식사 후에 귀가하며, 수도원의 엄격한 행동 규칙을 따르지 않아도 되는) 최하위에 해당하지만, 나는 그런 주민들이 승려들 못지않게 존경스러웠다. 이곳은 **그들의** 수도원이었다. 그들은 나의 경쟁자가 아니라 심판

자였다.

계단을 내려와 보니 유감스럽게도 새로 입소한 체류자가 이미 타일 바닥에 앉아 있었다. 1층에 제일 먼저 내려온 사람은 내가 아니었다.

"조시예요."

신입 체류자가 경직된 입술로 부자연스러운 미소를 지으며 말했다. 조시는 간밤에 도착했다는 말을 한 뒤 내게 축하 인사를 기대하는 듯 눈을 둥그렇게 뜬 채 말을 멈췄다. 나는 시선을 돌리며 작게 중얼거렸다. "그렇군요."

그때, 타일 바닥에 놓인 음식 접시에 파리 한 마리가 앉았다. 나는 손을 휘휘 저어 파리를 쫓으며 말을 이었다. "하고 싶으면 부채질하세요."

조시는 부채를 두 개 들었다. *와, 의욕이 넘치네. 멋지군.*

그사이 다른 체류자들이 눈을 비비며 비틀비틀 1층으로 내려왔다. 주방에서 현지 주민들이 음식 접시를 나르는 동안, 조시는 부채 두 개를 펄럭이면서 누가 다가오기만 하면 쓸데없는 말을 늘어놓았다. 말레이어와 호주 영어가 반씩 섞인 억양으로 "스무 살이 거의 다 됐다"라고 말하고는 옆에 앉은 사람에게 자랑스레 같은 말을 반복했다. 조시가 또 다른 체류자에게 같은 말을 세 번째로 반복하자 참았던 말이 튀어나왔다.

"그러니까 열아홉 살이라는 거네요."

"뭐, 지금은요. 곧 아니지만요."

조시는 주변에 있는 모든 체류자에게 자신은 수계를 받아 평생 승려로 살 거라고도 했다.

"정말요?"

내가 반문하자 조시가 말했다.

"그럼요. 정말이고말고요. 속세의 삶은 무의미해요."

조시는 언제 한번 허락을 받고 시내의 피시방에 가자는 제안도 했다. 자신의 페이스북 계정에 올린 선언문뿐 아니라 소지품을 다 태우고 세상에 안녕을 고하는 모습을 찍은 영상을 보여주겠다고 했다.

"흠, 그래요. 언제 한번 가죠."

나는 대답을 하면서도 조시와 눈을 마주치지 못했다. 조시의 확신에 찬 과장된 행동과 칭찬을 갈구하는 눈빛이 몹시 거슬렸다. 나 역시 회사를 떠나는 날에 동료들에게 장문의 이메일을 보냈다. 나의 퇴사를 알리는 동시에 쳇바퀴 같은 회사 일을 그만두고(그때는 그럴 줄 알았다) 더 높은 차원의 존재로 살겠다고 선언하는 이메일이었다.

조시와 내 맞은편에 앉은 여자가 눈에 띄었다. 여자의 이름은 어텀이었고 40대쯤 돼 보이는 키 큰 백인으로 캘리포니아주 버클리에서 왔다고 했다. 조시가 페이스북의 선언문 이야기를 하자 어텀은 새어 나오는 헛웃음을 감추려고 고개를 숙였다.

"승려는 여자와 단둘이 있으면 안 되잖아요. 왜 그런지 아세요?" 조시가 불특정 다수를 향해 물었다. 나도 고개를 숙였다.

"왜 그런지 알고 싶어요?" 조시가 다시 묻자 어텀은 다 들릴 만큼 크게 숨을 들이쉬며 고개를 들고는 조시를 똑바로 보고 말했다.

"왜 그런데요?"

"여자들이 승려를 유혹해 옷을 벗기고는 결혼하려 하기 때문이에요. 그래서 승려는 여자를 건드리기만 해도 안 돼요. 여자가 있을 때는 다른 남자를 대동해야 하죠. 여자는 숲속에 함부로 들어올 수 없다는 규칙이 있는 것도 그래서예요."

"와," 어텀이 미소를 지으며 말했다. "여자가 그렇게 큰 위협이 되는지는 **몰랐네요.**"

조시는 어텀이 자기 덕분에 중요한 사실을 배웠다는 듯 진지하게 고개를 끄덕였다. 어텀이 나를 흘낏 봤다. 우리는 서로를 보며 이렇게 말하고 싶은 듯 눈썹을 치켜올렸다. '멍청하기는.'

조시가 한 말 중에 맞는 말도 있었다. 정말 이 사원에 '규칙'이 있기는 했다. 여자는 법당 너머의 숲속에 들어갈 수 없었다. 주방의 위층에서 잘 수도 없었다. 여자들은 어디에서 자는지 궁금해 어텀에게 물어보았다.

"저 뒤로." 어텀이 음식을 차리는 공간에서 출입구 쪽을 가리키며 말했다. "출입구에 가까운 저 닭장 같은 건물에서 자요. 어젯밤에 마을에서 파티가 열렸는지 그 소리가 다 들리더군요. 아주 선명하고 크게요. 거기에서도 들렸어요?" 나는 눈알을 굴리며 고개를 끄덕였다.

어텀은 접이식 자전거를 타고 태국 전역을 여행하다 2주 전쯤에 나나찻에 도착했다고 했다.

"지내보니 어때요?"

"까티나 때문에 명상할 시간이 없다고 불평하는 사람들도 있는 거 알아요. 하지만 우리 입장에서는 소임 시간에 참여할 수도 있고 승려들과 조금이라도 소통할 수 있어 좋아요. 까티나가 끝나고 평소 일과로 돌아가면 어떤지 한번 보세요. 여자들은 동참할 수 있는 게 거의 없어요."

"기가 막히네요."

"뭐, 책임이 아주 **막중**하다는 거죠." 어텀이 심각하게 말했다. "이 많은 승려의 순결을 지킬 책임이요."

오후 쉬는 시간에는 숲속을 산책했다. 혼자만의 시간이 필요했다. 승려와 직접 만나 대화할 기회를 찾기 위해서이기도 했다. 이틀 가까이 지났지만 가르침은 고사하고 인사말 한마디도 듣지 못했다. 법당 뒤로 가니 **꾸띠**kuti라는 독채 오두막이 숲속 곳곳에 퍼져 있었다. 승려들의 구역이니 누구 하나는 마주치길 빌었다.

마주치기는 했다. 그것도 여러 번. 숲길을 걷다 황토색 승복 차림의 승려를 발견하면 걸음을 늦추며 숨을 참은 뒤 환한 미소를 지었다. 그러나 승려들은 매번 열성 팬을 피하는 연예인처럼 시선을 돌리며 총총 지나갔다. 처음에는 화가 났다. 나는 이를 악물고 두 팔을 옆구리에 딱 붙인 채 걸었다. 내 잠재력을 알아보지 못하는 승려라면 어차피 특별한 존재도 아닐 터였다. 나나찻의 승려들은 침묵을 너무 소중히 여겼다. 규칙도 너무 구시대적이었다. 특히 여자들을 숲길도 걷지 못하게 하고 사람의 왕래가 제일 잦은 비좁은 구역의 건물 하나에 틀어박히게 한 건 정말 멍청한 규칙이었다. 무시당하는 건 둘째 치고 이 숲속에 뭐 대단한 게 있는 것도 아닌데 말이다.

세 번째로 마주친 승려도 눈길을 주지 않자 나는 엉뚱한 상상을 하기 시작했다. 길가에 숨어 있다가 승려가 지나가면 깜짝 놀라게 해서 비명으로라도 인사말을 들으면 어떨까 싶었다. 나는 그 장면을 상상하며 걸음을 멈추고 서서 땅바닥을 노려보았다. 그러느라 누가 다가오는 걸 눈치채지 못했다.

"안녕하세요!"

고개를 들자마자 후회가 밀려왔다. 조시가 나를 향해 곧장 걸어오고 있었다. 시선을 피하며 사라지려 했지만 이미 늦었다. 조시는 내 얼굴 앞에 활짝 웃는 제 얼굴을 들이밀었다.

"왔어요?"

인사를 건네자 조시가 물었다.

"어디 가세요?"

"그냥 걷고 있어요."

내가 반대 방향으로 가려고 몸을 돌리자 조시도 같이 몸을 돌리며 말했다. "잘됐네요."

한숨이 나왔다. 앞으로 마주칠 승려들은 거슬릴 정도로 활기가 넘치는 조시를 나와 같은 부류로 볼 것이다. 승려들이 멈춰 서서 나와 대화를 나눌 가능성이 더 줄어든 것이다.

도망친 곳에 낙원이 있었다

"이 수도원, 어떤 것 같아요?"

조시의 질문에 나는 어깨를 으쓱했다. 그러다 식사하기 전 조시가 태국의 다른 수도원에 관해 이야기하는 걸 우연히 들은 기억이 났다.

"저기, 근처의 다른 수도원에도 가봤다고 하던데 맞아요?"

"아, 네. 여기 오는 길에 왓 빠 라따나완Wat Pah Ratanawan에도 가봤어요."

"어떤 곳이에요?"

"여기와는 또 다른 수도원이에요. 아름답고 깊은 밀림 속에 있죠. 야생 코끼리도 있고요. 주지승은 호주 출신이에요. 아마 까티나에 여기로 올 거예요."

"주지승이 온다고요? 그 수도원, 철자가 어떻게 돼요? 라따나완이요."

다른 수도원을 상상하니 희망이 생겼다. 그러나 모래로 덮인 길을 계속 걸으면서 희망은 두려움으로 바뀌었다. 다른 수도원을 물어봤다는 건 나나찻에 확신이 없다는 걸 인정한다는 뜻이었다. 이미 수도원에 살고 있으면서 다른 수도원을 상상하는 건 수도승에게 기대되는 사고방식과 완전히 어긋났다. 하지만 이미 늦었다. 뱉은 말을 주워 담을 수는 없었다.

문득 뉴질랜드 수도원의 주지 스님에게 왓 빠 나나찻에서 최소 반년은 지낼 계획이라는 문자를 보냈을 때가 떠올랐다. 그 스님도 왓 빠 나나찻에서 20년 전에 구족계를 받았다. 나는 나나찻을 설명하면서 스님이 잊어버렸을 수도 있다는 듯, '태국 숲속 전통의 심장부'라는 표현을 굳이 썼다. 스님의 칭찬을 기대하면서 말이다. 그러나 그는 이렇게만 답했다.

"나나찻은 시작하기에 좋은 곳이죠."

그때는 스님의 미적지근한 반응을 무시하고 넘겼지만 지금 생각해 보니 알 것 같았다. 시작하기에 **좋은 곳**이라니. 컨설턴트가 나쁜 생각을 돌려 말할 때 쓰는 표현 아닌가.

조시는 계속 재잘거렸다. 구족계를 받아 평생 승려로 사는 원대한 계획을 실현하겠다고 했다. 듣고 있는 척 한 번씩 콧소리를 냈지만, 나는 더 좋은 수도원으로 옮기는 공상에 푹 빠져 있었다. 조용하고 한적하며, 어설픈 방문자보다 반갑게 맞아주는 승려가 더 많은 수도원이 그려졌다. 라따나완이 바로 그런 곳일지도 몰랐다. 라따나완에서 나는 역사상 가장 짧은 시간 안에 이름난 영적 스승이 될 수도 있다. 저녁마다 방문객들과 마음의 본질을 토론하고, 그러다 지치면 "오늘은 이만하죠"라고 하고는 혀 차는 소리를 낼 것이다. 그러면 야생 코끼리가 밀림에서 느릿느릿 걸어 나와 내가 올라타도록 몸을 숙일 것이다. 방문객들은 감탄하며 숨을 헉 들이쉬고, 현지인들은 사진 촬영이 불가하다고 안내할 것이다.

—

며칠 동안 나나찻을 찾는 방문객은 점점 많아졌다. 식사가 끝나자 사무실에 모여야 한다는 말이 전해졌다. 사람들을 뒤따라가 보니 사무실은 현관이 딸린 작은 건물로, 법당 옆에 있었다. 현관의 몇 칸 안 되는 계단 발치에서 승려들이 서성거렸고, 주지승 두 명이 곧 설법을 하려는 듯 바깥을 향한 채로 현관의 타일 바닥에 나란히 앉아 있었다. 마을 주민 둘이 마이크를 두 주지승 앞에 설치했다. 그러자 갑자기 두 주지승과 단기 체류자들이 바닥에 엎드려 불상을 향해 세 번 절했다. 두 주지승은 다시 우리를 향해 앉았고 우리는 그들을 향해 세 번 절한 뒤 가부좌를 틀고 서로의 무릎이 닿도록 나란히 앉았다. 몇 명은 현관에, 몇 명은 계단에, 나머지는 계단 밑 자갈 바닥에 흩어져 앉았다.

주지승 한 명이 목청을 가다듬었다. 첫째 날 염불을 주도한 근엄한 쪽이 아니라 건장한 쪽이었다. 키는 190센티미터에 몸무게가 90킬로그램은 돼 보였다.

"자," 건장한 주지승이 말했다. "오늘은 까티나 바로 전날입니다." 무테안경을 쓴 독일인 주지승의 목소리는 수도원보다 공연장에 어울릴 만큼 쩌렁쩌렁했다. "간단한 담마 설법을 하기에 좋은 날이죠."

문맥에 따라 다르지만 **담마**dhamma(산스크리트어로는 **다르마**dharma)는 '가르침'을 뜻했다. 산스크리트어와 비슷한 팔리어, 즉 석가모니의 초기 가르침이 담긴 팔리어 경전Pali Canon에 쓰인 언어였다. 담마 설법은 마지못해 영국 성공회 교회에 다녔던 어린 시절, 참고 들어야 했던 설교와 비슷한 개념이었다. 그 시절의 내게 설교 시간은 신도석 맨 앞줄에 앉은 공립학교 여자애들을 숭배하는 시간이었다. 그러나 지금까지 들어왔던 담마 설법은 매우 감동적이었다. *드디어 듣는구나.*

주지승은 우리 뒤에 있는 출입문을 가리키며 말했다. 내일 1천여 명의 방문객이 저 문을 통과하겠지만 바깥세상이 우리의 생각을 침범하게 돼서는 안 된다고 했다. 주지승은 '바깥'의 삶은 대부분 무의미하고 '바깥'의 사람들은 때가 잔뜩 묻었다고 무심한 어조로 말했다.

나는 자세를 바꿔 앉았다. 주지승의 논리가 이해는 됐다. 바깥세상이 타락의 온상이라고 믿으면 수도원의 불편한 삶을 견디기가 더 쉬울 것이다. 나도 정식 승려가 될지 고민할 때 같은 논리로 나 자신을 설득했다. 그러나 **승려**의 입으로 그 논리를 들으니 몸이 배배 꼬이고 반발심이 치밀었다. 그렇다면 바깥세상에 사는 이들의 친절하고 자비로운 행위는 어떻게 설명할 수 있을까? 모호한 진실을 감추고 차라리 마음이 편하도록 확실한 거짓을 퍼트리는 게 아닐까? 그리고 저 주지승은 왜 저렇게 소리를 지를까?

주위를 힐끗 보니, 다행히 주지승의 연설에 감동한 사람은 아무도 없는 눈치였다. 담마 설법은 보통 한 시간쯤 지속되는데, 독일인 주지승의 설법은 5분도 안 돼 끝났다. 독일인 주지승은 마이크를 또 다른 주지승 쪽으로 구부렸다. 황갈색 피부에 날씬한 체형의 이 주지승은 염불을 주도했던 승려로, 듣기로는 말레이시아 출신이라고 했다.

도망친 곳에 낙원이 있었다

우람한 승려가 지나치게 단순화한 논리로 앞뒤가 안 맞는 말을 했다면, 말레이시아인 주지승은 세련미를 방패로 삼았다. 상류층의 영어 억양을 썼고, 잘생겼으며, 민머리였지만 머리 선을 보니 원래 숱이 많은 두상이었다.

"자, 그럼," 말레이시아인 주지승은 이 말을 시작으로 우리에게 할 일을 할당했다. 지시를 내리고 나면 짧게 감사 인사를 하고는 상냥한 미소를 지어 보였다. 물론 이 미소는 다음 차례로 넘어가는 순간 싹 사라졌다. "훌륭해요, 좋습니다, 다음 분은⋯."

주지승의 효율적인 친절은 회사원의 그것과 닮아 있었다. 컨설팅 회사에 다닐 때 함께 일했던 선임 관리자가 떠올랐다. 맞춤 정장을 입고 다니는 회사의 에이스였다. 한번은 매주 오가는 텍사스 동부의 의료 시설에서 그의 지시로 팀원들이 회의실에 모였다. 선임은 이렇게 말했다. "이번 보기bogey(특정 이슈를 중요한 이슈인 양 포장하는 협상 전략 – 옮긴이) 이슈는 900만 달러짜리예요. 그러니 고위급 간부부터 평사원까지 인식 관리를 꼼꼼히 해야 합니다." 무슨 말인지 하나도 알아듣지 못했지만 나는 열심히 고개를 끄덕였고 나중에는 그가 한 말을 나직하게 반복했다.

세련된 주지승도 비슷한 방식으로 우리를 관리했다. 나는 그의 매력과 의도를 간파했지만 영향력을 피하지는 못했다. 주지승과 눈이 마주치자 앉으라는 지시를 받은 개처럼 얼어붙었다. 주지승이 삽질을 도우면 어떻겠냐고 할 때는 간식을 먹고 싶냐는 말이라도 들은 양 열심히 고개를 끄덕였다.

"잘됐네요." 주지승은 조시를 돌아보며 말했다. "조시도 같이 도우면 어때요? 좋아요? 됐군요, 아주 좋습니다."

모두 해산해 작업을 시작했다. 나중에 알았지만 수도원에서는 잡일을 '노동 행선'이라 불렀다. 내가 보기에는 얼티미트 프리스비ultimate frisbee(두 팀이 플라스틱 원반을 주고받으며 겨루는 스포츠 - 옮긴이) 코치가 전력 질주를 '신체 단련 보상'이라 불렀던 것처럼 그럴듯한 포장 같았다. 솔직히 조시의 어설픈 불교 이론을 들으면서 외바퀴 손수레에 흙을 담아 내 낙관주의보다 더 빨리 무너지고 있는 흙길로 나르는 노동은 명상과 아무 관련이 없었다. 땀을 쭉 빼면 기분이 좋아지긴 했지만 말이다.

그때, 엔진 소리가 들려 작업이 중지됐다. 소리가 난 쪽을 돌아보니 절로 입이 떡 벌어졌다. 티끌 하나 없는 검은색 메르세데스 벤츠가 출입구로 미끄러지듯 들어왔다. 윤이 반짝반짝 나는 자동차 후드에 숲의 그림자가 한가득 쏟아졌다. 벤츠는 앞바퀴를 전시장에 진열되는 각도로 맞추며 진입로 끝의 원형 교차로 중앙에 멈춰 섰다. 잠시 후, 챙이 짧은 운전기사용 모자를 쓴 남자가 차에서 내리더니 후다닥 달려가 뒷문 두 개를 차례로 열었다.

황토색 승복이 뒷좌석에서 나타났다. 두 유명 인사를 알아본 주민들 사이에서 놀란 숨소리와 킥킥거리는 웃음소리가 파문처럼 번졌다.

"아잔 자야사로!"

"아잔 아마로!"

두 승려는 아웃캐스트(미국 애틀랜타 기반의 남부 힙합 듀오-옮긴이)의 멤버들처럼 느린 동작으로 벤츠에서 내렸다. 운전사가 카스테레오로 아웃캐스트의 〈스포티 오티 도펄리셔스 SpottieOttieDopaliscious〉를 틀어도 전혀 어색하지 않은 분위기였다. 잔잔한 베이스와 금관악기 연주가 왕족의 등장에 딱 어울리는 배경음악이 됐을 것이다.

그들은 마치 카메라가 앙각으로 360도 회전하며 촬영할 시간을 주려는 듯 우뚝 선 채로 예전에 자기들 구역이었던 사원을 실눈을 뜨고 둘러보았다. 둘 다 백인에다 영국인이었다. 워낙 유명한 승려였고 백인 승려를 처음 본 것도 아닌데 머릿속에서 작은 목소리가 속삭였다. 저 둘은 가짜라고. 이 생각은 애틀랜타의 백인 힙합을 즐겨 듣던 어린 시절의 잔재인지도 몰랐다.

중학생 때 친구가 입던 후부 청바지를 받으면서 기쁨과 공포를 동시에 느꼈던 기억이 났다. 후부는 이름부터가 흑인을 위한, 흑인에 의한 브랜드였다(FUBU는 For Us, By Us의 약자다). 물론 선물은 기쁜 마음으로 받았다. 진보주의 교육을 받은 덕분에 문화적 전유가 아닐까 하는 고민에 잠시 빠졌지만 말이다. 나는 나를 위하거나 나에 의한 옷이 아닌데도 그 청바지를 수줍지만 보란 듯이 당당하게 입고 다녔다. 그리고 지금은 동남아시아의 수도원에서 행자의 옷을 입고 수행하는 백인이 됐다. 두 백인 승려는 가짜라고 내면의 소리가 속삭였지만, 어쩌면 나는 내가 가짜일까 봐 불안한 걸지도 몰랐다.

마음챙김을 깊이 있게 실천하고 있다 자부하면서도 나는 내 안에 피어오른 질투심을 알아차리지 못했다. 질투가 날 만도 했다. 같은 백인이라 두 승려에게서 내가 보였고, 그래서 내게는 없는 걸 그들은 갖고 있다는 사실이 뼈저리게 와닿았다.

첫째, 두 승려는 경험이 많았다. 둘 다 40년 넘게 승려로 살았고, 지금은 고인이 된 현대 태국 숲속 전통의 아버지이자 전설적인 태국인 승려 아잔 차Ajahn Chah 밑에서 수행했다. 둘째, 사람들의 존경을 받았다. 두 승려가 나타나면 여기저기서 하던 일을 멈추고 바닥에 엎드려 미친 듯이 절을 했다. 한 번이나 흔히 하는 세 번이 아니라 계속, 그것도 격렬한 코어 운동을 하듯 온몸을 앞뒤로 흔들었다.

나는 그냥 서 있었다. 그들이 누군지 알았지만 바닥에 몸을 던질 마음은 들지 않았다. 옆에 있던 조시는 무릎만 꿇고 절은 하지 않았다.

두 승려는 화려한 등장을 마치자 발밑에 레드 카펫이 깔린 듯 한가로운 걸음으로 사람들 사이를 걸었다. 둘 다 허리 옆까지만 손을 들어 가볍게 흔들었다. 인사의 뜻도 있었지만 팬들의 흥분을 가라앉히려는 것 같았다. "고마워요. 우리가 대단한 사람이란 건 알지만 너무 흥분하지는 마세요"라고 말하는 듯했다.

나는 팔꿈치를 삽 위에 올린 채 다리를 꼬고 섰다. **나도** 이렇게 등장하고 싶었다. **나도** 벤츠에서 멋지게 내리는 영적 스승이 되고 싶었다. 그게 안 된다면, 영적 스승 중 한 명이 내 존재를 알아

보고 발탁해 보살펴 주길 바랐다. 삼나무 향이 진동하는 오두막에 홀로 지내게 해주면서 간간이 일대일 상담을 해주길 바랐다. 나지막하게 이런 질문을 던지면서 말이다. 소중한 친구들이 빙판길에서 사고를 당한 뒤로 당신은 어떻게 지냈나요? 죽음과 삶의 목적에 대해 무엇을 배웠나요? 세계 순회강연에서 개막 연설을 맡아줄 생각이 있나요?

그것도 아니라면 절을 하지 않는 나를 보고 꾸짖기라도 해주길 바랐다. 그러나 아무도 나를 보지 않았다. 문득 어떤 고승과도 영영 안면을 트지 못할 수도 있겠다는 생각이 들었다. 동지라고는 열아홉 살짜리 조시뿐인, 불만 가득한 극성팬밖에 되지 못하는 불운한 운명일 수도 있었다.

나는 두 승려가 사무실로 사라지는 걸 지켜보다, "쳇" 하고는 다시 삽질을 시작했다.

—

오후가 되자 두 승려와 체류자들이 차를 마시러 법당과 이어진 또 다른 건물에 모였다. 지붕 덮인 현관과 비슷한 건물로, 벽 두 개가 직각으로 연결되고 반대쪽 모서리는 기둥 하나가 지붕을 지탱하고 있었다. 도착하니 비닐 매트가 여러 줄로 깔려 있었다. 뚫린 두 면의 바닥 가장자리에는 샌들이 나란히 놓여 있었다. 대부분 주황색 플립플롭이었지만 갈색 테바 샌들과 검은색 크록스 샌들도 몇 켤레 보였다. 승려들은 서열에 따라 매트에 줄지어 앉아 바퀴 달린 아이스박스에 담긴 음료를 한두 개씩 골랐다.

오전 10시쯤에 먹는 식사와 물 이외에는 이 음료가 하루 중 유일하게 허락된 먹거리였다. 머리 너머와 어깨 사이로 유심히 살피니 메뉴가 언뜻 보였다. 알로에 베라 주스와 녹차, 홍차였다. 육체노동을 한나절 한 뒤 마시는 알로에 베라 주스라니, 이보다 완벽할 수 없었다. 시원하고 달콤한 과육이 씹힐 것이다.

그러나 내 앞에 도착한 아이스박스의 뚜껑을 여니 빨간색밖에 안 보였다. 작은 포유동물에게 먹이면 발작을 일으킬 만한 양의 설탕이 든 형광색 시럽 음료, 마운틴 듀 코드 레드였다. 캔 뚜껑을 따려 고리를 젖히자 입구 양옆으로 빨간 거품이 쉭 뿜어져 나와 입고 있던 흰색 셔츠에 튀었다. 나는 씩 웃으며 한 모금 맛을 보고는 정신없이 음료를 들이켰다. 몇 시간 만의 첫 칼로리 섭취였다. 힐끗 보니 조시도 나처럼 마구 들이켜고는 빨간 얼룩이 묻은 입으로 날 보며 씩 웃고 있었다. 나도 조시와 같은 모습일까? 그렇다면 주먹으로 입을 맞아 셔츠에 피가 튄 것처럼 보일 터였다. 서로 똑같은 마음이구나 생각하니 잠시 기분이 좋아졌다.

다른 줄은 다 벽을 향해 앉았지만, 고위급 승려들이 앉은 맨 앞줄은 우리와 마주 보는 위치였다. 맨 앞줄에 앉은 새침한 말레이시아인 주지승이 우리의 관심을 끌려는 듯 목청을 가다듬었다. 지금까지 관찰한 바에 따르면 승려들은 늘 목청을 가다듬었다. 말할 필요가 없는 짧은 단체 명상 시간에도 그랬다. 또한 승려의 지위가 높을수록 목청을 가다듬는 시간이 길어졌고 소리도 커졌다.

그러나 이번에는 진짜로 전할 소식이 있었다. 까티나를 축하하러 유명 인사가 방문했다는 소식이었다. 바로 왓 빠 라따나완의 주지승이었다. 정신이 번쩍 들었다. 야생 코끼리가 있는 수도원의 대장이 왔다고? 나는 라따나완의 주지승을 제대로 보려고 왼쪽으로 몸을 기울였다. 나중에 수도원을 옮기려면 주지승의 얼굴을 기억해 두는 게 좋았다.

드디어 그가 보였다. 말레이시아인 주지승 옆에서 통통한 백인 남자가 고개를 들고는 한 손을 들어 인사했다. 그는 기침을 한 번하고 다시 구부정한 자세를 취했다. 그런 뒤 목청을 가다듬었다. 그는 호주식 영어를 썼다. 법적 고지 사항을 기계적으로 읽듯 낮게 웅얼거리는 말투로 까티나가 얼마나 기쁜 날인지 상기시켰다. 하지만 그의 설법은 우스울 정도로 모순적이었다. 실망감이 차올랐다. 그가 목쉰 소리로 까티나의 전통을 즐기자고 말할 때, 내 앞의 몇몇 승려는 무릎을 내려다보며 깍지를 낀 채 두 엄지를 교차하며 빙빙 돌리고 있었다.

이 남자는 아니었다. 나는 라따나완을 목록에서 뺐다. 다시 원점이었다.

라따나완 주지승이 말을 마치자 우리는 의무적으로 하는 절을했고 다시 여기저기서 두런거리는 소리가 났다. 내 옆에 앉은 조시가 가끔 너무 흥분해 목소리가 커지자, 몇 줄 앞에 앉아 있던 이마가 넓은 스리랑카 출신의 승려가 휙 뒤돌아 우리를 노려보며 말했다.

"쉿!"

모두 소리를 낮췄다. 스리랑카인 승려는 **고위급** 승려가 아니었다. 출가해 승복을 입은 지 10년이 지나야 불리는 호칭이자 태국어로 '스승'을 뜻하는 **아잔**ajahn도 아니었다. 엄밀히 말하면 중간 관리자급이었다. 나는 괜히 코웃음을 쳤다. 한편으로는 드디어 조시가 입을 다물어 흐뭇하기도 했다.

입을 다물게 만든 승려를 빼면 모두 동등한 관계인 듯 화목한 분위기가 제법 났다. 차담 시간은 체류자들만 참석했다. 마을 주민들은 식사 시간이 끝나면 모두 집에 돌아가고 없었다. 음료를 마시며 대화를 나누니 정신없는 오전 시간과 땀 흘려 일한 소임 시간이 끝나고 달콤한 보상을 누리는 기분이었다. 둘러보니 국적이 참 다양했다. 일기장에 체류자들의 국적을 목록으로 적고 있었는데, 지금까지 적은 국적만 태국, 인도, 스리랑카, 영국, 이탈리아, 호주, 캐나다. 네덜란드, 말레이시아, 독일, 미국 등 10개국이 넘었다. 나는 체류자들의 다양한 국적에 새삼 감탄했다. 인구의 절반인 여성들이 배제됐다는 사실은 잊어버린 채 말이다.

맨 앞줄에 앉은 고위급 승려들도 한담을 나눴는데 그중 독일인 주지승은 조지만큼 목소리가 컸다. 나는 입을 삐죽거렸다. 당연히 아까 그 스리랑카인 승려는 아무런 제지도 하지 않았다.

말과 관련된 불교의 네 번째 계율이 떠올랐다. 핵심은 '**거짓말 금지**'였고 그의 세부 조항은 '**가혹한 말 금지**'였으며 마지막 세부 조항은 '**잡담 금지**'였다. 내가 보기에는 차 마시며 나누는 대화가 바로 잡담이었다. 나는 맨 앞줄에 앉은 승려들을 노려보며 생각했다. *위선자들. 심오한 가르침을 줄 게 아니면 침묵이라도 주라고.* 그것도 아니면 나를 앞으로 좀 불러주길 바랐다. 조시와 떨어질 수만 있다면 뭐든 좋았다.

내 왼쪽에는 흰색 승복을 입은 행자가 있었다. 태국어로는 **빠까오**pakao, 팔리어로는 **아나가리카**anagarika라고 불리는 이들은 내 예상대로 승려가 되기 위해 수련 중이었다. 빠까오는 6개월 동안 흰색 승복을 입고 나면 견습승인 사미沙彌가 돼 1년 동안 황토색 승복을 입었다. 그렇게 18개월이 지나야 구족계를 받아 정식 승려가 될 수 있었다. 내 옆에 있는 빠까오는 작고 마른 태국 소년이었다. 소년은 내 곁눈질을 감지했는지 인사를 건네고는 벤이라고 이름을 밝혔다.

낯익은 소년이었다. 단체 명상 시간에 다들 얼마나 깨달음을 얻었는지 보려고 승려들의 표정을 관찰한 적이 있었다. 대다수는 전혀 차분해 보이지 않았다. 의욕이 과해 눈을 잔뜩 찡그리고 있거나 꾸벅꾸벅 졸았다. 그러나 벤은 여유롭고 당당해 보였다. 표정은 편안하되 졸려 보이지 않았고, 자세는 똑바르되 부자연스럽지 않았다. 남의 시선을 의식하는 것 같지 않았다.

벤은 새로 착용한 듯한 치아 교정기 사이로 열아홉 살이라고 중얼거렸다. 나는 벌써 벤이 마음에 들었다. 벤은 '스무 살이 거의 다 됐다'는 말 따위는 하지 않았다. 나는 벤에게 태국인이면서 왜 국제 수도원인 나나찻을 선택했는지 물었다.

"어, 부모님이 골랐어요." 벤이 작게 투덜거렸다. "제가 영어를 연습하길 바라시거든요." 벤은 씩 웃더니 교정기를 보이고 싶지 않은지 얼른 입을 다물었다.

태국 소년들은 대개 좋은 남편감이 되기 위해 수도원에서 3개월을 보내는 통과의례를 거쳤다. 벤의 부모는 벤이 통과의례와 언어 교육이라는 두 마리 토끼를 잡길 원했다. 힘이 되어주면서 은근한 압박을 가하는 게 우리 부모님과 비슷했다. 나는 벤에게 영어 공부를 기꺼이 도와주겠다고 했다. 벤은 진심으로 고마워하며 고개를 끄덕이더니 잠시 머뭇거렸다.

"하나만 부탁해도 될까요?"

"그럼요."

"오늘 저녁에 묵고 있던 꾸띠에서 나가야 하는데요. 까티나 때 방문하는 고승들이 지낼 공간이 부족해서요. 짐 옮기는 것 좀 도와줄래요?"

차담 시간이 끝나고 땅거미가 질 때쯤 나는 벤을 따라 좁은 길을 걸었다. 희미하게 보이는 길로 방향을 트는 벤을 따라가니 모래로 뒤덮인 공터가 나왔다. 공터의 중앙에는 나무로 만들어 기둥으로 떠받친, 가로 3미터, 세로 2.4미터짜리 꾸띠가 한 채 있었다. 내가 밖에서 기다리는 동안 벤은 꾸띠로 올라가 몇 개 안 되는 소지품을 챙겨 나왔다. 한 번에 다 옮길 수 있는 짐이었다. 나는 한쪽 겨드랑이에 모기장을, 다른 쪽 겨드랑이에 돌돌 만 수면 매트를 끼웠고, 벤은 나머지 짐을 양손 가득 들었다. 온 길을 되돌아가려고 몸을 돌리자 벤이 머뭇거리며 물었다.

"궁금한 게 있는데요. 여기 온다고 했을 때 부모님이 뭐라고 하던가요?"

"부모님이요? 글쎄요…, 지지해 줬던 것 같아요. 대학을 졸업하고 몇 년간 꾸준히 직장 생활을 했는데 그 덕분에 나한테 믿음이 생겼나 봐요."

"운이 좋네요."

"그런가요…."

나는 어깨를 으쓱하고는 천천히 걸음을 옮겼다. 최근 들어 내가 운이 좋다는 생각은 별로 해본 적이 없었다. 부모님이 나를 전폭적으로 지지했다는 확신도 없었다. 부모님은, 아니 최소한 어머니는 전통적 기준에서 남부끄럽지 않게 자라도록 은근하지만 집요하게 나를 이끌었고 나는 어머니의 지침을 받아들였다. 어머니는 노골적인 적은 한 번도 없었으나 신중하고 온화한 방식으로 내 안에 서서히 가르침이 스며들게 했다. 한번은 이렇게 말하기도 했다.

"많은 걸 누린 자는 그만큼의 기대를 감당해야 한단다."

그때는 그저 실망시키지 말라는 뜻인 줄로만 알았다. 그래서 부담스러웠고, 부모님의 기대에서 벗어나 내가 스스로 원하는 것을 알아차리길 바랐다. 이제야 깨달았지만, 친구의 죽음은 그 바람을 이룰 완벽한 핑계가 돼주었다.

힐끗 보니 벤이 생각에 잠긴 나를 빤히 바라보고 있었다.

"운이 좋기는 한 것 같네요."

생각해 보면 부모님은 애틀랜타의 양쪽 끝에 떨어져 살면서 나름의 방식으로 나를 축복해 주었다. 아버지는 나를 이해했다. 부유한 집안 출신도, 남부 출신도 아니었던 아버지는 모서리가 잔뜩 접혀 너덜너덜해진 책을 한 권 줬다. 잭 콘필드Jack Kornfield(불교의 명상 수행법을 서양에 소개한 재가 수행자 – 옮긴이)의 인용문이 가득하고 연못가의 대나무를 그린 수채화가 실린 책이었다. "정신에 자양분을 공급하는 걸 잊지 마라." 아버지가 표지 안쪽에 써준 말이었다. 여동생도 같은 책을 받았다. "전갈이 얼굴을 기어다니지 않게 조심해." 태국으로 떠나오기 전, 여동생은 어릴 때 유타주 남부에 가족 여행을 갔다가 전갈 때문에 기겁한 일을 떠올리며 이렇게 당부했다. 어머니도 허락의 뜻으로 고개를 끄덕이고는 눈물 섞인 미소를 지으며 말했다. "아이를 키우다 보면 이런 순간이 오기 마련이지." 그러면서 활에 화살을 메겼다가 놓는 시늉을 했다. 어쩌면 우리 가족은 나를 전폭적으로 지지했는지 모른다. 나만 홀로 확신이 없었을 뿐.

벤이 고개를 갸웃하며 물었다. "그래, 지내보니 어때요?"

"도전적이네요."

나는 컨설턴트로 일할 때 자주 쓰라고 배운 그 표현을 썼다. '도전'은 감정이 배제된 단어다. 하기 어려운 일을 분석해서 조치를 취하면 되는 일로 한정 짓는다. 그러나 컨설턴트가 아닌 벤은 인상을 찌푸렸다. "도전적이라고요?" 그는 미소를 감추려 입술을 깨물었다.

얼굴이 붉어졌다. 흥미와 호기심이 잔뜩 어린 벤의 표정이 어찌나 순수해 보이던지 다른 꿍꿍이가 있나 의심이 들 정도였다. 그동안 불평불만이 대부분인 내적 독백을 쏟아내고 있었다는 생각이 들었다. 남들이 보기엔 재정적 안전망을 갖춘 덕에 보수가 좋은 안정적인 직장을 그만두고 굳이 동남아시아까지 찾아와 굶주림을 자청하면서 말이다.

잠시 후 벤은 고통스러우리만큼 정확한 통찰이 담긴 질문을 던졌다. 원해서 왔고 언제든 떠날 수 있으면서 자기 연민에 빠져 허우적대는 나를 돌아보게 하는 질문이었다.

"하지만 그랜트는 여기 휴가차 온 거 아닌가요?"

4장

·

모든 만물은
생겨나고 사라진다

오늘은 까티나다.

이제는 까티나가 어떤 기념일인지 안다. 1년에 한 번 승려들이 세 달간 한 곳에 머무르며 외출을 금하고 수행에 전념하는 우안 거雨安居의 해제를 기념하는 날이다. 승려들은 원래 탁발하러 돌아 다니지만 우기에는 상황이 여의치가 않다. 그래서 부처의 계율을 원칙대로 고수하는 테라와다Theravada 불교의 승려들은 까티나 때 탁발을 멈추고 불심을 재천명한다. 안거를 몇 번 마쳤는지에 따라 승려의 '나이'인 법랍法臘, 즉 서열이 결정된다. 가령, 안거를 다섯 번 거친 승려는 지도 승려의 품을 떠나 다른 수도원에서 수행 할 수 있는 권한이 주어진다. 열 번 거치면 스승이라는 뜻의 아잔 이라는 칭호를 부여받을 자격을 얻는다. 우기 안거가 끝나는 날이 생일이라면, 까티나는 생일 파티다. 일반 신도들이 승려에게 감사 의 공양을 올릴 기회다. 왓 빠 나나찻의 승려들은 고양이가 목욕 을 싫어하듯 관심을 싫어하는 것 같지만 말이다.

1천 명이 넘는 방문객이 수도원에 몰려들었다. 방문객들은 수도원 곳곳을 종종걸음으로 누비며 카메라 셔터를 누르고 셀피를 찍었다. 확실히 축제 분위기가 느껴지기는 했다. 전날 벤과 나눈 대화 덕분에 마음이 누그러졌는지도 몰랐다. 방문객들의 설레는 기분이 나와 같은 체류자들의 우울한 기분을 뒤덮는 듯했다.

아침 해가 찡그린 지평선 위로 올라 숲 사이로 미소를 지었다. 방문객들이 도로 경주의 결승선에 모인 관객처럼 진입로의 양옆에 어깨를 맞대며 줄지어 서기 시작했다. 나도 동참했다. 모두 찹쌀밥이 가득한 그릇을 하나씩 들고 있었다. 녹색 폴로 셔츠와 헐렁한 나일론 바지 차림의 태국 남자가 내게 같은 그릇을 하나 건넸다. 그는 내게 허리를 숙여 절하고는 환한 미소를 지었다. 그 미소가 어찌나 환한지 나도 똑같이 웃지 않을 수 없었다. 그는 할 일을 알려주었다. 승려들이 도착하면 그들의 발우에 밥을 담으라고 했다. 너무 많이 담으면 밥이 곧 떨어질 테니 조금씩만 담으라고도 했다.

남자는 다시 내게 절한 뒤 어딘가로 사라졌고 나는 밥이 담긴 그릇을 내려다보며 서 있었다. 경험상 승려들은 내가 준 밥을 먹지 않을 것이다. 행렬을 따라 걸으며 각자의 발우를 5킬로그램에 달하는 찹쌀밥으로 채운 뒤 원래 밥이 담겨 있던 플라스틱 통에 다시 부을 것이다. 그러고는 행사가 끝나고 한 시간 뒤 뷔페식 식사를 할 것이다. 분위기는 흥겨웠지만 내 눈에는 전통적인 탁발 행위를 어설프게 흉내 낸 행사로 보였다. 승려들이 진정한 방랑 생활을 했던 과거에는 지금처럼 수많은 사람이 시중을 들어주고

도망친 곳에 낙원이 있었다

전용 주방에서 요리를 해 바치지 않았다. 나는 자세를 바꿔 서서는 입술을 삐죽거리며 한쪽 발로 바닥을 탁탁 내리쳤다.

그때, 누군가가 방문객들이 이룬 곡선을 따라 느긋하게 걸어오는 게 보였다. 모두 숨을 죽였다. 이름난 스님이 또 한 명 나타났다. 사진으로만 봤지 실물을 보는 건 처음이었다. 스님은 몸집과 머리가 크고 햇빛을 차단하도록 렌즈에 색을 넣은 무테안경을 쓰고 있었다. 또한 온화한 미소를 지으려고 얼굴 근육을 따로 훈련했을지 모른다는 의심이 들 정도로 표정이 차분하고 편안해 보였다. 출가한 지 50년이 넘은 이 스님의 이름은 아잔 수메도였다. 태국 숲속 전통의 초창기 서양인 제자 중 한 명이자 아메리칸드림의 환상으로부터 깨어난 미국인으로, 1975년에 아잔 차와 함께 왓 빠 나나찻을 세웠다. 그 아잔 수메도가 발바닥의 장심이 무너진 지 오래인 맨발로 나를 향해 걸어왔다.

나도 맨발이었다. 공양을 올리려면 누구나 맨발이어야 했다. 줄을 선 방문객들 모두 신발을 벗어 뒤쪽의 흙바닥에 두었다. 나는 다급히 그릇을 더듬어 밥이 손에 들러붙지 않도록 밥알을 손가락으로 뭉쳤다. 위대한 고승이 어느새 내 앞에 도착해 공양을 기다리고 있었다. 나는 손을 내밀어 뭉친 밥알을 고승의 탁발 그릇에 놓았다. 고승은 살짝 고개를 끄덕이며 미끄러지듯 나를 지나쳐 갔다. 나는 허리를 굽혀 절한 뒤 그 자세를 계속 유지했다. 의무감이 아니라 진심 어린 존경심이 우러나와 한 행동이었다. 심장이 팽창하는 듯한 낯선 느낌에 가슴이 벅차올랐고 *이 자리에 있는*

건 영광이다라는 마음의 소리가 들리고 또 들렸다. 그리고 마침내 진심으로 믿게 됐다. 인간의 정신을 집요하게 연구하며 수백 년을 헌신한 승려들의 생명을 지탱하는 일에 내가 작게나마 일조하고 있다는 사실을 말이다. 마치 동화책《그린치는 어떻게 크리스마스를 훔쳤는가!How the Grinch Stole Christmas!》에서 마지막 순간 심장이 커지고 착해진 그린치가 된 기분이었다.

식사를 마치고 아잔 수메도는 사무실에서 짧은 설법을 했다. 모두에게 잘 보이도록 현관에 설치한 긴 의자에 가부좌를 틀고 앉았다. 깊고 느긋한 스님의 목소리를 들으니 저속으로 달리는 증기기관차가 떠올랐다. 승려들은 스님의 말씀을 한마디도 놓치지 않으려 기침을 참아가며 몸을 앞으로 기울인 채 경청했다. 나도 무릎의 통증은 까맣게 잊은 채 빠져들었다.

몇 분밖에 안 되는 설법이었지만 오랜 세월 스님이 얻은 깨달음이 담겨 있었다. 스님은 지혜와는 차원이 다른 깨우침, **쟈나** jhana(우리말로는 선정禪定. 마음을 닦아 잡념에서 벗어나 오직 하나의 대상에만 정신을 집중하는 경지에 이름 – 옮긴이)라 불리는 명상의 초월적 상태를 논했다. 바로 내가 이루고 싶은 경지였다. 스님은 잠시 말을 멈췄다가 굶주린 눈빛들을 둘러보고는 말을 이었다.

"그러나 '**성취하다**'는 우리가 행하는 수행을 표현하기에 적합한 단어는 아닙니다. '**놓아주다**'가 훨씬 적절한 단어죠."

그 말에 충격을 받은 나는 남은 하루를 멍하고 차분한 상태로 보냈다. 개인 오두막이나 더 나은 수도원, 경청하는 청중처럼 내가 원하는 것들은 모두 성취와 관련이 있었다. 그동안 나는 수도 승의 수행이라 하면 매서운 바람과 싸우면서 정신의 산에 올라 꼭대기에 깃발을 꽂는, 극한의 탐험을 상상했다. 아잔 수메도는 성취의 대상을 우리 앞에 보란 듯 내보이고는 마지막 순간에 반전을 선사했다. 그와는 정반대의 길이 나아가야 할 최선의 길이라고, 꽉 붙잡지 말고 놓으라고 했다.

내가 그토록 듣고 싶었던 심오한 담마 설법이었다. 나는 내가 돌이킬 수 없을 만큼 바뀌길 바라며 설법에 담긴 지혜를 음미했다. 물론 그때는 몰랐다. 가르침이 담긴 만트라를 아무리 외워도 스님의 가르침이 체화되려면 지속적인 깨달음이 필요하다는 걸 말이다. 그래도 한 가지는 확실했다. 아잔 수메도는 내 마음에 창을 냈고, 그 창을 통해 새로운 가능성의 바람이 불었다.

—

까티나 다음 날은 마치 슈퍼볼 다음 날인 월요일 같았다. 방문객들은 다 떠났고 체류자들은 뒷정리를 하느라 바빴다. 우거지상을 한 중년 남자를 비롯한 단기 체류자들도 몇 명 떠났다. 저명한 고승과 승려들도 다수 떠났다. 나나찻에 자리 잡을 생각을 잠시 한 적도 있었지만, 이제는 그 승려들이 어떤 수도원에 갔는지 궁금했고 그 수도원으로 옮기면 어떨까 싶었다.

식사를 마치고 다시 사무실에 모이자 근엄한 말레이시아인 주지승이 소임을 배정한 뒤 저녁에 문답이 가능한 담마 설법이 열린다는 공지 사항을 선했다. 내가 묻고 싶은 질문은 이미 정해져 있었다.

각자 맡은 일을 하러 흩어질 때였다. 머리 모양이 네모난 승려 한 명이 다가와 인사를 건넸다. 나는 잠시 말문이 막혔다. 내게 직접 말을 건 승려는 그가 처음이었다. 승려는 수도원에 잘 왔다며 공식적으로 환영 인사를 하고 싶다고 했다. 내가 무어라 대꾸하기도 전에 조시가 내 옆으로 나타나 외쳤다.

"저는 정식 승려가 될 거예요."

승려가 웃으며 말했다. "정식 승려가 된다고요? 온 지 얼마나 됐다고요!"

조시는 눈을 내리깔았다. 나는 이 승려가 마음에 들었다.

우리 셋은 일하러 걸어가면서 대화를 나눴다. 침식된 길을 손보는 게 우리가 맡은 일이었다. 손수레로 흙을 옮겨 침식된 곳에 뿌린 뒤 표면을 평평하게 다지는 작업이었다.

"저는 신입 담당 승려예요." 신입 체류자들의 적응을 책임지고 있다는 뜻이었다. "지금은 바쁜 시기라 이래요. 평소에는 이렇지 않습니다."

나는 여유 있고 차분한 척하려 애썼다. 대화도 가벼운 잡담만 나누기로 마음먹었다. 어디에서 왔느냐는 나의 질문에 신입 담당 승려는 체코 출신이라고만 답했다. 나는 다음 질문을 하려다 입을 다물었다. 승려가 되기 전의 삶과 고향을 묻는 건 최근에 술을 끊은 사람에게 제일 좋아하는 칵테일을 묻는 것과 같았다. 그러나 흙더미가 쌓인 곳에 도착하자 참았던 질문이 무심결에 튀어나왔다.

"왜 승려가 되기로 하셨나요?"

"생활 방식이 좋아서요."

신입 담당 승려는 짧게 답하고는 삽질을 시작했다. 그게 다였다. 별일 아니라는 말투였다. 나는 허리를 펴고 똑바로 섰다. '원대한 인생 사명'을 상세히 설명할 절호의 기회를 피하다니, 믿을 수가 없었다.

나는 승려의 뒷모습을 가만히 바라보았다. 황토색 승복에 배어난 짙은 색 땀자국이 점점 커졌다. 승려들은 흙을 함부로 파면 안 된다는 말을 들은 적이 있다. 실수로 지렁이를 죽이기라도 하면 살생을 금하는 첫 번째 계율을 어기게 되기 때문이다. 그 말을 들었을 때는 계율을 다소 억지스럽게 적용한 게 아닌가 싶었다. 정신 수양을 핑계로 계율의 허점을 이용해 노동을 회피하려는 수작이 아닐까 의심하기도 했다. 그러나 머리통이 네모난 이 승려는 등을 구부린 채 헉헉거리면서 열심히 흙을 파고 있었다. 생각이란 걸 하겠다고 빈둥대고 있는 건 다름 아닌 **나**였다.

삽을 들고 흙을 파려는데 정찬용 접시만 한 개구리가 흙의 일부인 양 보호색으로 위장한 채 흙더미 꼭대기에 앉아 있었다. 신입 담당 승려는 삽을 흙더미의 허리께에 찔러 넣어 맨 위의 흙을 퍼냈다. 그래도 개구리는 꿈쩍하지 않았다. 지렁이보다 훨씬 큰 개구리를 해치면 훨씬 큰 업보를 치르게 될지 궁금했다. 나는 그답은 왠지 알고 싶지 않아 우물쭈물 개구리를 가리키며 물었다.

"이 근처에 저런 개구리가 많나요?"

"네."

승려는 개구리를 제대로 보지도 않고 답하고는 다시 삽을 흙더미에 찔러 넣었다. 나는 또 한 번 충격을 받았다. 너무나 태평스러운 태도였다. 어떤 심오한 대화도, 존재론적 고민도 없었다. 승려의 의중을 읽느라 머릿속 회로가 합선될 것만 같았다. 무슨 꿍꿍이가 있어 그러는 건지, 그냥 아무 생각이 없는 건지 도통 알 수가 없었다.

그날 저녁, 우리는 문답 시간에 참여하러 새로운 건물로 향했다. 큰길에서 벗어난 숲속 깊은 곳에 반구형 콘크리트 건물이 있었다. 다가가면서 보니 마치 나를 새로운 통찰의 은하계로 발사해줄 우주선 같았다. 소문에 따르면, 오늘의 강연자는 이스라엘 출신의 승려로 근처의 외딴 암자에서 수행한다고 했다.

반구형 건물에 들어서니 빠까오와 체류자 몇 명이 알아서 방석을 깔고 세 번 절한 뒤 맨 앞의 불상을 마주 보는 위치에 자리를 잡고 있었다. 승려는 한 명도 없었다. 나도 방석을 맨 앞줄로 가져가 절한 뒤 자리를 잡고 기다렸다. 주변을 힐끗 둘러보았다. 조시는 이미 나를 보고 있었던 듯 나와 눈이 마주치자 씩 웃었다. 벤은 언제나처럼 평온한 표정으로 눈을 감고 앉아 있었다. 다른 몇몇 빠까오는 눈을 질끈 감고 한껏 긴장한 자세였다. 그때, 뒤쪽 입구에서 헛기침 소리가 들렸다. 모두 허리를 꼿꼿이 폈다.

키 큰 이스라엘인 승려가 성큼성큼 걸어 들어왔다. 승려의 긴 얼굴은 아무것도 드러내지 않았다. 미소도 짓지 않았고 고개도 끄덕이지 않았으며 인사도 하지 않았다. 그는 불상 앞에 무릎을 꿇고 앉아 절한 뒤 뒤돌아 우리를 향해 앉았다. 우리도 무릎을 꿇고 앉아 다시 불상을 향해 절했다. 승려가 우리 쪽으로 몸을 돌릴 때는 그에게도 절했다. 그게 관례였다. 명상하는 공간에 앉을 때는 세 번 절했고, 누군가가 강연할 때는 다 함께 불상에 세 번, 강연자에게 세 번, 합쳐서 여섯 번 절했다.

첫 번째 절을 할 때 나는 승려의 표정을 읽으려 얼굴을 슬쩍 훔쳐보았다. 자신에게 절하는 사람들을 보며 어떻게 반응할지 궁금했다. 그러나 승려의 표정은 바위처럼 흔들림이 없었다. 설법을 시작할 때 으레 하는 염불을 한 뒤, 승려는 공간이 침묵으로 채워지길 기다렸다. 30초쯤 지나자 드디어 그가 입을 열었다.

"자,"

그는 우리가 자신의 목소리에 익숙해질 시간을 주려는 듯, 다시 말을 멈췄다. 그러고는 다시 입을 열었다. "질문 받겠습니다."

조용했다. 손을 드는 사람도 없었다. 무릎이 절로 들썩거렸다.

"질문이 있습니다."

내가 먼저 입을 열었다. 바깥세상의 모든 건 무의미하다는 독일인 주지승의 말을 들은 뒤로 야심 차게 준비한 질문을 할 때가 됐다.

"네 가지 성스러운 진리 중 첫 번째 진리에 따르면, 삶은 곧 고통입니다. 하지만 저는 삶이 모두 고통이라고…."

"아닙니다."

얼굴이 확 달아오르고 어깨가 움츠러졌나.

"고성제苦聖諦는 삶이 **모두** 고통이란 뜻이 아닙니다. 삶이 고통을 **수반**한다는 뜻이죠."

그는 이 말이 좌중에 스며들도록 잠시 멈췄다가 다시 말을 이었다.

"그조차도 핵심은 아닙니다. 사성제四聖諦의 뜻은 단순합니다. 만물은 생겨나고 사라진다는 것이죠."

혼란스러웠다. 석가모니의 가르침은 인생의 모든 문제와 그 해결 방법에 대한 네 가지 근본 진리, 사성제를 바탕으로 한다. ① (나는 잘못 이해하고 있었지만) 삶은 고통을 수반한다. ② 갈망은 고통을 일으킨다. ③ 갈망을 멈추면 고통을 멸할 수 있다. ④ 팔정도八正道라는 여덟 가지 수행법을 따르면 갈망하는 습관을 버릴 수 있다. 그러나 이 승려가 말하는 사성제의 개념은 만물은 생겨나고 사라진다는 것이다. 사성제를 그런 관점으로 생각해 보기는 처음이었다.

승려는 답변을 마친 뒤 독수리처럼 매서운 눈빛으로 법당 안을 둘러보았다. 다른 체류자들의 질문이 이어졌지만 질문도, 승려의 답변도 귀에 들리지 않았다. 나는 그의 단호한 답변에 혼쭐난 충격에서 헤어 나오지 못했다. 그는 컨설턴트처럼 빙빙 돌려 말하지 않았다. "좋은 질문입니다. 불교가 비관적이라는 흔한 오해를

도망친 곳에 낙원이 있었다

이번 기회에 풀게 돼 다행이네요" 따위의 말은 하지 않았다. 단도직입적이었다. 무지를 드러냈다는 수치심에 빠질 만했다. 그래서 마음에 들었다.

문답이 이어질수록 확실해졌다. 이스라엘인 승려는 내가 본 사람 중 가장 엄숙하고 신중하고 집중력이 높은 사람이었다. 생각이 많아 늘 애매하게 얼버무리는 나와는 정반대로 무자비하리만큼 솔직했다. 청중을 편안하게 해주는 기존의 모든 관습도 거부했다. 누군가 말을 하면 그 사람을 뚫어져라 응시했다. 그 어떤 속삭임이나 움직임도 없이, **말하는 사람**에게 완전히 집중했다. 승려의 시선은 사람을 안절부절못하게 했다. 나뿐만이 아니었다. 그의 시선을 받으면 대부분 목소리가 점점 작아지다 아예 입을 다물었다. 어떤 사람들은 문장을 채 끝내지 못하고 사과했다. 승려가 따라 웃길 바라는지 웃는 사람들도 있었지만, 그는 이들을 구해주지 않았다. 조약돌이 심연에 떨어지듯 웃음이 잦아들다 사라지게 가만히 내버려뒀다. 나는 이 승려가 정말 좋았다.

한 시간 뒤 문답이 끝나고 모두 자리에서 일어났다. 나는 얼른 제일 가까이에 있는 빠까오에게 속삭였다.

"저 분은 어디에 사시나요?"

"아잔 수키토요? 뿌 쫌 곰Poo Jom Gom에 계세요."

나는 자리에서 일어나 외투용 승복을 걸치고 있는 아잔 수키토에게 곧장 걸어갔다. 막상 가까워지니 야생동물에게 다가갈 때처럼 망설여졌다. 그러나 그가 몸을 돌려 떠나려 하자 이때를 놓치면 안 되겠다 싶어 무작정 그의 앞으로 발을 내디뎠다.

"어, 아잔 수키토?"

아잔 수키토가 나를 빤히 바라보았다. 가까이에서 보니 생각보다 키가 더 컸다. 각진 어깨 위에 지리한 길쭉한 머리와 매서운 눈빛이 독수리를 연상시켰다. 그는 아무 말 없이 눈을 한 번 깜빡였다. 나는 말해도 된다는 신호로 받아들이고 내 소개를 했다. 그리고 수도원에서 반년을 지낼 계획인데 나나찻에서 적응할 시간을 보낸 뒤 뿌 쫌 곰에 가도 되겠느냐고 물었다.

"구족계를 받으실 건가요?" 그가 물었다.

"글쎄요. 일단 어떨지 겪어보려고 왔습니다."

사실이기도 했고, 과하게 열정적인 조시가 신입 담당 승려의 비웃음을 산 걸 본 뒤라 그 정도로 표현하는 게 옳았다. 쉽지 않지만 광신도와 여행객 사이의 적정선을 지켜야 했다.

승려는 고개를 한 번 끄덕이고 말했다. "그것도 방법이죠."

나는 기회를 포착하고 다시 물었다. "나나찻에서 한 달쯤 지내보고 괜찮으면 뿌 쫌 곰에 가봐도 될까요?"

그는 다시 고개를 한 번 끄덕이고 말했다. "한 달 뒤에 봅시다." 그리고 성큼성큼 걸어갔다.

나는 피루엣(하나의 발끝을 축으로 팽이처럼 도는 발레 동작 – 옮긴이)이라도 출 수 있을 만큼 신이 났다. 후에 어떤 빠까오에게 확인한 바에 따르면, 그가 사는 왓 빠 뿌 쫌 곰은 동쪽의 라오스 국경 근처에 있는 외딴 암자로 반경 수 킬로미터의 황무지로 둘러싸여

도망친 곳에 낙원이 있었다

있다고 했다. 듣자 하니 동굴도 있는 모양이었다.

　나는 곧바로 기숙사에 돌아가 일기장을 챙겨 아래층으로 내려
갔다. 현관 가장자리에 앉아 달빛을 받으며 승려와 대화한 내용을
기억나는 대로 다 기록했다. 무지한 질문을 던지는 내 모습을 떠
올리니 한참 전의 일인 것처럼 미소가 지어졌다. 인문학 전공생이
라도 된 양 정확한 의미를 따지겠다고 당당히 손가락을 들어 올
리다니. 나는 정곡을 **제대로** 찌른 줄 알았다. 그러나 아잔 수키토
는 내 질문을 끝까지 듣지도 않았다.

　나는 일기장에 그래프를 그려 승려의 답을 시각화했다. 그래프
밑에는 이렇게 적었다. "만물은 생겨나고 사라진다. 모든 것은 이
곡선을 따른다. 고통은 우리가 이 곡선에 어긋나는 갈망을 품을
때 발생한다."

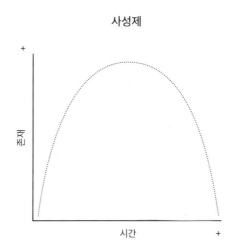

죽여주네. 나는 보편적 진리를 내 나름대로 해석한 문장에 감탄했다. '**우리**'라는 단어를 쓰면서 피어오른 자만심은 알아채지 못하고 말이다.

—

신입 담당 승려가 장담했듯 다음 날부터는 평소의 일과가 재개됐다. 매일 새벽 2시 30분이 되면 멀리서 들려오는 큰 종소리가 숲을 가득 채웠다. 종이 어디 있는지, 누가 울리는지 알 수 없어 신비로운 느낌이 들었다.

새벽 3시가 되면 승려와 빠까오, 단기 체류자들이 더 깊은 숲속에 자리한 두 번째 법당에서 방석을 깔고 줄지어 앉았다. 어두운 숲이 우리를 감쌌다. 주황색 촛불 빛이 석제 기둥과 법당 맨 앞에 놓인 황금색 불상의 곡선을 비추며 깜빡였다. 한쪽 옆에 놓인 유리 상자 안에는 죽음을 생각하게 만드는 해골이 걸려 있었다. 그 옆에는 해골의 무릎 높이까지 오고 더 튼튼해 보이는 상자가 있었는데, 거기에는 방부 처리된 아이의 시신이 들어 있고 포르말린이 가득 채워져 있었다. 이 상자는 나중에 혼자 더 자세히 관찰하기로 했다. 창백한 피부와 우아하게 감긴 눈꺼풀, 포르말린 속에서 흩날리는 머리칼 등 모든 게 그대로 보존돼 있었다. 이것도 죽음을 관조하기 위한 장치였으나 효과가 너무 강력했다. 시신을 한참 보니 목이 메었다.

도망친 곳에 낙원이 있었다

고대 인도에서는 장례를 치를 때 수도원 근처 야외 시체 처리소에서 시체를 태우거나 부패하도록 둔다고 들었다. 죽음을 관조하기 위한 또 다른 장치인 셈이다. 이곳에 오기 전에는 그런 강렬한 의식을 보고 교훈을 얻길 내심 바랐다. 그러나 막상 진짜 시신을 마주하니 몸이 움츠러들었다. 일기장에 그래프를 그리고 만물은 소멸한다는 진리를 이해했다고 주장하거나 핼러윈 장식품으로 쓸 법한 해골 모형을 관찰하기는 쉽다. 그러나 어느 날 갑자기 미래가 사라진 진짜 시신을 마주하기란 전혀 쉽지 않았다.

우리는 매일 아침과 저녁에 숲속 법당에서 30분간 염불을 외웠다. 처음에는 거부감이 들었지만 나도 모르게 염불 중 하나에는 빠져들었다. 다른 체류자들도 같은 마음인 듯 그 염불을 외우는 동안은 목소리가 점점 커졌다. 각각의 목소리가 움직이는 물고기 떼처럼 하나로 합쳐져 반복되는 세 개의 음 사이를 오르고 내리고 선회했다. 염불이 끝나고 나면 법당 안은 열기로 가득 채워졌다. 나는 명상을 시작하기 전, 여운이 가시지 않은 채로 좌중을 홀린 듯 바라보았다. 경외심이 들었다. 살생하지 말라는 계율을 충실히 따르면서 한밤중에 일어나 숲속에 모여 염불을 외는, 품위 있고 자제력 있는 사람들과 함께한다는 사실이 잠깐이지만 가슴에 와닿았다.

평소의 일과가 재개되고 며칠 후 어텀이 이의를 제기했다. 앞서 어텀이 경고한 대로 여성 체류자들은 새벽 및 저녁 예불에 참여하지 못했다. 어텀은 말도 안 된다고 했고 나는 어텀의 말에 동의했다. **정말** 말이 안 되기도 했고, 부끄럽지만 여성 체류자들의 존재를 까맣게 잊어버린 걸 들키고 싶지 않았다. 게다가 나나찻을 비판할 대의명분을 찾아 내심 기뻤다. 가끔씩 좋은 순간들도 있었고, 경험이 좋고 나쁘고는 온전히 마음먹기에 달렸다는 것도 알았다. 그러나 수도승의 삶은 여전히 내 기대에 미치지 못했다. 나는 그걸 나나찻의 탓으로 돌렸다.

처음에는 어텀에게 별것 없다는 뜻을 넌지시 비쳤다. 염불은 대부분 시시하고 안 할 수만 있다면 나도 안 하고 싶다고 했다. 어텀은 중요한 건 그게 아니라고 참을성 있게 설명했다.

"이유가 뭘까요? 여자들이랑 덤불에 숨어 입이라도 맞출까 봐 걱정하는 걸까요? 이게 무슨 중학교 댄스파티예요?"

웃음이 나왔다. 맞는 말이었다. 어텀이 항의하자 독일인 주지승은 결국 몇 차례의 회의 끝에 방침을 바꾸기로 했다. 어텀이 수도원에 있는 동안 저녁 예불은 여자들도 참여할 수 있도록 제일 큰 법당에서 하겠다고 했다. 단, 어텀이 나나찻에 머무는 동안만이었다.

"나도 알아요." 어텀이 고개를 젓고 어깨를 으쓱하며 말했다. "삐걱거리는 바퀴에 기름칠을 좀 해주겠다는 거죠. 방침을 따르기는 하겠지만…"

다음 날, 나는 남녀 합동 저녁 예불이 처음 시행된 뒤 어텀에게 소감을 물었다.

"아주 좋았어요." 어텀이 웃으며 말했다. "그리고 인정하기는 싫지만 주지승이 여자들의 참여를 꺼린 이유를 알겠더군요."

"네? 이유가 뭔데요?"

"눈치 못 챘겠지만요. 아까 명상할 때 젊은 승려들이 어땠는지 혹시 봤어요?"

고개를 가로젓자 어텀이 씩 웃으며 말했다.

"남자들의 시선을 그렇게 많이 받은 건 스물다섯 살 때 이후로 처음이에요."

그 말을 들으니 엄격한 부모 밑에서 자란 아이일수록 집을 떠나 대학교에 입학하면 더 심하게 일탈한다는 이야기가 떠올랐다. 애초에 절제를 배울 기회가 없었기 때문일 것이다. 나는 극한의 경험이라면 언제나 찬성이었지만, 여자를 배제하는 수도원의 규정은 장점보다 단점이 많아 보였다. 여자뿐 아니라 남자인 승려에게도 바람직하지 않았다. 기본적으로 여자를 두려워하고 피해야 할, 성적으로 위험한 존재로 보도록 훈련받는 승려들은 어쩌면 그래서 더 여자를 갈망하게 되는지도 몰랐다.

어텀의 관점을 접하면서 내 안에는 태국 숲속 전통에 대한 작은 의심의 씨앗이 자라기 시작했다. 베푸는 마음을 기르고 조건 없는 사랑을 퍼트리고 보편적 진리를 깨우치겠다는 승려들이 인류의 절반인 여성을 배제하는 것이 얼마나 큰 모순인가. 그러나 나는 불편한 진실과 마주할 때마다 내가 늘 하는 행동을 했다. 즉, 무시했다. 외면했고 시간이 지나면 문제가 저절로 사라지길 바랐다. 독일인 주지승도 그랬을 것이다. 어텀이 버클리로 돌아가면 그녀가 품은 온갖 위험한 생각도 함께 사라지길 바랐을 것이다.

—

나나찻의 숲속 곳곳에는 잠언이 적힌 표지판이 있었다. 영어로 된 인용문을 흰색 페인트로 손수 적은 갈색 판자가 고속도로의 광고 판처럼 나무 몸통에 걸려 있었다. 표지판에는 다음과 같은 말이 적혀 있었다.

"정신은 누구의 것인가?"

"아라한arahant이 되지 말라." 아라한은 깨달음의 가장 높은 경지에 오른 존재를 가리킨다.

"아무것도 되지 말라. 무엇이든 되면 괴로우리라."

제일 많이 적힌 인용문은 거침없기로도 유명한 태국의 영적 스승, 아잔 차의 글이었다. 내가 제일 많이 보고 생각에 잠겼던 사무실 근처의 표지판에도 아잔 차의 글이 적혀 있었다.

"평화를 찾는 것은 콧수염이 난 거북이를 찾는 것과 같다. 찾지 못할 것이다. 그러나 마음이 준비되면 평화가 당신을 찾아올 것이다."

뜻은 이해하지 못했지만 이런 멋진 경구를 쓰고 싶다는 생각은 들었다. 나는 일기장에 지혜의 말을 적는 데 열과 성을 다했다. 툭하면 지혜로워 보이는 추상적인 말을 썼고 그 말에 보편성을 부여하려고 '우리'를 넣었다. 그러면 마치 내가 대단한 사람이 된

도망친 곳에 낙원이 있었다

것 같았다. 그렇게 몇 쪽을 채우고 나면 드러누워서 상상의 나래를 펼쳤다. 먼 미래에 탐험가들이 내 소중한 일기장을 발견해 먼지를 털어내고는 그 내용을 표지판에 새기는 상상을 하며 흐뭇해했다.

지혜의 글을 쓰지 않을 때는 글을 읽었다. 기숙사의 작은 책장에 꽂힌 책들을 탐독했다. 대부분 승려의 담마 설법이 담긴 책이었지만 외부 방문객이 기증한 책도 몇 권 있었다. 에크하르트 톨레의《지금 이 순간을 살아라》는 읽는 내내 눈을 뗄 수 없었다. 앉은 자리에서 한 번에 다 읽을 뻔하다 잠시 내려놓았는데, 그것도 일기장에 책 속의 구절을 옮겨 적으며 저자의 기분을 느껴보기 위해서였다. 저자의 이야기는 바로 내가 갈망하는 이야기였다. 나도 완전한 실패를 겪은 뒤 깨달음을 얻고 경외감에 빠져 공원 벤치에 앉아 며칠을 보내면서 경험한 영적 성장을 책으로 쓰고 싶었다.

두 번째로 골라든 책은 댄 밀맨의《평화로운 전사》였다. 이 책을 읽을 때도 초반에 나온 글이 표지판에 적힐 만하다고 판단해 일기장에 적었다.

"스트레스는 마음이 스트레스에 저항할 때 생긴다."

완벽하군. 바로 이거야.

그러나 뒤로 갈수록 사기당한 기분이 들었다. 우선 저자의 결함이 너무 빤해 믿어지지 않았다. 그가 순식간에, 완벽히 탈바꿈한 것도 의심스러웠다. 나는 저자의 글을 옮겨 적은 일기장을 펼처 종이가 찢어지도록 박박 지웠다. 자동차 범퍼에 붙이는 스티커용 격언을 모아놓은 책에 불과했다. 무엇보다 그런 책에 속았다는 데에 짜증이 났다.

그러나 영적 탈바꿈을 갈망하는 내 마음은 여전했다. 나중에 깨달았지만 사실 나는 책의 전제, **즉 신비로운 현자가 백인 청년에게 삶의 의미를 가르친다는 설정**에 질투가 났다. 특히 저자가 자신의 영적 성장을 확신하는 게 부러웠다. 답을 찾아 동남아시아에 오는 백인 청년이 생각보다 많다는 사실도 그때는 몰랐다.

미국 힙합의 중심이라고 불리는 애틀랜타에서 자랄 때, 흑인 힙합의 팬이었던 나는 백인이 모방자일 수밖에 없다는 두려움을 늘 안고 살았다. 뭘 하든 남의 것을 훔치는 기분에 시달렸다. 결국 내게 허락된 적절한 선택지는 자기혐오뿐이었지만, 백인은 피해자가 아니라 압제자였으므로 자기혐오를 하더라도 선제적이고 극적으로 해야 했다. 문제는 자기혐오가 자기도취로 변질될 수 있다는 데 있었다. 요트를 소유한 사람이 불평등한 현실을 개탄한다면 누가 그 말을 듣고 싶겠는가.

그렇다면 답은 침묵뿐이었다. 자기 소멸. 더는 내 존재로 세상을 더럽히지 않는 방법밖에 없었다. 석가모니가 깨달음을 찾아 떠날 때 처음 시도한 것도 바로 자기 소멸이었다. 그는 절식하여 신체를 죽음 직전까지 몰고 갔다. 나도 그 비슷한 걸 시도했다. 단식하고 내가 그때까지 알고 지냈던 모든 사람에게서 멀어지려 했다. 친구의 죽음으로 인한 비통함뿐 아니라, 내가 이 세상에 무의미한

도망친 곳에 낙원이 있었다

존재일지 모른다는 불안감이 원동력이 됐다. 그 덕분에 내가 사라지는 게 가능한지 알아보려고 낯설디낯선 나라에 무작정 날아올 수 있었다.

그러나 나는 자기 소멸을 행동으로 옮기지 못했다. 오히려 살고 싶었지만 방법을 모를 뿐이었다. 그래서 나와 비슷한 과정을 겪으면서도 이런 형편없는 책을 쓸 만큼 자신감에 찬 저자가 미칠 듯 부러웠다.

책을 읽은 뒤로 나는 꼬박 하루를 부루퉁해 있었다. 몇 년 전 처음 방문한 수도원, 뉴질랜드의 위뭇띠 불교 사원Vimutti Buddhist Monastery과 같은 곳에 머물고 싶었다. 그때는 솔숲에서 길을 잃고 방황하는 새끼 염소를 구해주기도 했다. 이름을 러키라고 짓고는 근처에서 농장을 운영하는 뉴질랜드인 가족이 입양할 때까지 건강하게 보살펴 주었다. 그러나 나나찻에서 지금까지 마주친 야생 동물이라고는 핫도그만 한 크기에 독 발톱을 드러내며 공격해 온 지네뿐이었다.

위뭇띠에서는 동틀 녘에 일어나 다 함께 주방에서 공용 믹서에 신선한 과일을 넣고 스무디를 만들었다. 오후에는 식료품 저장실에서 치즈와 꿀, 진저비어를 자유롭게 가져다 먹을 수 있었다. 여덟 가지 계율 중 여섯 번째 계율에 따라 정오 이후에는 음식을 먹어서는 안 됐으나, 미리 정한 몇 가지 간식과 음료는 허용됐다.

그러나 나나찻에는 아침 스무디도, 치즈도, 공용 식료품 저장실도 없었다. 그런데 어느 날 차담 시간에 음료가 담긴 아이스박스 뒤로 음식 그릇이 보였다. 태국에 와서 처음 먹는 오후 간식이었디! 그러나 작디작은 그릇에 담긴 건 없느니만 못한 빈랑나무 열매였다. 그것도 한 사람당 한 개씩이었고, 쓰고 텁텁해 먹는 기쁨이 전혀 없었다.

위뭇띠는 팔리어로 '자유'를 뜻했다. 그때는 내가 얼마나 많은 자유를 누렸는지 몰랐다. 위뭇띠에는 꾸띠가 많았는데, 하나같이 아름답고 서로 멀찍이 떨어져 있어 체류자들이 자연에서 온전히 고독을 누릴 수 있었다. 내가 묵었던 꾸띠에는 키 큰 풀로 뒤덮인 완만한 산비탈이 내다보이는 큰 창문과 향꽂이가 있었다. 자유 시간에는(자유 시간이 있었다!) 운동화 끈을 동여매고 구불구불한 농지를 오랫동안 뛸 수 있었다. 위뭇띠에서는 승려가 되는 꿈을 꿀 수 있었다. 나나찻에서는 그렇지 않았다. 이제 나는 승려들에게 승려가 된 이유를 묻지 않았다. 그저 떠나고 싶은 마음뿐이었다. 그러나 달리 갈 데가 없었다.

—

어느 날 아침, 문제가 생겼다. 숲속 산책을 마치고 돌아오니 말레이시아인 주지승이 눈이 빨개진 어린 태국인 빠까오, 벤의 어깨에 한 팔을 두르고 있었다. 벤은 얼굴을 가린 채 울고 있었다. 훌쩍이는 소리가 교정기 사이로 새어 나왔다. 이 광경을 보고 있던 마르고 우울해 보이는 이탈리아인 빠까오가 나와 눈이 마주쳤다. 나나

도망친 곳에 낙원이 있었다

찻에 도착하고 첫째 날 아침, 뷔페 탁자에서 간식을 두 개 낚아채는 모습을 내게 들킨 그 빠까오로, 그의 이름은 조르조였다. 조르조는 나를 보며 슬픈 미소를 지었다. 나는 낮은 목소리로 벤이 다쳤는지, 누가 죽은 것인지 물었다.

"아뇨, 그랜트. 모두 무사해요. 벤이 떠난대요."

"떠나다뇨? 수도원을요?"

조르조는 눈을 감고는 판사봉을 내리치듯 딱 한 번 고개를 끄덕였다.

"왜요?"

"부모님 때문에요. 부모님이 그만 돌아오라고 했대요."

조르조는 위로하려는 듯 내 어깨에 손을 올리고 말했다.

"부모님은 벤이 직업을 갖길 원한대요. 영어로 뭐라고 하더라? '덴티스타'가 되라고 한대요."

"덴티스트dentist(치과 의사)요?"

"네, 그랜트. 덴티스트가 되길 바란대요."

잠시 후 법당 뒷길에서 벤을 만난 나는 무슨 말을 해야 할지 몰라 그냥 벤을 안아주었다. 벤은 포옹을 거부하지는 않았지만 두 팔을 계속 옆구리에 붙인 채 고개를 숙이고 있었다. 다음 날 아침, 벤은 떠나고 없었다.

나도 떠나는 순간을 상상한 적 있지만 이런 식은 아니었다. 떠나더라도 더 깊은 초야에 묻히고 싶지 기술과 직업, 부모의 압박에 휘둘리는 삶으로 돌아가고 싶지는 않았다. 가족들 생각이 나기는 했다. 나나찻에 온 지 2주가 다 되었으니 내 안부가 궁금할 터였다.

식사 후 신입 담당 승려에게 시내에 있는 피시방에 다녀와도 되는지 물었다. 나는 내심 거절당하길 빌었다. 가혹한 생활 여건을 한탄할 수 있는 좋은 기회였다. 그러나 승려는 어깨를 으쓱하며 말했다.

"네, 그럼요. 다녀오세요."

"아, 음, 알겠어요. 금방 돌아오겠습니다."

승려의 다음 말도 내 기대에 어긋났다.

"천천히 오셔도 돼요."

그의 태평스러운 반응에 짜증이 났지만 출입문 밖으로 발을 내딛는 순간 짜증은 눈 녹듯 사라졌다. 나는 실눈을 뜨고 주변의 풍경을 살펴보았다. 대낮에 보기는 처음이었다. 지붕처럼 그늘을 드리운 숲 밖으로 나오니 기온이 족히 8도는 올라갔다. 처음 도착한 날 밤 양치하며 시간을 끌었던 울타리를 지나 움푹 팬 자국이 가득한 길에서 우회전했다. 길의 맞은편은 들판이었다. 코뚜레를 찬 물소 한 마리가 말라서 갈라진 진흙 바닥에 누워 있었다.

이상하게도 수도원을 벗어난 뒤에야 혼자만의 시간이 생겼다. 기숙사의 공용 보관함에서 꺼내 입은 흰색 승복에 햇볕이 내리쬤다. 봄볕에 녹는 얼음이 된 기분이었다. 나는 두 활개를 휘저으며 지난 나흘 동안 머릿속에 맴돌던 더 게임의 〈투 머치Too Much〉를 흥얼거렸다. 정신없는 도시 생활에서 벗어나니 놀랍게도, 아는지도 몰랐던 노래가 가사뿐 아니라 화음과 기악 편성까지 완벽히 떠올랐다. 길가를 걸으며 머릿속으로 노래를 재생하니 무릎이 절로 흔들리며 춤이 춰졌다. 이번 배경 음악은 네이트 도그의 노래였다. **음악이 그리웠다.**

얼마 지나지 않아 고속도로가 나왔다. 차선은 없지만 오가는 차량들로 대략 6차로로 정리된 먼지투성이 도로였다. 도로변에는 기둥 위에 콘크리트 판을 지붕으로 올린 상점이 간간이 보였다. 야외용 가구와 대나무 빗자루를 파는 상점이었다. 나는 들은 대로 반대쪽 도로변을 살핀 끝에 피시방 간판을 찾고 개점 시간을 기다렸다. 피시방 문이 열리자마자 도로를 가로질러 후다닥 달려갔다.

아, 달릴 수 있다니! 달리기를 한 지 몇 년은 된 것 같았다. 나는 중학교 때 농구를 포기했지만 다른 스포츠에서는 두각을 드러냈다. 주로 내게는 없는 완력을 대체하는 기량, 즉 속도를 요하는 스포츠에서 말이다. 나는 꽤 빨랐다. 대학교에서도, 그 이후에도 계속 몸담은 스포츠는 얼티미트 프리스비였다. 민첩성과 타이밍 감각이 뛰어난 내게 딱 맞는 스포츠였다. 아주 잠깐이지만 도로를 가로질러 뛸 때 그 기분을 느낄 수 있어 좋았다.

초록빛 잔디밭을 둘러싼 400미터 트랙에서 훈련하던 시절이 그리웠다. 내게는 그곳이 또 하나의 수도원이었다. 직장을 그만둔 뒤 태국행을 한 달 늦춘 건 전국 대회 시즌을 마무리하기 위해서였다. 수도원 수행 기간을 최소 6개월로 잡은 깃도 경기가 없는 시즌이 6개월이기 때문이었다. 나는 대비책을 마련했다. 승려가 되지 못하면 돌아가서 다시 프리스비 선수로 뛰면 됐다.

물론 그때는 몸이 망가져 있을 것이다. 나나찻에서의 수행이 불만스러운 또 다른 이유였다. 나는 운동의 명백한 장점을 외면하는 나나찻의 규율이 이해되지 않았다. 각자 요가를 할 수는 있었고 그것도 좋았지만 유산소운동이나 격렬한 운동, 단체 운동은 할 수 없었다. 승패를 겨루는 시합도 금지됐다. 나는 나나찻에 대한 반항심에 도로를 가로지른 뒤에도 피시방에 다다를 때까지 계속 뛰었다.

피시방 앞 흰색 타일 바닥에 아이들의 신발이 흩어져 있었다. 유리로 된 미닫이문이 열려 있어 들여다보니 긴 방 양쪽 끝에 컴퓨터 모니터가 한 줄씩 놓여 있었다. 왼쪽 벽을 따라 아이들 일곱 명이 줄줄이 의자에 앉아 맨발을 달랑거리며 게임을 하고 있었다. 아이들은 자신들의 뒤통수를 지나쳐 안쪽으로 향하는 내게 신경도 쓰지 않았다. 나는 데스크의 젊은 여자에게 동전 몇 개를 내밀었다. 여자도 나를 보고 놀라는 눈치가 아니었다. 나나찻에서 온 흰색 승복 차림의 외국인이 이메일을 확인하는 경우가 자주 있는 모양이었다. 여자가 비밀번호가 인쇄된 종이쪽지를 건넸다. 나는 아이들의 반대편 자리에 앉아 컴퓨터에 비밀번호를 입력했다.

우선 준비한 대로 일기장에서 할 일 목록이 적힌 페이지를 펼쳤다. 첫 번째로 할 일은 메일 확인이었다. 지메일에 접속해 개인 계정의 홈 화면을 보니 미소가 지어졌다. 컨설턴트로 일할 때 설정한 나뭇결무늬 배경이었다. 개인 계정은 회사 계정과 반대로 자연스러운 느낌으로 꾸미고 싶었다. 나는 각 항공사의 마일리지 규정이 어떻게 다른지 속속들이 아는 삶을 살았지만, 마음만큼은 아버지처럼 히코리와 호두나무, 소나무를 구별할 줄 아는 목수의 삶을 살고 싶었다. 이제는 정말로 숲에 **살아서** 그런지 이메일 배경이 어떤 나무의 무늬인지 궁금해졌다. *마호가니인가?* 답을 찾으려 설정을 클릭했지만 그냥 '나무'라고만 돼 있었다.

나는 읽지 않은 메일 157통을 무시하고 새 탭을 열었다. 스포츠 경기 결과를 확인하는 일이 갑자기 더 시급하게 느껴졌다. 다른 탭으로 유튜브도 열었지만 검색하지는 않았다. 미식축구 웹사이트에 들어가니 이번 시즌에도 애틀랜타 팰컨스(애틀랜타가 연고지인 미국 미식축구팀 – 옮긴이)의 초반 성적이 좋지 않았다. 상관없었다. 그렇다는 걸 아는 게 중요했다.

아이들은 모두 헤드셋을 끼고 있었고 내 모니터 모서리에도 헤드셋이 걸려 있었다. 나도 얇은 플라스틱 띠를 머리에 두르고 플러그를 꽂았다. 유튜브 검색창에 더 게임의 〈투 머치〉를 입력했다. 음악 소리가 따뜻한 버터처럼 감미롭게 귀를 감쌌다. 수도원에서는 오락 활동이 금지돼 있지만 이곳은 수도원이 아니었다. 5분 뒤, 나는 어 트라이브 콜드 퀘스트의 〈계속 움직여Keeping It Moving〉와 레이크 스트리트 다이브의 〈망한 자화상Bad Self Portraits〉, 위켄드의 〈사악한 게임Wicked Games〉을 듣고 있었다. 수도원의 염불은 음이 저음, 중음, 고음 세 개뿐인 데다 부반주 합창이었다. 타악기 연주와 음량 차이와 리듬감이 있는 음악이 간절히 듣고 싶었다.

다음 할 일은 이메일 보내기였다. 가족들에게 내가 얼마나 사랑하는지, 늘 가부좌를 틀고 앉아 무릎이 얼마나 아픈지 적어 보냈다. 얼티미트 프리스비 대학팀의 몇몇 팀원에게도 보냈다. "단식과 수면 박탈을 제대로 해볼" 생각이라고 호언장담하는 내용이었다. 진심이기도 했고, 팀원들이 **알아**주기를 바랐다. 지난 2주 동안 문득문득 떠올랐던 사람들에게도 고마운 마음을 담은 친절한 내용의 메일을 닥치는 대로 작성해 보냈다. 그때, 화면 맨 아래에 채팅 메시지가 떴다. MJ였다.

나는 느낌표를 계속 눌렀다. MJ도 그랬다.

"이거 꿈 아니지? 둘이 동시에 접속하다니!"

"내 말이!"

"브루클린은 지금 몇 시야?"

"밤이야." MJ가 답했다.

MJ의 아파트에서 파티를 열었는데, 왠지 묘한 느낌이 들어서 이메일을 확인하려고 컴퓨터를 켰다고 했다. 나는 브루클린의 요일을 물었다.

"토요일이야." MJ가 답했다.

"내가 보낸 편지 상자는 받았나?"

"받았어!"

"읽어봤나?"

"이번 달 편지만." MJ는 한꺼번에 다 열어보고 싶었지만 참았다고 했다.

우리는 보고 싶다는 말을 주고받았다. MJ는 지금 내가 어떤 모양의 구름을 보고 있고 야생의 자연에서 어떤 메시지를 얻었는지 물었다. 아직 마음의 여유가 없어 생각해 보지 못한 사치스러운 질문이었다.

우리는 온라인에서 함께한 시간이 많았다. 직접 만난 시간은 다 합쳐도 사흘밖에 안 됐다. 친구의 소개로 처음 MJ를 만나 함께 점심을 먹었고, 태국으로 오기 한 달 전 주말에 MJ를 찾아갔던 게 전부였다. 입을 맞춘 적도 없었다. 우리의 관계는 대부분 영상통화나 문자로 이어졌다. 지금 하는 채팅이 익숙한 것도 그 때문이었다. 첫날부터 소통이 잘 돼 온라인을 넘어선 관계로 발전할 수도 있겠다는 느낌이 들었다. 그러나 먼 타국으로 떠나온 지금으로서는 헛된 기대였다.

우리는 채팅하면서 이 같은 현실을 점차 깨달았다. 솟구치던 흥분이 가라앉았다. 결국 '**사랑**'이라는 단어를 쓰지 않으려 애쓰면서 애정이 담긴 작별 인사를 나눴다. MJ가 접속했음을 알리는 녹색 점이 사라졌다. 그제야 숨이 쉬어졌다.

남은 이메일은 관심도가 급격히 떨어져 줄줄이 삭제하기 시작했다. 스팸 메일, 광고 메일, 서비스 약관 업데이트 메일. 그러다 미 국무부에서 보낸 메일까지 삭제할 뻔했다.

"축하합니다. 외교관 시험에 합격하셨습니다."

까맣게 잊어버리고 있었다. MJ와의 마지막 영상통화에서 MJ

의 책장에 꽂힌 학습 안내서를 보고 물어본 적이 있었다. MJ는 미국무부에서 일하면 본인이 꿈꾸는 대로 외국에서 살 수 있다고 했다. 국무부 소속 외교관이 되려면 먼저 표준화 시험을 통과해야 했다. 그다음 주, 나는 MJ에게는 말하지 않고 미니애폴리스의 시험장을 찾아가 시험을 봤다. 나중에 MJ에게 말하면 내가 얼마나 거침없는 사람이고, MJ가 전공한 국제 관계에 얼마나 관심이 있는지 어필할 수 있으리라는 게 제일 큰 이유였다. 그런데 시험에 통과할 줄은 몰랐다. 국무부에서 보낸 메일에 따르면 2차 시험은 논술 전형이었다. 나는 일기장의 빈 페이지에 에세이 질문을 적고 로그아웃한 뒤 피시방을 나왔다.

나나찻으로 돌아가려면 도로를 건너야 했지만 그전에 편의점부터 들렀다. 지금처럼 일기를 쓰면 곧 일기장이 꽉 찰 것이다. 새 일기장이 필요했다. 편의점에는 모눈종이를 모아 만든 자주색 격자무늬 노트밖에 없었다. 이 정도면 충분했다. 계산대에 가니 금전등록기 아래에 진열된 맛있는 금지품들이 시선을 사로잡았다. 킨더 부에노, 헤이즐넛 초콜릿. 나는 그중 몇 개를 계산대에 올렸다.

이후 며칠 동안은 오후마다 주방의 탁자에 한 시간씩 앉아 국무부에 취업하기 위한 에세이를 작성했다. 외교관은 특성상 원치 않는 나라에 파견될 수도 있었다. 극한의 경험을 좋아하는 내 성향에 맞는 복불복의 직업 환경이었다. 이력서는 쓸 만큼 써봐 잘 알았다. 활용 가능한 내 기량을 입증할 지루한 경력을 소개하고, 그동안 이룬 모든 업적을 적당히 부풀리되 최대한 솔직한 느낌이

도망친 곳에 낙원이 있었다

나게 쓰면 됐다. 그게 일반적인 전략이었다.

하지만 이번에는 다르게 하고 싶었다. 2주간 수도원에서 지내면서 영적으로 성장했음을 나 자신에게 입증하기 위해 진짜 경험을 적기로 했다. 작년에 얼티미트 프리스비 팀원들을 설득해 유니폼을 바꾼 적이 있었다. 팀원들은 내 제안을 받아들여 흔히 입는 헐렁한 반바지를 벗고 스판덱스 소재의 반바지를 착용했다. 몸에 딱 달라붙는 탓에 엉덩이가 다 드러나는 바지를 입도록 남자 서른 명을 설득할 정도면 외교관이 되고도 남을 것 같았다. 그다음 주, 나는 피시방에 다시 찾아가 에세이를 제출했다.

나는 바로 떨어졌다. 그러나 그때는 몰랐다. 인터넷에 접속할 일이 없었으니 알 길이 없었다. 불합격 메일은 받은 메일함에 얌전히 보관돼 있었다.

그것도 모르고 나는 몇 달간 외교관이 된 미래를 그리며 행복한 공상에 빠졌다. 6개월의 명상으로 상당한 지혜를 얻은 덕분에 정식 승려가 될 **필요**조차 없어지는 즐거운 상상도 했다. 이력서에 **전직** 승려, **현직** 외교관이라고 적는 꿈도 꿨다.

외교관. 아, 이보다 섹시한 직함이 또 있을까. 흰색 승복과 고무 샌들 차림으로 숲길을 걸으면서 나는 외교관이 되면 출근할 때 어떤 옷을 입을지 고민했다. 축하 파티에서 마티니를 들고 최근 이스탄불에서 수행한 임무를 들려주며 저명한 초대 손님들을 접대하는 장면도 상상했다. 지네와 빈랑나무 열매, 북적이는 사람들을 견뎌야 하는 지금에 비하면 너무나 완벽한 미래였다.

가끔은 공상이 샛길로 샜다. 상상 속 나는 태국에서 비밀 임무를 수행하라는 미 국무부의 지시를 받았다. 신분을 속이고 승려로 위장해 왓 빠 나나찻에서 무기한으로 살아야 하는 임무였다. 겨우 벗어난 나나찻에 돌아가 불만스럽고 혼란스럽고 기진맥진한 기분을 또다시 느껴야 했다. 나는 비 내리는 길 한복판에 털썩 무릎을 꿇고 앉아 믿기지 않는다는 듯 두 팔을 하늘 높이 올렸다. 비에 흠뻑 젖은 셔츠가 피부에 들러붙었고 천둥은 고소하다는 듯 우르릉 쾅쾅 손뼉을 쳤다. 나는 머리 위의 카메라를 올려다보며 이렇게 울부짖었다.

"이 지옥에서 벗어날 길은 정녕 없단 말인가!"

도망친 곳에 낙원이 있었다

5장

금식, 명상 그리고 탁발 순례

아잔 차는 수도승이 평생 따라야 할 다음의 지침을 남겼다.

"적게 먹고, 적게 자고, 적게 말하라."

제일 엄격한 기준을 적용해도 우리는 나나찻의 일과와 생활 방식 덕분에 이미 이를 이뤘다. 하루 한 끼만 먹기, 새벽 2시 30분에 기상하기, 고결한 침묵을 중시하는 문화. 그러나 이조차도 내 기대에 미치지 못했다. 나는 평범한 수준을 넘어서고 싶었다.

그래서 깨달음의 속도를 높이는 방법을 고안해 실행에 옮겼다. 심화 불교 수업을 듣는 셈이었다. 우선 음식에 집중했다. 이미 적게 먹고 있었지만 그보다도 덜 먹고 싶었다. 나는 며칠간 단식하는 게 소원이었다. 음식 섭취를 중단하면 외부 세계에 대한 의존을 완전히 차단함으로써 진정한 자급자족을 이룰 수 있었다.

그러나 두 가지 문제가 있었다. 첫째, 나나찻에는 단식하는 수행자가 있을 공간이 없었다. 진정으로 헌신적인 수행자만을 위한 정글 속 왕좌 같은 건 꿈도 꿀 수 없었다. 나나찻에서 단식하는 사람은 텅 빈 기숙사에 혼자 앉아 엄지를 마주 대고 빙빙 돌리면서 아래층에서 숟가락이 부딪치는 소리를 듣고 있어야 했다. 둘째, 나는 끊임없이 배가 고팠다. 단식하는 사람을 떠받들어 주면 빈속을 자부심으로라도 채울 수 있을 텐데 나나찻은 그런 환경이 아니었다. 단식할 보람이 없었다.

그렇다면 석가모니가 고행의 정점에서 그랬듯 최소한의 식량으로 버티는 수밖에 없었다. 하루에 쌀알 한 개만 섭취하는 것이다. 나는 고개를 똑바로 든 채 당당하게 뷔페 탁자를 지나칠 것이고 내 빈 발우는 오염 한 점 없이 깨끗하게 빛날 것이다.

이 전략의 유일한 문제는 실행이 불가능하다는 데 있었다. 하루를 꼬박 굶은 뒤 만찬을 보기만 하면, 내 손은 나도 모르게 누구보다 빨리 발우가 넘치도록 음식을 담았다.

결국 나는 적게 먹는 대신 빨리 먹는 쪽을 택했다. 체육 시간에 몸풀기 달리기에서 1등 하려고 애쓰는 아이처럼 체류자 중 제일 먼저 식사를 마치기로 마음먹었다. 목표를 이루면 자리에서 일어나 마음챙김을 하는 척하며 숨을 깊이 들이쉬었다. 허겁지겁 먹느라 마음챙김을 망각했다는 사실을 깨달은 호흡이 아니라 승리를 즐기는 호흡이었다. 그런 뒤 느린 걸음으로 식당을 가로질러 가면서 최대한 무심하고 평화롭게 보이도록 표정을 관리했다. '아, 내가 제일 빨리 먹었나요? 솔직히 경쟁이라고 생각하지 않아 그런 줄도 몰랐네요'라고 말하는 듯한 표정이었다.

사실 경쟁이 치열하기는 했다. 조시도 나만큼 빨랐다. 얼마나 먹었는지 보려고 내 발우를 힐끔거리는 조시를 목격한 적이 몇

도망친 곳에 낙원이 있었다

번 있었다. 나는 그런 조시가 하찮게 보였다. 그러나 조시가 어디를 보고 있는지 확인한 나도 하찮기는 마찬가지였다. 어쨌거나 나는 조시가 나보다 먼저 식사를 마치면 눈알을 굴리며 매사에 너무 진지한 조시를 안쓰럽게 여겼다. 누가 열아홉 살 소년 아니랄까 봐. 식사는 경주가 아닌데 말이다. 물론 그래봤자 1등은 늘 나와 조시를 비롯한 젊은 남자가 차지했고 나도 그 부류에 속한다는 사실은 자각하지 못했다.

후식과의 싸움은 연전연패였다. 뷔페 탁자의 맨 끝에 놓인 신선한 과일 그릇 너머에는 초콜릿과 웨이퍼, 크림이 든 바삭한 과자 등 포장된 간식이 담긴 그릇이 있었다. 알고 있었다. 단것을 많이 먹으면 오히려 에너지가 떨어져 맥이 빠진다는 걸. 욕망하도록 디자인된 색색의 포장지에 넘어가서는 안 된다는 것도 알았다. 그러나 스물네 시간을 굶고 나면 안 그래도 가득 찬 발우에 최대한 많은 후식을 아슬아슬하게 쌓기 일쑤였다.

후식을 다 먹고 나면 자제력을 발휘하지 못한 자신에게 화가 났다. 매일 그랬다. 먹기 전에는 식욕이 솟구치고 먹은 후에는 자기혐오에 시달렸다. 집착과 환멸이 반복됐다. 적게 먹을 수 없다면 최소한 건강한 음식이라도 먹어야 하는데 그러지 못했다. 후식도 저주스러웠다. 내가 볼 때 수도원에서는 사탕과 초콜릿류를 아예 금해야 했다. 이런 간식은 지속되는 혜택 없이 감각적 쾌락만 주는 전형적인 자극원일 뿐이었다. 순간적 쾌락을 피하는 것은 불교 교리의 기본인데도 나는 그 기본을 지키지 못했다.

어느 날, 한 방문객이 입이 떡 벌어지는 별미를 가져왔다. 크리스피크림 글레이즈드 도넛 열두 개들이 상자였다. 상자를 처음 발견한 건 요리 재료를 손질할 때였다. 상자만이라도 만져보고 싶었다. 나는 얼른 다가가 한 손으로는 부채로 파리를 쫓아내면서 다른 손으로 얇은 판지 상자의 표면을 살그머니 쓰다듬었다. 깔끔한 모서리, 흰색 바탕에 빨간색 필기체 글씨와 녹색 점들이 인쇄된 매끈한 직사각형 상자는 그야말로 사치품이었다. 백화점에서 캐시미어 스웨터를 포장할 때 써도 좋을 상자였다.

기대에 부푼 나머지 이 도넛 때문에 속세와 단절된 은신처에 관한 환상이 무너질 수도 있다는 생각은 조금도 들지 않았다. 이 도넛이 어쩌다 여기까지 오게 됐는지 궁금하지도 않았다. 이 도넛은 무조건 먹어야 했다. 어떻게 하면 두 개를 먹을 수 있을지가 고민이었다.

그런데 개수를 세다 보니 속이 울렁거렸다. 도넛은 열두 개고 승려는 스물다섯 명인 데다 나보다 선배인 체류자도 몇 명 있었다. 내가 도넛을 먹으려면 내 앞에서 음식을 담는 사람들의 절반 이상이 도넛을 포기해야 했다.

그래도 지금 이 순간 도넛 옆에 앉은 건 나뿐이었다. 몰래 훔쳐 먹는 짓은 절대 못 하겠지만 말이다. 나는 한 손을 상자 밑에 슬며시 넣어 손바닥에 느껴지는 도넛의 온기와 무게를 음미했다. 예불에 참석하러 어쩔 수 없이 자리를 떠야 할 때는 마치 연인을 떠나보내는 심정이었다.

도망친 곳에 낙원이 있었다

희망이 아예 없는 건 아니었다. 승려들이 내가 최근에 읽은 담마 설법 책의 조언을 따를 수도 있었다. 책에는 이런 구절이 있었다. "포기가 안 되는 건 애초에 참을성 있게 억제해야 한다."

불현듯 새로운 사실 하나가 추론됐다. 내가 후식 앞에 도착했을 때 도넛이 하나도 남아 있지 않다면, 그건 쾌락을 버려야 한다고 설교했던 승려들이 그대로 행하지 못했다는 뜻이었다. 그러면 나는 도넛은 먹지 못하더라도 도덕적으로는 우위를 점할 수 있었다. 반면에 도넛이 **남아 있다면**, 그건 승려들이 대부분 욕구를 **억제했다**는 뜻이었다. 그제야 깨달았지만, 그 경우에는 나 역시 승려들을 따라 참아야 했다. 괜한 추론으로 자승자박한 셈이었다.

나는 일기장에 이렇게 적었다.

"수도원에서의 삶은 쾌락(도넛, 낮잠, 험담)의 **유혹**을 참을 때보다 쾌락(술, 인터넷, 섹스)과 물리적으로 **분리**될 때 더 가치가 있지 않을까."

나는 이 말이 진실이길 간절히 바랐다. 물리적 분리는 유혹보다 깔끔했다. 분리되면 좋은 습관이 생길 수밖에 없다. 극한의 수준으로 전념하면 자기 계발이 더 빨라진다. 나는 나 자신을 냉혹하게 다스릴 환경이 간절히 필요했다. 내게는 미묘한 상황에서 올바른 판단을 할 힘이 없었고 내가 그러리라는 믿음도 없었다.

그러나 내가 미처 깨닫지 못한 사실이 하나 있었다. 내가 별로 가치가 없다고 생각한 쾌락(도넛, 낮잠, 험담)의 유혹이 실은 아잔차가 말한 세 가지 범주, 즉 먹기, 자기, 말하기와 정확히 들어맞는

다는 것이었다. 나는 깨달음에 굶주렸으면서도 다른 방식의 득도에 정신이 팔려 이 중요한 사실을 놓쳤다.

기회가 주어진다면 도넛을 먹을지 말지는 끝내 결정하지 못했다. 그러나 상자에 다다르니 도넛은 이미 다 사라지고 없었다. 그 광경에 잠시 어깨가 처졌지만 나는 실망했다는 사실을 애써 부정하며 허리를 꼿꼿이 폈다. 얼굴이 일그러지는 게 느껴졌다. 위선적인 승려들 같으니라고. 쾌락주의자들도 아니고. 나는 바로 그 자리에서 나라면 도넛을 절대 먹지 않았으리라 결론 내렸다.

그때, 크리스피크림 상자 안에서 무언가가 반짝였다. 도넛이 놓였던 자리에 남은 열두 개의 둥근 설탕 결정 자국이었다. 그러지 말라는 내면의 소리가 발동하기도 전에 내 손은 어느새 설탕 결정을 모으려고 숟가락으로 상자 바닥을 긁고 있었다.

그날 밤, 나는 기숙사의 내 자리에 불투명한 그물망으로 된 작은 텐트 모양의 모기장을 설치했다. 남들이 설치할 때는 비웃었던 물건이었다. 이미 실내에 들어와 있는데 뭐 하러 그런 걸 설치하나 싶었다. 그러나 그날 밤은 혼자만의 공간이 꼭 필요했다.

나는 다른 체류자들에게 들리지 않게 조심하면서 킨더 부에노의 포장지를 뜯은 뒤 초콜릿 바를 입에 넣었다. 킨더 부에노는 편의점에서 충동구매를 한 뒤로 배낭 속에서 계속 나를 불렀다. 이제야 그 부름에 응한 것이다. 나는 입을 다물고 눈을 감은 채 생각했다. *천국이 따로 없군.*

씹는 소리가 들려서는 안 됐다. 입술을 꼭 다문 채 씹을 때마다 혀를 이용해 바삭 소리를 내는 웨이퍼를 헤이즐넛 크림과 초콜릿으로 감쌌다. 입맛을 다시며 황홀경에 빠진 신음을 내고 싶었지만, 그러면 망할 주변 사람들에게 들킬 것이다. 나는 그들이 원망스러웠다. 초콜릿 바를 하나 더 먹고 나니 나 자신도 원망스러웠다. 나는 공식적으로 정오 이후에 음식을 먹었다. 고의로 규칙을 어긴 건 이번이 처음이었다. 초콜릿 바가 모두 사라지자 후회가 밀려왔다. 여전히 배가 고팠고 죄책감까지 느껴야 했다.

킨더 부에노를 **더 많이** 사지 않은 것도 후회됐다. 규칙을 어길 거면 크게 어겼어야 했다. 이제 남은 거라고는 범죄의 흔적과 그 흔적을 처리할 장소가 없다는 사실뿐이었다. 기숙사에는 쓰레기통이 없었고 승복에는 주머니가 없었다. 나는 한숨을 쉬며 초콜릿 포장지를 매트의 모서리 아래에 밀어 넣었다. 그날 밤, 나는 몸을 뒤척일 때마다 포장지의 바스락 소리가 주변에 들릴까 봐 걱정해야 했다.

—

며칠 전, 신입 담당 승려가 사무실에서 나를 따로 불러냈다. 승려는 기숙사에서 혼자 지내는 꾸띠로 곧 옮겨주겠다는 소식을 전했다. 나는 반신반의하며 고개를 끄덕였다. 그뿐이 아니었다. 승려는 내가 해줄 일이 있다면서 가방에서 열쇠 꾸러미를 꺼내 건넸다. 매일 아침 예불과 좌선坐禪이 끝나면 방문객들이 들어오고 승려들이 탁발하러 나갈 수 있도록 출입문의 자물쇠를 따고 문을 활짝 열어둘 사람이 필요했다. 그게 나였다.

나는 허리를 똑바로 폈다. 상징적으로 중요한 의미가 있는 소임이었다. 2주 전만 해도 나는 아무것도 안 보이는 어둠 속에서 두 팔로 사방을 더듬으며 무턱대고 나나찻의 출입문을 통과했다. 그랬던 내가 그 문의 열쇠를 맡은 것이다. 내 눈빛이 별처럼 반짝이는 걸 보았는지 신입 담당 승려가 말했다.

"저기요, 그냥 문만 열면 돼요."

그때부터 나는 새벽 4시만 되면 다른 사람들이 숲속 법당에서 일어나 중앙 구역으로 돌아갈 때 홀로 주방을 지나 출입문으로 이어지는 캄캄한 길을 걸어갔다. 중앙 구역에서 출입문까지는 100미터쯤 됐고, 내가 처음 도착한 날 밤처럼 칠흑같이 어두웠다. 그 길을 걸으니 완벽한 고독감이 느껴졌고, 그게 내가 원하는 건 줄 알았다.

그러나 덤불에서 바스락 소리나 딱 소리가 들릴 때마다 몸이 움찔하는 건 어쩌지 못했다. 열쇠 꾸러미를 하도 꽉 잡아 손에 땀이 나고 금속 냄새가 났다. 나는 손가락 관절 사이로 삐져나온 열쇠를 발톱처럼 세워 들었다. 무언가를 본 적은 한 번도 없었다.

그러던 어느 날 새벽, 출입문까지 몇 발짝 안 남았을 때 문 너머로 사람의 형상이 언뜻 보였다. 닫힌 출입문의 쇠창살 사이로 달빛이 쏟아져 들어왔다. 나는 뒤로 물러나 달빛이 드리운 그림자 속으로 숨었다. 문 너머의 형상이 내가 숨는 소리를 들은 것 같았다. 지금 문을 열면 기습당할지도 몰랐다. 나는 그대로 몇 분을 기다리다 발끝으로 살금살금 다가가 문틈으로 좌우를 살펴보았다. 그러고는 아까 본 형상이 없는 걸 확인한 뒤 열쇠를 자물쇠 구멍에 꽂았다. 자물쇠가 요란한 소리를 내며 열렸다. 나는 경첩에서 삐걱거리는 소리가 나지 않도록 한쪽 문을 단번에 획 열었다. 다른 쪽 문도 연 순간, 나는 그 자리에 얼어붙었다.

한 남자가 문간에 서 있었다. 등이 구부정한 늙은 태국인이었다. 남자는 총인지 뭔지 모를 무언가를 내게 겨눴다. 나는 숨이 막혀 컥 소리를 내고 두 팔을 들며 뒷걸음쳤다. 남자는 절뚝거리며 내게 걸어와 미친 사람처럼 주문 같은 말을 중얼거렸다.

"칸디. 칸디."

그러고는 손에 쥔 무언가를 내게 주겠다는 듯 달그락거렸고, 나는 어느새 두 손을 모아 받을 준비를 하고 있었다. 남자의 손가락이 펼쳐지자 딱딱한 사탕 세 개가 내 손바닥에 떨어졌다. 노인은 내 손을 자기 손으로 움켜쥐었다. 그런 뒤 내 어깨를 두드리고는 비질을 도우러 절름거리며 걸어갔다. 나는 예상 밖의 반전에 당황하고 사탕을 먹어도 되는지 몰라 혼란스러운 상태로 어둠 속에 멍하니 서 있었다.

며칠 뒤, 약속대로 숙소를 옮겼다. 꾸띠로 옮기기 전에 킨더 부에노를 먹은 건 다행이었다. 새로운 숙소에서의 생활을 규칙을 어기는 일로 시작하고 싶지 않았기 때문이다. 규칙을 어길 거면 차라리 기숙사에서 어기는 게 나았다. 기숙사는 내가 마땅히 누렸어야 할 고독과 침묵을 방해했으니 말이다. 그러나 나만의 꾸띠가 생긴 **지금은** 진지하게 명상에 임할 수 있었다.

꾸띠는 훌륭했다. 얇은 기둥으로 떠받친 통나무 오두막으로, 법당 바로 너머에 있었고 뒤쪽은 큰길과 연결돼 있었다. 전면의 계단 몇 칸을 올라가면 샌들을 벗고 들어갈 수 있는 작은 현관이 나왔다. 안으로 들어가니 설 수는 있지만 점프할 수는 없는 높이의 천장과 고리에 걸린 모기장이 보였다. 내 수면 매트를 까니 전체 면적의 절반이 채워졌다. 두 개의 창문은 나무 덧문이 달려 있었고 고르지 못한 마룻장 틈으로 산들바람이 불어 들어왔다.

소임 시간과 차담 시간 사이에는 현관에 있는 플라스틱 의자에 앉아 허리를 펴고 심호흡하며 명상할 준비를 할 수 있었다. 까티나가 끝난 뒤로 일과에 여유가 생긴 덕분에 특별히 할 일이 없는 오후는 개인 명상 시간으로 썼다. 내가 묵는 꾸띠 현관에서는 울창한 덤불이 벽을 이룬 마당이 내다보였다. 계단 아래로는 테두리를 따라 작은 돌멩이가 줄줄이 놓인 직사각형 모양의 흙길이 이어졌다. 걷기 명상을 하기 좋은 나만의 길이었다.

나는 의자에 앉아 경치를 즐겼다. 그러다 초점이 흐려질 정도로 긴장이 풀리자 눈을 감았다. 턱의 힘이 빠졌다. 어깨는 내려앉았고 귀는 숲에서 나는 소리에 익숙해졌다. 드디어 야생의 자연 속 오두막에서 명상하기에 성공한 것이다.

그러나 집중력은 곧 엉망으로 흐트러졌다. 나뭇가지가 부러지거나 나뭇잎이 밟히는 소리, 지나가는 승려의 뒤꿈치에 주황색 플립플롭이 부딪히는 소리가 들렸다. 며칠 지나지 않아 나는 내가 바라던 고립은 불가능하다는 걸 깨달았다. 내가 묵는 꾸띠는 큰길과 너무 가까웠다. 예전 집보다 좋기는 하나 고속도로 바로 옆에 있는 집으로 이사 온 셈이었다.

승려가 지나가는 소리가 들리면 긴장이 돼 자세를 고쳐 앉았다. 가부좌를 틀고 바닥에 앉는 대신 의자에 앉은 나를 못마땅한 눈빛으로 볼 것만 같았다. *등받이에 기대면 제대로 집중할 수 없는데.* 분명 이렇게 생각할 것 같았다.

나도 그렇게 생각했다. 의자에 앉아야만 하는 게 부끄러웠다. 나는 1.6킬로미터를 5분 안에 뛸 수 있고 130킬로그램이 넘는 바벨을 들고 스쾃을 할 수 있었다. 하지만 가부좌를 틀고 앉으면 아무리 애써도 무릎이 브이 자 모양으로밖에는 안 접혔고 산 채로 잡힌 나비의 날개처럼 파르르 떨렸다. 뒤로 쓰러지지 않으려면 등을 구부리고 씩씩거리면서 무릎을 꽉 잡아야 했다. 정좌正坐 명상을 하려면 사타구니의 통증을 참으며 몸부림쳐야 했다.

안 그래도 매일 몇 시간씩 단체 예불과 좌선, 공양을 바닥에 앉아서 하며 고통을 견디고 있는데 혼자서는 단 1분도 바닥에 앉고 싶지 않았다. 그래서 무슨 소리가 들리면 그냥 눈을 질끈 감고 마음속으로 외쳤다. 이곳에서는 내가 원하면 언제든 의자에 앉을 수 있다고. 여기는 **내** 현관이라고.

속이 상해 승려의 시선을 잠자코 받아들이지 못할 때도 있었다. 무슨 소리가 들리면 눈을 떴고, 그러면 자기 절제를 하지 못하고 훔쳐본 것만 같아 더 짜증이 났다. 그럴 때는 기분 상한 눈빛으로 쏘아볼 작정을 하고 현관 옆으로 몸을 기울여 길 쪽을 내다보았다. 그러나 길은 십중팔구 비어 있었다. 아무도 없었다.

어느 날 오후, 그날도 나는 꾸띠에 돌아와 현관 명상을 준비했다. 먼저 플라스틱 의자에 털썩 앉아 얼굴을 문질렀다. *이제 해볼까?* 하는 마음으로 관자놀이와 이마, 턱을 만졌다. 그러나 할 수가 없었다. 더는 내 머릿속의 생각을 듣고 싶지 않았다. 자리에서 일어나 서성거리려 했지만 현관에는 서성거릴 공간이 없었다. 다시 의자에 앉으려고 보니 누구든 지나가다 내 모습을 봤다면 미친놈으로 봤겠다는 생각이 들었다. 단호한 걸음으로 계단을 올라 현관에 놓인 의자에 앉아 얼굴을 문지르고는 갑자기 일어났다가 다시 앉았으니 말이다.

실제로 미칠 것 같았다. 몇 주째 내가 그토록 고대했던 혼자만의 시간이 드디어 생겼다. 그런데 막상 혼자가 되니 나와 관련된 생각은 아무것도 하고 싶지 않았다. 탄식을 내뱉고 싶었지만 그러면 또 미친놈으로 보일 터였다. 나는 두 주먹을 꼭 쥐고 발끝으로 깡충깡충 뛰었다. 속이 쓰리고 신물이 났다. 배 속에 쥐가 얹힌 뱀이 된 기분이었다. 뱀의 배 속에 갇힌 쥐가 된 기분이기도 했다.

소화가 덜 돼서 그런지도 몰랐다. 낮잠을 자면 정신이 맑아져 명상하기에 좋은 상태가 될 수도 있었다. 물론 명상은 언젠가 꼭, 할 것이다.

나만의 공간이 생기니 원하면 언제든 낮잠을 잘 수 있었다. 하루에 세 번씩 잘 때도 있었다. 휴대폰이나 운동, 친구, 간식, 음악, 게임 등 나 자신으로부터 관심을 돌릴 만한 게 없으니 남은 도피 수단은 하나뿐이었다. 몸의 전원을 끄고 그냥 자는 수밖에 없었다. 잠에서 깰 때마다 나는 아무 생각 없는 달콤한 암흑이 사라지는 게 무척 슬프고 안타까웠다. 한편으로는 부끄러웠다. '적게 자라'는 아잔 차의 지침을 어겼기 때문이다.

하지만 그날도 아무 거리낌 없이 꾸띠 안으로 들어가 곯아떨어졌다. 한 시간 뒤, 잠에서 깨 손목시계를 보니 오후 2시 30분이었다. 새벽에 일어나 기계적으로 예불과 좌선에 참석하고, 출입문을 열고, 비질하고, 식사 준비를 돕고, 낮잠을 자고, 두 번째 예불에 참석하고, 먹고, 비질하고, 다시 낮잠을 자니 열두 시간이 지나 있었다. 전날과 똑같았다. 나는 여전히 생각의 족쇄에서 벗어나지 못한 채 내키지 않는 몸뚱이를 억지로 끌고 다니고 있었다. 차담 시간은 기대됐지만 내 진짜 목적지는 아니었다. 모든 게 뒤섞여 흘러갔다. 세 시간 뒤 차담 시간이 끝나면 나는 **할 일**이 하나도 없는 이 빈 오두막으로 다시 돌아올 것이다.

그래서 내가 여기에 있는 것이다. 나는 냉정하게 생각했다. *바로 지금, 이 순간의 고독은 가변적인 마음을 고립시키기 위해 내가 자청한 것이다.* 나는 현관의 플라스틱 의자로 돌아가 무릎 사이에 머리를 묻었다.

달리자. 갑자기 엉뚱한 생각이 들었다. *그냥 규칙을 어기자. 달리기를 하자. 수도원 밖으로 나가 몰래 조깅을 하자.* 출입문 열쇠는

나한테 있잖아!

　나나찻에 도착한 이후로 손도 대지 않은 운동화가 떠올랐다. 기숙사 구석에 둔 배낭 속 밑바닥에 구겨져 있을 것이다. 상상만으로도 벌써 탁 트인 도로와 넓은 하늘 아래 펼쳐진 들판을 달리는 기분이었다. 그러나 실행에 옮기지는 않았다. 나는 이미 정오 이후의 식사를 금하는 계율을 어긴 상태였고, 나나찻에는 운동을 금하는 규칙이 있었기 때문이었다. 어느 모로 봐도 이해가 안 되기는 했지만 말이다. 달리기는 건강에 좋고 율동적이라 명상의 한 형태라 할 수 있었다. 나는 그저 건전하고 순수하게 몸을 움직여 이 지옥 같은 정체에서 잠시 벗어나고 싶을 뿐이었다.

　현관 너머로 걷기 명상을 하는 길이 보였다. 뛸 수 없다면 걸을 수는 있을 것이다. 나는 본래 걷기에 회의적이었다. 걷기는 운동 방법으로 달리기보다 열등하고, 명상의 수단으로 앉기보다 열등해 보였다. 승려들이 걷기 명상으로는 생각을 깊이 파고들 수 없다고 말하는 걸 들은 적이 있었다. 그렇다. 지금 내게 필요한 건 깊지 않은 명상이었다.

　걷기 명상의 길은 폭은 한 걸음, 길이는 스물다섯 걸음 정도로 활주로와 비슷한 모양이었다. 처음에는 큰길을 오가는 사람들이 의식돼 두 팔을 옆구리에 딱 붙인 채 빠른 걸음으로 걸었다. 그러다 나중에는 몸이 리듬을 타면서 겉모습보다는 감정에 더 집중하게 됐다. 걷는 속도를 줄이니, 발을 내디딜 때 뒤꿈치에 실린 무게가 물 흐르듯 장심을 통과해 엄지로 이동하는 감각과 엄지로 바닥을 밀어넬 때 공중에 떠 있는 듯한 감각이 고스란히 느껴졌다. 좋았다.

코끝에서 숨이 드나드는 느낌에 집중하라는, 지금껏 배운 명상법과는 달랐다. 호흡을 인위적으로 바꾸지 말라는 승려들도 있었다. 그런 승려들은 "그냥 내버려두세요"라고 조언했다. 두 전략 모두 내게는 도움이 안 됐다. 첫 번째는 코끝에 관심을 집중하면 눈이 사시가 됐다. 게다가 코에 집중하면 일기장에 적어내고 있는 이 끝없는 생각이 만들어지는 신체 부위, 즉 머리에 관심이 쏠렸다. 그러면 마치 진화의 산물로 입이 항문 바로 옆에 달린 동물이 만들어지는 느낌이었다. 비효율적이었다. 두 번째, **그냥 내버려두는** 전략은 언뜻 걱정 없고 평화로워 보였지만 너무 수동적이었다. 내가 할 일이 아무것도 없었다.

걷기는 달랐다. 발바닥은 머리에서 가장 멀리 떨어져 있었다. 또한 의도적으로 아주 천천히 움직이면 스물다섯 걸음을 걷는 데 5분이 걸리게 할 수 있었다. 무릎을 구부리고 미세하게 균형을 잡으며 발걸음 소리가 안 나게 걸을 수도 있었다. 생각에 갇히지 않고 내 몸을 탐구하니 오랜만에 색다른 기분이 느껴졌다.

예전엔 내가 헬륨 풍선이 된 기분이었다. 가스로 부푼 머리가 누구도 신경 써주지 않는 실에 매달려 있는 것 같았다. 지금은 먹이를 찾는 고양잇과 동물이 된 기분이었다. 나는 일기장에 적을 만한 내용인지 고민하며 이 동물의 형상을 그려보았다. 정신을 차리고 보니, 나도 모르게 걷기를 멈추고 길 위에 선 채로 또다시 생각에 잠겨 있었다. 풍선과 재규어를 머릿속으로 번갈아 묘사하면서 말이다.

심호흡한 뒤 명상을 다시 시작하는 대신 얼른 길에서 벗어나 현관 계단을 올라갔다. 일기장에 조금 전 떠오른 형상을 기록하고 다음으로 떠오른 대담한 생각을 발전시켜야 했다. 나는 현관에서 일기장을 열어젖히고 그 생각을 갈겨쓰기 시작했다. 드디어 이 고독에서 살아남을 방법을 찾았다. 바로 책을 쓰는 것이다.

부지런히 일기를 쓰면 정신을 날카롭게 유지할 수 있을 것이다. 그뿐 아니라 내가 겪은 모험이 기록된 귀중한 사료가 될 수도 있었다. 나는 내 일기장을 묘사하며 '**귀중한**'이라는 단어를 적었다. 일기장을 있는 그대로 출판해도 괜찮을 듯했다. 날것의 느낌을 살리는 것이다. 마음챙김을 다룬 다른 책들과 달리 내 책은 **진짜** 이야기를 들려줄 것이다. 검열과 삭제가 없는 원본 그대로가 실릴 것이다. TED 강연을 할지도 몰랐다. 인생 코치 자격증을 교부하는 영리 학교를 세울 수도 있다. 나는 책 제목을 고민하기 시작했다. 몇 분 만에 제목이 정해졌다. **딜리젠틀**Diligentle.

완벽했다. **근면한**diligent과 **온화한**gentle을 합친 말로, 두 단어는 더 나은 삶을 살기 위해 필요한 나만의 특별 비책이었다. 독자들은 이전에는 짝지어진 적 없는 이 두 요소가 음과 양을 이룬다는 걸 알아보고, 자신의 삶에서 무엇이 부족하고 넘치는지 깨달을 것이다. 간단명료한 데다 독창적이고 새로운 표현이었다. 첨단기술기업의 재치 있는 사명 같았다.

글은 술술 풀렸다. 금세 페이지가 넘어갔고, 책에 으레 실리는 유명 인사의 추천사를 뒤표지에 어떻게 실을지도 상상했다. 달라이 라마는 저자가 서양인들이 동양의 사상을 바라볼 때 자주 착용하는 낙관주의 안경을 능수능란하게 제거했다고 찬사를 보낼 것이다. 책 표지에는 고귀한 고대의 지혜를 현대화한 이 책의 통찰은 가족, 연애, 직장, 종교 등 삶의 모든 분야에 적용할 수 있다고 장담하는 문구가 대문자와 이탤릭체로 인쇄될 것이다. '인생을 바꿔줄 책!'이라는 문구와 함께.

다음으로 고민한 건 저자의 사진이었다. 너무 진지해 보이고 싶지는 않으니 미소 짓는 사진이 좋을 것이다. 그렇다고 너무 환하게 웃으면 지나치게 열성적으로 보일 것이다. 입술을 벌리지 않고 현명해 보이는 미소여야 했다. 현명해 보이는 실눈을 뜨고 이렇게 말할 것이다.

"그래요, 제자들이여. 나는 저 너머의 빛을 보았습니다. 그래서 훌륭한 사람이 되었습니다. 여러분도 황홀경에 이르는 해탈의 경지에 오르기를 바랍니다. 그러나 무엇보다 나를 봐주길 바랍니다. 이 흑백사진에서 여러분을 보고 있는 나, 숲속 오두막에서 장작을 패고 푸짐한 수프를 끓이고 밑바닥 생활을 즐기는 평범하고 겸손한 영웅인 나, CIA 요원이었던 과거를 숨기고 사는, 머리가 희끗희끗하고 말수가 없는 영화 속 아버지 캐릭터 같은 나를 봐주길 바랍니다."

니는 현관에서 마치 마당의 어린나무들을 유혹하려는 듯 미소를 연습했다. 활기와 기운이 샘솟았다. 명상은 하지도 않았으면서 현자가 된 기분이었다.

석가모니의 무한한 연민을 논할 때 사람들은 깨달음을 얻은 뒤, 평생 가르침을 전한 그의 생애가 그 증거라고 말한다. 아내와 자녀를 떠난 지 6년 만에 석가모니는 보름달이 뜬 날 밤, 보리수 나무 아래에서 완벽한 깨달음을 얻었다. 그의 나이 서른다섯 살이었다. 드디어 목표를 이룬 것이다. 석가모니의 말대로 만족이 가장 큰 부라면 해탈한 그는 갑부인 셈이었다. 은퇴하고 남은 평생을 한적한 곳에서 황홀하게 즐길 수 있었다. 그러나 그는 깨달음을 얻은 이후 45년 동안 지금의 인도와 네팔의 국경 지대를 떠돌아다녔고 추종자들에게 진리와 인간 정신의 본질을 설교했다. 평균 수명이 40년이 채 안 됐던 당시에 석가모니는 80년을 살았다. 그것만으로도 대단한데 그의 가르침은 그가 죽고도 오래도록 남았다.

석가모니의 일생과 가르침은 염불의 형태로 구전되다가 기원전 1세기경 불교의 기초서인 팔리어 경전으로 기록됐다고 알려져 있다. 태국 숲속 전통을 비롯한 테라와다 불교는 석가모니의 순수한 가르침이 담긴 이 경전만 신뢰한다. 이후에 쓰인 경전들은 '해설서'라 부르며 은근히 조롱 섞인 시각으로 보기도 한다. 이러한 배타주의는 내게 모순된 감정을 일으켰다. 먼저 테라와다 불교 승려들이 멋져 보였다. 그들은 '원조 대세'인 석가모니의 규율을 최대한 똑같이 지키며 살았다. 21세기의 테라와다 불교 승려와 석가모니의 실천법이 조금이라도 다르다면 그건 2,500년 넘게 통신과 번역을 거치며 발생한 오류 때문일 것이다.

그러나 다른 한편으로는 융통성이 없어 보였다. 테라와다 불교는 양성평등과 같은 이념에 가차 없이 선을 그었다. 나는 테라와다 불교의 편협한 시각이 우려스러웠다. 20년간 사립학교에 다니고 인문학을 배우면서 나는 특별한 존재고 원하는 건 무엇이든 할 수 있으며 내가 하는 일은 그게 무엇이든 **세상을 바꾸리라**는 믿음을 가지며 자란 나였다. 그래서 나는 겸손은 잠시 접어두고 주변에서 일어나는 일상적 사건에 더 큰 형이상학적 의미를 부여하기로 했다.

어느 날 아침, 매미 한 마리가 나를 피하려고 황급히 날아가다 기둥에 머리를 박고 죽었다. 그 모습을 보자마자 나는 얼른 일기장을 펼쳐 이름난 영적 스승들이 그러듯 '**우리**'를 문장에 포함해 조금 전 겪은 일을 기록했다.

"우리는 두려울 때 딱히 어디를 향해서가 아니라 우리를 두렵게 하는 것이자 우리가 두려워하기로 택한 것에서 무턱대고 도망친다. 차분하게 두려움을 놓은 뒤에야 덜 진화된 본능을 초월해…" 나는 계속 글을 이어갔다. 마지막 줄에는 미래의 출판사에 보내는 메모를 대문자로 적었다. "이번 장의 제목은 '곤충 통찰'로 해주세요."

이렇듯 별의별 사건에 의미를 부여했는데도 정작 내게 가장 필요한 교훈은 놓칠 때가 많았다. 어느 날은 한밤중에 상작 패는 소리를 듣고 잠에서 깼다. 머리맡의 등을 켜니 내 주먹만 한 딱정벌레가 꾸띠의 한쪽 모서리 벽을 들이받고 있었다. 실수로 죽일까 봐 발로 차기는 싫었고, 잡았다가는 내가 죽을 것 같아 그것도 싫었다. 빗자루를 휘둘렀지만 덩치가 꽤 큰 녀석이라 그 정도로는 꿈쩍도 하지 않았다. 녀석이 벽에 곤두박질치는 모습을 보았는데도 나는 내 행동과의 유사점을 전혀 포착하지 못했다. 그저 그 녀석 참 크기도 크네 하는 생각뿐이었다.

내 꾸띠에 또 다른 방문객이 찾아왔을 때도 별다른 생각이 없었다. 어느 날 오후, 소임을 마치고 돌아오니 큼지막한 도마뱀붙이가 열려 있는 덧문에 매달려 있었다. 내 팔뚝 길이만 한 도마뱀붙이는 당당히 창턱을 가로질러 꾸띠 안으로 들어갔다. 나는 어찌나 놀랐는지 비명을 지르다 오줌을 찔끔 지렸다. 쫓아내려고 발을 쿵쿵 굴렀지만 소용없었다. 도마뱀붙이는 벽에 떡하니 붙어 멍한 눈으로 날 바라보았다. 대나무 빗자루로 때려 간신히 쫓아낸 뒤로 다시는 덧문을 열어두지 않았다.

침입자들이 다녀간 뒤 나는 대청소가 필요하다고 판단했다. 나무판자로 된 바닥 위로 모기장을 치고 가운데를 모아 묶었다. 거미줄도 제거했다. 방 안 구석구석과 현관, 계단은 물론이고 꾸띠 밑의 흙바닥도 빗자루로 휙휙 쓸어냈다. 흙바닥인데 흙을 쓸다니 말도 안 됐지만 나는 계속 꾸띠 주변을 쓸었다. 그러다 점점 범위가 넓어져 반경 6미터 내의 잔가지 하나까지 다 쓸어냈다.

청소를 마치고 얼마 안 돼 깡마른 네덜란드인 승려가 다가왔

도망친 곳에 낙원이 있었다

다. 그는 남을 함부로 재단할 것 같은 무표정의 소유자였다. 나는 내가 혼날 짓을 저지른 줄 알고 잠시 얼어붙었다. 그러나 승려는 내 꾸띠를 칭찬하기 시작했다.

"아주 좋아요."

승려는 아까 지나가다가 내 꾸띠를 봤다면서 아예 꾸띠를 비우고 나간 줄 알았을 정도로 깨끗하다고 칭찬했다. 그의 목소리를 들은 건 그때가 처음이었다. 얼굴과는 다소 안 어울리는 카랑카랑한 쇳소리였다. 어쨌거나 그날은 평소와 달리 다정했다.

"아, 그런가요. 어, 고맙습니다."

"아주 깨끗해요."

승려는 같은 말을 반복하고는 미소를 지었다. 그러고는 한 손가락으로 관자놀이를 두드리며 말했다. "마음도 깨끗하다는 뜻이죠."

환한 미소가 절로 지어졌다. 나는 도대체 왜 이 승려를 거만하다고 생각했을까? 이렇게 지적이고 예리하고 친절한데 말이다. 나는 그가 좋아졌다.

"친근해지면 좋아진다." 기쁜 마음으로 일기장에 새 문장을 적었다. 훗날 표지판에 새겨질 문장이라는 듯 주변에 네모난 상자도 그려 넣었다.

그날 오후, 나는 고개를 빳빳이 든 채 차담 시간에 참석했다. 해충과 쓰레기를 모두 제거했고 진짜 승려에게 칭찬도 들었다. 이 정도면 대화를 나눌 자격이 있었다. 나는 호주인 사미 옆에 앉아 도마뱀붙이를 쫓아낸 극적인 사건을 들려주었다.

"도마뱀붙이가 들어왔어요?" 호주인 사미가 말했다.

"그건 쫓아내면 안 돼요! 얼마나 고마운 동물인데요. 꾸띠에 들어온 곤충을 다 잡아먹거든요. 승려들의 수호자라고요."

―

하늘의 검은 멍이 푸르스름해지는 새벽녘, 나나찻의 승려들은 외투용 승복을 몸에 휘감은 뒤 한쪽 어깨에 둘러멘 끈에 솔로 닦은 철제 발우를 고정했다. 그 차림으로 근처 마을까지 맨발로 걸어가 공양을 받았다.

탁발 순례는 승려가 나날의 양식을 구걸하고 그날 직접 받은 음식이 아니면 절대 먹지 않는, 매우 오래된 수행법이다. 음식은 자양분을 교환함으로써 승려와 속세를 연결하는 고리다. 승려는 영적 자양분을, 속세는 물적 자양분을 제공한다.

그러나 나에게 탁발 순례는 훨씬 얄팍한 의미로 다가왔으니, 바로 비질 면제권이었다. 체류자들은 매일 아침 예불과 좌선이 끝나면 나무에 불안하게 매달려 윙윙거리는 램프의 불빛 아래에서 한 시간 동안 비질을 했다. 수도원 내에 발이 닿는 땅은 모두 뒤져 하루 동안 떨어진 나뭇잎을 모조리 쓸어내야 했다. 초반 10분쯤은 승려들도 함께했지만 탁발할 시간이 되면 그들은 빗자루를 놓았다.

최근 출입문을 여는 막중한 소임을 맡으면서 나에게 생긴 혜택이 하나 있었다. 진입로를 오가는 시간만큼은 비질을 안 할 수 있다는 것이다. 출입문을 연 뒤 빗자루 보관 창고로 갈 때 나는 한 발을 뗄 때 다른 발 앞에 내려놓는 과정을 의식하면서 최대한 느리게 걸었다. 누가 나태하다고 꾸짖으면 걷기 명상을 연습하고 있다는 반박까지 준비해 두었다. 아아, 그러나 아무리 달팽이처럼 걸어도 100미터를 한 시간 동안 걸을 수는 없었다. 결국에는 주방 옆에 있는 창고에 도착하고야 말았는데 그때쯤에는 손잡이가 짧거나 갈라지거나 나뭇가지가 숭숭 빠진 형편없는 빗자루만 남아 있었다.

비질을 신성한 임무로 여기는 사람들도 있었다. 그런 사람들은 근엄한 표정으로 말없이 나뭇잎 하나하나에 집중했다. 젖은 낙엽이 바닥에서 안 떨어지면 무릎을 꿇고 앉아 엄지와 검지로 제거하기도 했다. 나는 그들과는 달리 절대 몸을 숙이지 않았다. 고집 센 낙엽이 빗자루로 쓸리지 않더라도 끝까지 포기하지 않았다. 하키 선수처럼 빗자루에 달린 나뭇가지가 닳아 없어지도록 휘둘렀다. 이 상황이 상징하는 바는 전혀 깨닫지 못하고 말이다.

"낙엽을 그냥 '있는 그대로' 두면 안 될까?" 나는 일기장에 이렇게 적었다. "낙엽의 존재를 '자각'하고 낙엽의 본성은 떨어지는 것임을 '받아들이면' 안 될까?"

고승들은 비질을 **'노동 행선'**이라 불렀다. 분노와 같은 감정이 생기는 걸 관찰할 기회라는 말도 덧붙였다. 나도 알고 있었다. 그러나 이론대로 행하는 건 말처럼 쉽지 않았고, 내겐 진리를 몸소 경험하는 것보다는 그 진리가 보편적인지 머리로 따져보는 게 훨씬 쉬웠다. 게다가 비질의 장점을 내세우는 승려들은 편리하게도 비질할 때마다 다른 곳에 있었다.

그러던 어느 날, 나도 그들과 함께할 기회가 생겼다. 신입 담당 승려가 새로운 임무를 맡았다. 나더러 동틀 녘 탁발 순례를 따라가라고 했다.

탁발 순례는 비가 오나 눈이 오나 매일 아침 하루도 안 빠지고 돌았다. 나나찻의 주변에는 마을이 여러 개라 네 명씩 무리를 지어 이동했다. 그날 아침, 내가 동행한 승려는 내 꾸띠의 위생 상태를 칭찬한 네덜란드인 승려와 태평해 보이고 통통한 중국인 승려, 영국에서 온 숫기 없는 흑인 빠까오였다. 떠날 시간이 되자 네덜란드인 승려가 다른 두 승려와 작전 회의라도 하듯 붙어 서서는 나더러 오라고 손짓했다. "자," 그는 코치가 작전을 짜듯 나를 보며 말했다. "출입문을 나서면 한 줄로 서서 서두르지 않되 너무 느리지 않은 걸음으로 마을까지 걸어갈 겁니다. 길은 몰라도 됩니다. 저만 따라오세요."

나는 고개를 끄덕이고 입술을 핥았다. *아, 알겠어요. 빨리 걷되 서두르지 말라는 거잖아요.* 네덜란드인 승려가 고개를 한 번 끄덕이고 말을 마쳤을 때는 누군가가 무리 한가운데에 손을 내밀어 이렇게 외쳐야 할 것만 같았다. "지금은 무슨 시간? 시합하러 갈 시간! 우후!"

도망친 곳에 낙원이 있었다

그때, 네덜란드인 승려가 깜빡했다는 듯 장바구니를 들어 올리며 말했다.

"그랜트는 승려가 아니라서 전용 발우가 없으니 주민들이 음식을 안 줄 겁니다. 하지만 가끔 우리 발우가 꽉 차 넘칠 때가 있어요. 넘치는 음식을 이 장바구니에 담아주세요."

나는 장바구니를 받았다. 어려운 일은 아니었다. *뭐든 할게요, 코치님. 음료수를 나르라면 나르겠어요. 비질만 안 하게 해주세요.*

출입문을 나서자 네덜란드인 승려가 오른쪽으로 방향을 틀었다. 시원한 아침 공기 속에 지평선이 펼쳐졌다. 지평선 위로 솟아오르는 해를 보고 나는 잠시 걸음을 멈췄다. 매일 울창한 숲에 둘러싸인 채로 아침을 맞으니, 거대하고 흐릿한 구체가 저 먼 들판에서 떠오르는 장관을 보는 건 처음이었다. 왼쪽으로 꺾으면 피시방이 나오는 교차로에 다다르자 네덜란드인 승려가 '나나찻'이라 적힌 나무 표지판이 있는 길모퉁이에서 오른쪽으로 돌았다.

그러고는 빠르게 걷기 시작했다. 평소였다면 나쁘지 않은 속도였다. 반갑기까지 했다. 아니, 전력 질주를 해도 좋았을 것이다. 그러나 우리는 맨발이었고 내 발바닥은 연약했다. 길바닥은 무자비했다. 뾰족한 못과 돌멩이가 굴러다녔고, 충격을 흡수해 줄 모래밭은 전혀 없었다. 절뚝거리면서 힐끗 보니 네덜란드인 승려가 나를 크게 앞질러 가고 있었다.

내 뒤에 있던 중국인 승려는 아무렇지 않게 조용히 내 옆을 쓱 지나쳐 네덜란드인 승려를 따라잡았다. 진땀이 났다. 지금껏 속도로 나를 추월한 사람은 없었다. 속도만큼은 늘 자신 있었던 내가 운동이라고는 해본 적 없을 두 승려에게 철저히 뒤처지고 있었다. 내 뒤에 있는 영국인 빠까오는 어떨지 궁금했다. 아직 경험이 부족한 지망생이니 다른 승려들만큼 발바닥이 단련되지 않았을 것이다. 그러나 그는 그런 생각을 비웃기라도 하듯 흰색 승복을 휘날리며 내 옆을 지나갔다. 나는 연민 어린 표정을 기대하며 빠까오의 얼굴을 쳐다보았다. 그는 내가 너무 못 걸어 진심으로 당황했다는 듯 입술을 깨물었다.

승려들이 점점 멀어지는 게 선명히 보였다. 간격이 10미터, 20미터, 50미터로 벌어졌다. 발이 산산조각이 날 것만 같았다. 공양을 바친다는 주민들은 도대체 어디 있지? 다른 종파의 전설적인 승려들은 뜨거운 석탄 위를 걷기도 한다는데 그게 어떻게 가능한 일인지 그제야 이해됐다. 부츠 밑창처럼 단단해진 굳은살 덕분이었다. 승려들이 소리가 들리지 않을 만큼 멀어지자 나는 아주 좁은 보폭으로 걸음을 뗄 때마다 낮게 중얼거렸다.

"젠장, 젠장, 젠장, 젠장, 젠장, 젠장, 젠장."

2킬로미터쯤 걷자 빨간색과 흰색으로 된 아치형 입구가 나왔다. 마을 입구인 듯했다. 승려들이 입구 앞에서 인내심 있게 나를 기다리고 있었다. 나는 다리를 절름거리면서 변명하듯 고개를 저으며 미소를 지었다.

다행히 마을에 들어선 뒤로는 속도가 줄어 승려 특유의 엄숙하고 사색하는 걸음으로 걸었다. 길 가장자리에 깐 비닐 매트 위

도망친 곳에 낙원이 있었다

에 서서 기다리고 있는 주민들이 보였다. 주민들은 우리가 다가가자 신발을 벗고는 무릎을 꿇은 채 절했고, 승려들의 발우에 음식을 한 움큼씩 넣을 때를 빼고는 계속 그 자세를 유지했다. 음식은 찹쌀밥 조금과 포장된 사탕, 비닐봉지에 담아 빨간 고무줄로 묶은 뜨거운 국이었다.

발이 욱신거렸다. 맨 앞에 선 네덜란드인 승려가 줄을 고쳐 메려고 잠시 멈춘 틈을 타 발바닥을 확인했다. 마치 다진 쇠고기 같았다. 하지만 마을 사람들이 내게 절할 때는 고마운 마음이 벅차올라 아픔이 느껴지지 않았다. 마을의 집은 대부분 작고 낡았으며 모서리에 튀어나온 철근이 방치돼 있었다. 다들 넉넉하지 않은 형편에도 날마다 새벽같이 일어나 승려들을 먹여 살릴 공양 음식을 정성껏 준비하는 게 분명했다. 태국 숲속 전통을 공경하는 마음에서 우러난 행동이었다.

나는 이들의 후한 마음을 받을 자격이 없었다. 마을을 통과하는 동안 내 머릿속은 온갖 생각으로 시끄럽던 평소와 달리 고요했다. 눈가에 맺힌 눈물을 닦고는 주민들에게 고개를 숙이면서 감사 인사를 작게 중얼거렸다.

―

말레이시아인 주지승, 아잔 시리가 식사를 마치고 사무실에서 짧은 담마 설법을 했다. 다들 마치 주문에 걸린 듯 설법에 빠져들었다. 세련된 억양과 상냥한 미소 덕분에 그가 하는 말이 무슨 내용이든 합당하게 들렸다. 아잔 시리는 특정 쾌락을 피하면 왜 마음의 평화를 얻을 수 있는지 설명해 주었다.

꽤 유명한 승려인데도 나는 아잔 시리에 대해 아는 게 별로 없었다. 뒤늦게 알게 된 바에 따르면, 그는 말레이시아의 손꼽히는 부호의 외아들로 태어나 런던에서 유년기를 보내다 열여덟 살에 2주만 체류할 계획으로 나나찻을 방문했다. 그때 무언가를 깨달은 아잔 시리는 막대한 재산을 포기하고 승려의 삶을 택했다. 나나찻에서는 그를 두고 "석가모니와 똑같다"라고 속삭이는 말이 자주 들렸다. 석가모니도 진리를 찾아 왕자의 삶을 포기했기 때문이다. 아잔 시리는 일곱 개의 언어를 유창하게 구사했고 출가한 지 20년 만에 주지승의 자리에 올랐다.

그러나 나는 늘 합리적이고 듣기 좋게 말하는 컨설턴트의 언어에 익숙해서 그런지 아잔 시리가 설법 때 한 말에 의문이 들었다. 그가 말한 특정 쾌락은 탁발 순례 때 봤던 해돋이, 그러니까 바로 오늘 아침에 내가 감탄하며 바라본, 지평선 위로 불타오른 태양을 두고 한 말이었다. 아잔 시리는 해돋이를 보는 쾌락에 빠지면 자신을 잃기 쉽다고 말했다. 해돋이처럼 전혀 해롭지 않아 보이는 것도 "**우와**' 하며 넋을 잃기 쉽다"는 것이었다. 이 말을 할 때 아잔 시리는 감탄하는 소리를 직접 흉내 내기도 했다.

맞는 말이었다. 누구나 쉽게 아름다움에 감탄한다. 아잔 시리는 그게 잘못된 행동이라는 뜻을 넌지시 비쳤다. 물론 '**잘못**'이라는 단어를 쓰지는 않았다. 승려들은 '**좋다**', '**나쁘다**'라는 단어를 쓰지 않는다. 불교에서는 독단적 신념과 이분법을 지양하기 때문이다. 그런데도 아잔 시리는 해돋이를 보고 숨이 막힐 만큼 감탄했다면 길을 잃은 것이라는 분명한 메시지를 전했다.

주변을 돌아보니 젊은 승려와 빠까오 들이 아잔 시리의 가르침을 흡수하고 있었다. 모두 딱딱하게 굳은 표정으로 열심히 고개를 끄덕였다. 민머리에 볼만 움푹 들어간 승려들의 얼굴을 보니 달 표면의 분화구가 떠올랐다. 문득 궁금했다. 태국 숲속 전통은 달을 매우 중시했다. 달의 주기에 맞춰 머리를 밀고 밤샘 명상을 할 뿐 아니라 부처가 태어나고 깨달음을 얻고 죽은 날에 보름달이 떴다는 전설을 후대에 전했다. 그런데 왜 태양은 싫어할까? 태양은 지구상 모든 생명의 주된 에너지원인 햇빛을 비춰주기도 하지만 애초에 태양이 없으면 '보름달'이라는 말 자체가 존재할 수 없지 않은가. 아잔 시리가 현명해 보이는 미소를 지으며 경고의 말을 이어갈수록 나는 몸이 움츠러들었다. 나는 정말 그렇게 되고 싶은가? 독하게 금욕하고 냉철하게 정신을 단련하여 해돋이처럼 소소한 행복을 주는 풍경에 무뎌지고 싶은가? 영적으로 초월의 경지에 이르려면 진지하게 임해야 한다는 생각에는 나도 전적으로 동의했다. 그러나 막상 아잔 시리가 그 길을 홍보하니 확신이 안 섰다.

오후의 차담 시간에 유명한 고승이 방문해 문답을 주고받을 거라는 소문이 돌았다. 나는 아잔 시리의 실법이 끝난 뒤 그 시간에 할 질문을 준비했다.

오늘의 초대 승려는 까티나 때 검은색 벤츠를 타고 나타난 두 영국인 승려 중 한 명인 아잔 자야사로였다. 아잔 자야사로는 근처 암자에서 혼자 사는데 어쩐 일인지 오늘 나나찻의 차담 시간을 빛내준다고 했다. 그는 명성을 누릴 자격이 있는 승려였다. 출가한 지 40년이 넘었고(나나찻의 어떤 승려보다 두 배는 길다), 아잔 차가 생의 마지막 10년 동안 당뇨병성 마비 증세를 겪기 전, 그가 직접 가르친 젊은 승려 중 한 명이었다. 게다가 소문에 따르면, 아잔 자야사로는 스승의 투병 초기에 그가 회복할 때까지 **네사찌칸가**nesajjik'anga(단좌불와但坐不臥를 뜻한다-옮긴이)를 수행했다. 네사찌칸가는 앉기만 할 뿐 절대 눕지 않는 수행법이다.

왓 빠 나나찻에서는 2주에 한 번씩 돌아오는 완 프라wan phra에 네사찌칸가를 했다. 보름달과 초승달이 뜨는 날을 기념하는 완 프라엔 모든 수도승이 머리와 얼굴, 눈썹의 털을 밀고 밤늦게까지 염불한 뒤 밤샘 명상을 하거나 앉은 채로 잤다.

나도 한 달 전쯤 나나찻에 도착한 뒤로 두어 번 네사찌칸가를 행했다. 매번 시작할 때는 호기롭게 밤샘 명상을 통해 천상의 기쁨을 누리는 경지에 오르겠다고 굳게 마음먹었다. 그러나 명상을 몇 시간 하다 보면 인간에게 정말 중요한 건 잠뿐이라는 신념이 확고해졌다. 벽에 기대 틈틈이 쉬면서 나는 앉아서 자는 게 얼마나 불만족스러운지 몸소 체험했다. 3년 동안 일주일에 두 번씩 비행기로 출장을 다니면서 알았지만, 앉아서 자면 고개는 떨어지고

도망친 곳에 낙원이 있었다

입은 벌어지며 목은 한 시간도 안 돼 결렸다. 이론상으로는 나도 72시간 연속으로 깨어 있으면서 마음의 한계를 탐험해 보고 싶었다. 그러나 현실에서는 스물두 시간 만에 모든 게 무의미해졌고, 중력을 따라 엎드려 절하고 싶은 마음만 간절해졌다. 그랬던 터라 오늘의 연사인 아잔 자야사로가 병든 스승을 위해 4년 동안 매일 네사찌칸가를 수행했다는 말에 특히 더 깊은 경외심을 느꼈다. 아잔 자야사로는 **4년** 동안 눕지 않았다.

사무실 현관의 연단에 앉은 그의 모습을 보니 얼굴에서 세월의 흔적이 엿보였다. 턱은 굳어 있고 눈은 깊고 작고 매서웠으며 눈 밑은 전투의 상흔처럼 그늘이 짙게 깔려 있었다. 승복은 피부처럼 편해 보였고 40년간 털을 밀어 면도날에 베인 자국이나 눈썹을 밀면 드러나는 햇볕에 덜 탄 하얀 자국이 없었다. 털을 민 자리가 아주 잘 띄는 젊은 승려들이나 나와는 달랐다.

사람들이 수군거리며 연단 앞으로 모여들었다. 승려들은 개인 공간 따위는 무시하고 서둘러 앞자리를 차지했다. 마치 표가 다 동나고 선착순으로 입장하는 공연 같았다.

아잔 자야사로는 가부좌를 튼 채 자리를 잡고 있는 우리를 관찰했다. 내 옆에 앉은 태국인 방문객은 자야사로의 설법을 들으러 일부러 나나찻을 찾아왔다면서 영국인인 자야사로가 태국인보다 태국어를 더 잘한다고 했다. 다행히도 문답은 영어로 진행됐다.

질문이 시작됐다. 첫 번째 질문은 극단적 수행의 가치에 관한 것이었다. 자야사로가 걸어온 길을 생각하면 충분히 나올 법한 질문이었다. 그는 지난날이 떠오르는 듯 빙그레 웃었다. 자신의 과거에 대한 이야기는 굳이 하지 않았다.

"균형은 꼭 필요합니다."

아잔 자야사로는 이 말을 시작으로 스승인 아잔 차가 겪었던 이야기를 들려주었다. 아잔 차가 건강하던 시절, 자신이 승려들을 너무 심하게 몰아붙이고 있다는 걸 깨달았다는 이야기였다.

"당시에 승복을 벗는 승려가 아주 많았습니다. 아잔 차는 최고만 살아남길 원하지 않았습니다. 자기가 특공대가 아니라 승려들의 공동체인 승가를 이끌어야 한다는 걸 깨달으셨죠."

다들 웃으며 고개를 끄덕였다. 그러나 나는 꼼짝도 하지 않았다. 그의 이야기에 함축된 의미를 놓치고 싶지 않았다. 아잔 자야사로가 최고가 된 건 치열한 시절을 견디고 살아남았기 때문이었다. 나도 최고가 되고 싶었다. 균형 잡힌 수행만 했다면 자야사로는 청년들도 인정하는 명성을 얻지 못했을 것이다. 나는 그처럼 가혹한 수행 과정을 거치고 싶었다. 균형의 미덕은 벼랑 끝에서 영영 잊지 못할 것들을 보고 돌아온 뒤에야 받아들이고 싶었다.

본인이 그렇다고 말하지는 않았지만 아잔 자야사로는 석가모니의 뒤를 따랐다. 왕자의 삶을 포기하고 깨달음을 얻기까지 석가모니는 6년 동안 매우 강도 높은 고행을 했다. 하루에 쌀 한 톨로 연명할 때는 앞에서도 척추뼈가 다 보일 정도로 뱃가죽이 등에 붙었다고 한다. 갈비뼈는 마치 피부로 수축 포장을 한 듯 그 모양이 고스란히 드러났다. 대소변이 보고 싶어 자리에서 일어서면 곧

도망친 곳에 낙원이 있었다

바로 넘어져 혼자서 일어날 수 없을 정도였다. 그는 욕망의 불꽃이 모조리 사라진 자기멸각自己滅却은 옳은 길이 아님을 깨달았다. 그런 뒤에야 석가모니는 중도를 실천했다.

그때, 어텀이 손을 들었다. "통찰과 생각은 무엇이 다른가요?" 귀가 쫑긋 섰다.

"생각은," 아잔 자야사로가 입을 열었다. "통찰인 척 행세할 때가 많습니다."

몇 사람이 무슨 뜻인지 알겠다는 듯 웃었다. 나도 그중 하나였다. 아침에 (발바닥이 만신창이가 되고 마을에서 고마운 마음이 차올랐던) 탁발 순례를 돌고 와서 일기장에 적은 글이 떠올랐다. "굳은살이 심장에서 발바닥으로 자리를 옮겼다." 남은 오후 시간에 나는 이 말을 속으로 거듭 되뇌었고, 참 기발한 말을 생각해 냈다며 뿌듯해했다. 저녁이 되니 대단치 않게 느껴졌지만 그 문장은 여전히 머릿속에서 재생됐다. 그러나 아잔 자야사로의 말을 들으니 이곳에서 얻은 모든 통찰을 구체화해 줄 것 같았던 내 일기장도 단순히 생각을 연장하는 도구에 불과할지 모른다는 의심이 슬며시 들었다.

"통찰은 고요하고 안정적인 곳에서 생겨납니다."

아잔 자야사로가 말했다. 서양에서는 '통찰', 혹은 위빠사나vipassana 명상을 강조하지만, 그러면 등식의 다른 한 부분, 즉 '고요'나 '집중'을 뜻하는 사마타samatha를 소홀히 하게 된다는 말도 덧붙였다. 후자는 애초에 통찰의 생성 조건이므로 집중의 쾌락을 추구해야 하며, 이 쾌락은 석가모니가 지지한 유일한 쾌락이라고도 했다. 끝으로, "통찰은 아주 깊은 우물 바닥에서 말할 때와 같은 느낌이 납니다"라는 말로 답변을 마무리했다. *이 스님, 참 잘하네.*

이번에는 내가 손을 들었다. 아잔 자야사로가 내 눈을 보고 고개를 끄덕였다. 나는 목청을 가다듬었다.

"수행에서 유머 감각은 어떤 역할을 하나요?"

몇몇 승려가 내가 비정상적인 말을 하기라도 한 듯 뒤돌아보며 눈살을 찌푸렸다. 해돈이를 은근히 비판한 아잔 시리의 설법을 들은 뒤로 기다렸던 기회였다. 나는 내가 유머 감각을 장려하게 될 줄도 몰랐지만, 이렇게 북적이고 무뚝뚝한 공동체에서 지낼 줄은 더더욱 몰랐다. 내가 보기에 나나찻에 장난기가 전혀 없는 것은 수도원이 원래 그래서가 아니라 이곳만의 문화 때문이었다. 뉴질랜드의 주지승도 농담을 잘했고, 어디선가 읽은 바로는 아잔 차도 장난을 잘 치고 짓궂기로 유명했다.

한편으로는 불안했다. 내 질문이 나나찻에 새로운 생각을 퍼트릴 씨앗이 되기를 바랐지만, 아잔 자야사로가 어떤 답을 할지는 알 수 없었다. 아잔 자야사로는 망설임 없이 바로 답했다.

"고승들은 대부분 유머 감각을 **단연코** 가장 중요한 미덕으로 봅니다."

나는 승리감에 상체를 뒤로 젖혔다. 유머 감각이 고승들의 미덕이라는 건(내가 질문하지 않았다면 들을 수 없는 답변이었다) 이를 알아차리고 질문한 **나도** 고승과 같은 급이라는 뜻이었다.

다만 아잔 자야사로는 경고의 말을 덧붙였다. 젊은 남자들 사이에서는 유머가 간혹 잔인한 의도를 감추는 도구로 이용될 수 있으니 나나찻과 같은 다문화 환경에서는 신중을 기해야 한다는 경고였다. 아잔 자야사로는 나나찻에 필요하지만 나는 절대 전할 수 없었던 공익적인 메시지를 전했다. 바로 '가벼워지라'는 메시지였다.

사실 나나찻에 유머 감각이 없다는 비판에는 꺼져가는 희망의 불꽃을 살려야 한다는 내 안의 절박감이 숨어 있었다. 나는 스스로 정체성을 구축하려는 노력을 기울이는 대신 나를 완벽하게 빚어줄 거푸집, 즉 소라게의 집처럼 내 몸에 꼭 맞는 완벽한 껍데기가 존재하리라는 희망을 품었다. 나나찻이 완벽한 집이길 원한 것이다. 그렇지 않다는 게 확실해지자 나는 비열하게도 나나찻이라는 거푸집의 결함을 드러내는 질문을 던졌다.

그때, 네덜란드인 승려가 머뭇거리며 손을 들고는 혹시 불교 관련 농담을 아는지 물었다. 몇몇 승려가 또 눈살을 찌푸렸다. 아잔 자야사로는 고개를 갸웃하며 없는 것 같다고 했다. 그러고는 불교 관련 농담은 아니지만 생각나는 게 있다면서 이 농담을 들려주었다. 광자光子(입자로서의 빛을 지칭하는 말 – 옮긴이)가 가방 하나 없이 공항 보안 검색대를 통과하면서 보안 요원에게 한 말은? "가볍게 여행하거든요Traveling light(light의 두 가지 뜻인 '빛'과 '가볍게'에 착안한 언어유희 – 옮긴이)."

손이 근질거렸다. 내가 아는 농담을 말하고 싶었다. 두 수도승이 동굴에 살았다. 같이 사는 게 지긋지긋해진 한 수도승이 말했다. "떠나주시오_{go home}." 다른 승려가 답했다. "나마스테(home과 오래전부터 인도에서 신성하다고 여겨진 우주 최초의 소리인 옴_{om}이 비슷하게 들리는 데에서 착안한 언어유희 – 옮긴이)."

나는 근질거리는 손을 부여잡았다. 목소리를 낼 용기가 더는 남아 있지 않았다. 게다가 이 농담은 북적이는 나나찻의 현실을 너무 잘 묘사했다. 나나찻은 내심 자신만 빼고 다 떠나주길 바라는 사람들로 가득했다. 농담에 나오는 첫 번째 수도승처럼 나도 여럿이 함께 사는 게 넌더리가 났다. 꿈쩍도 안 하는 두 번째 승려와 달리, 나는 이곳에 계속 머물 생각이 없었다.

완전한 고독을 찾아 태국에 왔건만 나나찻에는 그게 없었다. 내 불행의 원인이 나 자신이라는 느낌이 어렴풋이 들기는 했으나, 언제든 주변에 사람이 너무 많아 **어쩌다** 불행해졌는지 깨달을 겨를이 없었다. 누가 있으면 반사적으로 그 사람의 호감을 사려 애썼고 속으로는 비판하기 바빴다. 한 가지는 확실했다. 지금 내게는 마구 뒤얽힌 내 안의 충동을 가라앉힐 거대하고 텅 빈 시간과 공간이 필요했다. 완벽한 고독을 이루면 제대로 집중하고 애도하고 경청할 수 있을 것 같았다. 차라리 동굴에서 사는 게 좋을지도 몰랐다.

며칠 뒤, 또 다른 스님이 방문한다는 소식이 전해졌다. 뿌 쫌 곰이라는 암자에 사는 근엄한 이스라엘인 주지승, 아잔 수키토였다. 일전에 내가 뿌 쫌 곰에 방문해도 될지 묻자 그가 했던 말이 떠올랐다. "한 달 뒤에 봅시다."

한 달이 지났다.

6장

마침내
고독 속으로

희망이 생겼다. 어느 날 오후, 도마뱀붙이의 효용을 가르쳐준 호주인 사미가 나와 함께 뿌 쫌 곰에 가게 됐다는 소문을 전했다. 나나찻은 누구나 방문할 수 있었지만 뿌 쫌 곰처럼 작은 암자에는 아무나 갈 수 없었다. 출입하려면 승인을 받아야 하는데 내가 그 승인을 받았다는 소문을 들었다고 했다.

꾸띠로 돌아온 나는 걷기 명상의 길을 껑충거리며 뛰어다녔다. 어깨도 돌리고 검지와 중지로 브이 자 모양을 만들어 사방으로 휘둘렀다. 걷기 명상이 아니라 춤추기 명상이었다. 그러다 갑자기 동작을 멈췄다. 아직은 소문이었다. 괜히 방정을 떨어 탈출이 무산되어서는 안 됐다.

아잔 수키토는 태국인 주민이 모는 흰색 승합차를 타고 아침에 도착했다. 차 뒤에 빈자리가 많았다. 저 자리 중 하나에 내가 탈 게 분명했다. 하지만 그때까지도 내게 뿌 쫌 곰으로 가도 좋다고 공식적으로 말해준 사람은 아무도 없었다. 그날 오후, 드디어 아잔 시리가 늘 그렇듯 고상한 표정으로 법당 근처에 있는 내게

다가왔다.

"돌아오실 거죠?" 아잔 시리가 심드렁하게 말했다.

어이가 없을 만큼 무심한 말투였다. 평소에는 매우 상냥하고 발음이 또렷한 그가 그날은 내게 인사를 건네지 않았다. 또한 그는 내가 왓 빠 나나찻을 떠나 다른 수도원으로 옮길 수 있다는 선택지를 인정하지 않았다. 무시당한 기분이었다. 나는 해돋이와 관련된 그의 설법에는 동의하지 않지만 아잔 시리를 존경했다. 그런 그가 지난 한 달 동안 내게 별로 관심이 없었다는 게 드러나자 서운한 감정이 들었다. 나는 어깨를 으쓱하며 되받아쳤다.

"저야 모르죠. **아니짜**Anicca니까요."

아니짜는 만물에 내재하는 불확실성과 무상無常, 불안정성을 뜻하는 팔리어였다. 이런 유치한 상황에서 들먹이라고 만들어진 단어가 아니었다. 반항아 같은 심보였다. 그러나 이번만큼은 속내를 털어놓아야 올바른 방향으로 조금이나마 걸음을 내디딜 수 있을 것 같았다. 물론 너무 크게 내디디면 방향이 지나치게 틀어질 수도 있었다. 어찌 될지는 몰랐지만 속은 후련했다. 아잔 시리는 세련되게 턱을 올리고는 '당신의 의도가 다 보입니다'라는 눈빛으로 내 눈을 지그시 바라보았다.

드디어 떠날 시간이 됐다. 나는 제일 먼저 승합차에 올라탔다. 수도원의 서열은 차량의 자리 배치에도 적용됐다. 무리 중 서열이 제일 낮은 나는 뒷좌석에 앉았다. 괜찮았다. 제일 먼저 탔으니 나나찻에 남겨질 일은 없었다. 떠나도 좋다는 허락을 받은 다른 두 사람도 올라탔다. 깡마른 이탈리아인 빠까오 조르조와 호주인 사미 파무토였다.

얼마 안 되는 구경꾼들이 승합차 밖을 서성거렸다. 작별 인사를 하는 사람도 있고 남은 자리가 있는지 보려고 목을 길게 빼는 사람도 있었다. 신입 체류자이자 수염을 기른 에스토니아인은 태워달라고 빌다시피 했다. 아잔 수키토는 에스토니아인에게 손을 휘젓고는 문을 닫았다.

승합차가 출입구를 향해 굴러갔다. 나는 창밖을 내다보면서 미소 띤 얼굴로 생각에 잠겼다. 뉴질랜드의 주지승이 옳았다. 나나챗은 시작하기에 좋은 곳이었다. 이곳이 조금은 그리울 것 같았다. 아니, 안 그럴 것이다. 아잔 수키토의 생각이 바뀌어 승합차가 나나챗으로 돌아가는 상상을 하니 마음의 온기가 금세 식었다. 떠나는 자의 여유일 뿐이었다. 나는 나나챗에 대한 향수를 깨끗이 씻어냈다. 방심은 금물이었다. 우주의 비옥한 의식에 나나챗을 향한 긍정적인 관심의 씨앗을 심어 뿌리내리게 해서는 안 됐다.

승합차는 동쪽으로 달렸다. 30분쯤 지나 차가 갓길에 멈췄다. 올라탈 때 보지 못했던 여러 개의 우리가 좌석 뒤에 있었다. 우리 안에는 다수의 추가 탑승객이 실려 있었다. 나나챗에서 덫에 걸린 쥐들이었다. 승려는 쥐를 죽일 수 없어 누군가가 차로 실어 가서 풀어줄 때까지 잡아두는 게 관례였다. 파무토가 우리의 문을 열어주는 태국인 운전사에게 쥐들이 얼마나 오래 갇혀 있었는지 물었다. 며칠이라고 했다.

"그러면 그동안 먹이를 주나요?" 그렇다고 했다.

"무엇을 주나요?" 치즈라고 했다.

"뭐라고요?" 파무토는 믿기지 않는 눈치였다. 나나찻에서 치즈는 듣도 보도 못하는 음식이었다. 나도 도착한 뒤로 한 번도 보지 못했다.

"치즈만 준다면 우리에 살아도 좋아요!"

파무토의 말에 웃음이 터졌다. 가만 보니 진담으로 한 말 같았다. 파무토는 어딘가 느슨한 구석이 있어 믿음이 안 갔지만 한편으로는 호기심이 생겼다. 어쨌든 파무토도 승려였고, 그때까지 나는 친해진 승려가 한 명도 없었다.

다음 정류장에서 차량을 바꾸기 위해 멈추자, 아잔 수키토는 마지막 구간을 운행할 두 번째 운전사에게 연락할 전화기를 찾으러 조르조를 데려갔다. 파무토와 나는 황폐한 공터 한가운데에서 두 사람을 기다리며 잡담을 나눴다. 몇 분 뒤 내가 태국의 오지에서 진짜 승려와 일대일로 시간을 보내고 있다는 게 갑자기 실감이 났다. 우리는 친한 두 남자가 주차장에서 수다를 떨듯 자연스러웠다. 상대가 출가한 지 1년 반밖에 안 된 사미였지만 나도 이제 핵심 그룹의 일부가 된 것 같았다.

우리는 승려가 따라야 할 227개의 규범을 정리한 율장의 세부 내용을 두고 킥킥거렸다. 내가 따라야 하는 여덟 개의 계율 외에도 정식 승려는 219개의 규범을 지켜야 했다. 어떤 계율은 기묘하게 구체적이었다. 가령, 승려는 선 채로 물을 마실 수 없었다. 선

도망친 곳에 낙원이 있었다

채로 팔짱을 끼어서도 안 됐다. 걸을 때는 두 팔을 너무 흔들어도 안 됐다.

"팔의 중도군요."

내 말에 파무토가 웃음을 터트리고는 말했다. "그게, 율장에 관한 농담은 들은 적이 별로 없다 보니…"

공터 옆에 늘어선 작은 식당에서 생선 소스 냄새가 풍겼다. 매혹적이지만 음식은 금지였다. 승려와 여행 중이니 그의 법을 따라야 했다. 정오 이후에는 아무것도 먹어서는 안 됐다. 파무토는 화장실에 다녀오겠다면서 식당 쪽으로 갔다. 그사이 나는 주변 풍경을 둘러보았다. 보행로의 갈라진 틈 사이로 풀이 자라 있었다. 부지 끝부분의 지형이 아래로 꺼지는 게 보였다. 나무들이 깔끔한 사선으로 서서히 낮아지다 저 멀리서 다시 올라오는 걸 보니 협곡이나 강이 있는 듯했다.

파무토가 돌아올 때쯤 새로운 승합차도 도착했다. 두 번째 차는 우리를 태우고 평평한 녹색 들판을 지나 계속 동쪽으로 달렸다. 집이 몇 채 없는 작은 마을에서 좌회전하니 바닥이 군데군데 파손된 좁은 길이 나왔다. 운전사가 닭과 움푹 팬 구멍을 피해 요리조리 차를 몰아야 하는 길이었다. 마을의 끝에 다다르자 파란 자갈을 깐 진입로가 나왔다. 승합차는 덜컹거리며 진입로를 달렸다. 나무 사이로 반짝이며 흐르는 개울물이 보일 때쯤 길이 끝났다. 더는 승합차가 들어갈 수 없었다. 내려서 보니 왼쪽으로 언덕 위 대나무 숲속에 꾸띠 한 채가 있었고, 오른쪽으로는 작은 보행용 다리가 개울 위를 가로질러 내가 살 새 집, 뿌 쫌 곰으로 뻗어 있었다.

왓 빠 나나찻의 숲은 햇볕에 그을린 등판에 난 주근깨 같았다. 뿌 쫌 곰은 달랐다. 주민 수가 200명쯤 되는 작은 마을 너머로 국립공원을 포함한 수 킬로미터의 자연이 펼쳐졌다. 또한 뿌 쫌 곰에는 건물이 세 개 있었다. 개울을 가로지르는 작은 다리를 건너 돌길을 걸어가면 텅 빈 주방이 나왔는데 나나찻과 달리 위층에 기숙사가 없었다. 조금 더 가면 같은 구조의 공구 창고가 있었다. 둘 다 타일 바닥을 높게 올리고 외벽을 세우지 않은, 기둥에 철제 지붕을 올린 구조였다. 건물이라기보다는 공원의 정자처럼 야외 그늘막에 가까웠다.

창고 너머에는 마지막 구조물인 법당이 있었다. 아름다운 초가지붕을 얹은 성전으로 아담하면서 장엄했다. 층층이 엮어 올린 종려나무 잎 다발이 올빼미의 날개처럼 들쑥날쑥한 끝을 지붕 밑으로 늘어뜨리고 있었다. 1층은 타일 바닥이었고, 구부러진 나뭇가지를 꼼꼼히 사포질해 만든 난간을 잡고 옆쪽 계단을 올라가면 바닥이 넓은 널빤지로 된 2층이 나왔다. 널빤지의 표면은 대패질하여 매끄러웠지만 테두리는 자연 상태 그대로였다. 널빤지 사이사이에는 작은 틈이 나 있었다. 한쪽에는 사람의 전신 해골이 담긴 유리 상자가 놓여 있었다. 앞쪽 중앙의 불단에 안치된 불상 뒤에는 법당의 유일한 벽이 있었는데, 얇은 격자 모양으로 직조돼 무늬 사이사이로 다이아몬드 모양의 빛이 밤하늘의 별빛처럼 새어 들어왔다.

불상은 암자뿐 아니라 그 너머의 파 땜 국립공원Pha Taem National Park까지 내려다보고 있었다. 나무 사이로 사라지는 흙길의 끝에는 꾸띠 몇 채가 호젓하게 자리하고 있었다. 공원 깊숙이 숨겨진 동굴이 있는지 궁금했지만 그건 조금 있다가 물어보기로 했다. 아잔 수키토에게 열의가 너무 과하다는 인상을 줘 일을 그르치고 싶지 않았다. 비영리 글로벌 자연 학교인 NOLS에서 일할 때 10대 아이들을 데리고 산행을 다니며 깨달았지만, 위험에 자주 노출되는 애들은 자기 인식이 안 되는 제일 열정적인 애들(십중팔구 남자애들)이었다. 나는 그런 아이들을 잘 감시했다. 나도 그런 아이였기 때문이었는데, 지금도 여전히 그런 면이 남아 있었다.

우리는 승합차에서 내려 보급품을 들고 다리를 건너 주방으로 향했다. 조리기가 설치된, 타일 소재의 아일랜드 식탁이 있었고 그 옆에는 높이가 3미터에 달하는 호리호리한 몸매의 검은색 불상이 우리를 맞아주는 듯 손을 들고 서 있었다. 말하는 사람이 없어 사방이 고요했다. 산들바람이 대나무 숲과 사방이 뚫린 주방을 지나치는 소리와 개울물이 졸졸 흐르는 소리뿐이었다. *딱 내가 원하던 곳이군.*

아잔 수키토는 주방으로 성큼성큼 걸어와 주변을 둘러보았다. 그러고는 귀에 닿을락 말락 할 정도로 구부정한 어깨를 돌려 파무토와 조르조를 차례로 바라보았다. 어깨가 굽었는데도 키가 족히 180센티미터는 넘어 보였다. 모두 하던 일을 멈추고 아잔 수키토를 바라보았다. 수키토는 계속 침묵했고, 우리는 그의 말을 기다렸다.

여정은 끝났다. 차에서 짐도 다 내렸고 나는 드디어 원하던 곳에 도착했다. 그러나 내가 이곳에 언제까지 있을 수 있는지는 아직 누구도 말해주지 않았다. 그때, 아잔 수키토가 내 생각을 읽은 듯 내게 무엇을 찾으러 왔는지 물었다. 나는 뿌 쫌 곰을 보자마자 이곳이 마음에 들었고 명상 수행에 집중하고 싶다고 더듬거리며 말하고는 입을 다물었다. 조금의 움직임도 없이 상대를 빤히 바라보는 그의 눈길을 받으면 몇 마디 이상의 말은 다 횡설수설처럼 느껴졌다. 아잔 수키토는 고개를 한 번 끄덕이고는 며칠 뒤에 어떤 마음일지 지켜보자고 했다. 더 오래 있어도 좋다는 말은 하지 않았다.

"이곳의 일과는 나나찻보다… 힘들 수 있습니다."

아잔 수키토는 잠시 멈췄다 말을 잇고는 내 반응을 살폈다. 나는 엄숙하게 고개를 끄덕였다. 그가 우려하는 부분이 얼마나 중요한지 잘 안다는 뜻과 충분히 해낼 수 있다는 자신감이 전달되기를 바라는 몸짓이었다. 하지만 내가 보기에는 꿈만 같은 일과였다. 뿌 쫌 곰은 오전 예불이 없었고, 매일 새벽 6시에 진행되는 승려들의 탁발 순례에 나도 참여할 수 있었다. 그 후 비질을 조금 하고 법당에서 단체 명상을 하고 식사를 한 뒤 소임을 몇 시간 하고 나면 정오쯤부터는 혼자 수행할 수 있었다. 내게는 전혀 힘든 일과가 아니었다. 오후 차담 시간에는 식료품 저장실의 플라스틱 통

도망친 곳에 낙원이 있었다

에 담긴 음료를 마실 수 있었다.

"한두 컵입니다." 아잔 수키토가 내 눈을 뚫어져라 바라보며 말했다. "서너 컵이 아닙니다."

뿌 쫌 곰에 사는 다른 세 승려도 우리를 맞아주었다. 주방에 나타난 나이가 지긋해 보이는 백인 승려는 50대에 구족계를 받아 법랍이 얼마 안 된다고 말했다.

"이제 겨우 아잔이 됐죠."

백인 승려는 어깨를 으쓱하고 빙그레 웃으며 말했다. 억양과 겸손한 말투가 미국 중서부 출신 같았는데, 아니나 다를까 미시간주 출신이었다. 다음 승려는 중국인이었다. 60대로 보였는데 그도 늦은 나이에 정식 승려가 됐는지 아잔 수키토에게 절하는 모습이 아주 공손했다. 세 번째 승려는 몸집이 통통하고 싹싹한 30대 인도인 사미였다. 이름은 바다차로인데 줄여서 바다라고 부른다고 했다. 그날 소임 시간에 바다와 나는 나무에 물을 주면서 대화를 나눴다. 출가하기 전에 무슨 일을 했는지 묻자 그가 말했다.

"시티은행 고객 센터 상담원이요."

내가 놀란 표정을 짓자 바다는 씩 웃으며 말했다. "지역 센터라 우리가 통화했을 가능성은 없어요."

나도 씩 웃었다.

"그렇지만," 바다는 과장된 인도 영어 억양으로 말했다. "우리 은행을 계속 이용해 주셔서 감사합니다. 소중한 고객님, 남은 하루 즐겁게 보내시기 바랍니다."

우리는 큰 소리로 웃었다. 그 소리가 너무 컸는지 나뭇잎이 바스라거렸다. 우리는 얼른 고개를 숙이고 입을 다물었다. 뿌 쫌 곰은 사방에 아잔 수키토의 근엄한 기운이 깔려 있었다. 그가 언제 어디서 나타나 못마땅한 눈빛을 던질지 몰랐다. 아잔 수키토가 그렇게 진지한 건 승려들의 흥을 누그러뜨리기 위해서가 아닐까 하는 생각이 들었다. 그만큼 뿌 쫌 곰의 승려들은 하나같이 행복해 보였다.

그러나 이미 늦었다. 아잔 수키토도 내 흥을 누그러뜨릴 수는 없었다. 보급품을 정리하고 보행용 다리 근처에 있는 꾸띠에 배낭을 던지고 나니 드디어 나 혼자만 남았다. 앞으로 몇 시간 동안은 자유였다. 드디어 꿈이 이루어졌다. 나만의 소박한 오두막과 엄격한 스승이 있는, 끝없이 펼쳐진 숲속에 안착한 자급자족의 삶이 시작된 것이다.

나는 국립공원으로 하이킹을 떠났다. 넋을 잃고 보게 되는 바짝 마른 숲이 나왔다. 허리까지 오는 풀들이 공연장의 객석에서 움직이는 팔의 물결처럼 바람에 흔들렸다. 개울 위 좁은 협곡에는 위태로워 보이는 현수교가 걸쳐져 있었다. 낙엽과 풀, 모래, 돌 사이로 구불구불 이어진 흙길을 따라 걸으니 머리 위로 드리운 나무들이 걷히면서 전망이 확 트였다. 심장이 두근거렸다. 평평한 바위투성이 고원이 저 멀리까지 펼쳐졌다. 오랜 세월 바람과 물에 풍화돼 살바도르 달리의 그림에 나올 법한 기묘한 형태의 거대한 바위 몇 개가 고원에 점점이 박혀 있었다. 쿠키처럼 쌓인 돌무덤이 햇볕에 구워지고 있었고, 땅에서는 촉촉한 흙냄새가 났다. 그 날 밤, 나는 웃는 얼굴로 잠이 들었다.

다음 날 아침, 탁발 순례를 가기 위해 꾸띠 계단에서 승려들을 기다렸다. 조르조는 아잔 수키토의 지시대로 남아서 비질을 하기로 했다. 개울 건너 가느다란 나무 사이로 조르조가 보였다. 그는 간소한 승복을 입고 홀로 돌길을 쓸고 있었다. 쓱쓱 소리가 새벽의 고요한 공기를 갈랐다. 수채화로 바로 옮겨도 될 듯한 풍경이었다. 내가 할 때는 몰랐으나 남이 하는 걸 보니 비로소 비질의 아름다움을 느낄 수 있었다.

그때, 승려들이 다리에 나타났다. 모두 솔질해서 어깨에 멘 철제 발우를 오른팔로 잡고 있었다. 나는 씩 웃고는 경기 전 작전 회의나 아침 인사를 반쯤 기대하며 계단에서 깡충 뛰어내렸다. 그러나 아잔 수키토는 고개 한 번 끄덕이지 않고 나를 엄한 눈길로 응시했고, 나는 곧바로 차려 자세를 취한 뒤 승려들 뒤에 섰다.

옷은 새로 받은 흰색 승복을 입었다. 헐렁한 셔츠와 바지를 허리에 띠로 고정해 묶었고, 1인용 침대 시트를 그 위에 둘렀다. 새로 받은 그물주머니를 들고 승려 네 명의 뒤를 따라 자갈길을 절뚝거리며 걸었다. 전날 아잔 수키토가 지시한 대로, 승려들의 발우가 가득 차면 얼른 맨 앞으로 가서 내 주머니에 음식을 옮겨 담아야 했다.

암자를 나서면서 마을을 슬쩍 올려다보았다. 주민들이 이미 집 밖의 포장된 직선 도로에 매트를 깐 뒤 그 위에 무릎을 꿇고 앉아 있었다. 각자의 옆에는 찹쌀밥이 식지 않도록 뚜껑을 덮은 고블릿 잔 모양의 그릇이 놓여 있었다.

문득 작디작은 암자, 뿌쫌 곰의 수도승 중 태국인은 한 명도 없다는 사실이 새삼 실감 났다. 주민들이 속으로는 외국인인 주제에 태국의 풍습을 전유한다고 비난하고 있지는 않을까 두려웠다. 그러나 이전에 목격했듯, 주민들은 우리가 다가갈 때마다 지극히 공손한 태도를 보였다. 두 손을 가슴에 붙이고 맨 무릎을 딱딱한 바닥에 댄 채 머리를 바닥까지 숙였다. 거의 모든 집에서 한 명씩 나와 우리를 기다렸다. 태국인들이 숲속 승려를 얼마나 존경하는지, 전 세계에 추종자를 거느린 태국 숲속 전통을 탄생시켰다는 자부심이 얼마나 큰지 들은 기억이 났다. 태국의 왕도 숲속 승려 앞에서는 고개를 숙였다.

내가 지나갈 때마다 절하는 주민들을 보니 또다시 혼란과 부끄러움이 밀려들었고, 곧이어 태국 숲속 전통에 경외심이 들었다. 이런 순간을 꿈꾼 적은 있으나, 실제로 겪으니 날개를 단 양 신나기보다는 주민들의 신뢰가 어깨를 무겁게 짓눌렀다. 마을의 거리를 활보하던 수탉들이 멈춰 서서 아침 인사를 내질렀고 배수로에는 귀여운 강아지들이 뒤엉켜 굴러다녔다. 천국의 풍경이었다.

며칠 뒤 탁발 순례를 나갔을 때는 한 소년이 우리를 향해 걸어왔다. 맨가슴을 드러낸 맨발의 소년은 한 손으로는 채찍을, 다른 손으로는 물소 네 마리를 연결한 긴 줄을 쥐고 있었다. 소년은 맨발인데도 돌바닥을 믿기지 않을 정도로 편하게 걸었다. 나는 여전

도망친 곳에 낙원이 있었다

히 발을 디딜 때마다 비틀거렸다. 맨발로 걷는 법은 겨우 감만 잡은 상태였다. 다행히 이 마을의 길은 군데군데 부드러운 모래밭이 있었다.

물소의 목에 달린 종이 천천히 땡그랑 소리를 냈다. 물소들이 몸을 기우뚱거리며 또각또각 우리를 지나갔다. 길이 좁아 우리는 나란히 서서 어깨동무를 해야 했다. 물소는 덩치가 어마어마하게 컸다. 어찌나 큰지 우리를 지나쳐 멀리 사라질 때까지 눈을 떼지 못했다. 그러다 어떤 주민이 아잔 수키토에게 꽃다발을 바치는 걸 미처 보지 못했다. 승려들의 행렬이 멈추자 뒤돌아 물소를 구경하던 나는 하마터면 파무토와 충돌할 뻔했다.

줄 맨 앞을 힐끗 보니 아잔 수키토가 이미 나를 보고 있었다. 그제야 내가 맡은 유일한 임무가 떠올랐다. 나는 곧 맨 앞으로 있는 힘껏 달렸다. 크로스컨트리 경기를 위한 파틀렉 러닝(장거리 구간을 속도의 변화를 주며 달리는 훈련 – 옮긴이)이라도 하듯 전력 질주했다. 그러다 그만 갓 싸놓은 물소 똥 패티를 철벅 밟고 말았다. 온기가 발목까지 느껴졌다. 발을 떼자 질퍼덕거리는 소리가 부드럽게 났다. 다른 승려들은 이 작은 사고를 애써 못 본 척했다. 애초에 탁발 순례 때는 계속 고개를 숙이고 있는 게 규칙이니 보았다는 티를 낼 수 없었다.

그러나 나는 승려들이 보았기를 바랐다. 내가 얼마나 침착한지 보여주고 싶었다. 나는 어깨를 으쓱하고 빙그레 웃으며 아잔 수키토를 올려다보았다. '아, 이건 그냥 소화된 풀이잖아요. 저는 역경이 닥쳐도 유머 감각을 잃지 않거든요. 그러니 제발 뿌 쫌 곰에 언제까지고 머물게 해주세요'라는 마음의 소리가 전달되길 바라면서 말이다.

아잔 수키토는 꽃다발과 넘치는 찹쌀밥을 건네면서 나와 시선을 맞췄다. 잠시였지만 나를 인정하는 눈빛이 느껴졌다. 기뻤다! 나는 다시 줄 맨 뒤로 가서 풀로 대충 발을 닦았다. 당장은 깨끗이 씻을 수 없지만 상관없었다. 꽃다발을 그물주머니 맨 아래에 깔린 찹쌀밥에 꽂으니 꽃자루가 소풍 바구니의 바게트처럼 삐져나왔다. 나는 순례를 돌면서 꽃자루에 몸을 기울여 꽃잎의 향기를 깊이 들이마셨다. 온종일 깡충깡충 뛰어다닐 수 있을 것 같은 기분이었다.

—

뿌 쫌 곰에서는 매일 정오부터 다음 날 해가 뜰 때까지 완전히 혼자였다. 탁발 순례를 돌고 와 명상하고 먹고 일하면 다시 또 혼자가 됐다. 예불도 없었고 북적이는 사람들도 없었다. 모든 불만이 사라졌다. 드디어 성공이었다. 자연과 고독과 고요. 나는 내가 원한다고 믿은 것들을 정확히 얻었다. 그리고 일주일도 안 돼 그 모든 게 지독히 싫어졌다.

머리를 식힐 만한 활동은 바닥났다. 국립공원 하이킹은 그만두었다. 아잔 수키토가 매일 공원에 다니는 건 진중하지 못하다고 한 데다 승복이 자꾸 땀에 젖었기 때문이다. 빨래는 더 이상 미룰 수 없을 때까지 최대한 미루고 싶었다. 개울물로 손빨래를 해야 했는데 태국은 이맘때가 되면 흙탕물이 졸졸 흐르는 수준으로 수량이 줄어들었다. 건기인 11월 중순 무렵이었기 때문이다. 구멍이 숭숭 뚫린 듯 드러난 강바닥의 웅덩이들은 개울물의 유량이 줄어 새 물이 공급되지 않았고, 고여 있는 물은 운 나쁘게도 그 안에 갇힌 수중 생물을 품은 채 증발하고 있었다.

마침내 나는 완벽히 고독해졌지만 그 때문에 예상치 못한 문제와 맞닥뜨렸다. 뿌 쫌 곰에서는 불행하면 나 말고는 탓할 사람이 아무도 없었다. 나는 태국 숲속 전통의 심장부이자 북적이는 나나찻에서 도망쳐 나나찻에 딸린 손가락과 같은 뿌 쫌 곰으로 피신했다. 그러나 그 손가락이 지금은 내 목을 휘감아 조르기 시작했다.

뿌 쫌 곰에 온 지 2주째에 접어들자 모든 문제는 하나로 귀결됐다. 바로 음식이었다. 나는 매일 몇 시간씩 혼자 있는 내내 식욕에 시달렸다. 누가 엔칠라다(토르티야에 재료를 넣어 말아 먹는 멕시코 음식 - 옮긴이) 좀 줬으면. 치즈로 만든 케소 소스에 나 좀 빠트려 줬으면. 티카 마살라(강한 맛이 나는 카레의 일종 - 옮긴이)를 내 몸에 주입해 줬으면. 온갖 식당의 음식들이 오래전 연락이 끊긴 연인처럼 떠올랐다. 미니애폴리스의 펀치 피자에서 먹은 나폴리 클래식 피자, 애틀랜타의 펠리니스 피자 테라스에서 먹은 매콤한 피자. 내가 직접 재료를 조합해 만든 음식도 아른거렸다. 바나나

우유로 만든 퓌레 수프에 땅콩버터 토스트를 찍어 먹는 장면을 상상했다. 훗날 인기를 끌 별미를 일기장에 그려보기도 했다.

탁발 순례에서는 주민들의 신뢰뿐 아니라 음식의 무게도 고스란히 느껴졌다. 맨 뒤에서 행렬을 따라다니다 보면 마지막 끼니를 먹은 지 스무 시간이 지났다는 생각과 함께 내 몸과 음식 사이에 얇디얇은 그물주머니와 옷밖에 없다는 생각이 들었다. 그물주머니를 가슴에 바짝 붙인 채 음식의 열량이 승복과 뼈, 근육을 통과해 위장으로 서서히 스며드는 상상도 가끔 했다. 주머니가 달랑거려 다리를 스칠 때는 찹쌀밥과 카레의 온기 때문에 허벅지에 땀이 맺혔다. 그럴 때는 밥을 먹으려면 아직 네 시간은 더 기다려야 한다는 사실이 원망스러웠다.

탁발 순례를 마치고 수도원에 돌아오면 주방 탁자에서 우리를 기다리고 있는 파란색 플라스틱 통에 주머니 안의 내용물을 마지못해 쏟아내고는 서둘러 조르조의 비질을 도우러 갔다. 먹지도 못할 음식이 코앞에 있는 걸 더는 견딜 수 없어 주방에서 최대한 멀리 떨어지려는 속셈이었다.

매일 아침, 시간이 되면 작은 차가 자갈길로 굴러오는 소리가 들렸다. 운전자는 매일 식사 준비를 하러 오는 여자 주민으로, 이름은 유핀이었다. 승려들은 공양으로 찹쌀밥과 간식, 국이 든 봉지를 모아오지만 그것만 먹는 게 아니었다. 사실 탁발해 온 음식은 거의 먹지 않았다. 나나찻에서는 여자 주민들이 무리를 지어 기숙사 밑에 있는 주방에서 80명 남짓한 수도승을 먹일 음식을 준비했다. 뿌 쫌 곰에서는 유핀 혼자서 여덟 명이 먹을 음식을 만들었다. 탁발 순례는 훌륭한 의식이지만 그것만으로는 먹고살 수 없었다. 나나찻에서 그랬듯 뿌 쫌 곰도 여자가 없으면 돌아갈 수 없었다.

유핀은 눈빛이 맑은 40대 여인으로 검은색 직모를 늘 포니테일로 묶고 다녔다. 엔진이 달린 삼륜차를 몰았는데, 두 개의 뒷바퀴 위에 설치된 나무판에 밥솥과 냄비, 팬, 신선한 채소, 각종 접시를 미리 준비해 싣고 다녔다. 삼륜차는 주문 제작을 한 게 아닐까 의심이 들 정도로 그 폭이 보행용 다리에 꼭 들어맞았다. 유핀은 다리를 건너 주방 바로 앞에 삼륜차를 세운 뒤 작업을 시작했다.

유핀의 도착을 신호로 오전 일과 중 하나인 단체 명상이 시작됐다. 법당에서 승려 다섯 명과 조르조가 불상을 뒤로한 채 바닥보다 한 계단 높은 단상에 나란히 앉아 있었다. 나는 빠까오가 아니라서 바닥에 앉아 그들을 바라보았다. 마치 나 홀로 위원단의 심문을 받는 것 같은 배치였다. 일반 승려들은 둥근 모양의 방석에 앉았고, 주지승이자 법랍이 제일 높은 아잔 수키토만 맨 왼쪽에서 진정한 왕좌라 할 수 있는 푹신한 주황색 의자에 기대앉았다. 팔꿈치와 무릎을 부드럽게 받쳐주는 팔걸이뿐 아니라 무려 등받이가 있는 의자였다.

아잔 수키토는 불상 밑에 있는 향에 불을 붙이는 것으로 의식을 시작했다. 그 행위를 신호로 모두 조용히 명상을 시작했다. 다 눈을 감았을 텐데도 누군가가 지켜보는 느낌이 들었다. 단체 명상을 할 때는 목청을 가다듬거나 마룻장이 삐걱거리거나 가끔 주방에서 접시가 작게 달그락거리는 소리가 괜히 더 또렷하게 들렸다. 그렇게 한 시간쯤 지나면 유핀이 식사가 준비됐음을 알리는 종을 울렸다.

첫째 날 아침에는 이 종소리를 출발을 알리는 총성으로 여겨 방석에서 벌떡 일어나 계단으로 향했다. 그러나 돌아보니 다른 사람들은 꿈쩍도 하지 않고 있었다. 인도인 승려 바다만 한쪽 눈을 떠 나와 눈이 마주쳤다. 바다는 고개를 기울여 아잔 수키토를 슬쩍 보고는 다시 눈을 감았다. 아잔 수키토가 일어나기 전까지는 아무도 일어날 수 없다는 게 불문율이었다. 다음 단계는 고통스러울 정도로 느리게 진행됐다. 식사 시간이 코앞으로 다가왔지만, 유핀이 울린 종소리는 사실 단거리 경주가 아니라 마라톤의 시작을 알리는 신호였다.

날마다 똑같았다. 한 시간의 명상을 마치고 종소리가 울리면…, 아무 일도 일어나지 않았다. 방석에 앉아 아잔 수키토를 지켜보면 그의 눈꺼풀이 흔들리는 순간이 있었다. 머나먼 무의식의 세계에서 의식의 세계로 천천히 돌아올 때의 움직임이었다. 그러나 그의 눈은 계속 감겨 있었다. 너무 깊이 집중하다 보니 눈꺼풀이 자기도 모르게 흔들린 모양이었다. 그렇게 아잔 수키토는 분명 듣고도 남았을 종소리가 울린 뒤에도 늘 한참 더 앉아 있었다. 누구도 **그토록** 깊이 몰두할 수는 없었다.

가끔은 흔들리는 눈꺼풀이 스포츠의 페이크 동작처럼 연기가 아닌가 싶었다. 자리에서 일어나리라는 **착각**을 일으켜 우리에게 조바심을 억누를 기회를 주는 교수법인지도 몰랐다. 사실 나는 식사를 앞둔 마지막 몇 분이 얼마나 중요한지 알고 있었다. 운동에서 특정 동작을 반복할 때 마지막 세트가 중요하듯, 정신 수행도 피로가 극에 달할 때 평정심을 얼마나 잘 유지할 수 있는지 시험하는 이 순간이 하루 중 제일 중요했다.

종이 울리고 10분이 지나면 승려 두어 명이 앉은 자세를 바꿨다. 마룻장이 삐걱거리는 소리로 그만 일어날 때가 됐다는 걸 대장에게 조심스럽게 일깨우고 싶은 듯했다. 파무토는 목을 스트레칭했다. 조르조는 자신이 누구보다 극기심이 강하고 흔들림이 없다는 걸 보여주려는 듯 허리를 꼿꼿이 폈다. 그러나 무슨 소리가 들리면 아잔 수키토 쪽에서 나는 소리인지 보려고 자세가 풀어졌다. 20분이 지나면 아주 작은 소리만 나도 다들 눈이 떠지고 고개가 돌아갔다.

이쯤 되면 유핀을 대신해 화가 나기 시작했다. 유핀은 우리에게 식사가 준비됐다고 알려주었다. 그런데도 이러고 있는 건 고생한 그녀에게 결례가 아닐까?

아잔 수키토가 눈꺼풀을 움직이며 앉아 있는 시간이 35분에 달할 때도 있었다. 그럴 때 나는 그의 동기를 추측하고 내 호흡보다 그의 호흡을 주시하느라 그 시간을 모두 허비했다. 2주가 지나니 종소리가 울릴 때마다 입에 침이 고였다. 파블로프의 개가 된 것이다.

마침내 아잔 수키토가 목청을 가다듬고 자리에서 일어나려 몸을 움직였다. 그러면 모두 무릎을 꿇고 불상을 향해 불교의 세 가지 보배인 석가모니, 석가모니의 가르침인 담마, 제자들을 가리키는 승가에 감사하는 염불을 짧게 외우면서 세 번 절했다. 그런 뒤 세 번 더 절했는데, 특정인에게 하는 게 아니라 일어서거나 앉을 때 기본적으로 하는 절이었다. 절이 반복될 때마다 조바심은 커졌고 자세는 흐트러졌다.

법당을 나와서는 수영장에서 안전 요원의 눈치를 보는 아이처럼 주방으로 가는 돌길을 종종걸음으로 이동했다. 두 개를 길게 이어 붙인 탁자 위에 밥이 든 냄비 한두 개와 소스를 친 요리 몇 접시, 과일과 후식이 담긴 접시 한 개가 놓여 있었다. 나는 음식을 지나쳐 탁자 너머의 또 다른 불상에 세 번 더 절한 뒤 그 앞에 깔린 비닐 매트 위에 앉았다. 그곳에서 승려들이 먼저 음식을 담기를 기다렸다.

무슨 이유인지 아잔 수키토는 법당에서 주방으로 오는 길에 매일 5분 정도 어디론가 사라졌다. 소변을 보나? 우리를 놀리려는 건가? 알 길이 없었다. 다른 승려들도 티를 안 내려 애썼지만 조바심이 나는 눈치였다. 다들 두 손으로 발우를 꼭 움켜쥐고 줄을 서서는 눈앞에 펼쳐진 성찬을 뚫어지게 보지 않으려 노력했다.

잠시 후, 아잔 수키토가 돌길이 아니라 숲에서 성큼성큼 걸어 나오면 도대체 어디를 다녀왔는지 더욱 궁금해졌다. 외투용 승복이 흐트러져 있을 때가 많았는데, 그럴 때도 그는 개의치 않는 당당한 태도로 승복을 펼쳐 어깨를 감싼 뒤 빙빙 감은 고리를 한쪽 겨드랑이에 끼웠다. **그런 뒤에야** 음식을 담았고 다른 승려들이 그 뒤를 따랐다. 그러나 나는 아니었다. 체류자인 나는 유핀과 함께 주방의 다른 쪽 바닥에 앉았다. 바닥에서 승려들이 발우를 채워 법당으로 가져가는 모습을 지켜보았다.

어느 날은 이탈리아인 빠까오 조르조가 지나가면서 쿠키와 소형 바나나를 주머니에 슬쩍 넣는 걸 목격했다. 어찌나 능숙한지 후식을 보지도 않고 집었다. 조르조는 지극히 의식적이고 영적인 것처럼 보이는 몸가짐을 취했고, 길쭉한 머리를 높이 든 채 단호하고 평온한 표정을 보란 듯이 짓고 다녔다. 나나찻에서 첫 식사를 할 때 목격한 조르조의 행동이 떠올랐다. 후식 그릇 앞에서 머뭇거리다가 후식 한 개를 얼른 챙긴 뒤 뒤돌아 도망치면서 한 개를 더 슬쩍했었다.

그는 이번엔 주머니에 후식을 재빨리 밀어 넣었다. 발우가 아직 가득 차지 않은 걸 보면 나중에 먹으려고 챙긴 게 분명했다. 조르조가 혼자 어딘가로 가서 챙긴 음식을 먹는 모습이 그려졌다. 숲속 승려의 거동은 계속 유지한 채 몰래 바나나 껍질을 벗기고 늘 조심스럽게 접는 네모난 천(그건 손수건이 아니라 냅킨이다!) 위에 쿠키를 바스러뜨릴 것이다.

당시 나는 음식뿐 아니라 독선에도 굶주려 있었다. 그러다 평평 남아도는 혼자만의 오후 시간에 생각을 거듭하다 보니 문득 새로운 깨달음이 생겼다. 조르조의 도둑질은 분투의 방증이라는 깨달음이었다. 조르조도 나처럼 힘든 시간을 보내고 있었다.

승려들이 음식을 담고 법당으로 가면 유핀과 나도 뒤따라가 승려들이 앉는 단상 앞에 앉았다. 다 모이면 아잔 수키토가 유핀과 한담을 나눴다. 그러면서 대화가 잠시 멈출 때마다 법당의 난간 너머로 보이는 우듬지를 응시했다. 그가 다음 화제를 생각하는 동안 모두 아무 말 없이 기다렸다. 드디어 아잔 수키토가 고개를 한 번 끄덕이고 목청을 가다듬고는 허리를 쭉 폈다. 식전 염불을 시작하자는 신호였다.

식전 염불은 팔리어로 된 솔로 도입부로 시작했다. 아잔 수키토가 느린 속도로 도입부를 외면 나머지 승려들도 차분하게 합창하며 합류했다. 몇 분 뒤, 식전 염불은 마지막 구절을 '발라아암 balaaam'으로 길게 끌며 끝났다. 끝이라서 더 길게 끌었겠지만 이유야 어쨌든 아름다운 순간이었다. 염불이 진행되는 동안 유핀과 나는 20초간 우리만의 염불로 중얼거리며 응수했다. 정해진 때마다 절하고 끝나면 일어나기 위해 세 번 더 절했다.

드디어 식전 염불이 끝났다. 나는 나도 모르게 깡충거릴 것 같아 난간을 부여잡고 계단을 내려가 돌길을 뛰다시피 걸었다. 음식이 차려진 탁자에 도착해서는 제일 위에 놓인 발우를 집어 들어 음식을 담았다. 그런 뒤 불상을 향해 세 번 절하고 자리에 앉았다. 지금껏 했던 절 가운데 제일 빠르게 한 절이자, 오전에 했던 절 중에서는 스물다섯 번째, 스물여섯 번째, 스물일곱 번째 절이었다.

나나찻에서 어느 체류자가 고승 아잔 차의 말을 들려준 적이 있었다. "음식을 이해하면 다 아는 것이다." **다 안다**는 건 **깨달음을 얻었다**는 뜻이었다. 나나찻에서는 출처가 의심스럽지만 그럴듯하게 들리는 잠언을 주고받는 체류자가 많았다. 어떤 체류자는 승려에게 경험담을 **직접** 들었다면서 앞서 언급된 잠언이 정말 아잔차가 한 말이라고 맞장구쳤다. 그 승려는 온종일 마음챙김을 완벽하게 유지할 수 있는 경지에 올랐지만 딱 한 순간만큼은 집중이 흐트러졌다고 했다. 바로 식사 시간이었다.

식사 시간마다 내 관심이 쏠리는 곳은 오로지 위장이었다. 나는 짐승처럼 발우에 달려들었다. 처음 1분간은 복수하듯 먹었다. 다음 1분간은 챔피언 자리에 오른 듯 먹었다. 두 주먹을 허공에 찌르고 불가능은 없다고 고래고래 소리치고 싶은 충동을 누르면서 말이다.

막상 음식을 먹기 시작하면 맛에 집중할 수가 없었다. 매번 발우가 반이나 비워진 뒤에야 맛이 느껴졌다. 마치 휴가처럼 식사의 기쁨은 먹기 전과 후가 제일 컸다. 맛을 음미하기 위해 음식을 입에 넣을 때마다 횟수를 세려고 노력했다. 그게 효과적인 마음챙김 수련법이라는 말을 들은 적이 있었고, 그렇게 하면 먹는 시간을 더 길게 끌 수 있을지 궁금했다. 그러나 그뿐이었다. 궁금해하기**만** 했다. 오후가 되면 어김없이 찾아오는 배고픔의 구렁텅이 속에서는 입에 넣는 횟수를 세는 상상을 하며 마음을 다잡았지만, 막상 다음 날 자유롭게 먹을 수 있는 시간이 되면 다 잊어버렸다.

충동적으로 허겁지겁 먹는 첫 단계를 지나면, 곧 사라지리라는 생각이 불현듯 들면서 음식이 새삼 소중하게 느껴졌다. 숟가락이 부딪치는 소리가 씹는 리듬에 맞춰 울리는 은은한 심벌즈 소리 같았다. 이 순간에는 먹는 행위에 너무 몰입해 생각 자체가 없어졌다. 순수한 마음챙김 상태와 헷갈릴 정도로 비슷했지만 달랐다. 먹는 동안에는 생각이 **없어졌다**는 사실 자체를 인지하지 못해 그 순간을 온전히 음미할 수 없었다. 숨 쉬는 것도, 숫자를 세는 것도 잊어버렸고 일기장에 먹는 횟수를 세겠다는 다짐을 적은 것도 잊어버렸다. 그 전날, 그 전전날에도 같은 다짐을 적었지만 잊어버렸다. 나는 기억하고 싶었다. 이 한 그릇의 음식에 들어간 재료를 심고 키우고 수확하고 포장하고 운송하고 구매하는 데 관여한 수백 명의 사람과 그들이 기울인 수천 시간의 노력을 돌아보고 싶었다. 음식을 준비한 유핀의 수고는 말할 것도 없었다. 그러나 나는 그러지 못했다.

유핀은 주방의 다른 쪽 바닥에서 작은 그릇에 음식을 담아 먹었다. 유핀이 식사를 마치고 설거지하러 일어나면 고마운 마음이 들기보다는 식사 시간이 끝나간다는 생각에 두려워졌다. 그러면 다급히 음식의 감촉을 하나하나 느끼려 애썼다. 가지의 섬유질과 쌀밥의 점착성, 소스의 기분 좋은 매끄러움을 음미했다. 어느 날, 입 안에서 무언가 날카로운 게 느껴져 혀로 더듬어 찾아냈다. 딱딱한 게 안 익은 쌀알 같았지만 쌀알보다 컸다. 엄지와 검지로 잡아 꺼내니 디귿 자 모양의 스테이플러 침이었다. 얇은 서류용 침이 아니라 두껍고 끝이 단검처럼 가늘어지는 건축용 침이었다. 유핀에게 알리면 몸서리칠 것이다. 알린다 해도 뭐라고 말해야 할지 몰랐다. 이러나저러나 상관없었다. 제일 중요한 건 아직 그릇에 음식이 남아 있다는 거였다. 나는 스테이플러 침을 발우 옆에 두고 계속 먹었다.

식사를 마치면 유핀을 도와 설거지를 했다. 내가 탁자의 냄비와 접시를 모두 아일랜드 식탁으로 옮기는 동안 유핀은 싱크대 세 개를 각각 비눗물과 온수, 냉수로 채웠다. 유핀이 그릇을 문지르고 씻으면 나는 헹궈서 건조대에 놓았다.

유핀은 영어를 거의 안 썼다. 내가 제대로 안 헹궈 그릇에 비눗물 자국이 남으면 눈살을 찌푸리며 "음!"이라고 말했다. 엄하면서도 장난스러운 어조였다. 내가 미안해하는 소리를 내고 실수를 바로잡으면 씩 웃으며 말했다. "오케이."

각자의 언어로 서로에게 간단한 단어를 가르치기는 했지만 사실 내가 아는 태국어보다 유핀이 아는 영어가 더 많았다. 삭 파sak pha는 우리가 하고 있던 행위인 '씻다'를, 코 쿤 카kop khun ka는 '고맙습니다'를, 모앗moat은 '개미'를 뜻했다. 사실 유핀이 주로 쓰는 말은 내가 공부 중인 태국어가 아니었다. 유핀이 가리키는 주방의 물건을 태국어로 말하면 유핀은 눈살을 찌푸리며 말했다. "라오어로 하세요."

뿌 쫌 곰 근처에는 라오스가 있었다. 나중에 알았지만 태국 북동부 지역은 라오어라는 고유의 언어를 썼다. 라오어는 이산Issan이라고도 칭했는데 이 지역의 이름과 일치했다. 이산 지역은 문화적으로나 언어적으로 태국보다는 라오스와 공통점이 더 많았다.

유핀과 소통하는 데 도움이 된다면 무슨 언어든 상관없었다. 유핀은 가끔 물건을 들고는 모르겠다는 표정으로 그 물건을 뜻하는 영어 단어를 알려달라고 했다. 어느 날 아침에는 타일 바닥을 깨끗이 닦을 때 쓰는 고무 걸레를 영어로 뭐라고 하는지 물었는데, 쉬운 동의어가 얼른 떠오르지 않았다. 결국 단어가 어려우니 각오하라는 뜻으로 요란한 손짓을 한 뒤 알려줬다.

"스퀴지squeegee."

유핀은 짐짓 의기소침한 표정을 짓고는 말했다.

"스키… 즈위… 못 해요. 아, 못 하겠어요."

유핀은 두 손을 내두르며 웃음을 터트렸지만 그 뒤로 매일 그 단어를 연습했다. 나는 유핀처럼 내가 하는 발음이 좋은지 나쁜지조차 판단할 수 없었다. 이산어는 한 단어가 어조에 따라 다섯 가지 의미를 지닐 수 있었다. 나는 '먹다'를 뜻하는 단어를 발음하고 싶었지만, '짧은'을 뜻하는 형용사를 말했을 수도 있고 심지어 '개 꼬리를 흔들다'를 뜻하는 동사를 말했을 수도 있었다.

유핀은 이따금 마을에서 예닐곱 명의 아이들을 암자에 데려왔다. 아이들은 유핀의 삼륜차 짐칸에 타고 와서는 법당에서 승려들이 염불하는 모습을 구경하며 꼼지락거렸고 유핀과 내가 소통하려 애쓰는 모습을 보며 킥킥거렸다.

유핀이 짐을 쌀 때면 아잔 수키토가 주방으로 찾아와 승려가 된 뒤로 20년간 배웠을 이산어로 느리고 차분하게 그녀와 대화를

도망친 곳에 낙원이 있었다

나눴다. 그럴 때 나는 아일랜드 식탁 근처를 서성거렸는데 처음에는 둘 사이에 낀 쓸모없는 존재가 된 것 같아 어색했다. 그러나 곧 내가 중요한 역할을 한다는 걸 깨달았다. 아잔 수키토가 유핀과 대화하려면 같은 공간에 남자가 한 명 더 있어야 했다. 승려는 여자와 단둘이 있을 수 없기 때문이다. 조르조가 그 역할을 맡을 수도 있었지만 어쨌거나 나의 존재 덕분에 마음에 안 드는 그 계율을 피할 수 있어서 기뻤다.

둘의 소통을 지켜보는 것도 좋았다. 아잔 수키토와 유핀은 진심으로 서로를 좋아하는 듯 보였다. 평소에 아잔 수키토는 내가 만난 누구보다 표정이 진지했지만 유핀과 있을 때는 가끔 미소를 지었다. 유핀은 태국인들이 승려를 대할 때 으레 그러듯 계속 꾸벅거렸고 두 손을 기도하듯 맞잡은 채 질문하고 답했다. 두 사람은 4년 넘게 매일 각자 맡은 역할을 다하면서 식사 후 조용히 담소를 나눴다.

웃고 있는 유핀과 아잔 수키토의 옆에 있으면 왠지 모르게 안정감이 들었다. 조심스럽게 정감 어린 농담을 주고받는 두 사람이 마치 내 부모인 양 마음이 편안해졌다. 고독을 갈망했던 내가 둘의 돈독한 관계를 소중히 여기다니, 이처럼 이상은 언제나 어긋난다.

만약 둘 중 한 명, 혹은 둘 다 뿌쫌 곰을 떠난다면 이곳에는 새 주지승과 요리사가 올 것이다. 수도원의 시스템은 어느 한 사람이나 두 사람이 부재한다고 무너지지 않았다. 주지승과 요리사는 정신적 자양분과 육체적 자양분을 주고받으며 수도원의 공생 관계를 이루는 견고한 두 주축이자 희생을 요하는 어려운 자리였다. 그러나 당혹스럽게도 영광은 둘 다 누리지 못했다. 뿌 쫌 곰의 역사에 기록되는 건 맥을 이어온 주지승들뿐이었다. 유핀은 각주에도 실리지 못할 게 뻔했다.

대화가 끝나면 유핀은 삼륜차에 올라타 시동을 걸고 손을 흔들어 작별 인사를 했다. 삼륜차의 엔진 소리가 자갈길을 따라 서서히 잦아들면 깨끗하고 텅 빈 주방을 둘러보았다. 온종일 고대했던 식사 시간이 다 끝났다는 게 믿기지 않았다. 나는 여전히 배가 고팠고 다음 식사 때까지 또다시 스물세 시간 넘게 버텨야 했다.

유핀은 우편배달 일도 도왔다. 뿌 쫌 곰에 우편물이 오는 일은 거의 없었다. 몇 주에 편지 한 통 오는 게 고작이었는데 이 서비스를 제일 적극적으로 이용한 사람은 나였다. 우편함은 따로 없었고 친구나 가족에게 보낼 편지가 있으면 주소를 적고 우표를 붙인 봉투를 직접 유핀에게 줘야 했다. 나는 부모님과 MJ에게 뿌 쫌 곰의 주소를 알려줬고 셋 다 답장을 보내왔다. 이 외딴 암자에 무언가가 배달되는 건 위대한 국제적 협력의 산물이었다. 뿌 쫌 곰의 주소는 여섯 줄이나 됐다. 그것도 아잔 수키토가 태국어 주소를 영어로 음차를 해 한 글자씩 직접 적어줘야 했다.

이곳에선 우체부를 볼 일도 없었다. 받을 우편물이 있을 때는 유핀이 아침에 가져왔다. MJ가 보낸 편지는 맨해튼에서 소인이 찍힌 지 46일 만에 도착했다. 그 편지를 받고 나는 이 작은 종이를

도망친 곳에 낙원이 있었다

전 세계 어디로든, 그것도 물 한 방울 튀지 않게 안전하게 보내는 시스템이 얼마나 기적적인지 처음 깨달았다.

아버지가 처음에 보낸 편지 두 통에는 깔끔한 필기체로 애틀랜타의 계절 변화와 대학 미식축구 결승전, 새집 지하실 증축이 얼마나 진행됐는지 등의 근황이 적혀 있었다. 재미없는 내용이었지만 모든 단어를 하나씩 꼼꼼히 읽었다. 오후 시간의 공백을 잠시나마 채우려고 두 번, 세 번, 네 번 읽었다.

어느 날은 내 편지에 배고프다는 내용이 있었는지 아버지가 소포를 보내왔다. 편지도 자주 오지 않지만 소포가 오기는 처음이었다. 나는 소포를 개울가의 자갈 진입로 끝에 있는 나만의 꾸띠 안에서 혼자 열어보았다. 글을 쓰거나 명상할 때 사용하는 플라스틱 의자에 앉아 책상 위에 소포를 올려두고 포장을 푼 순간, 입이 떡 벌어졌다. 소포에는 생각지도 못했던 보물이 가득 들어 있었다. 카인드 그래놀라 바 열두 개와 타조 티백 모음이 황금빛으로 찬란하게 빛났다.

나는 뚜껑을 덮고 겨우 소포를 밀어냈다. 정오가 지난 시각이었다. 타일 바닥을 서성거리기 시작했다. 구석에 놓인 침대가 보였다. 솜이 뭉치고 자주색과 녹색으로 된 이불이 깔린 1인용 목제 침대였다. 침대에서 잘 수는 없었다. 아잔 수키토에 따르면 침대는 '귀빈'을 위한 가구였다. 상관없었다. 여덟 번째 계율에 따라 침대에서 자면 안 된다는 건 이미 알고 있었다. 애초에 침대에서 **자고 싶지도 않았다**. 나는 소박하고 자제력 있는, '아무것도 필요 없는 사람'이 되고 싶었다. 오히려 침대가 있어서 불만이었다. 이런 사치품이 있으면 내가 구축하고 싶은 금욕적인 이미지가 훼손될 것 같았다.

그뿐 아니라 손님용 꾸띠에는 전용 화장실, 그것도 서양식 변기가 있었다. 다른 사람들은 다 개울 건너에 콘크리트 블록으로 지어진 옥외 화장실을 썼다. 작디작은 칸막이가 쳐져 있고 바닥에 구멍 뚫린 도자기가 박힌 화장실이었다. 반면에 내 꾸띠의 화장실은 나나찻에서 지내던 꾸띠만 했다. 꾸띠 한쪽에는 내가 쓰는 침실이, 다른 한쪽에는 또 다른 손님이 오면 쓸 두 번째 침실이 있었는데 그 사이에 화장실이 있었다. 두 번째 침실은 비어 있었지만 한 번도 들여다보지 않았다. 그러면 수도승인 내가 소박한 오두막이 아니라 침실 두 개와 화장실 한 개를 갖춘 궁전에 살고 있다는 사실을 인정하게 될 것만 같았다.

책상이 흔들리고 코팅이 벗겨지는 건 그나마 괜찮았다. 휴지와 전기가 없는 것도 좋았다. 이처럼 열악한 환경을 의미하는 요소들은 나를 '엄숙한 종교적 방랑자'의 반열에 올려주었고, 일기장에는 이러한 요소들만 적었다.

일기는 매일 밤 썼다. 그러면 지혜를 더 깊이 파고들 수 있다고 확신했다. 그렇게 나는 후손들이 보고 감탄하는 영적 이력서가 될 만한 자아상과 환경을 구축했다. 동시에 사소한 의심 하나를 떨쳐내지 못했는데 그 의심은 일기장을 한 페이지씩 채울 때마다 점점 커졌다. 바로 글쓰기가 깨달음을 구하는 수단에서 깨달음을 미루는 수단으로 변질되고 있다는 의심이었다. 나는 어느새 명상을 하고 있지 않았던 것이다.

그러나 카인드 그래놀라 바가 도착하자 그 모든 걱정은 모조리 사라졌다. 아버지가 이런 멋진 보물 상자를 보낼 줄은 몰랐다. 열두 개의 그래놀라 바라니! 타조 티는 우려먹을 물이 없었지만 상관없었다. 어차피 티백은 예쁘지만 쓸모없었다. 열량이 없기 때문이다.

소포에는 위키피디아에서 태국의 뱀에 관한 정보를 찾아 인쇄한 종이도 여러 장 들어 있었다. "그냥 아빠니까 걱정돼서"라는 아버지의 말이 들리는 것 같았다. 나는 그 종이들도 훑어보았다. 카인드 그래놀라 바에서 몇 분이라도 관심을 돌리고 싶었다. 위키피디아에 따르면, 태국의 뱀은 대부분 녹색이고 나무에 살았다. *별로 안 위험하겠군.* 다만 말레이 피트 살무사라는 뱀은 주로 덤불에 숨는다고 했다.

시티은행에서 일했던 인도인 사미 바다가 최근에 알려준 내용이 떠올랐다. 동물의 독 중에 검은 개미의 독은 통증과 부종을 일으키지만 독성의 서열은 맨 아래라고 했다. 전갈의 독이 더 강했다. 그러고 보니 흙이 담긴 양동이 한구석에 숨은 아름다운 갈색 전갈을 몇 마리 본 적 있었다. 죽어 있기는 했지만 창고의 타일 바닥에서 갑옷을 두른 큼지막한 검은 전갈을 보기도 했다. 전갈보다 독성이 센 건 왕지네라고 했다. 바다는 잠시 말을 멈추고는 나나 찻의 한 승려가 왕지네에게 물린 뒤 발을 잘라달라고 애원했다는 일화를 들려주었다.

"고통이 상상을 초월한대요."

바다의 말에 나나찻에서 발 옆으로 기어가게 내버려둔 핫도그만 한 지네를 본 일이 떠올랐다. 그때는 그게 그렇게 위험한지 몰랐다. 독성이 제일 강한 동물은 코브라였다. 말레이 피트 살무사도 마찬가지였다. 이들의 맹독은 사람을 죽일 수 있었다.

그러나 나는 또다시 카인드 그래놀라 바 생각뿐이었다. 그래놀라 바는 위험한 동물보다 더 현실적인 딜레마를 안겨주었다. 나는 킨더 부에노 초콜릿을 먹은 날 밤, 교훈을 얻었다. 그때 이후로는 식사 시간 외에 먹지 말라는 계율을 깬 적이 한 번도 없었다. 그러나 그래놀라 바를 다른 승려들에게 공양으로 바치고 싶지는 않았다. 나는 계속 방 안을 서성거렸다. 입술을 깨물면서 머리를 긁었다. 그러는 사이 땅거미가 내려앉았다. 양초에 불을 붙이니 그래놀라 바의 비닐 포장에 불빛이 반사됐다. 나는 은은하게 깜박이는 주황빛을 넋 놓고 바라보았다.

엄밀히 말하면, 계율은 '식사 시간 외 음식 섭취 금지'가 아니라 '정오 이후 음식 섭취 금지'였다. 전날 받은 음식을 저장하면 안 된다는 세부 규칙도 있었지만 나는 정식 승려가 아니니 안 지켜도 될 것이다. 어쨌거나 식사 시간 외에 음식을 먹는 것은 계율을 어기는 것은 아니나 계율의 정신에는 어긋나는 행위였다. 그러나 나는 계율의 명확한 뜻을 따지지 않았다. 나중에 나 자신에게라도 무지를 핑계로 댈 수 있으려면 잘 모르는 편이 나았다.

　　　　　　　　　　　　　도망친 곳에 낙원이 있었다

결국 나는 내 딴에는 합당하고 합리적이다 싶은 논리를 세웠다. 새벽 3시에 일어나 혼자 그래놀라 바를 한 개 먹는 건 괜찮고 심지어 바람직하다는 논리였다. 애매한 영역이기는 하지만 새벽 3시는 정오 전이었다. 그리고 따지고 보면 아버지는 내게 이 그래놀라 바를 공양으로 바친 것이나 다름없었다. 약간의 간식은 잠에서 깨 명상하는 데 도움이 될 테고 말이다. 수행에 도움이 된다는 뜻이다. 그렇다! 수행에 큰 도움이 될 것이다! 뉴질랜드에서는 스무디도 먹었는데 태국에서 그래놀라 바를 먹지 못할 이유가 없지 않은가! 아아, 손톱만큼만 맛봐도 배고픔의 구렁텅이에서 견디기가 훨씬 수월할 것이다.

나는 서성거리기를 멈추고 책상에 놓인 소포를 빤히 내려다보았다. 카인드 그래놀라 바는 나를 놀리듯 포장지의 투명한 부분으로 내용물을 드러냈다. 코코넛 조각이 반짝거렸다. 장인의 솜씨가 느껴지는 바다 소금 결정이 다크 초콜릿 몸통 곳곳에 유혹하듯 뿌려져 있었다. 먹을 것인가, 바칠 것인가? 나는 답을 정하지 않기로 했다. 결정은 아침으로 미뤘다.

평소에는 달리 갈 데도 없는 상태로 혼자 3시간을 있어야 해서 새벽 3시에 자력으로 일어나는 게 힘들었다. 그러나 그래놀라 바를 받은 다음 날 아침은 달랐다. 아무 문제없이 벌떡 일어났다.

새벽 3시부터 승려들과 탁발 순례를 가는 6시까지는 사방이 고요했다. 명상에 집중하기 딱 좋은 시간이었지만 밖이 고요하니 내면의 독백이 증폭됐다. 가끔은 그 독백이 너무 거슬려 결국 명상을 몇 분쯤 시도하다 포기하고는 3시간을 더 자버렸다. 그러다 자길길을 걷는 소리가 들리면 헉하고 일어나 이불을 걷어내고는 문밖으로 황급히 달려 나가 승려들을 따라갔다.

그러나 그날 아침의 고요함은 달랐다. 완벽했다. 너무 조용해서 방바닥에 닿은 뒤꿈치가 달달 떨렸다. 바깥의 곤충들도 조용했다. 마치 내가 하려는 짓을 눈치채고 포장지가 바스락거리는 소리가 나지 않나 귀를 쫑긋 세운 채 꾸띠 안을 들여다보고 있을 것만 같았다. 나는 책상 위 양초에 불을 붙이고는 소포를 내 앞으로 끌어당겨 찬찬히 살펴보았다.

아니야, 명상부터 해야지. 명상이라고 해봤자 겨우 잠을 깨고 토끼 굴속 같은 깊은 공상에 빠져 시간을 보내는 게 대부분이었다. 운동 경기에서 예상을 뒤엎고 당당히 우승을 거두는 장면을 상상하거나, 타코에 뿌려 먹으면 제일 좋은 소스를 고민하거나, 부당한 취급을 받았던 때를 떠올리면서 그때 날렸어야 할 온갖 날카로운 대답을 연습했다. 그러다 몇 분 뒤 제정신이 돌아와서 보면, 몸은 옆으로 기울어져 의자에서 떨어지기 직전이었고 이는 악물고 있고 손가락 관절은 하얗게 질려 있었다.

그날도 그런 명상을 잠시 한 뒤, 소포가 놓인 책상을 향해 웅크리고 앉아 그래놀라 바를 한 개 먹었다. 순식간이었다. 시작했는지조차 모르게 끝나버렸다. 정신을 차리고 보니 빈 포장지 한 개와 열한 개의 그래놀라 바가 책상에 놓여 있었다. *도대체 어떻게 된 거지? 이렇게 빨리 사라지면 안 되는데.* 나는 초의 불빛 속에서 구부정한 자세로 포장지를 깨끗하게 핥고 조심스레 정사각형으로 접은 뒤 남은 그래놀라 바 열한 개를 가만히 바라보았다. *좋아. 전략적으로 접근하자. 우선 두 개를 먹고 나머지 열 개는 공양으로 바치자. 그러면 지금 한 개 더 먹을 수 있어.* 나는 어깨를 으쓱하고 고개를 끄덕였다. 창문 너머로 곤충들이 봤다면 미쳤다고 할 게 분명했다. 그래놀라 바를 보면서 마치 누군가와 대화를 나누는 듯 어깨를 으쓱하고 고개를 끄덕이고 있으니 말이다.

두 번째 그래놀라 바는 더 천천히 먹으려고 애썼다. 베어 물 때마다 잠시 멈춰 포장지에 적힌 원재료의 이름을 읽었다. *콩 레시틴*이 **뭐지**? *치커리 뿌리 섬유질은 맛이 날까?* 카인드 회사의 본사 주소는 뒷면에 인쇄돼 있었다. 뉴욕이었다. *돌아가면 여기에 취업할 수 있을까? 내가 자기네 회사의 상품을 지구 반대편에서 흡입한 이야기를 들으면 분명 좋아할 것 같았다. 나를 홍보 대사로 임명할지도 몰랐다. 여기서 편지를 써 보내면 우편으로 그래놀라 바를 더 보내줄 수도 있었다.* 코코넛 아몬드 바는 죽을 만큼 맛있었다. 너무 맛있어서 삼키기 싫었다. 작별하기 싫었다. 한 입 베어 문 그래놀라 바가 아무 맛도 못 느끼는 목구멍이라는 블랙홀로 사라질 때마다 배신당한 기분이 들었다.

다음 날 아침, 나는 또다시 새벽 3시 정각에 일어나 망설임 없이 그래놀라 바를 두 개 더 먹었다. 그러고는 생각했다. *좋아, 계획을 새로 짜자. 네 개를 먹고 여덟 개는 승려들에게 바치자.*

그날 오후, 나는 남은 여덟 개의 그래놀라 바를 깜빡하고 주방에 가져가지 않았다. 무슨 이유에서인지 기억이 나지 않았다. 이상한 일이었으나. 나음 날 아짐에는 그래놀라 바를 깔끔하게 반으로 나누는 게 제일 합리적이라고 판단했다. 이제 정말 끝이었다. 절반은 먹고 절반은 줄 것이다. 여섯 개는 내가 먹고, 여섯 개는 공양으로 바치는 것이다.

나흘 뒤, 나는 타조 티백을 바쳤다.

―

뿌 쫌 곰에서는 식사 시간과 소임 시간 사이에 15분의 쉬는 시간이 있었다. 정해진 일과는 없었지만 이 시간에는 모두 이를 닦으러 갔다. 내게는 지독히 가학적인 행위였다. 신성한 음식의 맛을 서둘러 지우는 것은 자기 관리라기보다는 자기 채찍질에 가까웠다. 생존을 위해 탐식한 것이 부끄러워 음식 섭취의 증거를 문질러 씻어내는 것 같았다.

나는 원래 양치를 좋아했다. 캠핑할 때도 쾌적한 기분을 선사하는 치실의 미덕을 극찬할 정도였다. 그러나 뿌 쫌 곰에서는 허기에 시달리고 음식에 너무 집착한 나머지 이를 닦지 않기로 했다. 희소한 자원을 최대한 아끼려는 조치였다. 나는 마치 볼을 가득 채우고 다니는 다람쥐처럼 소임 시간과 오후 자유 시간에 종종걸음으로 다니면서 혀로 자유롭게 입속을 탐험했다. 그러면서 행복했던 식사 시간을 떠올렸고, 가끔 운이 좋으면 치아에 낀 작고 맛있는 조각을 빼내 먹었다.

그러다 어떤 날은 욕심을 부렸다. 식사 시간에 바닐라 쇼트브레드 쿠키 한 봉지를 승복의 허리띠 안에 찔러 넣은 것이다. 그러고는 유핀과 설거지하는 내내 봉지가 떨어질까 봐 불안에 떨었다. 다행히 쿠키는 제자리에 붙어 있었다. 유핀이 떠나고 다른 사람들도 남은 소임을 마치러 흩어지자 나는 쿠키를 숨긴 채 꾸띠로 도피했다.

꾸띠에 도착해서는 화장실로 살금살금 들어갔다. 그렇게 나는 (잠글 수 있었다면 잠갔을) 두 개의 닫힌 문 뒤의 캄캄한 공간에 은둔했다. 내가 그토록 원했던 광활하고 탁 트인 야생의 자연에 고립되는 은둔과는 달라도 너무 다른 은둔이었다. 쿠키 봉지와 함께 화장실에 숨는 것은 영적 성취를 이루는 상상을 할 때 한 번도 등장하지 않은 장면이었다.

나는 변기 가장자리에 걸터앉아 쿠키를 바라보았다. 하늘색 포장지에 마시멜로 느낌이 나는 재미있게 생긴 폰트의 태국어가 인쇄돼 있었다. 포장지 테두리에는 절취선이 있었다. 나는 두 손으로 테두리를 잡고 비틀면서 절취선을 따라 천천히 포장지를 뜯었다. 포장지 안에는 직사각형 모양의 쿠키 두 개가 연인처럼 포개져 있었다. 첫 번째 쿠키를 조심스럽게 꺼내 질감이 열 손가락에 모두 느껴지도록 잡고는 조금씩, 그러나 맹렬하게 갉아 먹었다. 쇼트브레드의 표면이 바삭하게 부서지는 느낌이 뒤늦게 오는 달콤함, 촉촉함과 조화를 이루었다. 나는 일말의 수치심도 없이 벽에 회반죽을 바르듯 혀로 치아 바깥에 씹은 쿠키를 발랐다. 맛과 질감을 오래 남기기 위해서였다. 물론 모든 건 결국 다 분해될 것이다. 아니 짜였다.

통통한 승려가 많은 걸 보면 나만 이런 짓을 하는 게 아닐 수도 있었다. 수도원에는 나와 똑같은 일과와 식단을 따르는데도 쇠약해 보이기는커녕 열량이 남아도는 듯한 승려가 많았다. 나이가 많아 신진대사가 느리기 때문일 수도 있었지만, 어쨌거나 통통한 승려가 많다는 건 앞으로 나도 틈틈이 음식을 먹을 수 있음을 뜻했다. 내게 무엇보다 필요한 건 충분한 식사 시간이었다.

그렇게 변기에 앉아 망할 쿠키를 10분 동안 천천히 먹었고 양치를 하지 않았다. 그때뿐만이 아니었다. 몇 번 더 그 짓을 했다. 열 번은 했다. 아니, 2주 연속으로 했던 것 같다. 그만큼 힘들었다.

쿠키를 다 먹고 나면 창고에서 아잔 수키토에게 소임을 배정받았다. 그는 나를 빤히 바라보며 아무 말도 하지 않았다. 그저 초능력자처럼 내 마음을 꿰뚫어 보는 듯한 눈빛으로 나를 관찰했다. 술에 취해 통금 시간이 지나 귀가한 고등학생이 된 기분이었다. 들켰구나.

아잔 수키토와 나는 입으로 이런 대화를 나눴다.

나: "제가 할 수 있는 일이 있을까요?"

아잔 수키토: "네… (30초간 정적이 흐르고) 하나… 있기는 한데… 보자…, 과일나무에 물을 주세요. 개울물을 양동이에 담아서 주시면 됩니다."

그러는 동안, 특히 정적이 흐른 30초간은 눈으로 또 다른 대화를 나눴다.

나: "음."

아잔 수키토: "나는 당신이 무엇을 했는지 **정확히** 알고 있습니다."

초능력이 생긴 승려들에 관한 이야기가 떠올랐다. 아잔 수키토와 마주한 그 순간에 나는 그 이야기를 믿게 됐다. 독심술은 석가모니가 각성한 날 밤 얻었다는 몇 가지 비범한 능력 중 하나였고, 오늘날에도 그런 능력을 갖춘 승려가 일부 있는 모양이었다. 각성하는 순간에 초능력을 얻을 가능성에 대해 고승들이 논하는 걸 들은 적이 있었다. 초능력이 생기고 말고에 무슨 규칙이 있는 것 같지는 않았다. 마치 각성 제조업자가 평소에는 표준화된 각성을 대량 생산하다가 가끔 즉흥적으로 부가 능력을 얹어주는 것 같았다. "당신은 독심술! 당신은 전생에 관한 기억!"

승려가 저지를 수 있는 최악의 범계 중 하나는 거짓으로 초능력이 있다고 주장하는 것이다. 불교에서 살인과 성관계, 절도와 함께 빠라지까parajika라 불리는 죄 가운데 하나다. 빠라지까는 팔리어로 가장 심각한 죄를 뜻하며 이러한 죄를 저지른 승려는 즉시 승복을 벗어야 하고 영영 돌아올 수 없다. 발음부터 《해리포터》 시리즈의 볼드모트처럼 심각하게 들리는 빠라지까는 의역하면 '패배'를 뜻한다.

나는 이 계율이 전율이 일 정도로 흥미로웠다. 초능력을 거짓으로 주장하는 죄가 있다는 건 초능력이 실재할 가능성이 있다는 뜻이기 때문이다. 초능력이 있다고 주장한 승려가 정말로 그 능력을 증명해 보인다면 아무 문제가 없었다. 승복을 벗을 필요가 없는 것이다.

나는 초능력을 믿지 않았지만 고도로 훈련된 집중력이 초능력에 가까운 힘을 발휘한다는 건 믿었다. 몇 년 전 나도 작게나마 그 힘을 체험했다. 뉴질랜드의 위뭇띠에서 한 달간 수련한 뒤 대학교에 돌아가 마지막 학기의 모든 과목에서 A를 받았다. 높아진 평정심과 생산성은 내 예상을 훨씬 뛰어넘었다. 그러나 그 힘은 몇 달 뒤 사라졌다. 내가 이미 대단한 사람이 됐다고 믿었고 그 힘의 원천, 즉 명상을 소홀히 했기 때문이다. 그러나 강력한 목적의식과 인내심, 집중력을 발휘할 때의 그 느낌은 평생 잊을 수 없었다. 마치 초능력이 생긴 기분이었다.

아잔 수키토가 예상보다 길게 침묵을 유지하는 동안 나는 온몸으로 불안을 드러냈다. 굳이 심오한 정신 수행을 하지 않아도 누구나 내 마음을 눈치챌 수 있을 정도였다. 수치심으로 목이 뜨겁게 달아올랐고, 순진해 보이려 애쓴 탓에 눈이 커지고 고개가 뒤로 젖혀졌다. 숨기는 게 **아무것도 없는** 표정을 짓고 싶은 충동이 들었지만 그러면 더 들키겠다 싶어 꾹 참았다. 누가 보면 숨이 막히는 것처럼 보였을 테고, 실제로 정말 숨이 막혔다.

그사이 아잔 수키토는 완벽한 침묵을 유지하면서 내가 죄책감으로 몸부림치도록 가만히 내버려두었다. 처음에는 그의 침묵이

도망친 곳에 낙원이 있었다

가혹하게 느껴졌지만 시간이 지날수록 다른 게 보이기 시작했다. 그와 매일 소통하면서 새로운 인식의 문이 열린 덕분이었다. 아잔 수키토의 눈에 분명하게 보이는 것이 차츰 내게도 보였다. 그건 바로 내 몸이 내 감정과 일치하는 미묘한 신호를 끊임없이 보내고 있다는 사실이었다. 이 현상은 내가 알든 모르든, 내가 좋든 싫든 일어났다.

몸은 마음의 변화를 비추는 거울이었다. 나는 이 깨달음이 다른 상황에서도 유효한지 확인해 보았다. 명상할 때 보니 가끔 불쾌한 생각이 들 때마다 내가 자세를 바꾸고 있었다. 머리 아래에서 일어나는 현상을 관찰할수록 머리에서 일어나는 생각과의 유사점이 보였다. 나는 운동선수로도 오랫동안 활동해, 원래 몸의 신호를 포착하는 능력이 뛰어났다. 몸을 앞으로 구부렸을 때 허벅지 뒤쪽이 아프면 접질렸는지, 그냥 조금 아픈 건지 알았다. 걱정해야 하는 통증과 아프지만 견딜 만한 통증을 구별할 수 있었다.

그러나 감정이 보내는 몸의 신호는 부끄러우면 목이 구부러지고 불안하면 가슴이 조여든다는 사실을 깨달은 뒤에야 알 수 있었다. 나는 조금씩, 서서히 배와 같은 신체 부위에 의식을 두고 청진기로 듣듯 귀를 기울일 수 있게 됐다. 그러면 생각에 의존하지 않고도 내 감정을 인지할 수 있었다. 마음의 소리는 몸의 감각과 함께 작동했다. 단, 중요한 차이가 하나 있었다. 몸은 거짓말을 하지 않았다.

수도원에 몇 달밖에 안 있었던 나도 이렇다면, 출가한 지 20년이 넘은 스님의 집중력은 얼마나 뛰어나겠는가. 모르긴 몰라도 아잔 수키토는 내 마음을 동화책 읽듯 읽었을 것이나. 시선을 피하는 눈동자며 치아에 바른 쿠키 찌꺼기며 고개를 끄덕이고는 소임을 받자마자 급하게 사라지는 내 모습을 보고 다 알았을 것이다. 아잔 수키토가 처음부터 내게 가르침을 주려 했는지는 모르겠지만 나는 한 가지 교훈은 확실히 얻었다. 비밀이 있으면 참 고단하다는 사실이었다.

아잔 수키토는 훨씬 더 많은 걸 봤을 수도 있었다. 내가 겨우 생존하고 있고, 식사 시간에 충분히 먹지 않기로 작정해 살이 빠지고 있으며, 스트레스가 심해 정오 전 휴식 시간에 손에 넣을 수 있는 건 무엇이든 몰래 먹고 있다는 걸 눈치챘을지도 몰랐다. 손가락의 물기를 보고는, 내가 부스러기를 남김없이 먹으려고 침을 바른 손가락을 쿠키 포장지 속 모서리에 꾹 밀어 넣었다는 것도 알아챘을 것이다. 그 모든 걸 다 보았기에 나를 측은히 여겨 아무 말도 하지 않았을 것이다.

어느 날 저녁, 아잔 수키토가 대화를 나누자며 나를 초대했다. 꿈만 같았다. 승려와 정식으로 대화를 나누는 건 태국에 온 지 두 달이 다 됐지만 처음이었다.

우리는 주방에서 만났다. 서로 절하고 앉기도 전에 비가 내리기 시작했다. 11월 말에는 보기 힘든 비였다. 오토바이 운전사와 우본 버스 정류장에서 출발해 나나찻으로 향하던 길에 만났던 폭우 이후로 처음 내린 비였다.

양철 지붕 아래에 있으니 스네어 드럼 속에 들어온 듯 요란한 소리가 났다. 아잔 수키토가 입을 열어 무언가를 말하려다 그만두었다. 소리를 질러야 하는 상황이었다. 그는 소리치는 대신 초가 지붕이라 빗소리가 증폭되지 않는 법당을 가리켰다. 나는 그의 뒤를 따라 빗속을 걸었다. 아잔 수키토는 가는 길에 빗물을 모을 수 있도록 다양한 용기를 이리저리 옮겼다. 물통의 뚜껑을 열었고 그릇과 양동이를 밖에 내놓았다. 나도 함께 법당 구석에 있는 대야 몇 개를 빗물을 받을 수 있는 위치로 옮겼다.

우리는 법당 계단에 서서 빗줄기를 바라보았다. 30초가 흘렀다. 입이 근질거려 불쑥 말이 튀어나왔다.

"빗물을 항상 모으시나요?"

"제… 취미입니다."

빗줄기가 거세졌다. 그러자 아잔 수키토는 고개를 한 번 끄덕이고는 계단을 타고 아침마다 단체 명상을 하는 2층으로 올라갔다. 우리는 세찬 바람에 들이치는 빗물을 최대한 맞지 않도록 한가운데에 방석 두 개를 깔았다. 먼저 함께 불상을 향해 세 번 절했다. 그런 뒤 아잔 수키토가 내게 몸을 돌렸고, 나는 그를 향해 세번 절했다. 아잔 수키토는 단상을 등받이 삼아 나와 같은 눈높이로 앉았다. 염불을 해야 할지, 대화를 시작해야 할지, 한다면 무슨 말을 해야 할지 알 수 없었다.

아잔 수키토는 나에 관한 이야기를 해보라고 했다. 너무 상식적인 질문이라 당황스러웠다. 그는 나에 대해 아는 게 거의 없었지만 왠지 모든 걸 아는 것처럼 느껴졌기 때문이다. 곧바로 불교 철학을 논할 줄 알았는데 아니었다.

오랜만에 입사 면접 때처럼 경력을 읊으려다 그만두었다. 그런 건 중요하지 않았다. 나는 온갖 유형의 여행에 굶주렸던 대학생 때 우연히 위뭇띠에서 수도승의 삶을 경험했다고 말했다. 또한 명상하고 수행하면서 내게 중요한 것, 즉 야생의 자연과 스포츠 심리학, 집중력, 선한 마음을 지니려는 노력 등 많은 것들이 하나로 통합됐으며, 고독을 더 깊이 탐구하고 실험하러 태국에 왔다고 덧붙였다.

아잔 수키토는 내가 말한 시간만큼 천천히 고개를 끄덕이며 먼 산을 바라보았다. 내 대답을 머릿속으로 다시 재생하는 듯했다. 그러고는 말했다.

"제… 이야기를 조금 들려드리죠."

이번에도 너무 상식적인 말이라 당황스러웠다. 개인사를 캐묻는 건 금기인 줄 알았는데 본인이 직접 말하니 그동안 묻지 않았던 게 미안해졌다. 그도 한때는 빠까오거나 평신도거나 아이였을 텐데, 당시 나는 왠지 아잔 수키토가 처음부터 권위자였을 것만 같았다.

아잔 수키토는 이스라엘 군대에서 병역의 의무를 다한 뒤 인도의 아쉬람ashram(힌두교도들이 머무는 수행처 – 옮긴이)을 찾아갔다가 선종禪宗을 체험했고 스물다섯 살에 왓 빠 나나찻에서 정식 승려가 되었다. 그는 내가 쓴 '**통합**'이라는 단어가 마음에 든다고 했다. 태국 숲속 전통은 그에게 그때까지 깨달은 지혜와 성향을 통합해 주었다.

나는 그의 말이 스며들도록 잠자코 있었다. 이제는 그가 말을 마치자마자 성급히 달려드는 어리석은 짓은 하지 않았다. 어느새 약해진 빗줄기가 초가지붕에 느릿한 타닥타닥 소리를 내며 떨어졌다. 부드러운 저녁 어스름이 흩어지는 구름 사이로 속삭이듯 내려앉았다. 빗방울이 떨어지는 처마 아래로 쌍무지개의 네 다리가 보였다. 우리는 아무 말 없이 잠시 그 모습을 지켜보았다.

그러다 내가 나도 20대 후반이라고 말했다. 그러자 아잔 수키토가 그보다는 나이가 많은 줄 알았다고 했다. 성숙해 보인다는 뜻 같아 뿌듯했으나 곧 깨달았다. 뿌듯한 마음이 든 순간 나는 다시 평범한 20대로 돌아갔다.

아잔 수키토는 아까 내가 한 말에 답변이 될 만한 말을 했다.

"어떤 승려들은 고독을 미화합니다."

앞서 나는 뉴질랜드의 주지승이 쓴 〈산속에서 홀로Alone on a mountain〉라는 에세이를 읽었다고 했다. 마음에 드는 글이었고 나도 그 같은 경험을 갈망했다고 말했다.

"완전한 고독은 삼매三昧(산스크리트어로 사마디samadhi, 하나의 대상에만 마음을 집중하는 경지 – 옮긴이)에 이르는 데 큰 도움이 됩니다." 아잔 수키토는 평정심을 뜻하는 삼매를 언급하고는 말을 이었다. "그러나 혼자 있으면 잘못된 관점이 생기거나 넘어갈 수 없는 막다른 길 혹은 장애물을 만날 수 있습니다. 비정상적이고 강박적인 습관이 생기기 쉽죠."

아잔 수키토는 그런 사례를 떠올리거나 내가 떠올릴 시간을 주려는 듯 잠시 멈췄다가 다시 말했다. "사실 **공동체** 안에서 지내는 것, 즉 공동체에서 **내려놓기**를 하는 게 수행에는 더 유익합니다." 그는 마치 생명의 은인이라도 되는 듯 두 단어를 강조했다.

다른 승려도 아닌 지극히 내향적인 그가 공동체를 강조하다니 당혹스러웠다. 그러나 내 지난날을 돌아보니 수긍하지 않을 수 없었다. 내가 청년기에 얻은 유익한 경험들은 혼자서는 절대 불가능했을 것들이었다. 알래스카주의 랭겔산맥에서 한 달 동안 수료한 전문 산악 훈련 과정이나 얼티미트 프리스비 팀과의 훈련, 처음으로 꾸준히 이어간 연애는 물론이고 뉴질랜드에서의 수도원 생활까지 혼자 한 활동은 하나도 없었다. 그런데도 나는 내가 초보 단계를 **졸업**하고 고독과 독립으로 나아갈 준비가 됐다고 믿었다. 내가 태국까지 찾아와 극단적인 수준의 자급자족을 배우려 한 건 세상, 즉 헤어짐과 죽음이 있는 세상을 믿을 수 없기 때문이었다. 다른 누구보다 아잔 수키토는 그런 나를 이해할 줄 알았다.

아잔 수키토는 계속 말을 이었다.

"영적 수행에서 **우정**은 대단히 중요합니다. 공동체에 도움이 되는 활동, 즉 관계를 맺는 활동도 마찬가지입니다. 그렇다고 이곳에 고독이 없는 건 아닙니다. 자유 시간은 물론이고 50명이 함께 앉아 있다 하더라도 명상할 때마다 고독을 누릴 수 있습니다."

아잔 수키토는 오랜 침묵 끝에 코웃음을 치며 내가 읽은 글의 제목, '산속에서 홀로'를 되뇌고는 고개를 가로저었다. 그의 반응에 한쪽 눈이 씰룩거렸다. 첫째, 승려가 다른 승려를 비방할 수 있다는 것을 처음 알았다. 둘째, 지금껏 영적 스승이 된 나를 상상할 때마다 나는 늘 혼자이거나 관중 앞에 있었다. 친구들과 함께하는 장면은 한 번도 상상해 본 적 없었다.

"물론 친밀한 공동체에서 지내다 보면 아무리 작은 공동체더라도 힘들 때가 있습니다."

나나찻의 문화가 견디기 힘들 수도 있다는 걸 은근히 인정하는 걸까. 어쩌면 아잔 수키토도 나나찻에서 도망치길 원했고 그래서 뿌 쫌 곰에 있는 건지도 몰랐다. 하지만 더는 캐묻지 않았다. 다음으로 아잔 수키토는 뿌 쫌 곰의 일과가 어떤지 물었다.

"저는 뿌 쫌 곰이 잘 맞을 것 같은 사람은 본능적으로 알아봅니다. 나나찻에서 처음 그랜트를 만났을 때 그랬죠."

나는 뿌 쫌 곰의 일과가 즐겁다고 답했다. 거짓은 아니었다. 이곳에서의 일과가 **추구하는 바**는 마음에 들었다. 현실은 그렇게 단순하지 않았지만 말이다.

"뿌 쫌 곰에는 필요한 게 다 있어서 지내기가 편한 건 맞습니다. 그런데 너무 힘들 때도 가끔 있습니다. 모르겠습니다. 요즘 들어 깨닫기 시작했지만 제가 자초한 고통 같기는 합니다."

아잔 수키토는 "음" 하고 긍정하는 소리는 내고는 잠시 기다렸다가 말했다.

"맞습니다. 옳은 통찰이에요. 하지만 여러 번 반복해 깨달아야 합니다. 말하고 생각하고 계속 배우다 보면 결국 마음이 실제로 **변화**해 더는 스스로 고통을 자초하지 **않게** 됩니다."

아잔 수키토는 '**변화**'라는 단어를 말할 때 문손잡이를 돌리듯 한 손을 뒤집었다. 해가 저물었다. 아잔 수키토의 실루엣만 겨우 보였다. 우리는 서로의 무릎이 닿을락 말락 할 정도로 방석을 바짝 붙여 앉았다. 그가 내게 질문이 있는지 물었다.

"많지만," 나는 억지 미소를 짓고는 말했다. "시간이 늦었으니 나중에 여쭙겠습니다." 내가 정말 질문하길 바라는지 확신이 없었다. 문답을 시작한 지 이미 한 시간을 넘긴 시각이었다. 아잔 수키토는 오랜 침묵 끝에 안심되는 말을 했다.

"하나만 하시죠."

이번에는 내가 오랫동안 침묵했다. 콧소리를 내거나 고개를 갸웃하며 대화의 공백을 채우고 싶어 온몸이 근질거렸지만 참았다. 아잔 수키토는 침묵과 정적을 누구보다 잘 다스렸다. 내가 신경 쓸 필요가 없었다. 나는 꼼짝하지 않고 앉아 생각이 형성되기를 기다렸다. 그러다 어느 순간 말이 나오기 시작했다.

"슬픔에 관해 묻고 싶습니다. 슬픔을 지켜보고 슬픔을 밀어내지 않고 있는 그대로 경험하되 곱씹지 않는 법을 배우려 노력하고 있습니다. 그런데 슬픔 덕분에 선한 마음이 커지는 것도 같아 어떻게 받아들여야 할지 모르겠습니다. 슬픔은 중독적인 것 같습니다."

나는 말끝을 흐렸다. 딱히 질문이라 할 수 없었지만 그런 일은 흔했다. 일반인들은 승려와의 문답 시간에 종종 사적인 질문보다는 광범위한 주제를 화두에 올렸다. 그러면 승려는 정신에 관한 답변을 알기 쉬운 일반적인 용어로 설명해 주었고 청중은 그 내용을 자기 삶에 적용했다. 관습적이기도 했지만 나는 이 같은 관습 뒤에 숨고 싶었다. 아잔 수키토는 그런 내 마음을 알았는지 슬픔에 관한 설법을 시작하지 않고 부드럽게 물었다.

"개인적인 일과… 관련이 있나요?"

"아, 네. 저와 친한 사람들, 특히 어떤 친구의 죽음과 관련이 있습니다."

아잔 수키토는 고개를 *끄덕*이고 입을 다물었다. 10초, 20초, 30초가 흘렀다. 이번 침묵은 내가 감정을 가라앉힐 시간을 주려는, 너그러운 마음에서 우러난 침묵인 듯했다. 실제로 침묵이 이어지자 마음이 진정됐다. 아잔 수키토가 다시 입을 열 때쯤에는 호흡이 안정되어 경청할 준비가 됐다.

"사유는 무언가에 사로잡히거나 밀어내지 않고 그것을 생각하고 느끼고 경험하는 것입니다. 슬픔은 물론이고 어떤 감정이든 그것을 경험할 때 균형 잡힌 마음챙김을 유지해야 합니다. 이는 함양할 가치가 있는 기술입니다. 슬픔을 통해 담마와 세상의 진리를 배울 수 있습니다."

가슴이 조여들었다. 다음에 나올 말이 짐작됐다. 아잔 수키토는 내가 원치 않는 가르침을 줄 것이다. 슬프다는 건 내가 아직 깨우침을 얻지 못했다는 뜻이라는 가르침 말이다. 아마 이렇게 말할 것이다. "성자는 모든 것이 생겨나고 사라짐을 알기에 무엇에도, 심지어 죽음에도 지나치게 조바심을 내지 않습니다. 고통에 초연하기 때문입니다."

그러나 내 예상을 깨고 아잔 수키토는 이렇게 말해주었다.

"누구나 상실을 경험합니다. 만물은 결국 사라진다는 사실을 어느 정도는 알고 있어도 감정을 피할 수는 없습니다. 비탄은 곧 그리움이고 이별을 슬퍼한다는 뜻입니다. 그러니 슬픔은 **성숙한** 감정입니다."

나는 자세를 바로잡았다.

"경험이나 특정 장소, 소유물, 동물에게도 이런 감정을 느끼지만 사람에게 느끼는 감정의 강도가 제일 클 것입니다. 비탄은 다양한 긍정적인 감정을 일으킵니다. 너그러운 마음과 선한 마음이 커지죠. 그랜트도 친구가 죽고 나서 그랬듯이 말입니다."

나는 흐느낌이 새어 나오지 않게 이를 악물었다.

"몇 년씩 비탄에 사로잡힐 때도 있습니다. 누군가는 평생 그러기도 합니다." 아잔 수키토는 다정한 목소리로 덧붙였다. "안타까운 일이죠."

우리는 함께 앉아 우리가 나눈 대화의 파문이 서서히 가라앉는 소리에 귀를 기울였다. 아잔 수키토는 고개를 작게 까닥거렸다. 할 말을 다 했다는 신호였다. 나는 감사 인사를 하고 불상과 그에게 차례로 절한 뒤 작별 인사를 나눴다.

꾸띠로 돌아가다 다리 위에서 잠시 걸음을 멈췄다. 아까 내린 비로 개울물이 불어나 있었다. 구름이 걷혀 별과 초승달이 선명하게 보였다. 자갈길 건너에 돌로 된 벤치가 하나 있었다. 벤치에 드러누워 계속 하늘을 감상했다. 한 손으로는 머리를 받치고 다른 손은 가슴 위에 올렸다.

아잔 수키토와 두 시간이나 대화를 나누다니. 눈물이 날 만큼 고마웠다. 느리게 두근대는 심장박동의 리듬이 손가락 끝에 느껴졌다. 느렸다. 정말 느렸다. 초록색 불빛이 들어온 디지털시계를 보면서 1분 동안 심장박동 수를 셌다. 1분에 34회 뛰었다. 믿기지 않아 다시 셌다. 역시 34회였다. 반가워해야 할지, 두려워해야 할지 알 수 없었다. 몇 년 전 심장에 문제가 있다는 진단을 받았다. 병명은 **심낭염**이었다. 여름 내내 흉통에 시달리고 전문의를 찾아다닌 끝에 알아낸 병명이었다. 의사들은 **특발성**이라는 어려운 말도 덧붙였는데 쉽게 말하면 '원인을 전혀 모르겠다'는 뜻이었다.

손가락으로 갈비뼈 사이의 연한 부위를 죽 만지며 긴장의 조짐이 조금이라도 느껴지는지 살펴보았다. 전혀 느껴지지 않았다. 근처에서 졸졸 흐르는 개울물처럼 차분하면서 활기찬 기분이었다. 몸 상태가 제일 좋았을 때도 내 심장박동 수는 60회 밑으로 떨어진 적이 없었다. 그런데 운동하지 않은 지 두 달이 된 지금, 박동 수가 거의 절반으로 떨어졌다. 수도원에서의 수행이 효과를 발휘했을 수도 있었다.

아잔 수키토는 내게 감정을 느껴도 된다고 했다. 어쩌면 나는 "가르침은 귀가 아니라 가슴으로 들어라"라는 아잔 차의 말을 그대로 행하고 있는 건지도 몰랐다.

　시계를 한 번 더 확인하다 날짜를 보니 오늘은 추수감사절이었다. 나는 잠시 멈칫하고는 웃음을 터트렸다. 명절인 걸 까맣게 잊어버린 것이다. 별이 가루처럼 흩뿌려진 하늘을 미소 띤 얼굴로 올려다보니 아잔 수키토를 향한 고마운 마음이 또 한 번 울컥 차올랐다. 미국인 체류자인 나를 위해 추수감사절에 함께 있어준 그가 새삼 고마웠다.

7장
·

마음
식히기

아잔 수키토는 배우고 또 배우다 보면 결국 마음이 변화한다고 했다. 좋은 말이었지만 아무리 생각해도 굶주림에서는 배울 게 없었다. 팔리어 경전에서 획기적으로 저녁 식사의 미덕을 찬양하는 구절이 발견된다면 모를까, 배고픔 자체만으로 무언가가 바뀔 것 같지는 않았다.

나는 배고픔을 극복하기 위해 더 빨리 일어나는 새로운 전략을 세웠다. 새벽 2시에 일어나면 견디기가 훨씬 쉬웠다. 식사를 기다리는 시간이 늘어나는 만큼 식사가 끝나 고뇌하는 시간이 줄어들었다.

나는 점점 살이 빠졌고 영혼도 함께 빠져나갔다. 오후 시간은 지겹도록 계속 이어졌다. 편지는 외로움에 미칠 것 같을 때가 되어서야 열어보았다. 어느 날 저녁, 할머니가 보낸 편지를 열어보니 《뉴요커》에서 오려낸 만화가 함께 들어 있었다. 두 사람이 소풍용 담요 위에 앉아 케이크 한 조각을 빤히 보고 있는 그림이었다. 캡션은 "이제 기다리자"였다. 분노가 치밀었다. 고문도 이런 고문이 없었다.

읽을 편지가 떨어지면 결국에는 이 수도원에 온 목적인 명상 말고는 할 일이 없었다. 책상 앞의 코팅이 벗겨진 플라스틱 의자에 앉아보았지만 곧 좀이 쑤시고 갑갑해 밖으로 도망치듯 나갔다. 개울 바닥에 놓인 오목한 바위 위에 샌들을 방석으로 깔고 앉았다. 이제 진짜로 명상할 시간이었다. 타이머를 한 시간으로 맞추고 눈을 감았다. 그러나 이내 이미 틀렸음을 예감하며 한숨을 내쉬었다. 8분쯤 지나면 꼼지락거리다 일어나 10분도 견디지 못한 내가 한심해 투덜거렸다. 매일 악순환의 연속이었다. 실제로 **집중**하기보다는 집중에 관해 **생각**하고 **글을 쓰는** 데 너무 많은 시간을 보냈다. 그래서 화가 났다. 나나찻의 나무에 걸려 있던, 아잔 차의 잠언이 새겨진 표지판이 떠올랐다.

"주머니에 악취 나는 게 들어 있으면 어디에 가든 악취가 날 것이다. 장소를 탓하지 마라."

나는 부루퉁한 표정으로 개울물을 바라보았다. 잠시도 가만히 있지 못하고 목적 없이 수면 위를 획획 떠다니는 수생 곤충이 꼭 내 마음 같았다. 나는 아주 오래전부터 멋들어진 무법자처럼 고독해지기만 하면 모든 장애물이 사라지고 자연이 전하는 소박한 가르침을 받아들일 준비가 될 줄 알았다. 그러나 고독은 고통을 없애주지 않았다. 변명의 여지만 없앴다.

시계를 확인했다. 겨우 6분이 지났다. 나는 그날만 벌써 열다섯 번째로 다음 날 식사 때까지 남은 시간을 계산했다. 트윙키와

도망친 곳에 낙원이 있었다

올리브처럼 먹어보지도 않은 음식을 향한 갈망이 머릿속에서 자꾸 불어났다. 시간은 고장 난 수도꼭지에서 떨어지는 물방울처럼 똑똑 떨어졌다. 시계를 다시 확인했다. 4분밖에 안 지났다. 고통스러웠다. 시간은 흐르지 않았다. 똑똑 떨어지지도 않았다. 누구도 꿰뚫을 수 없이 단단하고 뜨겁고 멍청한 바위처럼 꼼짝하지 않았다.

어느 날 오후에는 디지털시계를 벗어놓고는 머리 위로 들어올릴 만한 바위를 찾아 강바닥을 배회했다. 유인원이 견과를 부수듯 바위로 시계를 부술 작정이었다. 적당한 바위를 못 찾아 터덜터덜 꾸띠로 돌아와 시계를 넣으려고 배낭 주머니를 열었다. 주머니에는 안 쓴 물건들이 들어 있었다. 방전된 휴대폰과 전기면도기, 쓸모없는 양모 양말이었다.

시간에 중독되느니 차라리 시간을 모르는 게 나았다. 나는 일기장에 열한 번째로 "격리 〉 유혹"이라고 적었다. 시계가 없으면 스물네 시간을 따지는 생각 자체를 없앨 수 있으리라. 집중도 안 되고 만족도 못 하는 상황에서 미치지 않으려면 상상하는 수밖에 없었다. 나는 손목시계 없이 자연과 조화를 이루어 사는 공상에 빠졌다. 시간을 가늠해야 할 때는 숲속에 쭈그리고 앉아 흙냄새를 맡아본 뒤 실눈으로 하늘을 보며 이제 알았다는 듯 고개를 끄덕이기만 하면 되는 삶이었다.

물론 절대 잊어버릴 수 없는 시간이 하나 있었으니, 바로 차담 시간이었다. 매일 오후 주방에 갈 때마다 나는 탈옥수처럼 뛰었다. 유핀은 온수를 채운 보온병과 보급품이 든 플라스틱 상자를 나란히 놓아두었다. 상자 안에는 몇 가지 차와 무가당 코코아 가루, 갈색 설탕이 든 작은 유리병이 들어 있었다. 운이 좋을 때는 사과 주스나 크랜베리 주스가 든 종이 팩이 있기도 했다.

가끔 조르조도 주방에서 차를 마셨는데 드문 경우지만 나와 동시에 주방에 도착할 때가 있었다. 오랜만에 사람을 봐 심장이 뛰었지만 이내 내 심장은 웅덩이에 처박혔다. 음울한 내 뇌가 타인과 상호작용할 생각에 비구름을 띄웠기 때문이다. 우정의 중요성에 관한 아잔 수키토의 조언은 잊어버린 채 나는 조르조의 존재가 고독의 순수성을 더럽힌다고 믿었다. 자유 시간을 명상의 희열로 채우지 못했으니 사람과 어울리는 건 물론이고 긴장을 풀자격조차 없다고 생각했다. 그래서 조르조가 주방에 있으면 (그 시간을 즐기는 나 자신에게 놀라며) 얼른 차를 마신 뒤 꾸띠로 쿵쿵거리며 돌아와 또다시 미칠 것 같은 혼자만의 시간을 보냈다.

오후에는 주방이 거의 비어 있었다. 별다른 오전 활동이 없는 탓에 주변의 숲이 하도 적막해 사람이 사는 곳의 느낌이 거의 없었다. 더운 바람이 주방의 타일을 휩쓸고 지나갔다. 대나무 잎이 흔들리며 탁탁 소리를 냈다. 차를 마시는 데 집중하면 다른 잡생각이 들지 않아 자주 홀짝이며 최대한 잘게 나눠 마셨다.

아잔 수키토는 2주에 한 번씩 오는 완 프라에 간식을 허락했다. 단, 한 개뿐이었다. 간식은 보온병과 차 상자 옆의 작은 바구니에 담겨 우리를 기다리고 있었다. 외롭게 개별 포장된 젤리였는데 크기가 젤리빈만 했다. 딱 한 알만 먹어야 했다. 그때는 그것만으로도 감사했지만 평소라면 분노했을 양이었다. 포장지에는 흰색 바탕에 빨간 태국어 글자가 인쇄돼 있었다. 젤리의 흰색 껍질과 달콤한 빨간 속을 표현한 듯했다. 식사 시간마다 거치는 의식을 경멸하면서도 격주에 한 번 받는 젤리를 먹을 때는 나도 모르게 의식을 행했다. 이 작은 간식을 정확히 몇 번까지 나눠 먹을 수 있는지 셌다. 열일곱 번이었다. 그래놀라 바를 먹을 때처럼 포장지에 적힌 원재료도 꼼꼼히 읽었다. 오역이 틀림없겠지만 영어로 번역된 광고 문구가 떡하니 쓰어 있었다. "패션 라이프의 맛!"

어느 날 오후에는 유핀이 깜짝 선물을 두었다. 파인애플 주스였다. 이건 특별 대우를 해야 했다. 식품 저장실을 나와 대나무 숲 속으로 가서는 두 발을 달랑거리며 개울가에 앉았다. 앉은 자리 주변의 나뭇가지를 깨끗이 치운 뒤 한 방울도 흘리지 않게 조심하면서 주스가 든 종이 팩에 빨대로 구멍을 뚫었다. 그러고는 칵테일 잔에 꽂아 나오는 장식용 우산처럼 빨대를 빙글빙글 돌리며 코에 가까이 대고 과일 냄새를 맡았다. 먹기 전에는 앞면의 브랜드 이름부터 바코드 숫자까지 빠짐없이 읽었다. 선물을 열기 전에 카드부터 읽듯이 말이다.

수도원에 살면 글자를 보기 어려웠다. 의도적으로 글자를 배제한 결과였다. 눈으로 포장지를 훑다 보면 글자가 얼마나 열렬한 갈망의 소굴이 될 수 있는지 알게 된다. 고승들은 집중을 유지하는 비결로 '감각의 통제'를 들었다. 아잔 차는 도망칠 구멍이 여섯 개 있는 동굴에서 구멍을 하나만 열어두고 도마뱀을 잡는 상황에 빗대어 말했다. 구멍 다섯 개는 각각을 뜻했는데 수도원에서 지내면 그 구멍들을 더 잘 막을 수 있다고 했다. 눈과 귀, 코, 입, 몸에 가해지는 자극을 통제하면 방심하지 않고 마음을 계속 주시할 수 있다고 했다.

나도 알고 있었다. 그러나 파인애플 주스가 **정말** 맛있는 건 어쩔 수 없었다. 나는 주스를 아주 조금씩 음미하며 홀짝였다. 문득 궁금해졌다. 주스를 마시는 일을 특별한 의식으로 만들면서 느끼는 이 큰 만족감은 경솔한 방종일까, 무해한 쾌락일까? 나는 답을 몰라 미간을 찡그렸다. 수도원에서 지낸 지 두 달 반쯤 되니 한 가지는 확실히 알 수 있었다. 경험을 지나치게 분석하면 그 경험이 주는 기쁨이 사라졌다. *그만 좀 해. 긴장 풀고 그냥 즐기라고.*

종이 팩을 보니 원재료 밑에 이런 지시 사항이 적혀 있었다. "최상의 맛을 즐기려면 차게 식히세요."

이놈의 머리, 식어져야 식히지! 이제는 잠도 도피 수단이 되지 못했다. 어떤 날은 꿈에서 자갈이 깔린 운치 있는 어느 유럽 도시의 노천카페에 있는데 갑자기 테러리스트들이 총을 쏘기 시작했다. 사람들이 이리저리 도망치고 총알이 날아다니는 와중에 나는 탁자 너머로 손을 뻗었다. 죽음을 각오하고 남이 먹던 프렌치토스트를 한 입 먹기 위해서였다.

글쓰기로 돌파구를 찾으려고도 했다. 일기장에 대문자로 몇 번이고 반복해 적었다. "나는 음식을 충분히 먹었다." 그러나 억지

기법은 통하지 않았다.

어느 날 저녁에는 기억 하나가 떠올라 신나게 대안을 구상했다. 어릴 때 친구가 들려준 이야기였다. 여름 캠프 때 한 교관이 아이들을 나란히 줄 세워 선서할 때처럼 한 손을 들게 하고는 제 손바닥으로 아이들의 손바닥을 차례로 밀었다. 당연히 아이들은 밀리지 않으려고 같이 밀었다. 그러나 한 명은 달랐다. 그 여자애는 교관의 손힘을 그대로 받아들이면서 제 손바닥이 밀리게 내버려두었다. 교관은 여자애에게 무술을 배웠는지 물었다. 아니나 다를까 여자애는 검은 띠 보유자였다.

나도 너무 세게 밀어내지 말아야 하나. 나는 이게 내게 필요한 해법이라고 확신했다. 일기장의 새 페이지에 이 이야기의 교훈을 적고 밑줄을 쳤다. "무저항은 곧 지혜이자 힘이다."

나는 잠시 의자에 기대앉아 현명하면서도 강한 사람이 된 듯한 기분을 즐겼다. 이 깨달음은 지금 내가 직면한 문제를 해결해 줄 뿐 아니라 언젠가 출간될 내 일기장에서 중요한 전환점이 되리라 믿었다.

둘 다 아니었다. 검은 띠 보유자의 무저항에 관한 이야기는 나도 모르는 새 이미 한 달 전에 일기장에 적혀 있었다. 똑같은 이야기와 똑같은 가짜 통찰이 고스란히 적혀 있었다. 게다가 이 일화를 일기장에 적은 건 이번이 두 번째가 아니었다. 세 번째였다. 다른 결과물을 기대하면서도 똑같은 것만 반복하고 있었던 것이다. 나는 글쓰기로 광기에서 벗어나는 대신 광기로 가는 여정을 기록하고 있었다.

글쓰기가 쓸모없다는 걸 깨달은 뒤에는 더 이상 쓰지 않겠다는 각오를 일기장에 적었다. **"사흘 동안 아무것도 쓰지 말자!"** 그 각오조차 글로 쓰는 모순을 알아채지 못한 건 아니었다. 나는 내가 모를 리 없다는 걸 알면서도 일기장을 배낭 속 밑바닥, 책상의 양초 상자 밑, 귀빈을 위한 침대 밑 등 색다른 장소에 숨겼다.

승려들은 명상을 방해하는 다섯 가지 번뇌를 '오개五蓋'라 말한다. 오개는 청정한 마음과 행복감을 유지하는 것을 방해하기 때문에 '장애물'이라고도 불린다. 나는 이를 다음과 같이 이해했다.

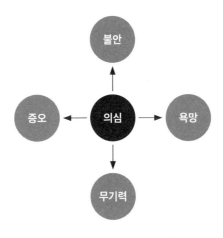

의심은 한가운데서 만사에 의문을 제기한다. 욕망이 커지면 증오는 줄어든다. 무기력에 빠지면 에너지는 떨어지고, 불안하면 에너지가 증폭된다. 이 개념을 적용하면 내가 씨름하는 문제들에 이름을 붙일 수 있었다. **음식**은 **욕망**이고 **글쓰기**는 **불안**이었다. 그러나 나는 이 지식을 어떻게 활용해야 할지 몰랐다. 이를 악물고 '그만 좀 해!' 하는 게 최선이었다. 무저항도 시도해 봤지만, 뉴에이지 요가 수업을 흉내 낸 듯 '그냥 인정해'나 '현실을 받아들여'와 같은 마음의 소리가 들릴 뿐이었다. 생각이라는 걸 하는 한 뭘 해도 막다른 골목이었다.

사실 이를 극복할 전략이 있기는 했다. 가령 무기력은 반드시 죽을 운명을 생각하면 자연스레 생기는 절박감으로 대처할 수 있었다. 욕망은 언젠가는 썩어 없어질 몸을 떠올리면 진정됐다. 그러나 이런 전략을 몰랐던 그때의 나는 고통을 맞닥뜨리면 도망쳤다. 삶의 터전에서 도망쳤듯, 나나찻에서 도망쳤듯, 명상으로부터 도망쳤다. 나를 피하다 기둥에 머리를 들이받은 매미를 보고 비웃고는 두려움의 대상으로부터 **도망**치지 말라는 지혜의 글을 쓸 수는 있었지만, 정작 나는 그 교훈을 받아들이지 못했다. 내게서는 보지 못하는 것을 남에게서 찾아내기란 너무 쉬웠다.

어느 날 오후에는 글쓰기를 피해 개울가로 도망쳐 바위에 앉아 달랑거리는 두 다리를 물속에 담갔다. 태양의 위치를 보니 겨우 오후 1시였다. 뿌 쫌 곰에서는 하루가 한 달 같았다. 무릎이 떨리자 수면에 생긴 작은 동심원들이 서로 부딪치며 식탁보처럼 매끈하게 퍼져 나갔다. 입에 침이 고였다. 허기의 고통이 또다시 밀려왔다. 나는 열여섯 시간을 음식 없이 견뎌야 하는 이 부당한 상황이…

잠깐, 나는 지금 진짜 배가 고픈가? 아니면 그냥 음식 생각을 하는 걸까?

눈을 감고 머리에서 위장으로 의식을 이동했다. 배고픔을 의미하는 신호가 느껴지는지 의식으로 내장을 더듬었다. 놀랍게도 아무것도 느껴지지 않았다. 통증도 없었고 꼬르륵 소리도 안 났다. 조용했다. 내 몸은 배가 고프지 않았다. 이런.

음식을 향한 갈망은 계속됐지만 위장에는 그 갈망이 존재하지 않는다는 걸 어렴풋이 깨달았다. 나를 온통 뒤덮었던 무한한 욕망은 사실 머릿속에만 존재했다.

그날 밤, 나는 계속해서 몸을 관찰하려고 걷기 명상에 다시 도전했다. 나나찻에서 흙길을 천천히 걷자 잠시나마 마음이 진정됐던 일이 떠올랐다. 먼저 촛불을 켜고 책상부터 방 끝까지 가상의 선을 그은 뒤 빠른 속도로 선 위를 오가며 걸었다. 준비 운동인 셈이었다.

촛불을 받으며 걸으니 반대쪽 벽에 그림자가 생겼다. 그림자는 벽을 향해 다가가면 내 몸과 같은 크기로 줄어들었고, 뒤돌아 멀어지면 등 뒤에서 커졌다. 소름이 끼쳐 반쯤 갔을 때 휙 뒤돌아보니 그림자가 나를 빤히 쳐다보고 있었다. 키가 2.5미터쯤 되고 주먹이 묵직하고 목이 두툼한 그림자가 나를 멍하니 응시하고 있었다. 나는 그가 먼저 움직이기를 기다렸다. 그가 체중을 실은 다리를 바꿨다. 아니, 내가 그랬나? 벽을 향해 달려가니 그가 일정한 비율로 줄어들었다. 마른 몸이 헐떡이고 있었다. 나는 위안 혹은 닮은 점을 찾기 위해 그의 어깨를 만지고 얼굴을 더듬었다. 평평하고 차가운 벽이 손끝에 느껴졌다. 그제야 내가 그림자와 코를 맞대고 있다는 걸 깨달았다. 그림자에 미혹된 것이다.

어처구니가 없었다. 고작 내 그림자에 혼자 질겁해 미친 짓을 하다니. 그래도 나는 촛불을 끄지 않았다. 캄캄하면 그 형상이 방 안에 계속 있어도 어디 있는지 알 수 없었다. 불을 끄는 대신 그림자 인간의 형태가 흩어지도록 한구석에 쭈그려 앉았다.

독방 감금이 최악의 고문이라는 글을 읽은 적이 있었다. *맞는 말이었다.* 이렇게 힘든 경험은 처음이었다. 말 그대로 극한의 경험이었다. 외교관의 임무를 수행하다 억류될 때를 대비해 좋은 훈련이 될 것 같았다. 페인트칠이 벗겨지고 윙윙거리는 백열등만 하나 덜렁 매달린 춥고 습한 감방에 갇히는 장면이 그려졌다. 나를 납치한 자들은 내가 곧 무너지리라 확신하며 감방의 문을 잠글 것이다. 그러나 나는 태연하게 고독을 **통제**할 것이다. 국가 기밀을 누설하기는커녕 갇혀 있는 내내 평화롭게 명상할 것이다.

그 순간 다른 생각이 끼어들었다. *아니, 아니야. 진짜 독방은 훨씬 잔혹할 거야.* 나는 바닥에서 일어나며 생각했다. *멋들어지게 잔혹하겠지.*

다시 방을 서성거리면서 턱을 쓰다듬었다. 국무부는 나를 어디로 보낼까? 슬로베니아? 슬로베니아에 무슨 도시가 있더라? 레이캬비크였나? 내 주방은 어떤 모습일까? 연봉은 얼마나 될까? 현지의 양치기는 양모 양말과 스웨터를 선물로 줄까? 내가 목장을 지나갈 때마다 외바퀴 손수레를 끌면서 나를 멋진 별명으로 불러 줄까?

이메일을 확인하지 못해 그때까지도 나는 내가 외교관 선발 전형에서 탈락했다는 걸 꿈에도 모르고 있었다.

어느덧 태국에 온 지 세 달이 다 됐다. 비자를 갱신해야 했고 그러려면 수도원을 잠시 떠나야 했다. 새로운 경험을 할 생각에 기뻤지만 불안하기도 했다. 오전에 떠나 식사 시간을 놓치면 마흔여덟 시간 동안 음식을 섭취하지 못하기 때문이었다.

비자를 갱신하러 가는 날, 유핀이 탁발 순례를 돌기 전 이른 시각에 뿌 쫌 곰에 도착했다. 주방에서 아잔 수키토가 통역을 해주었다. 유핀이 남편과 아이들과 함께 나를 마을 밖 버스 정류장에 데려다주면 공공 셔틀버스를 타고 비자 사무실에 갔다 오면 된다고 했다. 유핀은 가족과 쇼핑을 하다가 나를 데리러 같은 정류장에 다시 올 거라고 했다. 식사를 어떻게 할지는 말해주지 않았지만 묻지 않았다. **적게 먹고 적게 말해야 하니 말이다.**

버스 정류장에 도착하니 유핀이 쌀밥과 닭고기, 찐 바나나가 담긴 플라스틱 용기를 건넸다. 나는 흥분한 목소리로 말했다. "코 쿤 카." 유핀은 내가 내내 음식 생각만 했다는 걸 안다는 듯 씩 웃었다.

유핀과 나는 할 수 있는 한 최선을 다해 서로 일정을 제대로 알고 있는지 확인했다. 버스 정류장 바닥을 가리키는 동작과 "여기"라는 말로 정류장에 나를 내려주는 1단계를, 두 손을 흔드는 동작으로 각자 볼일을 보는 2단계를 표현했다. 마지막으로 나를 태우는 3단계를 설명할 때는 다시 바닥을 가리키며 "여기"라고 했다.

"오케이?"

유핀의 말에 나도 똑같이 말했다. "오케이."

유핀의 남편이 운전석에서 한 손으로 운전대를 잡은 채 빙그레 웃었다. 뒷좌석에 앉은 두 아이는 대놓고 나를 가리키며 웃었고 그럴 만도 했다. 아이들의 눈에 나는 붙잡혔다가 자연에 풀려나는 알비노 대벌레처럼 보였을 것이다. 유핀의 차가 떠나자 나는 침대 시트 같은 외투용 승복으로 몸을 더 꽁꽁 싸맸다. 그러고는 곧바로 음식을 먹었다. 용기의 구석에 박힌 쌀 한 톨까지 싹싹 긁어 먹었다.

정류장에 도착한 셔틀버스는 창문에 분홍색 커튼이 달린 오래된 승합차였다. 셔틀버스는 비자 사무소 앞에 나를 내려주었다. 뭐부터 해야 할지 몰라 문간에 서 있으니 머리 위로 쏟아지는 전등 빛이 흰색 리놀륨 바닥에 반사돼 눈이 부셨다.

다행히 비자 사무소의 직원들은 승복 차림의 민머리 외국인이 어찌할 바 모르는 표정으로 나타나면 무엇을 해야 할지 정확히 알고 있었다. 나를 줄 맨 앞으로 안내하더니 신속하게 승인 절차를 마치고 내 여권에 도장을 찍어주었다. 사무소를 나오기까지 20분도 채 안 걸렸다. 나는 태국 숲속 전통이 관료제 차원에서도 존경받는다는 사실에 또 한 번 감탄했다.

다시 셔틀버스를 타고 만나기로 한 정류장에 내리니 예정보다 이른 시각이었다. 길모퉁이에 구부러진 기둥으로 양철 지붕을 떠받친 구조물이 보였다. 기둥 사이에 황백색 실로 짠 해먹이 걸려 있고 마른 덤불 사이로 닭들이 몰려다니고 있었다. 길 건너 방수포 지붕 아래에 열린 장터엔 사람들로 북적였다.

유핀의 도시락은 정말 맛있었지만 양이 너무 적었다. 유핀이 오기 전까지 시간이 있었고 비자 갱신 수수료를 내고 남은 현금도 있었다. 정오까지는 한참 남았고 말이다. 15분 뒤, 나는 양손에 비닐봉지를 하나씩 들고 해먹으로 돌아왔다. 해먹에 앉아 종이 팩에 든 초콜릿 두유 여섯 개와 수북이 쌓인 쿠키와 말린 과일을 허겁지겁 마시고 먹었다. 빈 종이 팩과 포장지는 길 건너 쓰레기통에 던져 넣었다. 유핀이 터진 피냐타(파티 때 눈을 가리고 막대기로 쳐서 여는, 사탕류가 가득 든 통 – 옮긴이) 꼴이 된 나를 보고 실망하지 않으려면 흔적을 없애야 했다.

해먹을 타고 흔들거리면서 나는 조금 전 먹은 음식의 종류를 일기장에 꼭 기록하리라 다짐했다. 만찬의 기억은 배고픔을 버틸 힘이 되어줄 것이다. 나는 머릿속으로 목록을 작성했다. 두유 여섯 팩, 말린 바나나 여섯 개, 바닐라 쿠키…. 그때, 새로운 목소리가 불길에 물을 끼얹듯 내 생각을 저지했다.

알 게 뭐야?

나는 흔들거리던 해먹을 멈췄다. 진작 왔어야 할 권태가 내게도 찾아들었다. 기발한 말이나 논리를 짜내지 않는, 탈진에서 비롯된 내려놓기가 드디어 가능해졌다. 돌아가서도 나는 일기장에 음식의 목록을 적지 않았다. 음식에 대한 생각에 사로잡히려 할 때마다 새롭게 들리기 시작한 내면의 소리가 끼어들었다. 나는 마침내 그 소리를 믿고 따랐다.

—

비자 사무소에 다녀온 뒤로는 한 번에 몇 시간씩 명상을 할 수 있게 됐다. 어느 날은 플라스틱 의자를 꾸띠의 작은 현관으로 옮겨 보았다. 현관은 아주 멋진 균형을 선사했다. 꾸띠에 발을 디딘 채로 산들바람을 맞을 수 있었다. 모든 게 노출되는 야외와 갑갑한 꾸띠를 더는 허둥대며 왔다 갔다 할 필요가 없었다. 세 달이나 걸리기는 했지만 식탐이 사라지니 마음이 편안해졌다.

그러던 어느 날, 명상을 막 시작했는데 헛기침 소리가 들렸다. 마흔 살의 호주인 사미 파무토가 내 꾸띠의 계단에 서 있었다.

"어, 안녕하세요, 그랜트. 저기, 그게 제 꾸띠에만 있어야 하고 사람들과 어울리면 안 된다는 것도 알고 명상하는데 방해하기도 싫지만…."

"아뇨, 괜찮아요." 나는 명상이 중단돼 짜증이 나기는커녕 안도하는 기색을 감추지 못하고 말했다. "무슨 일인데요?"

"이 꾸띠의 빈방을 좀 써도 될까 해서요. 부모님께 편지를 쓰려고 하는데 제 방은 책상과 의자가 없고 맨바닥뿐이거든요. 요즘 계속 허리가 아프기도 하고요." 파무토는 그 말을 입증이라도 하듯 움찔하며 허리를 구부리고는 덧붙였다. "이게 좀 중요한 편지라서요."

"쓰세요. 제가 허락하고 말고 할 수 있는지는 모르겠지만 저는 괜찮아요."

파무토는 내게 절하고는 곧 울 것만 같은 애틋한 미소를 지었다. 이후 사흘 동안 파무토는 오후마다 내 꾸띠의 빈방에서 편지를 썼다. 파무토가 헛기침하고 의자의 위치를 맞추는 소리가 들렸다. 그의 존재가 거슬리기를 바랐지만 편지의 내용이 너무 궁금해 괴팍하고 엄숙한 수도승이 되겠다는 각오는 여지없이 무너졌다.

네 번째 날, 파무토가 자리에서 일어나 의자를 밀어 넣고 문을 닫는 소리가 들렸다. 그런데 곧이어 자갈길을 걸어가는 소리가 들리지 않았다.

"그랜트?"

파무토가 부르는 소리가 들렸다. 나는 명상이 끊겼다는 듯 숲을 노려보며 심술궂은 표정을 지으려 했지만 신이 나 깡충거리는 걸음으로 모퉁이를 돌았다. "네?"

파무토는 편지 다발을 들고 서 있었다.

"방금 편지를 다 썼는데 고맙다는 인사를 하고 싶어서요."

"별말씀을요."

파무토는 보일 듯 말 듯 손을 흔들어 작별 인사를 했으나 자리를 떠나지는 않았다.

"다 쓰셨군요?" 나도 담소를 하고 싶은 마음에 물었다.

"네. 쓴다고 썼는데 잘 모르겠네요." 파무토가 고개를 숙이고 말했다. "실은 그랜트의 생각이 궁금해요. 정식 승려가 되는 수계를 받겠다고 부모님께 전하는 편지거든요."

파무토는 아직 구족계를 받지 않은 사미였다. 체류자인 나는 여덟 개의 계율을 따르지만 사미는 열 개를 따라야 했다. 승복의 색깔이 다르다는 점 외에 사미는 돈을 다룰 수 없다는 게 파무토와 나의 가장 큰 차이점이었다. 태국 숲속 전통에서 사미는 보통 1년 동안 수행했다. 이 기간이 끝나고 파무토가 오를 다음 단계는 굉장한 각오가 필요했다. 구족계를 받으면 227개의 계율을 지키며 평생 승려로 살아야 했다.

"아."

"네. 사실 그랜트는 시각이 우리와 달라 흥미로울 것 같았어요. 수도원의 삶을 잘 알지만 바깥세상의 관점을 완전히 잊을 만큼 오래 있지는 않았으니까요. 제 편지 한번 봐주실래요?"

칭찬과 호기심 자극이라는 공격을 연속으로 받으니 거절할 수가 없었다. 파무토는 편지를 건넨 뒤 다음 날 이야기하자고 말하고는 자리를 떠났다.

나는 파무토의 편지를 내가 쓴 편지처럼 읽었다. 나도 구족계를 받으면 어떨지, 돌아가지 않겠다고 가족에게 알리면 어떤 기분일지 상상한 적이 있었다. 태국으로 날아온 부모님이 나나찻의 진입로를 머뭇거리며 걸어 들어와 앙상하고 털이 없는 아들을 포옹하는 장면을 그려보았다. 그러다 어머니를 포옹하면 안 된다는 사실이 떠올랐다. 승려는 이성과 신체 접촉을 할 수 없었다. 실제 계율은 **음탕한 의도**를 가진 접촉만 금했지만 태국의 승단은 훨씬 엄격했다. 여성과의 신체 접촉은 무조건 금지하는 것으로 계율을 확대해석했다. 따라서 여자 신도는 공양을 바칠 때 조금이라도 살이 스치는 상황을 피하기 위해 전용 천을 써야 했다.

어머니나 여동생, 할머니도 껴안지 못한다고 생각하니 분통이 터졌다. 나중에 알았지만, 이 계율 때문에 남들이 안 보는 데서 어머니를 안는 승려들이 종종 있다고 했다. 빠져나갈 구멍이 있다니 계율이 더 불합리하게 느껴졌다. 불합리한 계율은 철저하게 금욕주의적이고 확신 있는 삶을 여전히 갈망하는 내 이상과 어긋났다. 사실 계율에 대한 불만 속에는 내가 미처 알아채지 못했거나 알아채고 싶지 않은 감정이 숨어 있었다. 바로 효심을 표현하는 행위조차 못 하게 하는 공동체에 대한 불신이었다. 또한 불신의 이면에는 수도승의 삶이 나와 맞지 않으며 그렇다고 이 삶을 포기하면 길을 잃고 표류할지도 모른다는 작지만 괴로운 두려움이 깔려 있었다. 그런 터라 파무토가 왜 정식 승려가 되려 하는지 더더욱 궁금했다.

파무토가 반을 접어서 건넨 편지지 다발은 꽤 두꺼웠다. '사랑하는 어머니, 아버지. 저는 정식으로 승려가 되기로 했어요'라고 말하는 게 목적이었다면 스무 장이나 되는 편지는 그 목적을 이루지 못했다. 편지에는 그의 부모님이 이미 알고 있을 법한 이야기만 요약되어 있었다. 몇 년 전 항해 중에 배가 고장 나 태국에

도망친 곳에 낙원이 있었다

발이 묶인 이야기였다. 배가 수리되는 동안 파무토는 시간을 때울 겸 방콕의 대형 수도원에 방문했다. 그렇게 일일 승려 체험을 하고 소셜 미디어에 사진을 올리고 싶어 하는 수백 명의 관광객과 함께 수도원에서 주는 밝은 주황색 승복을 받아 입고 그 자리에서 승려가 됐다. 대부분은 그게 끝이었다. 그러나 달리 갈 곳이 없었던 파무토는 불교에 대한 지식이 전무했지만 수도원에 더 머물렀다. 그러던 어느 날, 태국 숲속 전통의 한 고승이 파무토가 머물던 수도원에 방문해 설법을 전했다. 그 승려가 바로 까티나 때 유머 감각은 미덕이라고 대답해 줬던 아잔 자야사로였다. 파무토는 이때 크게 감동해 아잔 자야사로에게 그의 수도원에 가도 되느냐고 물었다. 배가 다 수리될 때까지 더 큰 영감을 받을 수 있는 곳에서 한두 주 더 있을 생각이었다. 아잔 자야사로는 파무토를 왓 빠 나나찻에 데려갔다. 18개월 뒤, 파무토는 여전히 승복을 입고 있었다.

편지는 여기에서 끝났다. 다음 내용은 없었다. 부모님에게 정식 승려가 되겠다고 말하려는 편지가 아니었다. 다음 날 오후, 나는 파무토에게 느낀 바를 말했다.

"자기 자신에게 쓰는 편지 같더군요."

"흠. 제대로 보셨네요. 사실 제가 뿌 쫌 곰에 있는 이유는 따로 있어요. 나나찻에서는 눈치가 보였거든요. 사미는 수행한 지 1년이 되면 구족계를 받아야 해요. 저는 1년 반 됐고요. 아잔 시리에게 빨리 결정하라는 압박을 받고 있죠. 하지만 이제부터는 진짜 제대로 해야 하잖아요. 아시다시피 정식으로 계를 받으면 평생 헌신해야 한다고요."

"알죠."

정말 그랬다. 평생 귀의한다는 건 수도원 전통의 다른 측면들도 그렇듯 이론상으로는 근사해 보였다. 졸업을 앞두고 의과 대학원이 솔깃하게 느껴졌을 때도 그랬다. 정식 승려가 되는 것과 의과 대학원 진학은 진로를 고민하는 내게 매력적인 선택지였지만 기회보다는 부담으로 다가왔다. 일단 고승과 의사는 둘 다 안정적이고 이목을 끄는 직업이었다. 그러나 외과의인 삼촌은 내가 귀찮게 따라다니며 존재론적 질문을 퍼붓자 수련 과정을 마칠 때가 되면 동료들 대부분이 냉소와 특권 의식에 젖는다고 털어놓았다. 승려도 비슷한 위험부담을 져야 했다. 처음 5년은 특히 더 제약이 많았다. 수계사라 불리는 지도 승려에게 모든 신경을 집중해야 했다. 여행도 엄격히 제한되고 은행의 계좌도 해지해야 했다. 파무토가 말한 대로 제대로 해야 했다. 나는 이 말을 덧붙였다.

"저도 정식 승려가 될지 말지 자주 고민합니다. 그 생각만으로 많은 시간을 허비하고 있죠."

꾸띠의 현관이 선사하는 또 다른 선물은 대화였다. 파무토는 꾸띠에 있는 다른 플라스틱 의자를 꺼내왔고 며칠 동안 나와 담소를 나눴다. 불의를 저지르는 기분이었다. *오후 시간은 수행을 위한 시간인데 괜찮을까?* 턱에 힘이 들어갔다. 하지만 아잔 수키토는 우정을 나누는 관계를 권장했다.

우리는 서로에게 원하는 걸 줄 수 있었다. 나는 승려의 삶을 속속들이 알지만 의심 가는 부분을 솔직히 말해줄 내부자의 시선이 필요했다. 파무토는 40년간 속세의 삶을 살다가 이곳에 왔다. 나도 평범한 길을 걷다가 잘 안됐을 때 계를 받으면 어떨지 자주 고민했다. 파무토는 런던에서 살았고, 자가용을 두 대 보유했고, 돈을 많이 벌었고, 이혼했고, 신나게 먹고 마시며 놀았고, 가끔씩 욕실 바닥에서 깼다고 말했다. 그래서 공감됐다.

반면에 나는 파무토에게 듣는 귀가 되어줄 수 있었다. 파무토는 중요한 결정을 앞두고 있었고 승려나 마을 주민이 아닌 사람과 대화를 나누고 싶어 했다. 승려로 살면 직면하는 온갖 하찮은 문제들은 이미 익숙해져 걸림돌이 되지 않았다. 파무토가 망설이는 가장 큰 이유는 바로 가족이었다.

"승려가 안 되면 뭘 해야 할까요?" 파무토가 물었다. "집에 가서 '안녕, 엄마, 아빠. 저예요. 마흔 살짜리 아들이 돌아왔어요. 두 분 집에서 다시 같이 살려고요'라고 할까요? 이렇게 살다가 도대체 무슨 **일**을 할 수 있을까요? 뭐, 마케팅이라도 할까요?"

우린 너털웃음을 터트렸다.

"저도 딱 그 생각해요."

"친구들한테는 또 뭐라고 하죠? '안녕, 나는 이제 완전히 달라졌어'라고 할까요? 술집에 가면 또 얼마나 어색할까요. **이성** 문제는, 아, 생각도 하기 싫네요."

동감이었다.

"수도원을 나가면 평생 독신으로 사는 게 가능할까요?"

내 말에 파무토가 답했다.

"저도 그게 걱정돼요. 그냥 부모님 집 근처에 작은 원룸을 구해 내가 좋아하는 일, 그러니까 **마케팅** 같은 일 말고 **좋은** 일을 하면서 단순하게 살고 싶어요."

마케팅에 관해 아는 것도 없으면서 나는 파무토의 생각에 적극 동의했다. 왠지 마케팅이라 하면 조작이나 과대포장이 전부일 것 같았다. 그렇기에 마케팅은 수도원의 울타리를 벗어나서도 계속 잃지 않으리라 믿었던 **정직**과 **본질**과는 정반대의 영역이라고 생각했다. '단순하게 살라'는 이 매력적인 구호가 실은 수많은 마케팅에서 사용되고 있으며, 나 역시 이 구호의 영향에서 자유로울 수 없었음에도 말이다.

"저도 그래요. 단순한 삶을 꿈꾸죠. 하지만 독신으로 사는 게 현실적으로 가능할지는 잘 모르겠어요."

수도원을 떠나 어떤 여자와 여행할 거라는 말은 하지 않았다. MJ에게 나를 만나러 방콕에 올 거라는 편지를 받았다는 말도 하지 않았다.

"맞아요. 침대에 나란히 누워 연인과 체온을 나누는 것보다 좋은 건 없죠."

"저는 일기장에 이런 생각을 계속 써요. 둘 다 가질 방법, 그러니까 수도원을 떠나서도 어떻게 하면 영적인 삶을 계속 유지할 수 있을지 적어요. 기본적으로는 이곳을 재현해요. 자연과 명상,

도망친 곳에 낙원이 있었다

고독이 있고 전자기기가 부족한 환경을 상상해요. 그러다 곧 포기하기 싫은 것들을 추가하죠. 저녁 식사와 가족, 장난, 댄스파티 같은 것들이요."

파무토가 웃으며 말했다.

"아, 저도 작년에 꽉 채운 일기장이 한두 권이 아니에요. 가끔은 그걸 출판할 생각도 하지만 다시 읽어보면 몇 페이지를 넘기기가 힘들어요. 얼마나 끔찍한지 몰라요."

나는 눈앞에 빤히 보이는 통찰을 모른 척하고 "그렇군요"라고 중얼거렸다. 그러고는 생각했다. 파무토의 일기장은 형편없을 거야. 그만큼 내 일기장은 가치가 높아질 테고.

———

어느 날 오후, 나는 감정이 북받쳐 개울 바닥으로 향했다. 개울가 바위의 움푹 파인 곳에 고무 신발 한 짝을 벗어놓고 방석 삼아 그 위에 앉았다. 그러고는 울기 시작했다. 파무토가 뿌 쫌 곰에 오기까지 겪은 기막힌 사연을 들으니 나의 지난 시간이 떠올랐다. 나는 세 달 동안 고군분투했다. 처음에는 고독을 얻으려 씨름했고, 고독을 얻은 뒤에는 견딜힘을 얻으려 몸부림쳤다. 그렇게 이곳에 적응하고 나니 뿌 쫌 곰과 이곳의 사람들을 향한 고마운 마음이 울컥 차올랐다. 특히 행운과 고통에 이끌려 여기까지 온 길동무, 파무토에게 애정이 샘솟았다.

그러다 내가 잃은 것들이 떠올랐다. 나는 울 때 본능적으로 수건에서 눈물을 짜내듯 온 몸 을 8 그리고 주먹을 꼭 쥐었나. 그러나 광활한 자연 속에서는 숨길 필요가 없었다. 보는 사람도, 듣는 사람도 없었다. 나는 팔짱을 꼈던 두 팔을 활짝 열고 두 손바닥을 위로 향한 채 큰 소리로 엉엉 울었다. 머리 위로 길게 드리운 구름을 보니 감정을 완전히 드러낸 이 순간이 아름답고 비극적이고 안심됐다. 그러다 결국 큰 소리로 외쳤다.

"도대체 지금 나한테 무슨 일이 벌어지고 있는 거냐고!"

나는 굳이 답하려 애쓰지 않았다. 작지만 점진적인 영적 진보를 이룬 순간이었다.

첫 개인 상담을 한 지 한 달 만에 아잔 수키토가 다시 나를 초대했다. 석양이 질 때 법당의 계단 밑에서 만난 우리는 한마디도 하지 않고 2층으로 올라가 서로 마주 보는 위치에 방석을 놓은 뒤 불상을 향해 절했다.

나는 아잔 수키토에게 절하고는 1분 더 침묵을 유지한 뒤에야 글쓰기에 관해 물었다. 나나찻에서 들은 잠언대로 '음식을 **이해**하면 **다 아는** 것'인데도, 나는 여전히 고투하고 있었다. 식욕의 괴로움은 사라졌으나 글쓰기를 통해 통찰을 얻고 싶은 욕구의 괴로움은 더 깊어졌다.

"글쓰기는 유용한 수단이 될 수 있습니다." 아잔 수키토가 말했다.

"단, 사색적이고 담마와 관련된 글이어야 합니다. 그런 글을 쓰면 생각이 정리되고 명확해지며 나… 자신을 돌아보게 됩니다. 글이 대화를 대체할 수도 있어요. 이곳에서 '함께'하는 시간은 사교와는 별 관련이 없으니까요."

내 경험상 맞는 말이었다. 글쓰기는 가끔 내 머릿속에서 작은 대리 공동체 역할을 해주는 제2의 목소리를 만들어냈다.

아잔 수키토는 잠시 글쓰기를 멈추고 어떤 변화가 오는지 지켜보라고 조언했다. 그 방법은 이미 써봤지만 실패했다는 말은 하지 않았다. 글을 쓰지 않으니 말이 너무 많이 쌓여 머리가 폭발할 것 같았다. 나는 그냥 "네, 해보겠습니다"라고만 답했다.

곧 다음 질문이 떠올랐지만 침묵이 그와 나 사이에 내려앉을 때까지 기다렸다. 그런 뒤 심호흡을 몇 번 하고는 그의 표정을 슬쩍 보며 다음 질문을 들을 준비가 됐는지 확인했다.

"저는 제가 좋아하는 다른 것들도 의도적으로 계속 포기하리라 생각합니다…. 수행에 **극한의 힘을 쏟아** 쾌락에 탐닉하는 마음을 극복하고 최대한 빨리 깨달음을 얻고 싶기 때문입니다. 그런데 이 노력이 잘못되면 오히려 고통 그 자체에 탐닉하게 되는데요. 그런 경우는 언제인가요?"

나는 아잔 수키토가 이 질문은 간단히 넘기리라 생각했다. 누구보다 진지한 사람이니 불교식으로 '고통이 없으면 얻는 것도 없다'와 같은 답을 할 게 뻔했다. 사실 나도 내심 그런 답을 기대했다. 극한은 단순하며 전사는 그저 싸울 뿐이라는 답 말이다. 그러나 아잔 수키토는 아이에게 설명하듯 미소 띤 얼굴로 부드럽게 말했다.

"아잔 차는 노년기에 단식과 같은 특수한 수행법보다 수행의 **연속성**을 더 강조했습니다."

가슴이 철렁 내려앉았다. 이 가르침은 전혀 찬란하지 않았다.

"숲속 승려를 둘러싼 신화가 있습니다." 아잔 수키토는 한 손을 세련되게 움직이며 과장된 말투로 말했다. "숲에 **고립**돼 **혹독**한 수련을 견디고 나면 **특별**한 스승이 된다는 신화죠. 경쟁과 자기비판이 익숙한 서양인들은 자신을 채찍질하고 싶은 욕구를 느끼기 쉽습니다. 그러나 우리는 이미 매우 절제된 환경에서 살고 있습니다. 그러니 어떤 것들은… 즐겨도 됩니다. 식사 같은 것들 말이죠."

맥이 빠졌다. 내 안의 나는 여전히 깨달음에 이르는 길은 점점 더 큰 욕구를 없애는 투쟁이며 그 과정에서 즐거움이 사라지는 건 어쩔 수 없다고 믿었다. 해돋이를 너무 즐기면 안 된다고 경고한 아잔 시리의 말이 떠올라 혼란스럽기도 했다. 그러나 나는 아잔 수키토의 말이 옳다는 걸 부인할 수 없었다.

"가끔 저를 채찍질할 극한의 방법을 떠올리면 친구들에게 자랑하는 장면이 곧바로 떠오릅니다."

내 말에 아잔 수키토가 흔히 볼 수 없는, 웃음에 가까운 미소를 지었다.

"그럴 수 있습니다. 이건 장기간의 수련입니다. 그러니 단식처럼 일시적으로 강도를 높이는 방법은 그렇게 중요하지 않습니다.

실험하는 건 좋지만 너무 무리하지는 마세요. 그게 중도입니다."

아잔 수키토는 말을 마치고 눈길을 돌렸다. 자신의 생각을 살피는 듯 눈동자가 이리저리 움직였다. 나는 기다렸다. 이제는 아잔 수키토를 알 만큼 알아 할 말이 남았다는 것쯤은 알아챌 수 있었다. 아니나 다를까 그는 내 질문 속에서 나조차 깨닫지 못한 무언가를 포착했다.

"사람들, 특히 젊은 남자들은 자기도 모르게 몇 년씩 경쟁 본능에 사로잡히기도 합니다."

아잔 수키토의 눈빛이 부드러워졌다.

"경쟁심은 다른 수도승들과의 진정한 연대와… 동료애를 쌓는 데 방해가 될 수 있습니다. 서구 문화와 태국 문화의 가장 큰 차이점이죠."

아잔 수키토가 수도원의 수련에서 우정의 중요성을 또다시 강조하는 걸 들으니 그에게 존경심뿐 아니라 더 커진 애정에서 우러난 연대감이 느껴졌다. 그는 청중을 편하게 하는 데에는 관심이 없었지만 그렇다고 냉정한 사람은 아니었다. 오히려 그의 오랜 침묵이 편해지니 은근하지만 흔들리지 않는 그의 선한 마음이 더 확실히 느껴졌다. 이것도 서구 문화와는 전혀 달랐다. 서구 문화까지는 아니더라도, 대화하는 틈틈이 상대의 말에 계속 긍정하는 표현을 해야 한다고 가르치는 우리 집의 가정교육과는 완전히 어긋났다. 처음 컨설턴트가 됐을 때도 그랬다. 안 그래도 타인을 기쁘게 만들어주려는 본능이 발달한 나는 그 본능을 한층 더 키우는 교육을 받았다. **더 많이** 고개를 끄덕이고 **더 많이** 미소 짓고 상대의 말을 인정하는 발언을 **더 많이** 함으로써 **더 적극적으로** 듣고 있음을 보여주도록 훈련받았다. 이 같은 태도는 상황이 맞아떨어질 때는 필사적이고 피상적이고 생산적인 방식으로 효과를 발휘했다.

그러나 시계도 클라이언트도 없는 뿌 쫌 곰에서는 다르게 행동해도 괜찮았다. 호의는 무표정한 얼굴을 띨 수도 있었다. 아잔 수키토가 나를 지켜볼 때 나도 아무 표정 없이 그를 지켜볼 수 있었다. 그 순간에 나는 그에게 친밀감을 느꼈다. 그가 나를 알아주는 기분이었다. 그와 함께하는 시간이 점점 편해졌고 나도 그를 알 것 같은 느낌이 들었다.

다음으로, 요즘 들어 감정이 예기치 않게 격해질 때가 많아졌는데 왜 그런지 물었다.

"가끔 오후에 개울가에 앉아 있으면요. 걷잡을 수 없는 울음이 터져 나올 정도로 고마운 마음이 넘쳐흐릅니다. 이걸 어떻게 받아들여야 할지 모르겠어요. 건강한 배출인 것 같긴 한데 감정의 강도가 너무 셉니다."

아잔 수키토는 내 말을 찬찬히 받아들인 뒤 답했다.

"오래전 어느 평신도가 아잔 수메도에게 영적 진보를 이룬 순간은 어떻게 알 수 있는지 물은 적이 있습니다."

아잔 수메도는 아잔 차의 첫 번째 서양인 제자였다. 까티나 때 내가 그의 발우에 공양으로 찹쌀밥을 넣은 기억이 났다.

"아잔 수메도는 고마움을 자주 느끼고 고마움의 깊이가 깊어질 때라고 답했습니다."

아잔 수키토는 답을 이해할 시간을 잠시 준 뒤 말을 이었다.

"그러니 그건 좋은 신호입니다. 그러나 경계할 점이 있습니다. 고마운 사람들에게 **보답**하지 못한다는 이유로 **자격지심**이나 부담감이나 고통을 느끼면 안 됩니다. 그건 신경 과민성 반응입니다. 고마운 마음이 자연스럽게 흐르도록 두세요. 고마운 마음을 키우려고 애쓰지 마세요. 카탄누카타베디katannukatavedi라는 팔리어가 있습니다. '행해진 일을 안다'는 뜻으로 고마움과 자비심을 합친 말이죠. 둘은 함께 갑니다."

처음에는 고마움과 자비심이 연결됐다는 개념이 이해가 안 됐다. 그러다 문득 최근 내가 자주 하는 공상이 달라졌다는 사실을 깨달았다. 섬처럼 고독한 나, 존경받는 명상 스승이 된 나, 훌륭한 일을 하는 나 등 여전히 내 위주인 공상이 많았지만 가끔은 다른 공상을 했다. 친구의 박사 학위 취득을 축하하는 행사나 친절한 룸메이트를 위한 감사 파티, 고등학교 얼티미트 프리스비 코치의 집에 예고 없이 방문해 진심 어린 편지를 읽어주는 이벤트를 공들여 기획했다.

자비를 베풀 때 더 큰 쾌감을 느낀다는 건 영적으로 발전했다는 뜻이었다. 그러나 인간의 정신은 집중을 방해하려고 별의별 짓을 다 한다는 승려들의 말이 떠올랐다. 모든 건 의도에 따라 겉보기와 달리 어두운 그림자가 될 수도 있었다. 집중을 방해하는 생각이 정교해진 것일지도 몰랐다. 음식 대신 자비심을 갈망하는 것일 수도 있었다.

"그리고 이른바 **중대한 순간**은···." 아잔 수키토가 말했다.

목이 막혔다. 나는 여전히 중대한 순간을 원했다. 느리고 점진적인 성장의 고통을 건너뛰는 즉각적인 통찰을 얻고 싶어 했다.

"도움이 됩니다. 그러나 그것이 영적 진보의 신호가 아닐 수도 있습니다. 착각일 수도 있죠."

아잔 수키토는 주황빛으로 물든 하늘가로 눈길을 돌렸다. 나무 끝이 꺼진 양초의 심지처럼 어두워졌다.

"인내심과 선한 마음이야말로 영적 진보의 신호입니다."

도망친 곳에 낙원이 있었다

8장

•

바깥세상과
수계 사이의
기로

어느 날 아침, 아잔 수키토가 다 같이 왓 빠 나나찻의 행사에 참여할 거라는 공지 사항을 전했다.

불안해졌다. 사미와 빠까오, 나와 같은 체류자들은 언제라도 다른 수도원으로 옮겨질 수 있었다. 나는 아잔 수키토가 나를 따로 불러내 짐을 싸라고 말할까 봐 두려웠다. 정말 다행스럽게도 그는 아무 말도 하지 않았고, 다음 날 나는 뿌 쫌 곰에 돌아오리라는 확신을 갖고 흰색 승합차에 올라탔다. 손님용 꾸띠에 배낭도 두고 왔으니 찜해놓은 것이나 마찬가지라고 믿었다. 왓 빠 나나찻에 가 있는 이삼일 동안 글을 쓰지 못하도록 배낭에 일기장을 넣어두었다.

아잔 수키토와 나눈 대화에도 불구하고 나는 글쓰기를 멈추지 못했다. 오히려 더 심해졌다. 이 시간을 의미 있게 보내야 한다는 강박에 사로잡혀 지나가는 생각까지 강박적으로 기록했고 내 생각을 보편적인 진실로 왜곡했으며 자기 계발 전도사 같은 말투를 썼다. 왓 빠 나나찻의 행사는 강제로라도 그 사고방식에 제동을 걸 반가운 기회였다.

상냥한 인도인 승려 바다가 몸을 ㄱ부려 차에 올라타서는 뒷좌석의 내 옆자리에 털썩 앉았다. 바다도 나처럼 안전띠를 찾아 허리 근처를 더듬었지만 안전띠는 없었다. 우리는 서로를 바라보았고, 바다는 어깨를 으쓱하고는 성호를 그었다. 승려가 성호를 긋다니 웃음이 터졌다. 바다는 자주 보지 않았지만 볼 때마다 유쾌했다. 일주일 전 천은 없고 살과 대, 철제 관절 부분만 남은 우산을 들고 있는 바다와 마주친 적이 있었다. 내가 어리둥절한 표정을 지으니 바다는 조금도 주저하지 않고 법당을 가리키며 말했다.

"해골한테 주려고요."

바다는 파무토와 같은 사미였지만 수도원의 삶에 확신이 있어 보여 한 번도 속마음을 물어보지 않았다.

나나찻을 방문하다니, 마치 대학교에서 한 학기를 끝내고 고향에 돌아가는 기분이었다. 성숙한 어른이 돼 귀향하는 것 같아 뿌듯했다. 새 깃털이 자라 둥지를 떠난 새처럼 보란 듯 뽐내며 걷고 싶었다. 이제 나는 승합차 뒷좌석에 앉아 승려 친구들과 킥킥거리는 수도원의 내부자였다. 승합차가 나나찻에 도착하자 나는 깡충 뛰어내려 허리를 꼿꼿이 펴고 주변 경관을 향수에 젖은 눈길로 둘러보았다. 새로 온 체류자들이 내가 붙박이 선배라는 걸 알아주길 바라면서 주방과 기숙사, 사무실을 어슬렁거렸다.

그러나 유감스럽게도 이미 다른 평신도가 관심을 독차지하고 있었다. 처음 보는 사람이었다. 50~60대쯤 돼 보이는 백인 남자로, 무릎의 지퍼를 열어 분리하면 반바지가 되는 카고 등산 바지를 입은 자태로 보아 전형적인 미국인이었다. 남자는 보자마자 내 경계 대상에 올랐다. 곱슬곱슬하고 얇은 갈색 머리의 남자는 목소리가 불쾌할 정도로 컸고, 신기하게도 추종자들이 있었다. 가는 곳마다 현지 주민들이 마치 승려라도 되는 양 절하며 따라다녔다.

듣자 하니 남자는 승려였다. 그것도 그냥 평범한 승려가 아니었다. 다름 아닌 왓 빠 나나찻의 예전 주지승이었다. 이곳의 우두머리였던 것이다. 남자는 10년 넘게 승려로 살다가(들은 바로는 13년이라고 했다) 승복을 벗었다. 그때 이후로 완전히 다른 삶을 살았고 이번 행사에 참석하러 돌아온 것이다. 같이 온 아내에게 예전에 살던 하숙집을 보여줄 겸 말이다.

남자의 아내는 길고 곧은 흰색 머리카락을 드리우고 턱을 높이 들고 다니며 우리와 시선을 맞추지 않았다. 처음에는 존재감을 과시하려는 줄 알았다. 그도 그럴 것이 왓 빠 나나찻을 통틀어 가장 눈에 띄는 원형 교차로 중앙의 납작한 바위에 드러누워 낮잠을 잤다. 나는 화가 치밀었다. 거만하고 몰지각한 행동이었다. 그때는 여자의 입장에서 이 상황이 얼마나 이상할지 미처 깨닫지 못했다. 전직 승려였던 남편을 따라 그가 있었던 수도원에 왔더니 갑자기 금욕 수행 중인 승려들의 추파와 비난의 대상이 됐다. 동료를 뺏어간 데다 승려의 박약한 각오를 무너뜨릴 수도 있는, 두려운 욕망의 화신이 된 것이다.

얼마나 억울하겠는가. 진짜 문제는 나에게 있었다. 전 주지승의 아내를 위협으로 받아들인 건 나 역시 사랑을 찾아 수도원을 떠날지 고심하고 있었고 내 각오가 박약하다는 것을 알고 있기 때문이었다.

물론 나만 그런 게 아닐 수도 있었다. 승려들의 쌀쌀맞은 반응은 주민들의 애정 어린 태도와 극명한 대비를 이뤘다. 승복을 입은 남자들은 하나같이 부부를 불신하는 기색이 역력했다. 그걸 보니 여자의 낮잠이 다른 시각으로 보였다. 그녀가 멋지고 용감해 보였다. 티 나게 불편해하며 부부와 거리를 두는 승려들을 보는 재미도 있었다. 남자는 주지승이었던 시절에는 하늘 같은 선배였겠지만 지금은 수도원의 서열상 아무것도 아니었다. 원점으로 돌아온 것이다. 그런데도 승려들에게 공손한 태도를 취하지 않았고, 승려들은 그를 공식적으로 환영하기는커녕 힐끔거리기만 했다. 차담 시간에는 불안한 듯 수군거렸다. 잘생긴 전 남자친구가 예고 없이 파티에 나타난 꼴이었다.

나는 이 부부가 일으킨 충격파에 너무 몰두한 나머지 꼬박 하루가 지나서야 왓 빠 나나찻의 변화가 눈에 들어왔다. 여전한 것들도 있었다. 조시는 늘 그랬듯 당당하고 열심이었다. 근엄한 말레이시아인 주지승 아잔 시리도 신입 체류자들에게 효율적으로 할 일을 배당했다. 체류자들은 여전히 주방 위층의 비좁은 기숙사에 묵었고, 내가 그랬듯 이 상황이 불만스러운지 쭈뼛거리며 인상을 쓰고 있었다.

숲속의 법당은 다른 모습이었다. 왓 빠 나나찻의 40주년을 기넘하는 이번 행사를 위해 주변에 돌기둥이 세워져 있었다. 초대 손님으로 온 처음 보는 승려들도 있었다. 그중 한 명은 승복의 색깔이 적갈색이라 눈에 띄었다. 승복을 손으로 직접 염색하는 태국 숲속 전통의 특성상 승복마다 색깔이 조금씩 다르기는 하지만, 적갈색은 일반적인 색깔 범위를 완전히 벗어났다. 나는 그 승려를 멀리서 호기심 어린 눈길로 지켜보았다. 여느 승려와 다름없이 머리와 눈썹의 털을 밀고 슬립온 샌들을 신고 발목까지 내려오는 승복을 입었지만 어딘가 달라 보였다. 그제야 알았다. 그는 여승이었다. 승복을 입은 여자를 보기는 처음이었다. 태국 숲속 전통에서 그게 가능하리라고는 생각지도 못했다. 나는 여승의 설법을 꼭 들으리라 다짐했다.

행사를 앞두고 나나찻은 까티나 때 못지않게 부산했다. 수많은 방문객과 행사 준비로 북새통을 이루고 있었다. 진입로에 설치된 이동식 매점에서 얼음을 넣은 태국 차까지 판매했다. 그 속에서 아는 얼굴을 보면 동창을 만난 듯 기뻤다. 조시도 오랜만에 보니 반가웠다.

나는 눈이 마주친 낯익은 승려에게도 미소를 건넸다. 그도 미소로 화답했다. 키가 크고 테가 두꺼운 안경을 쓴, 함께하면 편안한 젊은 미국인 승려였다. 나나찻에서 지내는 동안 말을 섞어본 적이 별로 없는 승려라 나를 알아보는 게 신기했다. 게다가 놀랍게도 곧장 걸어와 반갑다는 듯 손을 내 등에 얹었다. 나는 잠시 얼어붙었다. 실로 오랜만의 신체 접촉이었다. 나나찻에 도착하고 네

달이 다 되도록 누군가와 몸이 닿은 적은 한 번도 없었다. 다정한 손길에 마음이 녹아내렸다. 그의 작은 몸짓 하나에 고마운 마음이 울컥 차올라 입만 벌린 채 아무 말도 하지 못했다. 그저 그가 그랬듯 따뜻한 미소만 지었다. 그러고 보니 이름도 잘 몰랐다.

"야니사로예요."

미국인 승려는 다시 자기소개를 했고 나도 내 이름을 말했다. 내 어깨와 목에 닿는 야니사로의 손이 무릎에 기댄 강아지의 머리처럼 포근했다.

"무아無我의 가르침을 제대로 실천했나 보네요." 야니사로가 뿌쭘 곰에 간 뒤로 더 홀쭉해진 나를 보며 말했다. "말 그대로 '자신'이 줄어들었잖아요."

살이 빠진 건 맞지만 무아가 그런 뜻이 아님을 우리 둘 다 알고 있었다. 야니사로의 눈이 장난기로 반짝거렸다. 나나찻의 승려가 이런 말도 안 되는 농담을 이렇게 편하게 하다니 놀라웠다. 야니사로는 내가 그동안 겪은 불만이 많아 보이고 비사교적인 다른 승려들과는 달랐다. 나도 장단을 맞추고 싶었으나 적당한 말이 안 떠올랐다. 히죽 웃고는 주변을 둘러보며 대꾸할 재치 있는 말을 고심했지만 이런 말만 튀어나왔다.

"잘 지냈어요?"

야니사로는 내가 서툴게 화제를 전환하려는 걸 모르는 척해주기로 했는지 어깨를 으쓱하고는 잘 지냈다고 답했다.

"여기 본사에서는 별일 없었나요?"

도망친 곳에 낙원이 있었다

선임자 같은 느낌이 나길 바라며 내가 물었다.

"아시잖아요. 명상하고 가끔 한 번씩 먹고 똑같죠, 뭐."

나는 고개를 끄덕이고는 또다시 멋진 답을 고심하며 주변을 힐끔거렸다. 고심 끝에 한 답은 "그렇군요"였다.

"그런데 진짜 뿌 쫌 곰에서 식사를 제대로 안 챙겨주는 거 아니에요?"

"그런 거 아니에요. 그냥 덜 먹으려고 노력 중이에요."

"너무 안 먹으면 사라져 버릴지도 몰라요. 단식했던 건 아니고요?"

나는 고개를 저었다. "생각 중이기는 하지만 아니에요. 단식을 해봤어요? 추천할 만한가요?"

야니사로는 질문의 의도를 파악하려는 듯 잠시 나를 응시한 뒤 말했다.

"많이들 해요. 5일째 되면 가벼운 느낌이 들기 시작하죠."

"가벼운 느낌이요?"

"네, 대부분은 그래요. 처음 며칠 동안은 통증과 고통에 시달리고 습관적으로 음식을 생각하다가 그걸 극복하면 가벼운 느낌이 들죠."

나도 통증과 고통, 습관적인 음식 생각에 시달렸다. 다만 나는 며칠이 아니라 몇 달을 시달린 뒤에야 가벼운 느낌을 얻었다. 아잔 수키토는 특수한 수행법을 조심하라고 했지만 나는 여전히 단식이 궁금했다.

"효과가 있나요? 명상에 도움이 된다거나…"

"솔직히 그냥 그런 게 있다는 정도예요. 멋지기는 하지만 필수적인 건 아니죠."

나는 그의 말을 믿기로 하고 다음 질문으로 넘어갔다.

"조시는 어때요?"

눈썹을 치켜올리고 목소리를 낮추면서 몸을 바짝 기울여 남의 이야기를 물으니 또 한 번 내부자가 된 기분이었다. 야니사로는 나를 흘끔 쳐다보았다.

"조시는… 여전히 조시다워요."

그러고는 미소를 지으며 말했다.

"그래도 알다시피 착하잖아요. 뭐랄까, 인심이 후해요. 최근에는 비자를 갱신하고 남은 돈으로 같이 간 다른 승려들에게 아이스크림을 샀대요."

나는 충격과 감동을 차례로 받은 뒤 약간의 질투심을 느꼈다. "우와"라는 감탄사밖에 나오지 않았다. 비자를 갱신하고 남은 돈을 혼자 포식하는 데 다 썼던 기억이 떠올랐다.

"분리형 바지를 입은 전직 주지승 말인데요. 어떤 사람이에요?"

야니사로는 말하기 조심스러운 듯 길게 숨을 들이쉬었다. 내가 껄끄러운 문제를 건드린 모양이었다. "그게 말이죠." 야니사로는 고개를 저으며 숨을 내쉬고는 말을 이었다. "다들 그 사람을 어떻게 받아들여야 할지 모르는 눈치예요."

더 이상의 설명은 필요 없었다. 나는 눈을 가늘게 뜨며 고개를 끄덕였다.

"적갈색 승복을 입은 분은 어때요? 여승 말이에요."

야니사로의 표정이 밝아졌다.

"나나찻의 영국 지부, 아마라와띠Amaravati에서 오셨어요. 다른 승려들도 많이 왔지만 그분은 고승이에요. 따라다닐 만한 분이죠. 기회가 되면 말씀을 들어보세요."

식사 시간에 나는 그 여승을 지켜보았다. 60대로 보이는 여승은 고승인 아잔과 중간급 승려, 사미와 빠까오들이 차례로 음식을 담는 동안 줄 맨 뒤에서 참을성 있게 기다렸다. 일부 또는 대다수의 승려보다 법랍이 높을 텐데도 제일 늦게 음식을 담았다. 연공서열을 그토록 중시하면서 여자라는 이유만으로 서열을 무시하다니, 회의가 들었다.

그날 오후 늦게 숲에서 산책하고 돌아오니 주방에서 웃음소리가 들렸다. 분리형 바지를 입은 전직 주지승이었다. 그는 사방이 트인 주방의 한 구역에서 의자에 앉은 채로 맨바닥에 앉아 자신을 올려다보고 있는 주민과 방문객들의 질문에 답해주고 있었다. 제일 먼저 든 생각은 주방에 의자가 하나도 없는데 도대체 이 남자는 어떻게 의자에 앉아 있느냐는 것이었다. 게다가 그의 주변에는 점점 더 많은 사람이 모였다. 승려의 손이 모자란 바쁜 날이라 그에게라도 가르침을 받고 싶어 모이는 듯했다.

나는 남자의 목소리가 들리는 책장 뒤에 숨었다. 담마 관련 책을 한 권 꺼내 읽는 척하며 그의 말에 귀를 기울였다. 무릎을 꿇고 앉아 그의 관객 수를 늘려줄 생각은 추호도 없었다. 그는 이미 충분히 많은 관심을 받고 있었고 그걸 즐기고 있었다.

"아잔 수메도를 보자마자 제 눈에 띈 게 뭔지 아세요?"

그는 나나찻의 제1대 주지승이자 가장 유명하고 존경받는 서양인 승려를 가리키며 말했다.

"바로 발목이에요. 엄청 두껍거든요!"

관객들은 놀라움과 존경심이 담긴 웃음을 조용히 지었고, 분리형 바지를 입은 남자는 큰 소리로 껄껄 웃었다.

"정말이에요! 발이 얼마나 퉁퉁 부었던지 발목이 종아리 두께만 하더라고요. 그걸 보니 불안하더라고요. '와, 정식 승려가 되면 나도 발이 저렇게 되는 건 아니겠지?' 하고요. 하하!"

오후 내내 이런 식이었다. 사람들은 분리형 바지 씨에게 굽실거렸고, 바지 씨는 자신은 그럴 자격이 있다는 듯 느긋하게 특별 대우를 즐겼다. 몇몇 주민은 그와 그의 아내에게 음식을 가져다주었다. 음식이라니! 식사는 이미 몇 시간 전에 마쳤다. 그는 정오 이후에 먹지 않는다는 계율을 대놓고 어기면서 아내와 함께 **의자**에 앉아 **탁자**에서 **접시**에 담긴 음식을 **포크**와 **나이프**로 먹었다. 수도원의 누구도 그런 대우를 받은 적은 없었다. 그러는 내내 바지 씨는 입안 가득 음식을 씹으며 떠들었고 자기가 던진 농담에 낄낄거렸다.

남자는 한때 수도원을 이끌었으니 당연히 수도원의 규칙을 잘 알 터였다. 따라서 규칙을 대놓고 무시하는 그의 행동은 제약 많은 수도승의 삶을 **졸업**했음을 과시하려는 슬픈 시도처럼 보였다. 훗날 깨달았지만 내가 기분 나쁜 이유는 따로 있었다. 바지 씨는 내가 은근히 품었던 꿈, 즉 승려가 되더라도 원한다면 수도원을 떠날 수 있고 **그러더라도** 한때 고위급 승려였다는 명망을 누릴 수 있으리라는 꿈을 망쳐놓았다. 그는 내 안의 분노를 한껏 끌어냈다. 분노에 온 에너지가 쏠리는 바람에 그날 밤 나나찻의 40주년 기념행사에 참석했을 때는 싫은 감정조차 들지 않았다. 평소였다면 몇 시간씩 염불하고 숲속 법당을 순회하는 의식이 못 견디게 지루했을 텐데 그날은 꽤 재미있었다.

다음 날, 산책을 마치고 돌아오니 전날 바지 씨가 차지했던 바로 그 자리에 여승이 앉아 있었다. 탁자와 음식은 없었고 전날처럼 관객이 많지도 않았다. 특히 태국인은 한 명도 없었다. 그 대신 여성 체류자는 다 참석했고 남자도 몇 명 보였다. 어느 방문객이 물었다.

"이곳에 방문하는 동안 공식적으로 설법을 하시나요?"

보아하니 비공식 문답이었다. 나는 여승의 말을 들으러 조심스럽게 다가갔다.

"아," 여승은 매력적인 영국식 영어로 말했다. "안타깝지만 그런 부탁을 따로 받지는 않았습니다. 태국은 뭐랄까… 아직 영국만큼 깨치지 못했거든요."

여승이 말을 마치고 씩 웃자 관객들도 따라 웃었다. 나는 책장 옆에 선 채로 여승이 한 말의 뜻을 곱씹어 보았다. 태국의 승단은 비구니를 정식으로 인정하지 않았다. 태국 숲속 전통의 첫 비구니는 낭시로부터 6년 전인 2009년에야 호주 지부에서 탄생했다. 남성 호주인 주지승이 여성에게 구족계를 준 이 사건은 승단의 거센 반발에 부딪혔다. 법랍이 가장 높은 서양인 승려이자 나나찻의 창립자인 아잔 수메도를 주축으로 지도급 승려들이 태국에 모였다. 이들은 구족계를 준 주지승을 태국 승단에서 퇴출했고 호주 지부와 공식적으로 관계를 끊었다.

그러나 상황은 곧 예상치 못한 방향으로 전개됐다. 아잔 수메도가 얼마 후 직접 여성에게 계를 주기 시작한 것이다. 아잔 수메도는 영국에 아마라와띠를 세우고 비구니 수계를 시작했다. 나나찻을 방문한 여승이 지낸다는 그 수도원이었다. 단, 승려 공동체에서 '다섯 가지 요점The Five Points'이라 이름 붙인 몇 가지 조건을 달았다. 이에 따르면 여자 승려는 무조건 남자 승려보다 서열이 아래였다. 법랍이 제일 낮은 남자 승려도 법랍이 제일 높은 여자 승려보다 서열이 높다는 뜻이다. 아마라와띠에서 온 여승이 식사 시간에 줄 맨 뒤에 섰던 건 그래서였다.

남자 승려들이 이렇게까지 여자를 배제하고 무시하는 걸 보니 《캘빈과 홉스》라는 만화책이 떠올랐다. 캘빈과 홉스가 수지를 비롯한 여자애들이 자신들의 나무 요새에 못 들어오게 막는 에피소드가 있었는데, 그때는 천진한 사내아이들의 장난이라 여겨 귀엽게 보였다. 그러나 나이 지긋한 남성들이 자신들의 숲속 요새에 모여 만장일치로 '여성 출입 금지'를 내걸기로 정하고, 압박을 받

도망친 곳에 낙원이 있었다

자 "좋아, 출입할 수는 있는데 대신 너희는 언제나, 무조건, 영원히 우리보다 아래야"라고 하는 건 다른 문제였다. 남자 승려들이 정한 규칙은 아무리 봐도 가혹했다. 오죽하면 그들의 어머니가 아들의 등짝을 때려서라도 정신을 차리게 해주길 바라는 마음이 들 정도였다. 물론 어머니와의 신체 접촉이 허락된다면 말이다.

그러나 비구니 수계의 역사를 전혀 몰랐던 당시에는 두 가지 마음만 들었다. 기성 승단을 향한 어렴풋한 불편함과 그 모든 걸 극복하고 살아남은 이 여승에 대한 관심이었다. 또 다른 방문객이 물었다.

"요즘 아마라와띠는 어떤가요?"

나는 여승의 답을 더 자세히 듣기 위해 관객들 사이로 슬며시 들어가 바닥에 앉았다.

"사실 좀 스산해요. 비가 많이 오고 해가 잘 안 나거든요. 하지만 비구니 승단은 점점 커지고 있어요." 그녀는 여자 승려들을 언급하며 말했다. "서서히 속도가 붙고 있죠. 계속 화만 내고 다닐 수는 없어요…." 여승은 밝게 웃다가 갑자기 정색하며 말했다. "발전을 위해 노력하는 걸 멈출 수도 없고요."

나는 가벼움과 진지함 사이를 노련하게 오가는 여승의 매력에 마음을 빼앗겼다. 문답이 몇 차례 더 이어지고 나자 나도 손을 들었다.

"긍정적 마음 상태를 함양하는 법을 다룬 책을 읽고 있습니다. 어떻게 하면 그런 마음을 더 강화하고 오래 유지할 수 있을까요?"

"아," 여승은 피식 웃고 손을 휘저으며 말했다. "그런 걱정은 할 필요 없어요."

얼굴이 달아올랐다. 여승은 내 눈을 똑바로 바라보고 다시 말했다.

"그냥 그런 마음이 들면 고마워하세요."

맞는 말이었다. 나는 부끄러운 마음에 깊이 절한 뒤 사람들의 시선을 피해 계속 고개를 숙이고 있었다. 여승은 내게 정말로 필요하지만 나는 필요한지조차 몰랐던 깨달음을 주었다. 그녀 덕분에 나는 지혜란 입 밖에 내면 지극히 평범한 상식과 다를 바 없다는 진리를 다시 한번 겸허히 깨우쳤다.

—

그날 저녁, 사우나가 작동된다는 소문이 돌았다. 나는 나나찻에 사우나가 있는지도 몰랐다. 주간 방문객은 사우나에 입장할 수 없었고 체류자들도 대부분 초대받지 못한 듯했다. 파무토의 귀띔이 없었다면 나도 못 왔을 것이다. 해 질 무렵, 파무토와 나는 이리저리 이어진 숲길을 걸어 사우나로 향했다. 공터에 도착하니 바닥에 평평한 돌멩이가 깔려 있고 한쪽에 가마솥이 설치돼 있었다. 전에도 봤지만 그때는 잭푸르트나무의 껍질을 끓여 승복을 염색하는 곳인 줄 알았다. 양초의 두툼한 주황색 불빛이 유리로 된 상자형 건물 안에서 깜빡거렸다.

건물에 들어가니 탈의실과 비슷하게 느슨하고 편안한 공기가 감돌았다. 상의를 벗은 승려 몇 명이 벤치에 기대앉아 몸에서 김을 뿜어내고 있었다. 다른 승려들은 작고 김 서린 창문이 달린 낮은 입방체 모양의 사우나 밖에서 몸을 닦고 있었다. 대부분 이미 들어갔다 나온 듯했다. 파무토와 나도 승복을 벗어 빈 벤치 위에 개 놓았다. 승복 속옷을 벗으면 연녹색 파타고니아 사각팬티가 드러날 터라 부끄러웠지만 어쩔 수 없었다. 나는 맨발 끝으로 살금살금 돌바닥을 가로질러 파무토를 따라 사우나 안으로 들어갔다.

열기가 후끈해 숨이 잘 안 쉬어졌다. 표면이란 표면은 온통 흰색 타일로 뒤덮인 공간에 증기가 낮게 깔려 있었다. 벌써 온몸에 땀이 줄줄 흘러 선반에 앉으러 가다 미끄러질 것 같았다. 맞은편 선반에는 상의를 벗고 황토색 속치마를 두른, 어깨가 넓은 승려 둘이 있었다. 한 명은 친해진 야니사로였고 다른 한 명은 네덜란드인 아잔으로 변색 선글라스를 쓰고 다녀 금방 알아볼 수 있었다. 젖은 피부와 천이 타일과 붙어 철퍼덕거리는 소리가 들렸다. 네덜란드인 아잔은 제일 높은 선반에 배를 깔고 누워 있었다.

"이렇게 누우면 되나?" 아잔이 물었다.

"네, 좋습니다."

자리에서 일어난 야니사로가 뒤돌아 아잔의 허리를 누르며 말했다.

후배 승려가 나이 많은 선배 승려의 발을 존경과 애정을 담아 씻어준다는 건 알고 있었다. 그러나 마사지까지 해주는 줄은 몰랐다. 야니사로는 땀과 증기로 번들거리는 아잔의 몸 구석구석을 지압하고 두드렸다.

천장에서 물방울이 뚝뚝 떨어졌다. 눈을 닦고 옆에 있는 파무토를 힐끗 봤다. 나처럼 그도 안 보는 척하려 애쓰면서 두 사람을 빤히 보고 있었다. 무언가 불법적인 걸 목격한 게 아닌가 하는 의문이 들기 시작했다.

그러다 갑자기 온갖 변론이 떠올랐다. 연장자를 **너그러운 마음**으로 보살피는 것이다. 마사지는 근육의 건강을 돌보고 우정을 쌓는 데 **유익하다**. **공경심**에서 우러난 행위일 뿐이다.

하지만 적어도 관능적인 행위이기는 했다. 두 남자가 희미하게 빛나는 불빛을 받으며 반쯤 벌거벗고 땀으로 범벅이 된 채였고, 한 명이 다른 한 명의 살을 승려들 특유의 신중하고 친밀한 집중력을 발휘해 율동적으로 주물렀다. 분위기가 얼마나 뜨겁던지 마사지를 받는 사람이 먼저 잠시 멈춰달라고 해야 할 지경이었다. 아잔이 자리에서 일어나 앉아 말했다.

"야니사로, 이런 마사지는 어디에서 배웠나?"

야니사로는 어깨를 으쓱하고는 출가하기 전에 마사지 수업을 받은 적 있다고 말했다. 아잔은 심호흡을 한 번 한 뒤 다시 드러누웠고 마사지는 계속됐다. 그러는 동안 나는 깊은 생각에 잠겼다. 승려들은 신체 접촉은 물론이고 여자와는 스치는 것조차 허락되지 않는다. 그런데 지압하고 두드리는 사우나 마사지는 괜찮나? 몇 달 전 아잔 시리는 해돋이를 보고 감탄하는 소박한 쾌락조차 경계하라는 설법을 했다. 마사지는 그 설법에 어긋나지 않나? 감각적 쾌락이 수행의 장애물이라면, 늦은 저녁 마사지를 받는 행위는 어떻게 받아들여야 할까?

무엇이든 가까이 들여다볼수록 더 많은 모순이 드러난다는 건 알고 있었다. 그러나 나는 공개적으로 하는 말과 뒤에서 하는 행위가 일치하지 않는 게 못내 거슬렸다. 강하게 풍기는 위선의 냄새에 나 자신의 위선이 함께 떠올랐기 때문인지도 몰랐다. 나는 쾌락에 대한 완전하고 명확한 금지를 갈망하면서도 한편으로는 마사지를 원했다. 야니사로가 내게도 해주겠다고 하면 주저 없이 받았을 것이다.

나는 기억조차 나지 않는 아주 오래전부터 두 종류의 삶을 살았다. 하나는 예의 바르고 훌륭하고 겁 많은 공적인 삶이었고, 다른 하나는 엉망진창이고 확신 없고 부끄러운 사적인 삶이었다. 그러나 나는 하나의 삶을 살고 싶었고, 이 세상에 자기 자신을 있는 그대로 받아들여 하나의 삶을 사는 사람이 있다면 그건 승려일 거라고 믿었다.

내가 쾌락의 완전한 금지에 매료된 건 단순함 때문이었다. 그 규칙을 따르면 나 자신을 금욕적인 영적 전사로 포장할 수 있었다. '아무것도 필요 없는 사람'이 될 수 있었다. 그러나 제임스의 사고 이후 나는 슬픔을 받아들이고 쾌락을 허용하는 법 자체를 모르는 사람이 되어버렸다. 그래서 택한 길이 전부 아니면 전무였다. 선을 넘는 듯 마는 듯한 마사지에 격분한 건 바로 그 때문이었다.

야니사로가 아잔의 척추를 따라 두 손을 미끄러뜨렸다. 그런 뒤 허리를 한 번 토닥이고는 말했다. "자, 나 됐습니다."

아잔이 몸을 일으켰다. 나는 30분 동안 두 사람의 일거수일투족을 관찰한 걸 들키지 않으려고 고개를 숙였다. 야니사로가 떠나자 아잔도 수건을 말아 든 뒤 문 쪽으로 걸음을 옮겼다. 그때 파무토가 그를 불렀다.

"저기, 아잔?"

아잔은 뒤돌아서서 아무 말 없이 눈만 깜빡였다.

"어, 실은요." 파무토는 자리에서 일어나 말을 이었다. "몇 가지 여쭤보고 싶은 게 있는데요."

아잔의 몸이 눈에 띄게 구부정해졌다.

"그게, 제가 사미로 지낸 지 18개월이 됐는데요. 구족계를 받을 때가 한참 지났죠. 그런데 정식 승려가 되는 건 보통 일이 아니라 고민입니다. 아잔은 환속한 경험이 있으시니…."

"가려던 참이었는데." 아잔이 말했다.

문득 고승의 삶은 보기보다 매력적이지 않으리라는 생각이 들었다. 긴장을 풀고 쉬려고 할 때마다 이렇듯 질문이 쏟아질 테니 말이다. 젊은 승려들 사이에 있을 때도, 아니, 그럴 때는 더더욱 쉴 틈이 없을 것이다. 살짝 어지러운 데다 이미 한참 전에 손발이 쭈글쭈글해졌지만 나도 파무토만큼 이 네덜란드인 승려가 살아온 이야기가 무척 궁금했다. 나는 내 존재가 눈에 띄지 않길 바라며 계속 자리에 앉아 있었다.

도망친 곳에 낙원이 있었다

"좋아요." 아잔은 한숨을 쉬며 다시 자리에 앉았다. "뭘 알고 싶은가요?" 그리고는 파무토가 듣고 싶어 하는 인생 이야기를 들려주었다.

네덜란드인 아잔은 20대에 구족계를 받고 4년 만에 승복을 벗었다고 했다. 그 말에 귀가 쫑긋 섰다. 공식적으로 승복을 벗고 몇 분 뒤 나나찻의 출입구 밖에 선 그의 모습이 머리에 그려졌다. 카고 반바지와 티셔츠 차림으로 한 손에는 바퀴 달린 여행 가방을 든 채 바깥세상을 바라보며 이렇게 생각했을 것이다. *젠장, 내가 무슨 짓을 한 거지?* 역시 내 상상대로였다.

"승복을 벗자마자 내가 실수했다는 걸 깨달았어요."

"네, 바로 그게 제가 걱정하는 거예요." 파무토가 말했다. "한참을 이렇게 살다가 다시 평범한 삶을 살 생각을 하니 막막해요. 예전의 평범한 삶이 지금의 제게는 전혀 평범하지 않거든요."

코끝에서 뿜어져 나온 땀이 뚝뚝 떨어졌다. 나는 어느새 고개를 끄덕이고 있었다.

"맞아요." 아잔이 말했다. "잘 적응하는 사람들도 있기는 해요. 지금 나나찻을 신나게 돌아다니는… 전직 주지승이라는 사람처럼요."

"그러니까요." 파무토가 심각한 어조로 말했다. 이로써 승려들이 바지 씨를 불신의 눈으로 바라본다는 게 확실해졌다. 공식적으로는 냉담하고 조심스럽게나마 환영했지만 승려들에게 바지 씨는 기껏해야 길을 잃은 사람이었다. 심하게 말하면 배신자에 불과

했다.

"언제든 돌아올 수는 있습니다." 아잔이 말했다. "하지만 처음부터 다시 시작해야 해요. 내가 처음 정식 계를 받았을 때 나보다 후배였던 승려들이 지금은 나보다 5년 선배가 됐어요."

"그것 때문에 제 결정이 달라질 것 같지는 않습니다." 파무토가 말했다. "솔직히 그 생각을 안 해본 건 아니지만요."

나도 그랬다. 티셔츠 차림으로 수도원을 떠나 미국으로 돌아갔지만 속세에 적응하지 못하는 내 모습이 그려졌다. 결국에는 구족계를 받을 결심을 굳히고 태국으로 돌아오는 상상도 해보았다. 조시 말고도 누가 나보다 서열이 높아져 의기양양한 미소를 지을까 궁금하기도 했다.

"가족도 문제예요." 파무토가 말했다. "부모님이 점점 나이가 드셔서 제가 돌볼 수 있으면 좋겠거든요. 같이 시간도 보내고 싶고요. 하지만 정식 계를 받으면 5년간 어디에도 못 가잖아요."

아잔은 파무토의 말에 동의하면서도 반대급부를 제시했다. 정식 승려가 되면 본보기가 될 수 있다고 했다. 승려로서의 삶이 가족과 친구들에게 영향을 끼친다는 것이다. 일례로 그의 어머니는 그가 승려가 된 뒤부터 명상을 시작했다고 했다.

땀 때문에 눈이 따끔거렸다. 회의감에 고개가 갸웃 기울어졌다. 이미 다른 승려들과 비구계 수계를 두고 대화를 나눌 때마다 들은 말이었다. 다들 가족에 관해 걱정하면 승려가 되겠다는 결심이 그들에게도 파급 효과가 있다며 안심시켰다. 요지는 '그들을 위해서도 좋은 결정이다'라는 건데 나도 그렇게 믿고 싶었다. 누군가, 특히 부모님이 실망하리라는 생각은 견디기 힘들었기 때문이다. 나도 정식 승려가 되는 것이 가정의 화목을 위한 일이길 바랐다. 그러나 파급 효과가 있다는 설명은 아무리 봐도 만족스러운 답변이 될 수 없었다. 가족의 일원이 사라지는 게 **정말** 그 가족에게 더 나은 일일까? 인정하기는 싫었지만 더 솔직한 답변이 있었다. 변명의 여지없이 그들은 스스로 원했기 때문에 승려가 됐다는 솔직한 답변 말이다.

나는 다른 사람의 의견도 듣고 싶었다. 의외로 바지 씨의 생각이 궁금했다. 13년을 승려로 살다가 떠난 사람은 뭐라고 답할지 궁금했다.

다음 날 아침, 나는 답을 구하기로 했다. 마침 그날 저녁에 바지 씨와의 공식적인 문답 시간이 잡혔다고 했다. 그는 마음에 안 들어도 전직 주지승이라는 지위 자체를 존중하는 차원에서 자리를 마련한 듯했다. 그러나 일정상 우리는 뿌 쫌 곰에 돌아가야 했다. 문답 시간에 참여할 수 없었다. 파무토가 하루 더 있게 해 달라고 빌었지만 아잔 수키토는 단호하게 말했다.

"안 됩니다."

나나찻을 떠나기 전, 파무토와 나는 숲길을 산책하며 서로를 위로했다. 그러면서 우리는 실망감에 자제력이 느슨해졌는지 험담을 늘어놓았다.

"이런 질문, 조심스럽기는 한데요. 혹시… 나나찻 내부에 알력 같은 게 있나요? 아니면 저 혼자 그렇게 느끼는 건가요?"

내 말에 파무토는 잠시 침묵했다가 미소를 지으며 말했다.

"그런 생각이 들 만도 하죠. 그래도 이제는 아잔 시리가 수도원을 맡게 돼 정말 다행이에요. 지난 10년은 나나찻의 **암흑기**였거든요."

파무토는 10년 전 목소리가 큰 독일인 승려가 주지승으로 임명됐을 때 모두가 경악했다고 했다. 독일인 승려는 카리스마가 없기도 했지만 정식 승려가 된 지 9년밖에 안 됐기 때문이었다.

"아잔도 아닌 승려가 **왓 빠 나나찻**의 주지승이라니요! 상상이 가세요?" 파무토가 말했다.

"저도 그 사람이 거슬렸어요. '수도원 밖의 세상은 다 끔찍하고 멍청하다'라는 말이 공감이 잘 안 가더라고요. 반박하기가 너무 쉽잖아요. 속세에 친절한 사람은 물론이고 좋은 게 얼마나 많은데요."

"그건 아무것도 아니에요. 경험이 전혀 없는 승려가 주지가 됐으니 어땠겠어요. 승복을 벗는 승려가 한둘이 아니었어요. 계를 받는 사람도 확 줄었고요. 고승들도 떠났어요."

그 말을 듣고 보니 나나찻에는 법랍이 20년 이상 된 승려가 한 명도 없었다. 내가 그랬듯, 다들 기회가 오자마자 떠난 것이다.

나나찻에 방문해 제일 좋았던 건 나나찻을 떠날 수 있다는 점이었다. 그날 오후, 우리는 아잔 수키토와 흰색 승합차에 올라타 뿌 쫌 곰을 향해 출발했다. 내 앞자리에 탄 파무토가 꼼지락거리며 말했다.

"그분의 말씀은 꼭 듣고 싶었어요. 흥미롭기도 하고 그런 경우가 드물잖아요. 환속한 분의 말씀을 듣는 경우는…."

아잔 수키토는 정면의 도로를 빤히 바라보았다. 파무토가 불평조로 말했다.

"게다가 전직 주지승이고요."

아잔 수키토가 아무 대꾸도 하지 않자 파무토는 계속 말을 이었다.

"좀 이상하기는 하더라고요. 뭐랄까…."

"압니다."

그제야 아잔 수키토가 입을 열었다. 턱 뒤쪽의 근육이 팽팽해지는 게 보였다.

"그게, 어쩌다 듣게 됐는데 자기 인생에 관해 책을 쓰고 싶다고 하더라고요. '자아'가 너무 강한 게 아닌가 싶기도 하고…."

일부러 아잔 수키토의 화를 돋우려는 게 분명했다. 파무토의 말은 푸념을 가장한 질문이었다.

불교에서는 성공과 부, 명예와 같은 쾌락에만 집착하며 살아가는 **자아** 관념을 부정적으로 바라보는 한편, 만물에 고정불변의 실체가 없음을 설파하며 석가모니가 강조한 **무아**를 향해 나아갈 것을 강조한다. 지난 며칠간은 글쓰기를 끊었지만 나도 일기를 쓰며 바지 씨와 비슷한 마음을 품었다. 나는 안전띠가 허락하는 한도까지 최대한 몸을 앞으로 숙인 채 아잔 수키토의 말에 귀를 기울였다. 그는 믿기지 않는다는 듯 고개를 저었다.

"아잔 차의 **직계** 제자니 아주 훌륭한 **깜마**Kamma(산스크리트어로 카르마Karma, 업보를 뜻하는 팔리어 – 옮긴이)를 쌓았을 텐데 말이죠."

따끔한 일침이었다. '좋은 업보를 쌓는 큰 행운을 물려받았으면서 그걸 허비했다'는 뜻이었다. 아잔 수키토다웠다. 나와는 정반대로 신중함보다는 솔직함을 택했다.

그러나 승합차가 조용히 뿌 쫌 곰으로 향하는 동안 나는 깊은 생각에 잠겼다. 태국 숲속 전통에서 수행하는 건 일생일대의 기회이므로 내가 이곳을 떠난다면 그 기회를 날리게 될 것이다. 어떤 이념을 경건히 추종하는 사람들은 절대다수가 '이것만이 올바른 길이다'와 같은 말을 지겹도록 반복한다. 그런 길이 존재한다고는 믿지는 않지만, 그러면서도 나는 그런 길을 간절히 원했다. 한 번도 의심해 본 적 없는 소명과 사명, 확신을 깨달음보다 더욱 갈망했다.

나는 침을 꿀꺽 삼켰다. 생각의 늪에서 만난 문제를 해결할 방법을 찾느라 또다시 깊은 생각에 잠겼다. 나나찻은 나와 맞지 않고 뿌 쫌 곰과 같은 암자에서는 구족계를 받을 수 없다면, 영국의 아마라와띠에서 계를 받는 건 어떨까? 태국 숲속 전통보다 덜 엄격한 불교 교단을 찾아보면 어떨까? 정식 승려가 되는 길을 아직은 포기할 수 없다고, 나는 이를 악물고 생각했다. 포기하기는 아직 일렀다.

•

9장

깨달음은
마른번개처럼
찾아오지 않는다

아잔 수키토는 진정한 영적 진보의 잣대가 아닐 수 있다면서 '중대한' 순간을 경계하라고 했다. 그러나 나는 그 순간을 원했다. 나나찻에서 계를 받지 않는다는 건 이번 태국 여행에서 계를 받지 않으리란 뜻이라 더 간절했다. 남은 시간은 두 달뿐이었다.

그 시간 동안 뭐라도 결과를 내려면 수행에 박차를 가해야 했다. 통찰을 최대한 쥐어짜든, 단식하고 동굴을 찾고 비탄을 극복해 지혜를 얻든, 죽음을 사색하고 그걸 주제로 세상을 깜짝 놀라게 할 글을 쓰든 뭐든 해야 했다. 이 오래되고 간절한 야망들은 지난달에 잠시 약해졌다가 나나찻에서 승합차를 타고 돌아오는 길에 온갖 생각이 뇌리를 스치면서 더욱 강렬해졌다.

그러나 뿌 쫌 곰에 돌아오니 나의 엄숙한 이상과 완전히 어긋나 보이는 손님이 와 있었다. 새로 온 손님은 법랍은 높지만 유명하지는 않은 스님이었다. 그는 캐나다인으로 법랍이 40년이 넘었고 아잔 차의 가르침을 직접 받았으며 서양에 태국 숲속 전통의 지부를 처음 세운 스님 중 한 명이었다. 스님은 이력이 화려했지만 행동거지가 남달랐다. 늘 태평스럽게 웃고 다녔다. 그를 부를 때 아잔 티라담모라고 하면 윙크하고 어깨를 으쓱하며 이렇게 말했다.

"그냥 티라 삼촌이라고 부르세요."

아잔 티라담모는 키가 작고 통통했다. 식사 시간마다 탁자에 펼쳐진 만찬을 보며 감탄했고 제일 먼저 음식을 담았다. 20년 후 배인 아잔 수키토보다 먼저 먹는 건 물론이었다. 아잔 수키토가 마르고 금욕적인 석가모니라면, 티라는 뚱뚱하고 활짝 웃는 포대화상(큰 포대를 멘 배불뚝이 모습으로 그려지는 중국의 전설적 승려 ─ 옮긴이)이었다.

티라는 유쾌하고 격식에 얽매이지 않았지만 내 눈에는 밉살스러웠다. 도대체 얼마나 대단하기에 관광객과 다를 바 없고 밥만 축내는 볼링공처럼 생겨서는 식사 때마다 굴러와 따뜻한 환대를 받으며 매번 줄 맨 앞자리를 가로챈단 말인가. 티라는 늘 두 손을 마주 비비며 음식 접시 위로 몸을 숙이고는 "후후후후!"라며 감탄사를 내뱉었다. 쾌락은 수행의 적임을 모르나? 정말 영적으로 경지에 오른 자가 맞기는 할까? 출가한 지 거의 반세기가 지나고 나니 그냥 즐기게 된 게 아닐까? 아잔 수키토는 수도승으로 살면서도 어떤 부분은 즐겨도 된다고 했지만 이렇게까지 즐기라는 뜻은 아니었을 것이다.

그러나 원대한 야망을 품던 나 또한 뿌 쫑 곰에 도착하자마자 마음 한구석에 즐거움이 피어올랐다. 차에서 내려 보행용 다리를 건넜을 때는 가슴이 트였고 집에 돌아온 듯 편안했다. 눈썹은 최소한의 피만 흘리며 밀었고 자유 시간에는 명상에 전념했다. 나는 정원용 흙이 담긴 통이 창고 어디에 있고, 그 통 가장자리의 어느 부분에 가느다란 갈색 전갈이 숨어 있는지 알았다. 수도원에 사는 물총새가 개울가에서 사냥할 때 어떤 나뭇가지에 즐겨 앉는지도 알았다. 과일나무가 축 늘어지고 슬퍼 보이면 물을 줘야 한다는 것도 알았다.

수도원 곳곳에 심어진 나무들을 보살피다 보니 날마다 오후만 되면 나무의 상태를 꼭 확인해야 직성이 풀렸다. 건기 때는 목마른 식물에 물을 주는 일이 소임의 큰 부분을 차지했다. 나무 밑동에 단열용 지푸라기를 깐 뒤 양동이에 개울물을 채워 와 물을 주고는 물이 흙에 스며드는 소리에 귀를 기울였다. 이 일은 정말 말 그대로 노동 행선이었다.

내가 특히 좋아하게 된 나무는 보리수였다. 보리수나무는 법당과 주방과 창고의 한가운데이자 뿌 쫌 곰의 정중앙인 상석에 뿌리를 내렸다. 나는 양동이에 담긴 물을 다 준 뒤에도 자리를 뜨지 않고 남아 잎을 감탄하며 바라보았다. 이 보리수는 몇백 년까진 아니고 몇십 년 된 젊은 나무였다. 나무줄기가 얇아 화려한 이파리의 아름다움이 더욱 돋보였다. 내 손바닥만 하고 끝부분이 긴 꼬리처럼 뻗은 싱싱한 녹색의 잎사귀를 보면 끈 달린 하트 모양의 연이 떠올랐다.

엄격하기로 유명한 승단에서 화려한 보리수나무 잎을 상징으로 삼다니 이상했다. 태국 숲속 전통은 수도원마다 최소 한 그루의 보리수를 심었고, 담마 책 뒤표지에는 보리수 잎 그림을 실었다. 내가 보기에 엄격한 태국 숲속 전통과 더 잘 어울리는 잎은 낙엽이었다. 초탈을 상징하는 낙엽은 내가 이상으로 삼는 금욕적 자기 수양과 어울렸다. 낙엽이 죽은 잎이라는 사실은 생각하지 않았다. 그저 6년 동안 방랑하고, 고행 끝에 쓰러진 석가모니처럼 영웅답게 얼굴을 잔뜩 찡그리고 고난을 이겨낸 엄숙한 사람들을 숭배했다. 나는 석가모니의 자발적 궁핍을 과잉 교정이 아니라 성장의 필수 요소로 보았다. 보름달이 뜬 어느 날 밤, 석가모니가 나무 밑에 앉아 자신을 지나치게 혹사하고 있다는 자각과 함께 중도를 깨달았다는 사실은 잊은 채 말이다.

석가모니가 기대앉았던 나무가 바로 보리수다. 보리는 산스크리트어로 '각성'을 뜻한다. 석가모니의 보리수나무가 2,500년이 지난 지금도 인도의 북동부에 살아 있다고 믿는 사람들이 있다. 부다가야Buddha Gaya에 있는 어느 사찰의 꼭대기를 뒤덮고 있는 이 거대한 보리수는 **피쿠스 렐리지오사**Ficus religiosa(인도보리수나무의 학명으로 '신성한 무화과'라는 뜻의 라틴어)다. 석가모니가 각성한 날 밤, 이 보리수나무는 지금보다 작았을 것이다. 아마 내가 뿌쫌 곰에서 매일 물을 주는 보리수나무만 했을 것이다.

보리수나무 이파리는 생기가 넘치고 사랑스러우며 섬세하다. 물을 줄 때마다 나는 굳이 보리수의 의미를 떠올리지 않아도 한없이 마음을 빼앗겼다. 물을 다 주고 나면 두 손으로 나무줄기를 위에서 아래로 쓰다듬었고 엄지로 이파리를 어루만졌다. 이는 내 무의식에 미묘한 변화가 생겼음을 뜻했다. 궁핍의 강도를 높이겠다는 의지를 불태우면서도 수도원의 삶을 즐기기 시작한 것이다.

노동 행선뿐 아니라 식사 후에 유핀과 하는 뒷정리도 좋았다. 그릇에 남은 음식을 씻어낼 때마다 아까워서 한탄하던 마음이 사라지니 유핀과 함께하는 설거지가 즐거워졌다.

어느 날 아침, 싱크대에서 유핀과 나란히 서서 설거지를 할 때였다. 두 손을 비눗물에 담그고 있는데 다리 사이가 간지러웠다. 젖은 손으로 흰 승복을 건드리기는 싫고 수건도 안 보여서 안 젖은 팔꿈치로 그 부위를 긁어보았다. 그러자 간지러움이 따끔한 감각으로 바뀌었다. 전갈이나 검은 개미가 집게발로 내 음낭을 쑤시고 있는 게 분명했다. 나는 악을 꽥 쓰고 물을 튀기며 뒤로 펄쩍 뛰어 두 손으로 승복을 마구 때렸다. 그 바람에 접시가 달그락거렸다. 유핀은 놀라 헉 숨을 들이쉬었고, 유핀이 데려온 마을 아이들은 그 자리에 얼어붙었다. 그때, 승복의 다리 부분에서 가시가 뾰족한 포식자가 툭 떨어졌다. 녀석은 빙글빙글 돌며 타일을 가로질러 가다 주방 바닥 한가운데에 멈췄다. 과일의 꼭지였다. 모두들 나를 올려다보았다.

"**야이 모앗**yai moat." 나는 '큰 개미'를 뜻한다고 생각한 단어를 말했다. 뿌 쫌 곰에서 한 첫 번째 농담이었다.

그러자 유핀이 배꼽을 잡고 웃었다. 그러면서 '**야이 모앗**'을 몇 번이고 반복해 말했다. 내가 한 말이 재미있어서일 수도 있지만 내가 발음을 이상하게 했을 확률이 훨씬 높았다. 그런데도 유핀은 내 말을 이해했고 고개를 저으며 내가 한 발음을 계속 반복했다. 그러다 삼륜차에 아이들과 남은 음식, 깨끗해진 접시들을 싣고 떠났다.

설거지와 노동 행선이 끝나면 무방비 상태의 오후가 시작됐다. 한때는 고통스러웠던 이 시간이 이제는 꽤 즐거웠다. 하루에 여덟 시간씩 명상하는 게 가능해졌다.

드디어 전념의 리듬을 찾고 나니 휴식 시간을 즐길 수도 있게 됐다. 어느 날은 뿌 쫌 곰에 온 첫 주에 탐험한 뒤로 한 번도 안 갔던 국립공원으로 하이킹을 떠났다. 처음 30분은 익숙한 길을 따라 걸었다. 예전과 똑같이 바스락거리는 낙엽을 밟으며 바위를 끼고 돈 뒤 좁은 협곡을 가로지르는, 곧 부서질 듯한 현수교를 건넜다. 이번에는 길과 숲이 끝나는 곳까지 가보기로 했다.

끝에 도착하니 숲의 그늘진 가장자리 너머로 광대한 암석 고원이 펼쳐졌다. 전에도 온 적 있지만 뿌 쫌 곰에서 너무 멀어지면 길을 잃을까 봐 돌아섰었다. 그때는 끝처럼 느껴졌는데 이제 보니 새로운 길의 시작이었다. 돌무덤이 울퉁불퉁한 고원 곳곳을 수놓고 있었다. 보통 이런 풍경에서 등산객이나 방문객들은 돌무덤이 있는 지점들을 연결해 길을 찾아가지만, 이곳은 돌무덤이 너무 많고 여기저기 흩어져 있어 쓸모가 없었다.

그때, 돌무덤마다 맨 위에 놓인 특이한 장식물이 눈에 띄었다. 똥이었다. 인간은 아니고 중간 크기의 포유동물이 싼 똥으로 보였는데 햇빛에 바짝 말라 있었다. 그늘 밖으로 걸음을 내딛기 전, 호기심이 생겼다. 돌무덤 바로 위에 쭈그려 앉았을까? 아니면 손이나 발로 똥을 모아 조심스럽게 올려놓았을까?

어느 쪽이든 길이 없는 건 확실했다. 나는 천천히 직진하기로 하고 몇 걸음마다 주변을 둘러보며 위치를 확인했다. 뚜렷한 길이나 지형지물이 없으면 길을 잃기 십상이었다. 나는 오후 태양의 각도를 추적하며 방향을 가늠했다. 우기 때 넘치던 물이 건기 때 마르면서 암석에 구불구불한 물 자국이 나 있었다. 움푹 파이고 모래로 덮인 곳에는 작은 덤불이 자라 있었다. 걷다 보니 바위로 된 바닥이 길게 갈라져 깊이가 6미터는 돼 보이는 틈 양쪽에 나도 모르게 두 다리를 걸치고 있었다. 갈라진 틈의 단면을 내려다보니 언제든 길 잃은 등산객을 삼킬 수 있을 것 같았다. 목덜미의 털이 쭈뼛 섰다. 이 틈으로 떨어지면 누구도 나를 찾지 못할 것이다.

나는 주위를 살피며 계속 앞으로 걸었다. 해를 왼쪽에 두고 고원을 가로질러, 고원의 북동쪽 가장자리에 보이는 지평선을 향해 걸었다. 도착하니 새로운 숲이 나왔다. 뚜렷한 길은 없었지만 숲과 고원이 경계를 이루고 있어 그 경계를 따라 걸었다. 태양을 확인하고 바위의 위치를 보고 오른쪽의 숲속을 들여다보면서 계속 북쪽으로 향했다. 딱히 무엇을 찾는 건 아니었다.

그때, 무언가가 눈에 띄었다. 숲 안쪽으로 몸통에 주황색 천을 두른 나무가 보였다. 무언가를 표시하는 것 같아 숲속으로 몇 걸음 들어가 나무를 살펴보았다. 천은 이중 옭매듭으로 묶여 있었고 양 끝이 목욕용 가운의 띠처럼 나무의 허리에 매달려 있었다. 오랫동안 햇빛에 바래고 딱딱해져서 건드리니 금이 갔다.

사방을 둘러보았지만 길이라 할 만한 건 보이지 않았다. 단서를 찾았는데 이대로 돌아갈 수는 없었다. 그러나 지붕처럼 드리운 숲 때문에 방향을 잡기가 어려웠고 아래로 비탈진 반대 방향의 땅은 경사가 점점 가팔라졌다. 나는 고원과 숲의 경계를 따라 길을 내며 걷기로 했다. 그렇게 걸은 지 얼마 안 돼 주황색 허리띠를 두른 나무를 또 하나 발견했다. 이 나무는 가까이에서 보려면 숲속으로 더 깊이 들어가야 해 망설여졌다. 하이킹을 위해 가져온 시계를 확인하니 익숙한 길을 벗어난 지 한 시간이 지난 시각이었다. 돌아가는 길을 떠올리려면 기억을 최대한 더듬어야 했다. 숲 너머의 지평선이 드넓은 하늘로 바뀌는 걸 보니 절벽 끝에 다다른 듯했다.

조금 더 가보기로 했다. 고원 가장자리 근처에서 위로 완만하게 기울어진 땅을 올라가니 허리띠를 두른 세 번째 나무가 보였다. 허리띠 나무는 나무가 별로 없고 주변보다 지면이 높은 자리에 심겨 있었다. 이 나무를 끝으로 허리띠를 두른 나무는 더 이상 보이지 않았다. 그런데 경사로 위쪽으로 특이한 게 보였다. 바위 몇 개가 무언가의 모서리를 이루고 있었다. 바위 위로 올라서서 보니 걷기 명상의 길 끄트머리였다. 정돈된 모양은 아니었지만 확실했다. 돌로 테두리를 둘러 완벽한 직사각형 모양의 길이 만들어져 있었다. 길이는 서른 걸음, 폭은 한 걸음쯤 되는, 마치 덤불 속에 숨겨진 비밀의 활주로 같았다.

다른 수도원의 영역을 침범한 걸 수도 있었다. 그렇다면 나무 뒤에서 승려가 튀어나올지도 몰랐다. 나는 웅크린 자세로 가만히 귀를 기울였다. 따스한 산들바람이 속삭이는 소리 말고는 사방이 고요했다. 명상의 길이 하나뿐일 리 없었다. 심장이 두근거렸다. 분명 어딘가에 더 있을 것이다.

명상의 길 너머로 발을 내디디니 돌멩이 하나가 가파른 비탈을 따라 굴러떨어졌다. 마찰력을 유지하기 위해 푸석한 낙엽과 모래를 피하면서 조금씩 발을 옮겨 비탈 밑을 내려다보았다. 비탈면 옆쪽에 한 줄로 돌이 박혀 있었다. 주먹만 한 크기에 간격이 일정한 걸 보니 누가 박아놓은 게 분명했다. 자세히 보니 콘크리트를 굳혀 만든 덩어리였다. 계단이었다.

먼저 한 발을 아래로 뻗어 맨 위 계단에 체중을 실어보았다. 버텼다. 두 번째 계단도 버텼다. 세 번째와 네 번째 계단도 튼튼하다는 게 입증되자 비탈 아래가 완전히 보일 때까지 천천히 계단을 밟으며 내려갔다. 드디어 경치가 한눈에 들어온 순간, 숨이 턱 막혔다. 저 멀리 3천 미터 아래에서 거대한 갈색 강물이 푸른 숲이 들어선 언덕 사이를 도도히 흐르고 있었다.

그게 다가 아니었다. 몇 계단 더 내려가니 6미터 깊이의 틈을 가로지르는 긴 각목 두 개가 계단과 어떤 바위를 연결하고 있었다. 그리고 바위 너머의 절벽 면에 입구가 하나 나 있었다. 동굴이었다.

고원에서 돌출된, 크기와 모양이 버스만 한 거대한 돌판이 그

아래에 조성된 동굴의 소박한 공간을 비바람으로부터 지켜주고 있었다. 공간의 뒤쪽 선반에는 큰 주황색 양초와 승려의 사진이 꽂힌, 뒤틀리고 먼지 쌓인 액자가 놓여 있었다. 앞쪽에는 나무 탁자가 있었는데 침대인 듯했다. 침대의 네 다리는 마치 신발을 신은 듯 작은 자기 그릇으로 받쳐져 있었다. 각각의 그릇 안에는 성곽 둘레를 판 연못마냥 검은 타르가 담겨 있어서 벌레가 침대로 기어오르지 못하게 막아줬다.

엄청난 발견에 아찔해져 잠시 나무 침대에 앉았다. 밑에서 흐르는 강은 메콩강이 분명했다. 다른 강이라기에는 너무 컸다. 그렇다면 강 반대편의 숲은 라오스였다. 명상을 시도해 봤지만 자꾸 눈이 떠졌다. 그렇게 한 시간 동안 마음을 진정하고 느리게 호흡하며 경치를 즐긴 뒤에야 길을 더듬어 뿌 쫌 곰으로 돌아왔다.

다음 날, 아잔 수키토에게 전날 본 동굴을 묘사하자 짧은 답이 돌아왔다.

"압니다. 절벽 동굴이에요."

그게 끝이었다. 동굴로 거처를 옮기고 싶냐는 질문 따위는 없었다. 나는 이 문제도 천천히, 에둘러 접근하기로 했다. 우선 다음 날 그와 대화할 때 내가 오지를 여행한 경험이 있다는 사실을 상기시켰다. 그다음 날에는 동굴에 머물러도 괜찮겠느냐고 물었다. '글쎄요'라는 답이 돌아왔다. 나는 재촉하지 않았다. 그다음 날, 아잔 수키토가 다가왔다. 원하면 동굴에서 지내도 된다고 했다.

드디어 기회가 왔다. 수도원의 삶을 상상할 때 품었던 로망의 최종 단계를 실현할 기회였다. 햇빛 차단용 모자와 알람용 디지털 시계, 침대 시트로 쓸 여분의 승복을 챙겼다. 수면 매트는 필요 없었다. 동굴에 둘둘 말려 있는 요가 매트를 깔면 됐다. 개울물을 담아갈 1리터들이 플라스틱 통과 종이 팩 주스도 탁발 순례 때 메고 다니는 그물주머니에 담았다. 그런 뒤 기억을 더듬어 바로 길을 떠났고 90분 뒤 절벽 동굴에 도착했다. 새 보금자리였다.

소임 시간이 끝나면 늘 땀범벅이 돼 샤워를 해야 했다. 목욕과 관련해 정해진 의식은 따로 없었다. 암자에서는 나무에 물을 줄 때 쓰는 양동이 두 개에 개울물을 담아 하나는 비누칠을 하기 전에 몸에 뿌리고 다른 하나는 헹굴 때 뿌렸다.

하지만 동굴에는 수원이 없었다. 절벽 아래로 메콩강이 흘렀지만 너무 멀었다. 동굴에 있는 건 물 1리터와 요가 매트를 보관하는 통에서 발견한 오래된 녹색 비누뿐이었다. 나는 매일 오후에 절벽 가장자리에 서서 승복을 벗고는 플라스틱 통에 담긴 물로 몸을 살짝 적시고 비누칠을 했다. 그런 뒤 남은 물을 조심스럽게 나눠 뿌려 헹궜다. 목욕을 마치면 흰머리수리가 날개를 펴듯 두 팔을 벌린 채 오들오들 떨며 바람에 몸을 말렸다. 그러면서 〈**산속에서 홀로**〉의 한 구절을 떠올리며 흐뭇해했다.

해가 질 때까지 명상을 했고, 명상이 끝나면 나무 탁자 위에 요가 매트를 깔고 승복을 접어 무릎과 팔꿈치 아래에 받치고 잤다. 새로운 일과를 따른 지 일주일이 지나고부터는 휴식을 취했다. 계속 나무 탁자에 앉고 눕다 보니 온몸이 욱신거리기도 했고 휴식의 중요성을 조금이나마 깨달았기 때문이다. 따지고 보면 이 동굴도 명상을 잠시 멈추고 하이킹을 오지 않았다면 발견하지 못했을 터였다.

어느 날 저녁에는 그물주머니에서 두 가지 물건을 꺼냈다. 뿌쭘 곰의 식료품 저장실에서 찾은 라이터와 튜브형 로션이었다. 오늘은 특별한 시간을 보낼 것이다. 촛불을 밝히고 나에게 발 마사지를 선물할 것이다. 먼저 타닥, 치익 하는 소리와 함께 내 허벅지만큼 굵은 먼지투성이 주황색 양초에 불을 붙였다. 그러고는 나무탁자 위에 앉아 무릎을 가슴까지 당겨 안은 채 동쪽을 바라보았다. 땅거미가 진 하늘과 숲과 강이 뒤섞여 군청색을 이루고 있었다. 나는 깊은숨을 내쉬며 호흡을 음미했다. 드디어 해냈다. 나는 더 외지고 소박한, 전설적인 승려들이 머물렀을 진짜 동굴로 거처를 옮기는 데 성공했다.

광활한 자연을 조망하다 보니 장엄하게 보이는 외부의 풍경은 **내면**의 장엄함을 반영하는 게 아닐까 하는 생각이 절로 들었다. 지난 몇 개월간 이룬 영적 성취가 눈앞의 이 아름다운 경치로 현현했을 수도 있었다. 나는 업보라는 개념을 그다지 믿지 않았지만 업보가 내가 유리한 쪽으로 작동하는 지금은 믿고 싶었다.

이제 마사지를 시작할 차례였다. 하루에 명상을 아홉 시간씩하다 보니 가부좌 자세 때문에 발목이 욱신거렸다. 나는 튜브의 뚜껑을 열고 양손에 로션을 넉넉히 짠 뒤 두 발에 발라 문질렀다. 천국이 따로 없었다. 나는 마침내 방해 없이 천국을 마음껏 즐길 수 있게 됐다. 냉혹해지지 못할 바에는 호사를 누리는 게 나았다. 작은 변화였지만 내게는 진보였고 실제로도 그랬다. 마사지를 시작하자마자 궁금해졌다. 강 건너 주민이 절벽 위에서 만족감으로 빛나는 내 얼굴빛을 우연히 보고 '영적 존재'라고 생각하지 않았을까?

물론 그러면 완벽한 고독을 추구하는 내 이상이 훼손되겠지만 상관없었다. 나는 야생의 자연에 혼자 있고 싶으면서도 사람들이 나를 **알아주길** 원했다. 고독은 달콤했지만 관객은 더 달콤했다. 이번에도 나는 둘 다 원했다. 나는 발을 주무르면서 자부심이 한껏 부풀게 내버려두었다. 이것이야말로 진짜 수행이었다. 자기 관리였다. 중도였다.

발은 로션을 빠르게 흡수했다. 나는 더 바르려다 멈칫했다. 튜브가 작아 나머지는 다음에 바르는 게 나을 듯했다.

잠깐만, 나는 왜 나에게 이렇게 가혹할까? 왜 절제라는 이름으로 자신을 계속 학대할까? 기분 좋은 자기 치유를 더는 마다할 이유가 없었다. 나는 로션을 손에 조금 더 짰다. 그런 뒤 어깨를 으쓱하고는 튜브의 로션을 전부 다 짜냈다. **이것**이 바로 **딜리젠틀**이었다.

이제는 절벽 아래의 메콩강이 눈에 들어오지 않았다. 암자에 일기장을 두고 왔지만 나중에라도 이 순간을 글로 쓸 게 분명했다. 로션을 나에게 더 허락한 건 획기적인 진보였다. 자기애에 관한 심오한 통찰이었다. 나는 느리게 리듬을 타며 엄지로는 아킬레

스건을, 나머지 손가락으로는 발바닥의 아치와 발가락 사이사이를 문질렀다.

그런데 로션으로 완전히 뒤덮어도 두 발은 여전히 미끄럽지 않았다. 오히려 피부에서 때 같은 게 벗겨졌다. 나는 인상을 쓰며 다 쓴 튜브를 촛불에 비춰보았다. 태국어가 필기체로 가득 적혀 있지만 아는 단어는 하나도 없었다.

그때, 아주 작은 영어 단어 하나가 눈에 띄었다. 나는 눈을 가늘게 뜨고 튜브를 촛불에 더 가까이 댔다. 그러자 손에서 스피어민트 냄새가 나면서 한 단어가 똑똑히 보였다. **치약**.

—

휴식과는 별개로 분투는 계속 이어졌다. 탁발 순례를 떠나는 시간인 새벽 6시에 암자에 도착하려면 매일 4시에 동굴에서 출발해야 했다. 처음에는 길을 잃어 공황 상태에 빠졌다. 며칠 뒤부터는 오가는 길이 마법처럼 황홀하게 느껴졌다. 희미한 숲길을 따라 이리저리 방향을 틀고 달 표면처럼 황량한 고원을 가로지르면 아침 해가 고개를 내밀 때쯤 암자에 도착했다. 몇 주 뒤에는 출근길과 다를 바 없었다.

나는 안락한 상태를 겨우 이뤄내고는 거기에 안주하면 안 된다는 강박에 시달렸다. 너무 편안해지면 불안했다. 발전하지 않으면 퇴보할 것만 같았다. 마음이 가볍고 편할 때 오히려 원하는 목표를 이룰 수 있다는 통찰은 까맣게 잊어버렸다. 결국 나는 단식을 하기로 했다. 단식은 일거양득의 효과가 있었다. 수행의 강도를 높이는 동시에 출퇴근 횟수를 줄일 수 있었다. 캄캄할 때 출근할 필요도, 한창 더울 때 돌아올 필요가 없었다. 재택근무처럼 종일 동굴에 머물 수 있었다.

아잔 수키토의 허락이 떨어지자 나는 아버지와 여동생의 생일을 기념해 2월 7일을 단식 시작일로 잡았다. 마흔여덟 시간 동안 절벽에서 아무 방해도 받지 않고 온전히 명상에 집중할 생각을 하니 설레었다.

매일 해가 뜨기 전에 절벽 동굴을 나서야 했던 그동안은 입구가 동쪽으로 난 동굴의 가치를 제대로 음미할 수 없었다. 이제는 구름이 분홍색으로 바뀌고 지평선이 밝아지는 게 고스란히 보였다. 나는 나무 탁자에 걸터앉은 채 두 팔을 쭉 뻗고 그 빛을 받아들였다.

그러나 내리쬐는 직사광선으로 동굴은 곧 오븐처럼 뜨거워졌다. 숨을 곳이라고는 없었다. 몇 분 만에 나는 동굴에서 도망쳐 나왔다. 고원도 크게 다르지는 않았지만 바위에 자리를 잡고 앉아 다시 명상에 집중하려 애썼다. 그러자 작고 검은 각다귀가 구름처럼 모여들었다. 녀석들은 내 얼굴 주변을 맴돌면서 입술 사이와 콧구멍을 탐험했다. 해충은 아니었다. 이 시간에 암자의 법당에서 하는 단체 명상 때 겪어본 적 있어 잘 알았다. 암자에서는 입술과 눈썹에 천연 곤충 기피제 역할을 하는 멘톨 용액을 나눠 발랐다.

시원한 박하 냄새가 호흡의 감각을 강화해 명상에도 도움이 되는 용액이었다.

그러나 동굴에는 멘톨 용액이 없었다. 내가 원했던 대로 나와 숲뿐이었다. 승복을 들어 올려 머리에 뒤집어쓰는 수밖에 없었다. 그러면 얼굴의 구멍을 막을 수 있었지만 대신 미라처럼 얼굴이 천에 폭 싸여 사우나에 온 듯 땀을 뻘뻘 흘려야 했다. 게다가 하루 종일 볼 수 있으리라 기대했던 반짝이는 메콩강을 볼 수도 없었다. 뱃살 주름 사이로 흘러내려 배꼽에 고인 땀방울 웅덩이에 각다귀들이 몰려들어 목욕을 즐겼다.

음식과 물 없이(깜빡하고 물을 안 챙겼다) 꼬박 하루를 버팀으로써 한계에 도전하는 건 성공이었다. 그러나 고난을 이겨내는 건 실패였다. 그러기는커녕 온종일 못된 생각에 사로잡혔다. 야니사로는 단식 5일째에 가볍고 밝은 느낌이 든다고 했다. 이대로라면 그 느낌 근처에도 가지 못할 것이다. 하루가 끝나갈 때까지 떠올린 거라고는 단식과 같은 극단적 수행법은 깨달음을 보장하지 않는다는 사실뿐이었다.

다음 날, 뿌 쫌 곰에 돌아가니 파무토가 웃는 얼굴로 말했다.

"와, 어제 그랜트도 있었으면 좋았을 텐데 진짜 아쉽네요. 스리랑카인 두 분이 방문했는데 갓 구운 수제 케이크와 과일 파이를 공양했거든요."

나는 파무토를 빤히 바라보았다. 별의별 생각이 뇌리를 스쳤다. 내가 마흔일곱 시간째 아무것도 먹지 않은 걸 알면서 왜 저런 말을 할까? 농담인가? 거짓말인가? 내가 이틀 동안 동굴에서 혼자 단식해 영적 전사다운 업적을 이루니 질투가 나서 그러나?

거짓말이 아니었다. 내가 없는 동안 요리사가 암자에 방문했다고 했다. 하지만 화가 나지는 않았다. 그런 감정을 느낄 에너지가 남아 있지 않았다. 이틀 동안 너무나 괴로운 현실 앞에 겸허해지다 보니 웃음밖에 나오지 않았다. 파무토는 진심으로 신이 나서 내게 얼른 말해주고 싶은 표정이었다. 나도 이틀을 꼬박 혼자 있다가 만나니 파무토가 반가웠다.

주방의 식료품 저장실 옆 작은 탁자 위에 달력이 있었다. 2월 한 달 내내 나는 그 달력을 주시했다. 첫째, 음력 달력이라 머리를 밀고 젤리빈 한 알을 먹고 밤샘 명상을 하는 완 프라가 며칠인지 알 수 있었다. 둘째, 뿌 쫌 곰을 떠날 날까지 두 달도 채 안 남았다는 것도 알 수 있었다. 날짜 계산은 내가 구족계를 받지 않으리라는 사실을 나 자신에게 숨길 수 있기라도 한 듯 몰래 했다. 그러면서 생각했다. *이번 여행에서는 안 받을 거야.* 내가 달력에 주목한 세 번째 이유는 2015년 2월 28일이 제임스의 자동차 사고가 난 지 딱 1년이 되는 날이었기 때문이다. 그날은 무언가 특별한 일을 하고 싶었다. 과거의 잿더미를 샅샅이 뒤져 깨달음이라는 다이아몬드를 빚어낼 절호의 기회였다.

그날 보름달이 뜨지 않는 건 실망스러웠다. 음력 주기상 그날은 내 바람과 달리 전환점이나 종결, 새로운 시작을 기념하는 특별한 날이 아니었다. 그냥 평범한 날이었다. 상관없었다. 내가 특별한 날로 **만들 것이다.**

드디어 그날이 오자 나는 동굴에서 헤가 질 때까지 명상한 뒤 일기장을 들고 고원으로 올라갔다. 평소에는 일기장을 암자에 두고 다녔다. 일기장과 강제로라도 떨어지면 글쓰기에서 잠시 벗어날 수 있어 좋았다. 그러나 글쓰기, 아니 글쓰기에 관한 생각은 여전히 내 시간의 많은 부분을 잡아먹었다. 암자에서 일과를 수행하는 틈틈이 몰래 배낭에서 일기장을 꺼내 하루 동안 쌓인 생각을 일기장에 쏟아내고는 했다.

나는 드넓은 고원의 암석에 올라 심호흡을 한 뒤 분홍빛으로 물든 저녁 하늘을 올려다보고 일기장의 빈 페이지를 펼쳤다. 모든 게 달라진 그날로부터 정확히 1년이 지난 오늘, 분명 또 다른 무언가가 달라질 것이다. 지금껏 나는 이 순간을 위해 달려왔다. 직장을 그만두고 비행기 표를 샀고, 열두 시간을 이동하는 버스를 탔고, 나나찻에서 힘겹게 경험을 쌓았고, 뿌 쫌 곰을 찾았으며, 야생의 자연에서 진짜 동굴을 발견했다. 드디어 확실한 깨달음을 얻을 **때가 됐다.** 그때가 오면 펜이 그 순간을 기록해 줄 것이다.

"제임스에게." 나는 이렇게 적고는 우주에게 답할 기회를 주려고 하늘을 흘낏 올려다보았다. 돌풍이 불거나 마른번개가 치기를 내심 기대했다. 그러나 아무 일도 일어나지 않았고 어느새 황금빛 저녁노을이 사라지고 없었다. 나는 다급한 마음에 그날 한 일을 끄적여 빈 페이지의 절반을 채웠다. 하지만 슬프기는커녕 기막히게도 나 자신에게 넌더리가 났고, 그래서 화가 났다. 느껴지지도 않는 슬픔을 극복할 수도 없는 노릇이었다. 남들에게는 슬픔이 불시에 찾아들고 사라진다는 조언을 거리낌 없이 했지만 정작 나는 그 조언을 잊어버리고 있었다. 사실 자꾸만 누군가에게 조언하고 싶었던 충동은 위로가 필요한 사람은 나라는 걸 인정하지 않은 채 본능적으로 나 자신을 위로하려다 발현된 병적인 집착이었다. 실천보다는 설교가 훨씬 쉬웠다.

나는 펜을 놓고 바위 위에 일기장을 툭 내던졌다. 그러고는 낮게 으르렁거렸다. 괴성을 지를까도 싶었다. 분노를 과장되게 드러내면 영화 속 클라이맥스 장면처럼 하늘을 저주하고 이를 갈다가 무릎을 꿇고 털썩 주저앉아 아름답고 무력하게 불행을 받아들일 수 있지 않을까? 하지만 으르렁 소리마저 공허하게 들렸다. 눈을 찡그려도 눈물 한 방울 나지 않았다. *건기라 그런가.*

결국 발을 질질 끌며 동굴로 돌아와 나무 탁자에 털썩 주저앉아 메콩강을 멍하니 바라보았다. 미시시피강에서 제임스를 만났던 기억이 떠올랐다. 어느 화창한 토요일, 우리는 제임스가 다녔던 세인트폴의 고등학교 축구장에서 프리스비를 던지며 놀다가 잠바주스와 담배를 들고 제임스가 아는 구석진 장소로 갔다. 미시시피강이 내려다보이는, 잡초가 무성한 길 끝에 놓인 벤치였다. 우리는 제임스가 담뱃잎을 채워 넣은 파이프를 같이 빨고는 콜록대고 킥킥대면서 여자 이야기와 파티 이야기를 했다. 제임스는 과제가 힘들다고 툴툴댔고 졸업한 지 몇 년 된 나는 일이 힘들다고 툴툴댔다. 나는 나보다 어린, 북극에서 카누를 타고 패들링한 이야기와 진지한 질문을 끝없이 퍼붓던, 초승달 같은 눈매가 인상적인, 남자답게 잘생긴 그 아이를 흠모했다.

제임스는 금요일 밤에 죽었다. 그날 이후 나는 킥킥거리는 웃음과 여자와 파티와 일에 흥미를 잃었다. 그리고 예전의 삶에서 도망치기를 성공했다. 지구를 반 바퀴 날아와 미시시피강과는 또 다르게 장대하고 신화적인 메콩강을 바라보며 강둑에 앉아 있었다. 그러나 소용없었다. 나는 여전히 길을 잃었고 제임스는 죽고 없었다.

그때, 갑자기 뒤에서 깍 소리가 들렸다. 휙 수그리며 비명을 지르고 올려다보니 부리가 큰 까마귀가 머리 위에서 날개를 퍼덕거렸다. 까마귀의 웃음소리가 바위에 부딪혀 메아리쳤다. 하늘에는 높이 뜬 달이 보였다. 내가 앉은 바위처럼 한쪽만 툭 불거져 제일 시적이지 않은 모양의 달이었다. 나는 일기장을 덮었다. 쓸 말이 없었다.

—

건기가 한창일 때는 숲에 불이 잘 났다. 그래서 어떤 날에는 화재 예방을 위해 방화선을 만들었다. 불길이 번지는 걸 막으려고 숲을 관통하는 일부 지대의 나무를 베는 작업이었다. 그런 날은 조르조와 장갑을 끼고 날이 넓은 긴 칼로 울창하게 자란 대나무를 마구 잘랐다.

도망친 곳에 낙원이 있었다

불을 꺼야 하는 날도 있었다. 걷잡을 수 없이 번지는 불바다까지는 아니었지만 숲에서는 종종 어떻게 났는지 모를 작은 불이 났다. 그런 날은 조르조와 파무토, 바다와 함께 창고에서 잔가지 빗자루를 챙겨 숲으로 향했다. 불을 발견하면 승복의 꼬리 부분을 어깨 너머로 휙 넘기고는 빗자루로 불꽃을 후려쳤다. 뜨거운 불과 씨름하다 뒤로 잠시 물러나 땀투성이가 된 머리를 승복으로 닦는 과정을 반복했다. 불길이 잡히면 근처 바위에 모여 앉아 타다 남은 불씨를 주시하면서 수다를 떨었다. 육체노동으로 마음이 느슨해진 탓이었다.

"아잔 티라담모는 어떤 분인가요?"

내 질문에 파무토가 말했다.

"야생마 같은 분이에요."

파무토는 나나찻에 머물고 있을 때 잠시 뿌 쫌 곰에 왔다가 겪은 일을 들려줬다. 그날은 티라도 다른 승려들과 지금처럼 불을 끄러 갔다. 그런데 어느 순간 티라가 자취를 감췄다. 그를 찾으러 간 승려가 길모퉁이를 돌자, 70세의 티라가 벌거벗은 채 땀을 뻘뻘 흘리며 자기 승복으로 또 다른 불길을 후려치고 있었다.

그 이야기를 들으니 갑자기 티라에게 전과 다른 감정이 들었다. 어쩌면 나는 처음부터 그가 좋았는지도 몰랐다.

다음 날, 법당에서 티라가 아잔 수키토에게 동굴 몇 군데를 다녀오겠다고 하는 말을 우연히 들었다. 나는 귀를 바짝 기울였다. 몇 군데? 동굴이 더 있다는 건가?

"그랜트가 절벽 동굴에서 머물고 있습니다."

아잔 수키토가 티라에게 말하고는 나를 돌아보고 말했다.

"오늘 소임은 아잔 티라와 함께하면 어떨까요? 각 동굴의 비품도 점검하고 청소도 해주시죠."

그날 오후, 티라와 나는 차담 시간에 먹을 종이 팩 주스 두 개를 넣은 가방과 빗자루를 챙겨 길을 떠났다. 티라는 걸음이 빨랐다. 사색하듯 양손을 깍지 끼지도 **않았고**, 마냥 침묵하지도 **않았다**. 그래서 좋았다. 티라는 침묵하는 대신 쉬지 않고 수다를 떨었다. 뿌 쯤 곰에 여러 번 머물렀다면서 동굴을 둘러보는 게 재미있다고 했다.

고원에 도착하니 긴장이 풀려 자연스레 질문이 나왔다.

"여쭤보고 싶은 게 있는데요. 이 돌무덤들…, 다 맨 위에 말라붙은… 똥이 있는데 어떻게 된 건가요?"

"사향고양이의 똥이에요." 티라는 무미건조하게 말했다. "돌무덤 위에 잘 싸요. 높은 곳에 싸는 걸 좋아하거든요. 알다시피 어떤 사람들은 사향고양이가 싸지른 똥으로 고급 커피를 만들죠."

티라는 눈썹을 씰룩거리며 웃었다. 사향고양이를 본 적도 없었지만 이렇게 편하게 말하는 승려도 본 적 없었다. 티라는 다른 고승들과는 달리 대화를 꺼리지 않았다. 이 남자에게는 뭐든 물어볼 수 있었다.

"여기서는 뱀에 물리면 어떻게 하나요? 최대한 빨리 암자로 돌아가야 하나요?"

"뛰면 안 돼요. 뛰면 독이 더 빨리 퍼져 심장에 전달됩니다. 그러면 죽어요. 호흡하면서 **아주 천천히** 암자로 가세요. 무리하면 안 됩니다."

잠시 겁이 나긴 했지만 그 문제에 연연할 틈이 없었다. 질문은 계속 쏟아져 나왔다.

"어떤 동굴을 제일 좋아하세요? 제일 조용한 동굴은 어디인가요?"

티라는 미소 띤 얼굴로 말했다.

"차 동굴이요. 우리가 지금 가는 곳이죠."

고상하고 아늑한 이름이었다. *차 동굴이라니.* 나는 기대감에 두 손을 마주 비볐다. *후후후후.*

"그 전에 잠시 들르고 싶은 동굴이 있습니다."

티라는 왼쪽으로 방향을 틀어 내가 매일 지나치는 별 특징 없는 언덕 옆을 돌았다. 언덕 뒤쪽으로 가니 아주 작은 동굴이 하나 있었다. 마치 암벽을 한 숟가락 파낸 듯한 모양이었다. 동굴 안에는 수면과 명상을 위한 정사각형 탁자 하나와 제대도 설 수조차 없는, 호빗족이 살 만한 공간이 있었다.

"여기서 두 달쯤 지낸 적이 있습니다." 티라가 말했다.

나는 몸을 숙여 동굴 안을 들여다보고는 얼마나 힘들었는지, 결국 어떤 통찰을 얻었는지 줄줄이 들려주길 기대하면서 티라를 돌아보았다. 그러나 티라는 어깨를 으쓱하고는 다시 길을 떠나러 뒤로 돌며 말했다.

"똑같네요."

나는 입을 떡 벌린 채 티라를 쳐다보다 다시 동굴 안으로 고개를 들이밀었다. 이야깃거리가 될 만한 무언가가 희미하게라도 새겨져 있지 않나 해서 동굴 벽을 찬찬히 뜯어봤지만 아무것도 없었다. 나나찻에서 만났던 신입 담당 승려가 떠올랐다. 머리 모양이 네모난 체코인 승려로, 그는 생활 방식이 좋아 승려가 됐다고 말했다. 티라도 그 승려와 비슷하게 비범한 구석이 있었다. 세상을 바꾸는 서사시적 영웅담의 주인공이 되고 싶은 욕구가 전혀 없어 보였다. 그저 승려로 살 때 훨씬 행복해 보일 뿐이었다. 나는 천천히 달려 티라를 따라잡고는 또 다른 질문을 던졌다.

"주방에 스님이 쓰신 담마 책이 있길래 읽었어요. 감각적 쾌락은 대부분의 시간에 대부분의 사람에게 대부분의 문제를 일으킨다는 구절 말인데요."

나는 말끝을 흐렸다. 질문이 아니라 그의 자세한 설명을 듣고 싶었다.

"아, 그 책을 읽으셨어요? 아직도 출간하는지 몰랐네요, 후후후후!"

"저는 그 구절이 특히 공감됐어요. 3개월 동안 끊임없이 음식 생각만 하느라 괴로웠거든요."

"아, 그래요? 음식도 있고 성욕도 있죠. 각각의 욕구는 수행하면서 차차 배우게 됩니다. 욕구에는 단계가 있어요. 예를 들어 성욕 때문에 괴로우면 단식하세요. 그러면 바로 사라집니다." 티라

도망친 곳에 낙원이 있었다

는 마지막 문장을 말하며 손가락을 튕겼다.

"잠깐만요, 진짜요?"

"마법처럼 사라져요. 욕구 단계인가 뭔가에 따르면 식욕은 성욕보다 한 단계 아래거든요. 배고프면 흥분이 안 된답니다!"

정말 그랬다. 음식에 집착한 세 달 동안 성욕은 거의 느끼지 못했다. 우리는 웃음을 터트렸다. 나나찻에 왔을 때 유머 감각이 중요한 덕목이라고 했던 아잔 자야사로의 말이 떠올랐다. 티라는 유머 감각을 온몸으로 실천하고 있었다.

티라와 나는 절벽 동굴로 가는 갈림길을 지나쳤다. 나로서는 낯선 숲속을 계속 들어가는 시간이었다. 바닥이 북쪽을 향해 아래로 완만하게 기울어졌다. 고원에서부터 보이기 시작한 나무가 점점 무성해졌다. 암석을 끼고 도니 작은 길이 나왔고, 인적이라고는 없는 외딴곳에 나무로 된 작은 출입문이 있었다. 내 무릎 높이만 한 문이었다. 삐걱거리는 문을 열고 길을 따라 걸으니 비탈면 아래에 숨겨진 아늑한 공간이 모습을 드러냈다.

차 동굴이었다. 차 동굴도 절벽 동굴처럼 가로로 길고 깊이가 얕았다. 비행기 날개처럼 펼쳐진 거대한 암석 지붕 아래에 거주 공간이 조성돼 있었다. 걷기 명상의 길과 자기 접시를 받친 나무 탁자, 큰 주황색 양초, 비품이 가득 든 플라스틱 통이 있어 낯설지 않았다.

드넓은 강이 한눈에 들어오는 전망은 없었지만 집처럼 편안했다. 조금 전 통과한 출입문이 장식용 울타리로 이어지면서 동굴

입구 주변을 둘러싼 덕분에 울타리 안이 밖과 다를 게 없는데도 마치 마당처럼 느껴졌다. 동굴은 웅크리고 자는 동물처럼 나무 사이에 숨어 있었다.

"조용하네요."

티라가 휘둥그레진 내 눈을 바라보며 말했다. "오호, 그럼요. 최고죠!"

"여기에서도 지내봐야겠어요."

"좋죠. 절벽 동굴은 전망은 좋지만 배가 다니니까요."

맞는 말이었다. 절벽 동굴의 근사한 전망에는 가끔 나타나는 어부들도 포함돼 있었다. 강을 오가는 길쭉한 배들은 멀리서 보기에는 좋았지만 소형 트롤링 모터 소리가 동굴까지 들렸다.

며칠 뒤 저녁, 절벽 동굴에 누워 있으니 색다른 소리가 들렸다. 쿵쿵거리는 베이스 소리였다. 라오스의 숲 아래 어딘가에서 상업용 스피커로 틀었을 음악이 동굴 벽에 부딪혀 콘서트에서 들을 법한 음량으로 깨끗하게 들렸다. 쿵쿵대는 리듬 사이로 윙윙거리는 신시사이저 소리가 지퍼를 여닫을 때처럼 커졌다가 작아졌다. 무슨 곡인지는 듣자마자 알 수 있었다. 세계적으로 큰 인기를 끌었던 싸이의 〈강남스타일〉이었다.

나는 벌떡 일어나 앉았다. 몇 달 만에 처음 듣는 음악이었다. 느닷없는 음악에 놀란 나머지 음악이 계율에 어긋난다는 건 잊어버렸다. 침묵 속에서 수행해야 한다는 것도 잊어버렸다. 어느새 티라의 가벼운 마음이 옳은 듯했다.

노래는 시작할 때처럼 느닷없이 끝났다. 연주가 고조되다 6초 만에 갑자기 플러그를 뽑은 듯 꺼져버렸다. 실수였거나 음향 테스트였던 듯했다. 영화 예고편에 나올 법한 싸이의 낮고 굵은 목소리는 아예 듣지도 못했지만 아마라와띠에서 온 여승의 말대로 그저 고마워하기로 했다. 리듬에 맞춰 고개를 까닥거리다가 음악이 멈춘 뒤에는 합장한 자세로 라오스를 향해 천천히, 깊이 고개를 숙였다. 누군지는 모르지만 재생 버튼을 누른 이에게 멀리서나마 감사한 마음을 담아 축복을 기원했다.

10장
·
내려놓기의
미학

절벽 동굴에서 차 동굴로 거처를 다시 옮기려면 우선 이 나라를 떠나야 했다. 태국에 온 지 5개월이 됐으니 비자 만기인 6개월보다 더 길게 머무르려면 비자를 갱신해야 했다. 단, 이번에는 지역 비자 사무소에 간단히 들르는 것으로 끝나지 않았다. 국경을 넘어야 했다.

해당 업무를 처리할 제일 가까운 비자 사무소가 라오스의 사반나케트Savannakhet에 있었다. 같은 길을 오간 다수의 외국인 승려처럼 나도 아잔 수키토에게 간단한 설명을 들었다. 금요일에 버스를 타고 사무소로 가서 도장을 받고 저녁까지 돌아오는 여정이었다. 그러나 상황은 계획대로 흘러가지 않았다. 사반나케트의 사무소에 도착해 여권을 건네자 담당 직원이 다음 영업일에 비자를 찾으러 오라고 친절하게 알려주었다. 다음 영업일은 월요일이었다. 별안간 라오스에서 주말을 보내게 된 것이다. 수중에 있는 거라고는 여권과 지갑뿐이었다.

"아니, 그럼 안 되는데요."

나는 착오가 있는 게 분명하다며 직원을 설득하려고 했다. 그러나 유리 가림막 너머의 직은 남지는 웃는 얼굴로 어깨만 으쓱할 뿐 아무 말도 하지 않았다. 어깨 너머로 내 뒤에 줄을 선 사람들과 2차로를 쌩쌩 오가는 소형차들이 보였다. 여기가 어디인지도 몰랐고, 어디인지 물어볼 전화기도 없었다. 직원에게 위치를 물었지만 그는 오른쪽을 가리키고는 내게 가라고 손짓한 뒤 뒷사람에게 오라고 손짓했다.

아잔 수키토에게 상황을 알릴 방법이 없었다. 발치를 내려다보니 앞으로 사흘간 어떤 옷차림일지 상상이 갔다. 갈아입을 옷이 없으니 내내 흰색 승복과 검은색 짝퉁 크록스 차림으로 다녀야 했다. 머리카락과 눈썹이 없이 공공장소에 있다는 것도 새삼 의식됐다. 털을 깎아 풀밭에 풀어놓은 양이 된 기분이었다. 나는 한숨을 쉬고는 시내로 걸음을 옮겼다.

이동식 노점의 상인들이 인도에서 바게트를 팔고 있었다. 라오스가 1953년 프랑스로부터 완전히 독립하기 전까지 이어진 식민 지배의 흔적이었다. 몇 달 만에 처음 보는 빵이었다. 나는 노점 앞에서 빵 냄새를 맡으며 잠시 머뭇거렸다. 내 돈으로 바게트를 사서 번화가를 걸으며 자유롭게 먹는 상상을 하니 한 번에 너무 많은 종류의 사치를 누리는 것 같아 긴장됐다. 지난번 비자를 갱신할 때 즐겼던 폭식이 막간의 휴식이었다면 이번 건 속세의 리허설이나 마찬가지였다. 혼자 바깥세상에 나오니 어떻게 길을 찾아야 할지 막막했다. 방심하면 안 됐다. 무엇보다 잘 곳부터 찾아야 했다. 오후의 햇빛이 서서히 사라지고 있었다.

뒤엉킨 전깃줄 뭉치 위로 가로등이 켜졌다. 한 시간쯤 걸어 다니다 길가의 호스텔 앞에서 걸음을 멈췄다. 호스텔 주인을 따라 복도를 걸어가니 타일 바닥과 선풍기가 있는 1인용 침실이 나왔다. 나는 침대 가장자리에 앉아 무엇을 할지 고민했다. 다시 밖으로 나가 거리를 탐험할까 싶었지만 그냥 눈을 감기로 했다.

그렇게 한 시간 동안 명상에 잠겼다. 조금 전 거리에서 나는 부끄럽고 벌거벗은 기분이었다. 한편으로는 내가 예전과 달라졌다는 걸 확인하고 싶었다. 전과 달리 무분별한 습관에 다시 빠지지 않으리란 걸 나 자신에게 증명하고 싶었다. 명상은 한 시간 더 이어졌다. 세 시간째 이어지고 있을 때 방 안에서 무언가가 기어가는 소리가 들렸다. 눈을 떠보니 내 팔뚝만 한 도마뱀이 조용히 벽을 타고 올라가 평면 텔레비전 뒤로 사라졌다. 신경 쓰이지 않았다. 도마뱀이 곤충을 처리해 줄 걸 알기 때문이다. 그런데 텔레비전이 눈에 들어왔다. 아까 방에 들어올 때는 의식조차 하지 못한 물건이었다.

한번 보지, 뭐. 구석에 서 있던 선풍기가 그러면 안 된다는 듯 고개를 좌우로 회전했다. 안 될 건 없었다. 명상은 할 만큼 했고, 어차피 채널마다 라오스의 드라마가 나올 테고 자막도 없을 것이라 생각했다. 나는 리모컨으로 텔레비전의 전원을 켰다.

역시나 뭐라고 말하는지 알 길이 없는 현지 프로그램뿐이었다. 채널을 바꾸는 버튼을 누르면 4초 뒤에야 화면이 떴고, 그럴 때마다 조바심이 확 타올랐다. 그러자 기술에 대한 흥분이 순식간에 비효율성에 대한 짜증으로 바뀌었다는 생각이 들어 불쾌해졌다. 나는 전원 버튼에 손가락을 올렸다. 이럴 바에는 꺼버리는 게 나았다.

바로 그때, 다음 채널의 화면이 켜졌다. 미국 가수의 뮤직비디오가 나오고 있었다. 테일러 스위프트의 노래를 배경으로 전형적인 컨버터블 스포츠카가 성안으로 들어섰다. 향수 광고에 나올 법한 백인 남자가 차에서 내렸다. 성안에서 테일러와 남자는 긴 식탁을 사이에 두고 앉아 뜨거운 눈빛을 주고받았다. 그리고 싸웠다. 테일러는 남자의 그림을 훼손하고 골프채로 스포츠카를 부수고 도끼로 나무를 찍었다. 결국 향수 광고 남자는 도망쳤고, 어느 모로 보나 첫 번째 남자와 비슷한 새로운 남자가 새로운 스포츠카에서 내리면서 노래가 끝났다.

화면 구석에 노래 제목이 떴다. 〈블랙 스페이스Black Space〉. 윤회의 깊은 구렁텅이를 목격한 것 같아 아찔했다. 넘쳐나는 욕망, 돌고 돌며 반복되는 연애의 악순환, 채울 길 없는 성욕. 내 과거가 보였다. 나는 그 자리에서 내 미래는 절대 저렇게 되지 않게 하리라 굳게 다짐했다. 노래는 중독성이 강했다. 그래서 더 위협적이었다.

문득 이 모든 게 계시일 수도 있겠다는 생각이 들었다. 승복을 벗자마자 실수를 저지른 것을 깨닫고 후회했다는, 사우나에서 만난 네덜란드인 아잔이 떠올랐다. 나도 그렇게 될 테니 후회할 짓을 하지 말라는 계시인지도 몰랐다. 나는 다시 텔레비전을 끄려고 리모컨을 잡았다. 그때, 영어로 말하는 사회자의 목소리가 들렸다.

"오늘의 2위는…."

나는 다시 리모컨을 침대보 위에 내려놓았다.

"마룬 파이브의 〈슈거Sugar〉!"

새로운 뮤직비디오였다. 배경은 결혼식 피로연이었다. 무대 담당자들이 피로연장 한가운데에 커튼을 세웠다. 궁금한 부모들은 고개를 갸웃하고 불안한 신부와 신랑은 미간을 찡그렸다. 그들의 계획에 없는 일이었다. 그 순간 커튼이 떨어지고, 마룬 파이브 밴드가 총출동해 라이브 공연을 펼쳐 모두를 깜짝 놀라게 했다. 마룬 파이브는 같은 방식으로 여러 결혼식 피로연장을 깜짝 방문했다. 공연할 때마다 댄스파티가 시작됐다.

두 번째 후렴이 시작될 때가 되어서야 나는 내가 침대 끝에 걸터앉아 감격에 겨워 엉엉 흐느끼고 있다는 걸 깨달았다. 사랑하는 연인이 깜짝 선물에 열광하면서 모두가 보는 앞에서 흥겹게 부부의 연을 맺는 장면 하나하나가 이루 말할 수 없이 아름다웠다. 음이 높아질 때마다, 황홀해하는 커플이 새로 등장할 때마다, 흐느낌은 더욱 거세졌다. 나는 이런 콘텐츠에 취약할 수밖에 없었다. 몇 달간 접하지 않고 살다 보니 감각이 예민할 대로 예민해져 있었다. 다음으로 1위 곡이 나올 때는 완전히 정신을 놓아버렸다.

뮤직비디오가 재생됐다. 분홍색 블레이저, 정장 구두, 손가락을 튕기는 소리, 금관 악기 연주, 브루노 마스의 〈업타운 펑크

Uptown Funk〉는 인생에 대한 찬가였다. 첫 번째 후렴이 끝날 때쯤에는 느낌이 격해져 음악이 잘 안 들릴 정도였다. 브루노 마스는 '할렐루야'라고 노래했다. 숭배의 노래, 찬양의 노래였다. 두 번째 후렴이 끝날 때는 춤추고 끄덕이고 '예스'를 외치느라 온몸이 땀에 흠뻑 젖었다.

나는 마지막 노래가 끝난 뒤에야 텔레비전을 껐다. 조금 전 들은 노래들이 허공에서, 몸 안에서 메아리쳤다. 어지러웠다. 세차게 뛰는 심장을 달래고 눈물과 콧물을 닦으며 침대로 올라가 이불을 덮었다. 앞으로도 이렇게 열린 마음으로 세상을 대할 수 있을지 궁금했다. 모든 게 너무나 강렬하게 느껴졌다.

—

토요일 아침, 침대를 정리하고 두 시간 동안 명상한 뒤 숙박료를 계산하고 호스텔을 나왔다. 그리고 시내 쪽으로 걷기 시작했다. 정오에도 나는 계속 걷고 있었다. 시간과 장소, 양을 가리지 않고 마음껏 먹을 수 있었지만 여섯 시간 동안 한 모금도, 한 입도 먹지 않고 걷기만 했다. 그제야 어느 식당에 들어가 스무디 한 잔과 생선 요리를 주문했다. 남쪽으로 흐르는 메콩강이 보였다. 점심을 먹고 나서는 남쪽으로 걸었다. 안정감을 주는 친근한 메콩강을 제대로 보고 싶었다. 그러다 길가의 울타리가 시야를 가렸고, 그중한 울타리의 디자인이 눈에 익었다. 빨갛고 파란 기둥 위에 구불

도망친 곳에 낙원이 있었다

구불한 장식이 달린 울타리. 도심 속 수도원이었다.

열린 출입구로 수도원 안을 들여다보니 마음이 편안해졌다. 지붕 모서리에 창처럼 뾰족한 장식이 달린 법당이 있고 법당의 문 밖에 슬리퍼가 차곡차곡 쌓여 있었다. 다른 건물도 몇 개 있었는데 그 너머로 강둑이 풀로 뒤덮인 메콩강이 훤히 보였다. 절벽 동굴에서 보이는 경치와 뿌 쫌 곰이 그리웠다.

메콩강을 바라보고 서 있으니 오두막 옆에서 젊은 승려 둘이 나를 쳐다보고 있었다. 당황해서 얼른 돌아서려는데 승려들이 손을 흔들었다. 나는 내 가슴을 가리키며 입 모양으로 **"저요?"**라고 물었다. 나도 그들과 같은 옷차림이라는 걸 깜빡 잊고 있었다. 두 승려는 고개를 끄덕이며 오라고 손짓했다.

우리는 메콩강이 내려다보이는 낮은 담벼락 위에 앉았다. 승려들은 열여덟 살이었고 영어를 배우고 싶어 했다. 번갈아 가며 수도원의 사물과 동물을 가리켰고 내가 영어로 말하면 그들이 따라 말했다. 발음이 어려운 '**다람쥐**'는 나까지 발음이 헷갈릴 정도로 수십 번 연습했다. 웃으며 연습하다 보니 어느새 한 시간이 지나 두 승려는 가야 한다면서 작별 인사를 했다. 재충전된 기분으로 수도원을 나섰다. 명상하고 먹고 승려들을 사귀었으니 뿌 쫌 곰에서 매일 하는 일을 다 한 셈이었다.

일요일인 다음 날은 새로운 호스텔에서 자다 꼭두새벽에 일어났다. 전날 만난 어린 승려들이 탁발 순례를 돌 때 공양을 바치려고 코코넛 케이크를 사둔 참이었다. 호스텔 주변의 울타리는 높고 기둥 끝이 뾰족했다. 설상가상으로 출입문도 잠겨 있었다. 나는 종업원을 찾거나 누군가를 깨우기는 싫어 케이크가 담긴 주머니를 어깨에 둘러멘 채 구석에 있는 울타리를 타고 넘었다.

주황색 가로등 불빛을 받으며 서둘러 수도원으로 향했다. 탁발 노선을 모르니 놓칠 수도 있었다. 수도원에 도착해서는 빨갛고 파란 울타리에 난 출입문 앞에서 기다리며 동트는 하늘을 바라보았다. 30분도 안 돼 승려 십수 명이 줄줄이 다가왔다. 모두 나보다 어려 보였다. 가운데쯤 선, 전날 만난 승려 둘이 나를 알아보고 씩 웃었다. 그러고는 탁발 순례의 예법이 떠올랐는지 다시 고개를 숙이고 웃음을 억눌렀다.

나는 아스팔트에 쓸리지 않도록 샌들을 벗어 그 위에 무릎을 꿇고 앉아 승려가 지나갈 때마다 발우에 케이크를 하나씩 넣었다. 아침마다 수없이 받았던 절을 이번에는 내가 승려들에게 했다. 국적을 초월하는 승려 공동체의 일원이 된 것 같아 자부심이 샘솟았다. 이곳까지 와서 공양을 바칠 생각을 한 나의 선견지명과 너그러운 마음씨에 감탄하려는 순간, 케이크가 부족하다는 걸 깨달았다.

뒤쪽에 선 (많아야 열세 살쯤 돼 보이는) 어린 승려들이 예법 따위는 무시한 채 나를 향해 환하게 미소를 지었고, 빨리 간식을 받고 싶은지 줄 밖으로 자꾸 몸을 내밀었다. 그러나 케이크는 두 개 모자랐다. 맨 뒤의 두 승려에게는 사과의 뜻으로 그저 빈 주머니와 빈손을 공손히 내보이는 수밖에 없었다. 나는 두 아이가 나를

　　　　　　　　　도망친 곳에 낙원이 있었다

용서해 주거나 실망감을 감추어 주길 내심 바랐다. 그러나 아이들은 내 빈손을 보자 어깨를 축 늘어뜨렸다. 그 모습을 차마 볼 수 없었던 나는 아이들의 작은 발이 느리게 지나가는 동안 고개를 깊숙이 숙이고 있었다.

다음은 사반나케트의 중앙 산책로로 향했다. 상점이 줄줄이 늘어선 풍경이 그림 같이 아름다운 길이었다. 산책로는 메콩강에서 작은 성당까지 수직으로 이어졌다. 곳곳의 벤치를 지나쳐 정처 없이 걸으면서 보니, 얇은 나무틀에 비닐 랩을 씌운 가판대 속에서 껍질 벗긴 바나나들이 햇볕에 구워지고 있었다. 상점은 거의 다 문이 닫혀 있었다.

그때, 열린 문이 하나 보였다. 구석 자리에 높이 설치된 텔레비전에서 농구 경기가 방영되고 있었다. 나는 걸음을 멈추고 가까이 들여다보았다. 무려 르브론 제임스가 있는 클리블랜드 캐벌리어스와 내가 응원하는 애틀랜타 호크스의 경기였다. 마침 텔레비전 아래에 빈 탁자가 있었다. 뒤로 물러나 건물의 정면을 확인했지만 간판은 없었다. 다시 안을 들여다보니 티셔츠 차림의 남자가 뒤쪽에서 나타났다. 남자는 깜짝 놀란 눈으로 나를 쳐다봤고, 나는 방해해 미안하다는 듯 두 손을 들며 뒷걸음쳤다. 그러자 남자가 의자를 하나 빼며 나더러 앉으라고 손짓했다.

메뉴는 없었다. 벽에는 가족사진이 걸려 있었고 보드게임을 쌓아놓은 선반이 설치돼 있었다. 남자는 나와 한마디도 나누지 않았지만 주방에서 만든 볶음밥을 아침 식사용 접시에 담아 갖다주고는 텔레비전 소리를 켜주었다. 덕분에 아침 7시에 농구 경기 4쿼터를 생중계로 즐길 수 있었다. 그러나 내가 앉은 곳이 식당인지, 친절한 남자가 사는 집인지는 알 수 없었다.

식사를 마친 뒤 남자의 관심을 끌려고 소리를 내보았다. 헛기침도 해보고 유리잔을 접시에 부딪치고 의자를 조금씩 움직여도 보았다. 그러나 남자는 돌아오지 않았고 나는 남자의 공간을 더는 침범하기 싫어 예상되는 음식값의 두 배쯤 되는 현금을 두고 나왔다.

산책로로 돌아오니 성당은 꼭 가봐야 할 것 같았다. 천주교는 내 마음에 반향을 일으킨 적이 한 번도 없는 종교였지만, 100년 된 성 테레사 성당은 그냥 지나치기에는 너무 아름다웠다. 하얀 모래 색깔 페인트로 바탕을 칠하고 빨간색으로 포인트를 준, 팔각형 종탑이 달린 건물이었다. 나는 영적 안식처를 그리워하는 향수에 젖어 성당으로 향했다.

안뜰에 들어서니 개가 으르렁거리는 소리가 들렸다. 화분 뒤에서 낡은 분홍색 스웨터 조끼를 입은 거대한 독일셰퍼드가 나타났다. 셰퍼드는 이빨을 드러내며 짖었고 나는 그 기세에 눌려 꼼짝하지 못했다. 그런데 갑자기 내가 자기 앞에 있는 걸 잊어버린 듯 셰퍼드가 방향을 90도 틀고 짖기 시작했다. 자세히 보니 눈동자가 하얗고 흐렸다. 내가 옆으로 한 걸음 옮기니 그 소리를 듣고는 내 쪽을 향해 으르렁거렸다. 그러다 다른 소리가 들리자 소리가 나는 쪽으로 다시 몸을 틀고 짖었다. 나는 까치발로 개를 지나쳐 조용히 성당 출입구 쪽으로 갔다. 눈먼 개가 허공에 대고 짖는 걸 보니 마치 내 모습을 보는 것 같았다.

성당은 문이 열린 채 텅 비어 있었다. 좌석에 홀로 앉아 아치형 천장과 스테인드글라스를 보고 있자니 갑자기 슬픔이 북받쳤다. 설교단 위에 놓인, 십자가에 못 박힌 앙상한 예수의 조각상에 눈길이 갔다. 사성제 중 첫 번째 신성한 진리인 고통이 떠올랐다. 뒤틀린 예수의 목을 보니 그날의 자동차 사고가 생각났다. 1년 넘게 떨쳐내지 못한 상상 속에서의 사고 장면이, 구겨진 SUV 뒷좌석에서 안전띠를 맨 채 발견된 그들이 눈앞에 아른거렸다. 새삼 예수도 누군가의 아들이었고 아이였겠다는 생각이 들었다. 난생처음 예수의 죽음이 비극적으로 느껴졌다.

나는 오전의 햇빛을 받으며 성당을 나섰다. 개는 어딘가로 가고 없었지만 말랑해진 내 마음은 그대로였다. 나는 분홍색 꽃이 심어진 화분을 보고는 벤치에 앉아 눈물을 흘렸다. 이틀간 속세에서 받은 온갖 자극과 슬픔으로 마음의 살갗이 벗겨진 기분이었다. 잠시 후 감정이 가라앉고 나서는 다시 강을 향해 걸었다. 걷다가 보니 바가지 머리를 한 금발의 백인 남자가 햇빛을 받으며 인도에 앉아 있었다. 사반나케트에서 처음 본 관광객이었다. 날 쳐다보는 눈빛을 보니 남자도 외국인을 본 게 처음인 모양이었다.

남자는 손을 들어 인사를 건넸다. 나는 남자 쪽으로 걸어가 대화를 나눴다. 남자는 런던에서 온 사회복지사로 2주 동안 혼자 여행 중이었다. 나처럼 휴대폰이 없었고 말을 천천히 했으며 친절했다. 나는 그날 밤에 만나 저녁을 같이 먹자는 남자의 제안을 받아들였고, 조금 전 메콩강까지 걸으면서 본 식당을 추천했다. 낡은 부양식 선착장에 있는 식당이었다.

해 질 무렵, 남자와 나는 아까와 같은 옷차림으로 만났다. 남자는 맥주를, 나는 고기 요리를 주문했다. 놀랍게도 이곳 승려들은 채식만 고집하지 않았다. 살생을 금하는 계율이 있기는 하나, 승려들은 공양으로 받은 음식이 무엇이든 먹어야 했다. 형편이 넉넉하지 못한 주민들을 배려하는 뜻이기도 했고 승려는 자발적으로 공양받는 삶을 택한 자들이었다. 공양받은 음식을 가릴 수는 없지 않은가. 고기가 흔하지는 않지만 어쨌거나 나는 채식주의자가 아니었고 규칙을 어겨가며 몇 달 만에 처음 먹는 저녁인데 이왕이면 고기를 먹고 싶었다. *안 될 거 없잖아?*

그러나 내 앞에 도착한 음식은 고기가 아니라 매운 연골 요리였다. 맛의 조화를 위해 주문한 망고 샐러드는 채로 썬 덜 익은 망고가 가득했는데 고기보다 더 매웠다. 영국인 남자가 맥주를 홀짝이며 여행 이야기를 하는 동안 배 속이 부글부글 끓었고 얼굴은 벌겋게 달아올랐다. 남자는 글을 쓰고 있다고 했다. 나는 고개를 끄덕이며 깊게 숨을 들이쉬고는 종업원에게 네 번째로 물을 갖다 달라고 손짓했다.

식사가 끝나갈 때쯤 남자는 자기가 묵고 있는 호스텔로 오라고 했다. 안 쓰는 침대가 하나 더 있다며 숙박료를 나눠 내자고 했다. 나는 어깨를 으쓱했다. 정처 없이 다니다 보니 언제 어디를 갈

도망친 곳에 낙원이 있었다

지 몰라 매일 다른 호스텔에 묵고 있던 참이었다. 정해진 숙소도 없겠다, 돈을 아낄 수 있는 좋은 제안이었다.

남자를 따라 어두운 거리를 걸었다. 5개월 만에 처음으로 저녁을 먹으니 취한 듯 붕 뜬 기분이었다. 위장도 충격을 받은 듯 꾸르륵거렸다. 문득 처음 만난 사람과 같은 방에서 자면 안 되지 않을까 하는 생각이 들었다. 남자는 골목길 모퉁이를 돌아 좁은 계단 위로 나를 안내했다. 나는 남자가 수작을 걸 경우를 대비해 순결 서약에 관한 일장 연설을 속으로 연습했다.

다행히 침대가 정말로 두 개였다. 남자는 문 옆 서랍장 위에 지갑과 열쇠를 두고는 책 한 권을 내 쪽으로 던졌다. 선종에 관한 얇은 책이었다. 남자는 자기는 다 읽었다며 가져도 된다고 했다. 그리고는 제 침대에 올라가 잘 자라고 인사한 뒤 불을 껐다. 나는 잠시 경계를 풀지 않고 깨어 있다가 곧 잠이 들었다.

잠에서 깼을 때는 사방이 캄캄했다. 서랍장 위 시계를 보니 새벽 5시였다. 술도 안 마셨는데 숙취가 밀려왔다. 속세의 리허설과 저녁 식사는 즐거웠고 영국인 여행객도 충분히 매력적이었지만 더는 무리였다. 어서 여권을 받아 내 동굴로, 내 일과로, 내 일기장(기록할 게 너무 많았다)으로 돌아가고 싶었다. 나는 몇 걸음 옆에서 코를 골며 자는 남자를 깨우지 않으려 조심하면서 승복을 입고 선종에 관한 책을 챙긴 뒤 서랍장 위 메모지에 감사 인사를 급히 휘갈겨 썼다. 변의가 느껴져 화장실 문 앞에서 잠시 머뭇거렸지만 그러다 남자가 깨면 요란한 작별 인사를 해야 할 것 같았다. 결국 포기하고 까치걸음으로 방을 나가 문소리가 안 나게 손잡이를 가만히 돌려 닫았다.

거리는 텅 비고 푸른 여명으로 물들어 있었다. 비자 사무소가 열기 전까지 몇 시간 남았으니 코코넛 케이크 공양을 한 번 더 할까 싶었지만 배 속이 이의를 제기했다. 대장이 우유 4리터가 든 종이봉투처럼 금방이라도 터질 것 같았다. 호스텔의 화장실에 들르지 않은 조금 전의 나를 저주하며 다급하게 가까운 화장실을 찾아 나섰다. 성당 문은 빗장을 가로질러 잠겨 있었고 문을 연 상점도 없었다. 급기야 중앙 산책로에 있는 건물들의 문손잡이를 죄다 돌려보기 시작했다. 그렇게 산책로 끝에 다다르자 더는 참을 수 없는 지경에 이르렀다. 남은 선택지는 하나뿐이었다.

돌계단을 허둥지둥 내려가 강둑의 키 큰 풀숲으로 들어갔다. 진흙을 밟을 때마다 그 자리에 얇은 황토색 막이 눌리면서 스며 나온 물이 고였다. 바닥에 지저분하게 버려진 플라스틱 병과 포장지, 스티로폼을 보니 이제 곧 하려는 행동에 대한 죄책감이 조금 줄어들었다. 바로 그때였다. 승복을 채 들어 올리기도 전에 배 속의 매운 망고와 연골 요리가 뿜어져 나왔다. 항문이 화끈거렸다. 그렇게 나는 키 큰 풀숲에서 두 시간 동안 쭈그리고 앉아 체액과 생각을 모두 비워냈다. 아침 햇살을 받아 습지가 후텁지근했다. 나는 신중하게 속옷을 벗어 풀숲에 버린 뒤 돌계단을 조심조심 올라갔다.

비자 사무소는 아직 문을 안 열어 에어컨이 작동 중인 바로 옆

카페로 피신했다. 나는 아무것도 첨가하지 않은 바게트를 조금씩 물어뜯으면서 휴지로 축축한 이마를 두드려 닦고는 영국인이 준 선종 책을 훑어보았다.

제자들을 후려쳐 깨달음을 준 선종 스승의 일화와 잉크로 그린 그림이 나란히 배치돼 있었다. 태국 숲속 전통의 엄격한 수련과 영화 〈바보 삼총사〉의 슬랩스틱 코미디를 섞은 내용이었다. 재미가 없어 결말을 보려고 책장을 휘리릭 넘기는데 종잇조각 하나가 무릎으로 툭 떨어졌다. 색인 카드 크기의 종이였는데 필기체로 앞뒤에 무언가가 가득 적혀 있었다. 남자가 자기가 쓰는 서표까지 모르고 끼워 준 모양이었다. 종이에는 그의 각종 통찰과 지혜의 말, 자기 수양을 향한 절박한 다짐이 적혀 있었다. 입술을 깨물며 멋진 문장을 적고는 의기양양하게 고개를 끄덕이며 영적 진보를 자랑스러워하는 그의 모습이 그려졌다. 나도 겪은 일이라 안 봐도 훤했다.

남의 글은 내 글과 달리 한 발짝 떨어져서 볼 수 있었다. 굴곡진 자기 성찰의 길은 새롭고 흥미진진해 보이지만 멀리서 보면 끝없는 고리의 일부에 불과했다. 지혜의 구절이 가득한 이 종이를 잃어버렸다고 남자가 덜 현명해지는 건 아니었다. 그 순간 나는 내 일기장도 마찬가지라는 걸 깨달았다. 선종 스승에게 뺨을 얻어맞은 듯, 그제야 나는 글쓰기 강박에서 벗어났다.

더는 영적 스승인 척하며 지혜의 말을 글로 쓰기 위해 몸부림치고 싶지 않았다. 일기장인데도 나는 '**우리**'라는 단어를 983번이

나 쓰면서 인간의 대변인이 되려고 안간힘을 썼다. 드디어 신성한 권태의 물로 세례를 받은 기분이었다. 나는 음식을 덤하듯 글쓰기를 탐했다. 그러다 다행히도 의지력의 차원을 넘어선 우연한 사건 덕분에 탐심에서 벗어날 수 있었다. 두유 여섯 팩을 때려 붓듯 마시고 버스 정류장의 해먹에 누웠을 때가 첫 번째 사건이었고, 라오스의 카페에서 누군가의 일기 한 페이지를 읽고 난 지금이 두 번째였다.

나는 남자의 종잇조각을 책 안쪽에 끼운 뒤 책을 책장에 진열된 책들 사이에 꽂고는 빈손으로 카페를 나섰다. 그새 비자 사무소의 문이 열려 있었다.

11장

비우려 할수록
충분해진다

라오스에 다녀온 뒤 한동안 식중독을 앓았다. 일주일간은 아잔 수키토가 처방한 대로 바나나와 찹쌀밥과 내 손가락의 절반만 한 강황 캡슐만 먹었다. 식사를 마치면 뿌 쫌 곰을 떠나 새로운 거처인 차 동굴로 발을 질질 끌며 걸어갔다.

내 장운동은 여전히 예측 불가능한 상태였다. 어느 날은 동굴의 나무 탁자 위에서 명상하다가 벌떡 일어났다. 지난번과 같은 사고를 피하기 위해 엉덩이에 힘을 꼭 준 채 동굴을 가로질러 출입문 밖으로 달려 나갔다. 그러고는 바닥을 뒤져 구덩이를 팔 막대기와 닦을 나뭇잎을 구한 뒤 수원을 오염시키지 않기 위해 고원의 높은 지대를 찾아갔다.

그러나 고원은 대부분 암석이라 구멍을 팔 수 없었다. 시간이 없었다. 마음이 급해 돌무덤에서 돌맹이를 하나 집어 모래가 쌓인 곳에 얕은 구멍을 쑤셨다. 그러고 보니 이곳의 고양이는 화장실용 구멍을 파지 않았다. 아잔 티라는 사향고양이가 최대한 높은 곳을 찾아 그 위에 똥을 싼다고 했다. 건조한 기후에 적합한 배설물 처리법이었다. 높은 곳에 싸서 햇볕에 바짝 말라 흩어지게 하는 이른바 '굽고 말리기' 기법이었다.

다섯 달을 숲속 사원에서 지냈고 한 달째 동굴에서 지내고 있지만 숲속에 변을 본 적은 아직 한 번도 없었다. 먹는 시각이 일정하니 배변 시각도 일정해졌다. 시계처럼 정확히 아침 10시에 먹었고 10시 30분에 쌌다. 라오스에 다녀오기 전에는 식사할 때마다 고화제 역할을 하는 찹쌀밥과 그 반대 역할을 하는 섬유질 음식의 비율을 완벽히 조절한 덕분에 닦는 행위 자체가 불필요했다. 일기장에 의기양양하게 이렇게 적을 때가 한두 번이 아니었다. "닦을 필요가 없는 똥을 싸다."

휴지가 없는 수도원에서 이건 중요한 문제였다. 당시에는 비데의 위생적이고도 환경적인 이점을 깨닫기 전이라 태국을 비롯한 많은 나라에서 쓰고 있는 맨손과 물로 닦는 방식에 거부감을 느꼈다. 어쨌거나 식중독이 일상의 균형을 깨트리는 바람에 나는 사향고양이처럼 사방이 트인 맨땅에 처음으로 볼일을 봤다.

볼일을 보고 일어나니 배설물 근처에서 무언가가 움직이는 게 보였다. 검은 개미 중대가 김이 펄펄 나는 침입자의 주변을 둘러싸고 있었다. 모두 화가 난 듯 씰룩거리며 전투를 준비했다. 잠시 후, 그중 한 마리가 아래턱뼈를 넓게 펼치고 앞다리를 들어 올려 목표를 공격했다. 나는 믿기지 않는 표정으로 이 병정개미가 목표물에 정면으로 돌진하는 모습을 지켜보았다. 개미의 몸 절반이 똥에 박혔고 뒷다리가 허공으로 쳐들렸다. 그 순간 온 세상이 고요

도망친 곳에 낙원이 있었다

해졌다.

석가모니는 깨달음을 얻기 전, 호흡을 멈추는 고행을 하다 실신하여 쓰러졌다. 이 이야기를 처음 들었을 때 나는 그 치열함에 감탄했고 질투심에 배가 아팠다. 나도 나 자신을 한계까지 몰아붙이는 경험을 하고 싶었다.

그러나 개미를 보니 생각이 달라졌다. 개미는 실수를 깨달았는지 버둥대기 시작했다. 다급하게 뒷다리를 흔들어 발을 디딜 곳을 찾으면서 똥에서 벗어나려 안간힘을 썼다. 폭소가 터져 나왔다. 혼자 있으면 내가 웃는 소리에도 깜짝깜짝 놀라 자주 웃음을 참았지만 이번에는 도저히 참을 수가 없었다. 나는 개미에게 동질감을 느꼈다. 나도 이 개미처럼 위협이 아닌 걸 위협으로 착각해 문제를 해결하려 달려드는 통제 불능의 전사였다. 애초에 달려들지 않았다면 문제가 되지 않았을 텐데 말이다. 그 순간, 똥에 맹렬히 얼굴을 처박는 건 전혀 훌륭해 보이지 않는다는 진실을 깨달았다.

나머지 개미들은 나와는 달리 직감적으로 진실을 깨달은 듯했다. 동료의 용기를 치켜세우며 뒤따르는 대신 후퇴를 선택했다.

나는 미소 띤 얼굴로 느긋하게 동굴로 돌아왔다. 내 극단적 성향이 얼마나 어리석은지 목격하고 나니 움켜쥐었던 손에서 스르르 힘이 빠졌다. 내 일상에 자리 잡은 커다란 만족감은 놀랍게도 무언가를 새롭게 찾아서가 아니라 기존에 있던 무언가가 없어졌기 때문이었다. 아잔 수메도가 강조한 내려놓기를 잊은 건 아니지만 나는 여전히 무언가의 등장(새로운 가르침, 독창적인 생각, 삶을 새로운 시각으로 보게 해주는 문장)을 바탕으로 성장하길 기대했다. 그러나 이제 막 내게도 자리 잡힌 항상성은 무언가를 더해서가 아니라 눈곱을 떼듯 제거함으로써 얻은 성장이었다.

이를 깨닫자 수도원의 계율이 다르게 다가왔다. '이건 하지 **마라**', '저건 하지 **마라**', '아무것도 해하지 마라', '이 시간 후에는 먹지 마라'는 계율은 처음에는 승려들을 구속하는 가혹한 명령 같았다. 그러나 이러한 계율은 따르면 오히려 해방되는 지침에 가까웠다. 계율이 정한 경계 안에만 있으면 자유롭게 움직여도 괜찮았다. 사성제도 비슷했다. 행복을 찾는 데 집중하기보다 고통을 멈추는 걸 강조했다.

나는 다시 나무 탁자에 자리를 잡고 앉았다. 경계를 풀고 앉아 있으니 느닷없는 슬픔이 동굴 입구로 불어오는 산들바람처럼 내 안을 휩쓸었다. 이번에는 슬픔에 대비해 마음을 단단히 먹기보다는 슬픔이 휘몰아치게 가만히 내버려두었다. 귀를 기울였다. 그러자 생각이 떠올랐다. 나는 이곳이 좋다는 생각. 한 달 뒤에 떠나도 좋다는 생각.

다른 생각도 떠올랐다. 한 달밖에 안 남았다면 남은 기간을 최대한 활용해야 했다. 최소한 다치지는 말아야 했다. 경직됐던 마음이 느슨해지자 외국의 어느 숲 한가운데에 무방비 상태로 혼자 뚝 떨어져 있는 현실이 갑자기 의식됐다. 안전은 언제 어떻게 깨질지 몰랐다. 나뭇가지가 부러지고 나뭇잎이 바스락거리는 소리를 들으니 아버지가 편지에 동봉했던 동남아시아의 뱀에 관한 정보가 떠올랐다. 특히 덤불에 숨는다는 말레이 피트 살무사가 생생히 떠올랐다.

내가 매일 다니는 길에는 덤불이 많았다. 내가 라오스에 간 사이에 다른 수도원으로 떠난 아잔 티라의 조언이 떠올랐다. 그는 뱀에 물리면 **"뛰지 말라"**고 했다.

나무 탁자 주변의 돌바닥을 살펴보았다. 사고방식이 너무 엄숙하면 아름다움을 제대로 알아보지 못할 때가 있다는 건 알았지만 위험을 과소평가할 수도 있다는 건 미처 몰랐다. 위험을 자각하고 나니 바닥에 발을 댄 채로는 불안해서 명상이 되지 않았다. 이러기는 처음이었다. 결국 저녁 내내 두 발을 탁자 위로 올리고 힘겹게 가부좌를 틀었다.

다음 날, 아잔 수키토에게 뱀 도감이 있는지 물었다.

"하나 있습니다. 그런데 조심하세요. 도감을 보는 사람들이 뱀을 더 자주 만나더라고요."

잠시 고민했지만 그래도 보기로 했다. 도감에 따르면 몸 색깔이 갈색과 회색이라 낙엽 밑에 숨기 좋고 독성이 매우 강한 말레이 피트 살무사는 태국을 비롯한 동남아시아에 두루 서식하는 토종 뱀이었다. 이 뱀에 물리면 사지를 절단하고 심할 경우 사망할 수도 있었다. 나는 매일 3킬로미터에 달하는 살무사의 영역을 저벅저벅 가로질러 다녔다. 하루에 두 번 다녔고 그것도 한 번은 캄캄할 때였다.

위험이 공식화됐으니 뭐라도 해야 했다. 우선 식료품 저장실

구석에 둔 배낭에서 나나찾에서 가져온 헤드램프와 아직 안 신은 양모 양말을 꺼냈다. 두꺼운 양말을 신으면 오후에 걸을 때 덥겠지만 독니로부터 발목을 보호해 줄 것이다. 양말을 신다가 보니 내 짝퉁 샌들의 불길한 상표명이 눈에 띄었다. '맘바즈'(맘바는 아프리카 독사의 한 종류 – 옮긴이)라니.

오후에 동굴로 돌아갈 때는 창고에서 빗자루를 챙겼다. 그 빗자루로 해가 질 때까지 3킬로미터에 달하는 법당과 고원 사이의 숲길에서 낙엽을 모두 쓸어냈다. 살무사가 낙엽 밑에 숨는다면 숨을 곳을 아예 없애버려야 했다.

다음 날 아침, 나무 탁자에서 자다 깨니 전날의 비질로 팔이 욱신거렸다. 나는 그물주머니를 들고 빗자루를 어깨에 멘 채 고원에 올랐다. 새벽 4시 15분이었다. 나무와 덤불이 없어 살무사도 없을 가능성이 컸지만 구불구불한 생명체가 혹시 있나 바닥을 유심히 살폈다. 보름달에 가까워진 달이 고원을 비춰 시야는 나쁘지 않았다. 그러나 지붕처럼 드리운 숲 때문에 다시 사방이 어두워졌고 내가 무언가를 밟는 바람에 우지직 소리가 났다.

그때, 길에서 두 걸음 떨어진 나무 그늘에서 무언가가 쿵쿵거리며 기어가는 소리가 들렸다. 듣자마자 알 수 있었다. 육중하고 발굽이 달린 돼지였다. 나는 곧바로 몸을 웅크리고 빗자루를 무술용 봉처럼 양손으로 잡고는 어두운 숲을 향해 고함을 질렀다. 멧돼지는 요란한 소리를 내며 덤불을 헤치고 도망쳤고 나는 헉헉대고 땀을 흘리며 빗자루를 꼭 쥐었다.

도망친 곳에 낙원이 있었다

야생동물을 생각할수록 더 자주 마주친다는 아잔 수키토의 말이 맞을지도 몰랐다. 도감을 보기 전에 누렸던 더없이 행복한 무지를 되찾고 싶기도 했다. 그동안 나는 웅장한 경치에 매료돼 내가 지내는 곳이 얼마나 위험한지 진지하게 생각해 본 적이 없었다. 아니면 막강한 영적 특수부대 요원을 자처하고 싶어 은근히 **위험**을 즐겼을 수도 있었다.

어쨌거나 나는 숲길을 전보다 더 조심하며 걸었다. 하도 천천히 걸어 암자에 가는 데만 두 시간 넘게 걸렸다. 곤충을 잡아먹는 퉁퉁한 도마뱀에는 익숙해졌지만 다른 동물은 갑자기 다 두려워졌다. 예전에는 해 질 녘마다 동굴에서 기습 공격을 하고 점액을 흘리며 찍찍거리는 박쥐 떼가 하나도 무섭지 않았다. 그러나 이제는 박쥐가 얼굴 바로 위를 날아가면 고개를 휙 숙였다. 미니애폴리스에서 예방접종을 할 때 하필 광견병 백신만 맞지 않은 게 떠올라 속이 메슥거렸다.

도감에 따르면 코끼리도 죽일 만큼 강력한 독을 지닌 킹코브라도 근처에 살았다. 잠들기 전에는 도감에서 본 거미가 떠올랐다. 거대한 농발거미는 나무가 우거진 지역을 좋아했고 아니나 다를까 동굴에 살았다. 사방이 위험 천지였다. 나는 빗자루를 창고에 반납하지 않고 동굴을 오갈 때마다 갖고 다녔다. 어두운 구역을 지날 때는 시각 장애인이 흰색 지팡이를 두드리듯 빗자루로 미리 바닥을 더듬어보았다. 사실 밤에 숲을 지날 땐 앞이 안 보이는 거나 마찬가지였다.

낮에는 청소로 불안한 마음을 달랬다. 다니는 길을 죄다 비질한 뒤 동굴을 깨끗이 치웠다. 지붕 역할을 하는 거대한 석판부터 시작했다. 승복으로 얼굴을 가린 뒤 천장에 손을 뻗어 거미줄과 마른 새똥을 쓸어냈다. 그런 뒤 나무 탁자에 떨어진 잔해를 치웠다. 탁자의 다리 밑에 깔린, 타르가 채워진 작은 자기 접시들은 하찮아 보였지만 거의 모든 곤충을 막아주는 방어막이었다. 타르 위에 떨어진 잔가지는 곤충이 밟고 건널 수도 있어 싹 다 집어냈다.

그다음은 동굴의 맨 끝 쪽 연꽃에 마치 나를 감시하듯 앉아 있는 높이 1미터의 금색 불상을 청소할 차례였다. 불상의 양옆에는 내 팔뚝만 한 주황색 양초가 하나씩 있었다. 밤에 켜면 은은하고 따뜻한 불빛이 불상의 얼굴에 부딪혀 춤추듯 너울거리는 반사광을 수천수만 개씩 만들어냈고 그 모습이 놀랍도록 아름다웠다. 그러나 나는 초를 거의 켜지 않았다. 처음에는 초가 빨리 닳을까 봐 그랬지만 이제는 관심을 끌고 싶지 않은 게 이유였다.

불상의 반대쪽 끝에는 플라스틱 통이 하나 있었다. 절벽 동굴에 있었던 통처럼 지저분한 수건과 말라붙은 막대 비누로 가득하려니 하고 꼼꼼히 살피지 않았다. 그런데 대청소를 하다 보니 통 안에 혹시 타란툴라의 보금자리가 있는 건 아닐까 불안해졌다. 나는 무언가가 조금이라도 움직이면 얼른 뒤로 점프할 태세로 조심스럽게 맨 위에 덮인 수건을 걷어냈다. 밑바닥에는 뜻밖의 물건이 두 개 있었다. 하나는 《리더십의 도The Tao of Leadership》라는 책이었다. 이건 나중에 보려고 치워놓았다. 다른 하나가 오래전에 죽은 태국인 승려의 사진이 표지에 실린 총천연색 잡지였기 때문이다. 사진 속 승려는 내가 매우 존경하는 아잔 마하 부와였는데, 그는 생전에 엄격하기로 유명했다. 나는 잠시 쉬면서 잡지의 내용을 훑어보기로 했다.

잡지의 주제는 죽음에 관한 고찰인 듯했다. 구불구불한 태국어 글씨는 하나도 읽지 못했지만 그림과 사진만으로도 알 수 있었다. 해골, 신체 부위, 시신의 부패를 단계별로 보여주는 사진들. 각 페이지에는 나나찻에서 수도 없이 듣고 중얼거렸던 염불의 의미가 명백히 묘사돼 있었다. "나는 죽을 운명이다. 죽음을 피할 길은 없다. 나에게 소중한 모든 것과 내가 사랑하는 모든 사람은 변할 수밖에 없다." 페이지를 넘기니 전쟁으로 심하게 훼손된 시신들이 비포장도로 곳곳에 널린 사진이 나왔다. 길가에 널브러진 사체의 사진은 지나치게 생생해서 보기 거북했다. 그때까지 내게 죽음을 **사색**한다는 것은 나와는 좀 동떨어진 분석적이고 **개념적**인 차원의 행위에 가까웠다. 그래서 받아들이기 더 편한 생각이었다.

서둘러 다음 페이지로 넘긴 순간, 나는 멈칫했다. 어떤 여자의 변형된 인물 사진이 실려 있었다. 젊은 백인 여성이었는데 왠지 낯이 익었지만 알아보기 어려웠다. 여자의 얼굴을 가로지르는 대각선을 기준으로 한쪽에 해골 사진이 합성돼 있었기 때문이다. 머리털이 하나도 없는 머리뼈에 한쪽 눈은 검고 텅 빈 구멍이 뚫려 있었고, 마스카라로 꾸며 생기가 넘치는 다른 쪽 눈은 요염하게 올라간 눈썹과 반듯한 갈색 앞머리 밑에서 초롱초롱 빛났다. 그제야 나는 여자를 알아보았다. 맨디 무어였다.

죽음을 생각하면 나태와 욕정을 없애는 데 도움이 된다. 이와 관련해 내가 만난 승려들은 육신의 부패와 본질에 관한 다양한 생각 훈련을 제안했다. "몸을 액체가 가득 든 주머니라고 생각하세요", "아름다운 몸이 늙어서 점점 주름이 지고 죽고 부패하는 모습을 상상하세요". 주로 외우는 염불 중 하나에는 각종 신체 부위와 배설물 서른두 개가 등장했다. 염불이 시작되면 무심하고 단조롭고 느린 어조로 서른두 개의 단어를 소리 내어 나열했다. "소변, 비장, 똥, 땀, 뇌…" 이 때문에 나는 이미 어느 정도는 반강제로 죽음을 관조하고 있었다. 그러나 내가 이곳에 머물 날이 얼마 없다는 생각이 들자 절박감이 생겨 마음이 흐트러졌고 이내 성욕에 관한 신념이 무너졌다.

나는 탁자 가장자리로 옮겨 앉아 침을 삼켰다. 성적 활동에 관한 계율을 어기고 싶지는 않았지만 자위하지 **않을** 생각을 한다는 건 이미 자위를 생각하고 있다는 뜻이었다. 나는 사람이라고는 흔적조차 없는 외딴 동굴의 단단한 나무 탁자에 홀로 누워 애써 심호흡을 했다. 자위를 '승려의 명예에 심각한 오점을 남기는 짓'이라고 했던 어느 아잔의 말이 떠올랐다. 승복에도 *오점이 묻겠지* 속으로 농담했던 기억도 났다. 그 당시에 성욕은 내게 문제가 안 됐다.

자위는 지난 5개월간 한 번도 하지 않았고 딱히 하고 싶지도 않았다. 자위가 본질적으로 잘못된 행위라고 믿는 건 아니었다.

그저 반년 동안 자위를 안 하고 살 수 있다는 걸 스스로 입증하고 싶었다. 그때, 아잔 티라가 한 말이 떠올랐다. 배고픔은 성욕보다 낮은 단계의 욕망이라고 했다. 그렇다면 음식과 일기 쓰기를 향한 탐심이 사라져 이제 다음 단계의 욕망에 취약해졌을 수도 있었다. '혹시 진보의 징후가 아닐까?' 하고 다리를 꽉 오므린 채 생각했다. '욕망의 계단에서 다음 단계로 진급한 게 아닐까?'

그러다 생각이 뚝 멈췄다. 이 생각이 어디로 흐를지 나는 정확히 알고 있었다. 다음 단계에 올랐으니 축하할 이유가 생긴 거라고 나 자신을 설득할 것이다. 아잔 수메도도 영적 진보의 특징은 내려놓기라고 하지 않았던가. 이 작은 내려놓기를 딱 한 번 즐기는 정도는 괜찮지 않을까?

그러나 여기서는 그럴 수 없었다. 할 수는 있지만 뿌 쫌 곰에서, 이 동굴에서는 그러기 싫었다. 몇 개월 전 나나찻의 기숙사에 설치한 모기장 속에서 킨더 부에노를 먹을 때의 기분을, 계율을 어길 때의 그 기분을 똑똑히 기억하면서 그럴 수는 없었다. 먹고 나서도 나는 전혀 만족하지 못했다. 게다가 식탐에 굴복한 나를 증오했고 내가 초콜릿을 감추게 '만들었다'는 이유로 죄 없는 다른 체류자들을 경멸했다.

지금 이 숲속에서 자위를 하면 어떤 쾌락을 얻든 그때와 비슷한 수순을 밟을 게 분명했다. 수치심을 견디다 못해 남에게 책임을 전가하려 할 것이다. 이른바 '수치심 떠넘기기' 기법이었다.

어쨌거나 그날 나는 잡지를 플라스틱 통 밑바닥에 다시 묻고도 유혹을 묻지 못했다. 욕망은 가려움과 같았다. 무시할수록 더 커졌다. 무엇이든 해야 했다. 그때, 좋은 생각이 떠올랐다. 나는 내 몸을 속이기로 했다. 동굴 앞 걷기 명상의 길에 서서 까치발을 한 채 자위하는 척 연기를 해봤다. 놀랍게도 효과가 있었다. 발뒤꿈치를 다시 바닥에 내리고 보니 만족감이 꽤 컸다. 불교에서 말하는 사성제 그대로 욕망이 생겨났다가 사라진 것이다.

실소가 터졌다. 혼자 있으면 이상한 습관이 생긴다는 아잔 수키토의 경고 그대로였다. 그러나 아잔 수키토도 가짜 자위를 하고는 고함치고 한숨 쉬고 킥킥거린 뒤 다시 명상하는 사람이 있으리라고는 상상조차 못 했을 것이다. 동굴에 살면 현명해지기도 하지만 이상해지기도 했다.

그렇게 일주일쯤 지나자 허리 주변과 팔 안쪽에 작고 빨간 발진이 생겼다. 가능한 가설은 많았다. 곤충에게 물렸나? 동굴 천장에서 떨어진 박쥐 똥이 묻었나? 방화선을 구축하려고 대나무를 자르다가 진액 같은 게 묻었나? 일단 비질과 대나무 자르기를 멈췄고 아잔 수키토가 준 강황 알약도 먹지 않았다.

그러나 발진은 더욱 퍼졌다. 이튿날에는 배에도 번졌다. 가능성이 낮은 원인도 고려해 봐야 했다. 정신적 장애가 신체적 징후로 발현된 건 아닐까? 그때, 업보라는 단어가 뇌리를 스쳤다. 나는 마음이 불안한 나머지 불교의 업보와 기독교의 죄악 개념을 어설프게 합쳐 발진을 일으킨 주범이 나일 수도 있다는 가설을 세웠다. 내면의 더러움이 겉으로 드러났나? 투박한 가설이었지만 머릿속에서 자꾸 굴리니 점점 그럴듯한 이론이 됐다.

죄책감에 시달린 건 가짜 자위 때문만은 아니었다. 사실 나는 금지된 행위를 하나 더 했다. 가짜로 담배도 피웠다. 엄지와 검지로 담배를 잡는 시늉을 하고는 눈을 가늘게 뜨고 길게 빨아들인 뒤 가짜 연기 기둥을 내뿜었다. 그러면 기분이 살짝 몽롱해졌다. 그랬던 게 이제는 다 후회됐다. 내가 모르는 어떤 규칙을 어긴 게 틀림없었다.

그러고 보니 승려가 지켜야 할 규정을 확인해 보면 될 일이었다. 승려의 행동 수칙을 정리한 율장에 모든 계율이 적혀 있었다. 다음 날 나는 도서관에 있는 율장을 뒤졌다. 십계명처럼 모호하게 쓰인 말을 예상했으나 놀랍게도 이해하기 쉬운 현대어로 적혀 있었다. 미국인 승려가 번역한 두 권짜리 최신판 율장이었다. 율장에 따르면 성적 행위에 관한 계율은 명확했다. 의도적인 사정은 안 되지만 몽정은 고의가 아니니 괜찮았다. 몽정을 **바라거나** 오르가슴을 느끼는 **척하는** 것과 관련해서는 언급이 없었지만 내가 벌인 일 정도면 규칙을 어긴 건 아니었다. 발진의 원인은 여전히 오리무중이었다.

그러던 어느 날 오후였다. 그날은 소임을 마치고 곧바로 동굴로 가지 않았다. 식료품 저장실에 있던 세탁용 세제와 양동이 한 개와 공양받은 찹쌀밥을 보관할 때 쓰는 파란 플라스틱 대야 한 개를 챙겨 개울 상류로 향했다. 도착해서는 주방 건물에서 안 보이는 위치로 가 승복을 벗어 개울물에 담갔다. 라오스에 다녀오고 대나무를 베고 산불을 몇 번 후려치느라 승복이 땀과 먼지에 잔뜩 절어 있었다.

물을 머금은 승복을 꽉 짜니 갈색 물이 나왔다. 플라스틱 대야에 물을 퍼 담고 세제를 뿌린 뒤 승복을 던져 넣었다. 때가 잘 벗겨지도록 마른 모래를 넣고는 떨어진 나뭇가지 하나로 승복을 휘휘 저었다. 땟물은 개울에서 떨어진 바위에 버렸고 맑은 물이 나올 때까지 같은 과정을 반복했다. 빨래를 마친 뒤에는 눈에 띄게 하얘진 승복을 햇볕이 잘 드는 곳에 널었다.

승복이 마르는 동안 몸도 씻었다. 물도 시간도 넉넉해 양동이를 여러 번 써가며 느긋하게 구석구석을 씻었다. 평상시에는 얼른 끝내야 할 일인 양 급하게 문질렀지만 이번에는 의식을 행하듯 천천히 접근했다. 두 귀를 양손으로 부드럽게 잡고는 비눗물이 묻은 손가락으로 연골의 굴곡과 귓불을 어루만졌다. 그러면서 내 귀가 살짝 비대칭이라는 걸 처음 깨달았다. 머리 양쪽에 조개껍데기처럼 달려서는 내 눈에는 보이지 않지만 늘 내 뜻대로 사용할 수 있는 귀의 복잡한 구조가 새삼 감탄스러웠다.

팀원이나 안마사나 연인의 친절한 손길도 좋았지만 나 자신에게 해주는 마사지도 나쁘지 않았다. 이런 느낌은 처음이었다. 내 몸을 감사한 마음으로 부드럽게 만지니 색다른 기분이었다. 승복이 마를 때쯤 목욕을 마치고 나니 온종일 온천에서 보낸 듯 상쾌한 기분이었다.

다음 날, 발진은 사라지고 없었다. 그 많은 가설을 세우면서 나는 가장 확실한 가설을 간과했다. 바로 내 몸과 승복이 지독히 더럽다는 가설이었다.

—

어느 날, 차 동굴에서 자다가 한밤중에 천둥소리를 듣고 잠에서 깼다. 번쩍이는 번갯불에 쏟아지는 빗줄기가 보였다. 난데없는 폭풍우였다. 나는 몸을 부르르 떨며 승복을 올려 어깨를 감쌌다. 입구 위쪽에 돌출된 바위에서 빗물이 줄줄 떨어지고 있었다. 입구 가장자리에 붙인 점토형 접착제가 윗입술 역할을 해 빗물이 동굴 안으로 흘러들지 않고 아래로 떨어졌다. 번갯불에 비치는 모습을 보니 돌출된 바위에서 떨어지는 작은 물방울들이 입구에 커튼을 치고 있었다. 감탄이 나올 만큼 정교한 빗물막이 장치였다. 누군가가 우기에 이곳에 살았던 게 분명했다.

비가 완벽히 차단되지는 않았다. 돌풍 때문에 빗물이 안으로 들이쳤다. 나는 탁자에 모로 누워 거세지는 폭우를 가는눈으로 바라보았다. 양모 양말과 함께 동굴에 가져온 디지털시계를 확인했다. 겨우 자정이었다.

그때, 요란한 빗소리 너머로 발을 끄는 소리와 무언가가 밟혀 부러지는 소리가 들렸다. 동굴 밖 덤불에서 나는 짐승의 소리였다. 덩치가 큰 놈이었고 비를 피할 곳을 찾는 것 같았다. 나는 자리에서 일어나 앉았다. 소리가 점점 가까워졌다. 암자에서 가져온 헤드램프의 빛줄기로 동굴 입구를 훑었다. 탁자에서 20미터쯤 떨어진 물방울 커튼 사이로 두 쌍의 형형한 눈이 나를 쏘아보고 있었다. 목덜미가 서늘해졌다. 긴 몸과 꼬리의 실루엣이 보였다. 두 녀석은 이내 고개를 떨어뜨리고 어둠 속으로 사라졌다.

검은 표범인가? 나는 샌들을 더듬어 신고 발뒤꿈치 뒤에 끈을 끼우고는 탁자 위에서 잔뜩 웅크린 채 방어 태세를 취했다. 오른쪽에서 딱 소리가 들렸다. 몸을 홱 돌려서 보니 불과 10미터 앞에 아까 본 두 녀석이 있었다. 둘 다 내가 쏘는 램프의 빛을 받으며 한쪽 앞발을 허공에 든 채 꼼짝도 하지 않았다. 검은 표범이 아니었다. 몸집이 큰 페럿인가 싶었지만 그것도 아니었다. 사향고양이였다. 독이 없는 동물이지만 쫓아내야 했다. 탁자 위에서 발을 쿵쿵 구르며 쉭쉭 소리를 내자 둘 다 뒤돌아 도망쳤다.

한숨도 못 잤는데 시계의 알람이 울렸다. 새벽 4시였다. 빗줄기는 여전히 거셌다. 이 날씨에 암자까지 걸어가기는 싫었다. 도감에서는 비가 오면 개구리와 도마뱀이 나오고 그것들을 먹는 뱀이 나온다고 했다. 하지만 비가 그치길 기다리면 탁발 순례를 가지 못할 테고, 그러면 아잔 수키토의 심기를 거스를 것이다. 나는 승복을 몸에 꽉 두르고 한 시간을 더 기다렸다.

새벽 5시가 되자 해가 고개를 내밀고 빗줄기가 가늘어졌다. 빠른 걸음으로 동굴을 나와 숲으로 내려갔다. 서두르면 탁발 순례에 늦지 않을 것이다. 손바닥 들여다보듯 훤하게 아는 길이라 밝을 때는 더 빨리 이동할 수 있었다. 암석의 파인 곳마다 빗물이 고여 있었고 새로 생긴 물줄기가 길을 가로질러 흘렀다.

　새벽빛이 길을 청회색으로 물들였다. 곧게 뻗은 길의 전방에 낙엽 하나가 떨어져 있었다. 빗자루가 없어 발로 차서 치울 생각으로 빠르게 걸어갔다. 나선형 무늬가 있는 잎이었다. 그 순간 깨달았다. 낙엽이 아니었다. 길 한복판에 똬리를 틀고 있는 말레이피트 살무사였다.

　갑자기 멈추려니 발이 주르르 미끄러져 그대로 살무사를 획 뛰어넘었다. 뛰어넘는 순간이 마치 몇 초 동안 허공에 떠 있는 듯 길게 느껴졌다. 그 순간에 나는 그 어떤 명상을 할 때보다도 순수하게 내 밑에 있는 살무사에 온 신경을 집중했다. 살무사의 비늘은 모래처럼 잿빛이 도는 베이지색이었고 얇고 검은 브이 자형 무늬가 반복됐다. 불룩한 뒤통수에서 주둥이로 갈수록 머리는 보리수나무 잎처럼 가늘어졌고, 들창코가 입을 들어 올려 찡그린 표정이었다.

　나는 두 발이 바닥에 닿자마자 다시 공중으로 튀어 올랐다. 혹시 모를 공격에 대비해 두 다리를 넓게 벌린 채 뒤로 획 돌았다. 그렇게 200미터쯤 뒤로 물러난 뒤에야 숨을 돌리며 살무사의 반응을 살폈다. 살무사는 꼼짝도 하지 않고 세로로 찢어진 눈꺼풀 없는 눈으로 나를 빤히 바라보았다. 머리가 돌돌 말린 몸 한가운데에 푹 싸인 모습이 마치 망토의 깃을 세우고 깃 너머로 내다보는 악당 같았다.

　호기심이 많은 내 안의 어린 나는 살무사를 건드려보고 싶었다. 아주 살짝만 막대기로 찔러서 배의 색은 다른지 확인해 보고 싶었다. 어린 시절, 미국 남부에서 살 때 녹이 있는 산호뱀과 독이 없는 왕뱀을 구별하기 위해 배운 연상 기억법이 떠올랐다. "빨강과 노랑은 사람을 죽이고 빨강과 깜장은 독이 없다." 하지만 이후에 배운 또 다른 격언이 이 상황에는 더 유용했다. "빨강과 노랑은 사람을 죽이고 빨강과 깜장은…, 그냥 뱀은 무조건 건드리지마라."

나는 두 번째 격언대로 살무사와 최대한 거리를 두며 낙엽이 쌓인 길가로 피했다. 그러고는 내가 움직이는 방향을 빤히 보고 있는 살무사를 뒤로한 채 뿌 쫌 곰을 향해 다시 걸음을 옮겼다. 가는 길에 뒤틀린 뿌리나 낙엽이 보이면 무조건 멈춰 확인했다.

시계를 보니 새벽 6시 10분이었다. 탁발 순례를 떠나는 시간이 지나버렸다. 아잔 수키토가 실망할 모습이 눈에 선했다. 나는 예전의 승려들이 그랬듯 진정한 전사처럼 의연하고 용감하게 폭풍우에 맞서지 못했다. 탁발 순례에 늦으면 동굴에서 지내는 특권을 잃을 수도 있었다. 그럴 수도 있다고 생각하니 화가 발끈 났다. 이상에 못 미치는 내가 부끄러웠다. 그러나 한편으로 그런 건 바보 같은 이상이라고 외치는 내면의 작은 목소리가 들렸다. 하긴 제시간에 출발했다면 어두워서 뱀을 발견하지 못했을 것이다. 죽는 것보다는 늦는 게 나았다.

그때, 전방에서 발을 끄는 소리가 들렸다. 또 다른 야생동물과 마주칠 생각을 하니 몸이 얼어붙었다. 그러나 놀랍게도 길을 따라

달려오는 건 파무토였다. 그가 숨을 헐떡이며 말했다.

"괜찮아요?"

"네." 나는 온 길을 가리키며 말했다. "그게, 비가 와서 그칠 때까지 기다렸어요. 참, 그리고 방금 뱀을 봤어요. 살무사였어요. 말레이 피트 살무사요. 바로 **저기**에서요. 그런데 파무토가 여기까지 웬일이에요?"

아침에 이 길에서 누군가를 보는 것은 처음이었다. 잘못해도 크게 잘못한 모양이었다.

"늘 오는 시간에 안 왔잖아요. 아잔 수키토가 예감이 안 좋다고 가보라고 했어요."

"정말요?"

그 말에 나도 모르게 기분이 안 좋아졌다. 승려들이 나를 기다렸다는 사실이 실망스러웠다. 승려들은 그들의 이상에 못 미친 나를 두고 먼저 탁발을 떠났어야 했다. 그게 내 이상이었다.

그러나 파무토가 내 어깨를 건드리며 미소를 지은 순간 실망감은 눈 녹듯 사라졌다. 내 안에 타오르던 전사의 불꽃이 사그라들고 있었다. 모두 내가 무사한지 걱정돼 탁발 순례를 떠나지 않았다는 말에 말이다.

12장
·
단순함으로
초연해지는 마음

단체 명상은 보통 매일 아침, 법당에서 아무 말 없이 시작됐다. 그런데 그날은 평소와 달리 아잔 수키토가 목청을 가다듬었다. 공지 사항이 있다고 했다.

"놀라지 마십시오. 그들이… 목격됐다고 합니다."

단상에 앉은 바다와 눈이 마주쳤다. 다소 과장되고 신난 눈빛이었다.

파무토가 물었다. "누가요?"

"마약 밀수범들이요. 가끔 라오스 국경을 넘어 이 근처 국립공원에 숨는 모양입니다."

아잔 수키토는 말을 마치고 앉은 자리 뒤에서 인쇄물을 꺼냈다. A4용지 크기의 흑백사진에는 퀭한 눈에 당장이라도 싸울 듯한 표정의 깡마른 남자의 얼굴이 있었다. 아잔 수키토가 미소 띤 얼굴로 말하지 않았다면 무섭게 느껴졌을 사진이었다.

"이런." 파무토가 말했다.

"아잔," 바다가 입을 오므리며 말했다. "혹시 저 사람을… 만나면 어떻게 해야 하나요?"

나도 미소가 지어졌다. 그늘은 살생하지 않겠다고 맹세한 사람들이라 마약 밀수범을 만나도 할 수 있는 게 없었다. 승려는 아무도 해치지 않으니 부디 아무도 승려를 해치지 않기를 바랄 뿐이었다.

"글쎄요." 아잔 수키토가 씩 웃으며 대답했다. "**자비**를… 베푸세요."

마약 밀수범에게 '애정 어린 친절함'을 베풀라니. 더는 참을 수 없었다. 모두 웃음을 터트렸다.

"두 번째 공지 사항이 있습니다. 이번 여름에는 이스라엘에 돌아가 가르침을 전하려 합니다. 제가 없는 동안 임시 주지승이 올 겁니다. 저는 일주일 뒤에 떠납니다."

웃음이 멈췄다. 바다가 머뭇거리며 손을 들었다.

"아잔, 혹시 밀수범들 때문에 떠나시는 거 아닌가요?"

다시 웃음이 터졌지만 이번 웃음은 부자연스러웠다. 그가 뿌 쫌 곰을 떠나다니 믿기지 않았다. 아잔 수키토는 뿌 쫌 곰 그 자체였다. 그가 뿌 쫌 곰이고 뿌 쫌 곰이 그였다. 약 2주 뒤 떠날 생각이었던 내가 그와 함께할 수 있는 시간은 온전한 2주가 아니었다. 일주일뿐이었다.

아잔 수키토는 떠나기 이틀 전, 내게 금고의 돈을 세는 일을 도와달라고 부탁했다. 뿌 쫌 곰에 금고가 있다는 게 놀라웠지만 실제로 보니 금고는 크기와 보안이 도시락 통 수준인 금속 상자였다. 사미가 따라야 할 열 가지 계율인 사미십계 중 열 번째 계율에 따라 승려는 돈을 다룰 수 없었다. 나는 주방 아일랜드 식탁에 태국 돈과 미국 돈이 섞인 시줏돈을 펼쳐놓고 지폐와 동전을 정리했고, 아잔 수키토는 그 모습을 내 어깨 너머로 지켜보면서 총 금액을 메모지에 적었다.

정산을 마친 뒤, 나는 준비해 온 봉투를 꺼냈다. 라오스에서 돌아오는 길에 웨스턴유니온 지점에 들러 시주할 돈을 출금했었다. 2천 달러였다.

아잔 수키토가 놀란 표정으로 말했다. "많네요."

적은 돈은 아니었다. 그러나 내가 받은 것에 비하면 턱도 없이 모자랐다. 태국 숲속 전통의 수도원은 전적으로 기부금으로 운영됐다.

사실 이 돈 전부를 수도원에 시주하려던 건 아니었다. 절반은 유핀에게 주고 싶었다. 유핀이 없었다면 수도원은 존재할 수 없었다. 내 뜻을 전하자 아잔 수키토는 시선을 돌리고 생각에 잠겼다. 그는 우선 고마운 마음이라고 했다. 또한 전에도 유핀에게 기부한 사람들이 있어 자녀 교육비로 지급된 적이 있다고 말하고는 이렇게 덧붙였다.

"하지만 반은… 너무 과합니다."

놀라웠다. "왜죠?"

이렇게 작은 마을에서 1천 달러를 선물로 받으면 부담스러울 거라는 게 이유였다.

"아마 500달러도… 상당히 후한 선물이 될 겁니다."

이상했다. 물론 아잔 수키토는 이 마을에 20년을 살았으니 무엇이 문화적으로 민감하고 적절한지 나보다 잘 알 것이다. 그러나 나는 기부금이 너무 큰지 작은지 판단할 사람은 유핀 본인이 아닌가 싶었다.

아잔 수키토는 '**아마**'라고 했지만 내게는 강한 권고로 들렸다. 나는 돈 문제로 왈가왈부하는 일은 최대한 피하라는 교육을 받으며 자란 터라 아잔 수키토와 대립하기 싫었고, 무엇보다 그를 믿고 싶었다. 결국 500달러는 유핀에게 1,500달러는 뿌 쫌 곰에 기부하기로 했다.

금고의 분리된 두 칸에 지폐를 정리해 넣다 보니 얼굴이 확 달아올랐다. 나는 왜 유핀에게 직접 봉투를 주지 않았을까? 그랬다면 선물이 과한지 아닌지 **유핀이** 직접 판단했을 것이다. 어쩌면 나는 아잔 수키토가 내 기부금을 **보고** 자비로운 마음씨에 감동하길 원했는지도 몰랐다. 외부에 휘둘리지 않는 차분한 마음을 열심히 갈고닦았고 태국 숲속 전통의 남성 우위적인 문화에 회의적이었는데도 나는 여전히 무의식적으로 아잔 수키토의 인정을 받고 싶어 했다.

문득 궁금했다. 놓아주고 내려놓는 법을 배우면서 큰 깨달음을 얻었지만 그러느라 버티고 싸워야 할 때를 잊어버린 게 아닐까? 게다가 이 대화는 아잔 수키토와 나눈 마지막 대화 중 하나가 될 것이다. 깔끔하게 이별하기가 어려워진 것이다. 하고 싶은 말을 삼키니 뒷맛이 계속 씁쓸했다. 내게는 중요한 깨달음이었다. 그러나 이 일로 유핀은 500달러를 손해 보았다.

정산을 마무리하기 위해 아잔 수키토의 지시대로 금고 바닥에 깔린 동전을 식탁에 쏟았다. 아잔 수키토는 그중 은색 동전 하나는 태국 돈이 아니라면서 쓸모없으니 빼라고 했다. 나는 계산을 마친 돈과 메모지를 제자리에 둔 뒤 금고를 갖다 놓으려고 창고로 향했다. 창고에 다녀와 주방에 들어서던 순간, 걸음을 멈췄다. 아잔 수키토가 식탁에 따로 빼둔 은색 동전을 엄지와 검지로 잡고 햇빛에 비추며 관찰하고 있었다.

안 그래도 아까 돈을 셀 때부터 열 번째 계율의 한계에 관해 생각하던 참이었다. 계율에 따라 승려는 돈을 다루면 안 됐지만 아잔 수키토는 회계 장부는 물론이고 내 시줏돈을 어떤 비율로 기부해야 할지도 관리했다. 전에는 열 번째 계율이 지나치게 포괄적인 듯했으나 이제 보니 제한적이고 쉽게 피해 갈 수 있는 규칙이었다.

승려가 동전을 잡는 행위는 계율에 어긋나는 일이었다. 나는 인기척을 내려고 쿵쿵 소리를 냈다. 그러자 아잔 수키토가 동전에 손을 데기라도 한 듯 팔을 홱 뿌리쳤고 그 바람에 동전이 타일 바닥에 쨍그랑 떨어졌다. 나는 입을 떡 벌린 채 서 있었고 아잔 수키토는 뒤돌아 나를 보고는 헛웃음을 지었다.

나는 눈을 깜박이며 고개를 갸웃했다. 둘 다 아무 말도 하지 않았지만 내 얼굴에 서서히 미소가 번졌다. 독단적 교리를 경계하라는 교훈을 주는 재미있는 일화로 받아들일 수도 있었다. 그러나 나는 시줏돈에 관한 대화에서 시작된 일련의 상황이 당혹스러웠다. 나에게 승려란 본보기와 같은 존재였으므로 승려가 그에 맞지 않은 행동을 하면 눈살이 찌푸려졌다. 내가 태국에 온 건 나도 그런 본보기가 되기 위해서였다. 그러나 직접 겪어보니 본보기가 되는 승려도 결국에는 사람이었고, 그래서 더 대단하고 복잡한 존재였다.

다음 날 저녁, 아잔 수키토는 나를 마지막 일대일 문답에 초대했다. 주방에서 상류 쪽으로 올라가면 개울 근처에 암반으로 된 공터가 나오고, 공터의 완만한 비탈면에는 신성하고 출입이 통제된 아잔 수키토의 꾸띠가 자리 잡고 있었다. 일반적으로 주지승을 비롯한 고승의 꾸띠는 화려했는데 그의 꾸띠도 다르지 않았다. 바닥은 타일로 돼 있었고 30제곱미터쯤 되는 면적의 절반은 현관이 차지했다. 현관을 덮은 길고 얇은 지붕이 방 너머까지 뻗어 있었고 현관의 반대편 지붕 끝은 앉을 자리를 파낸 두꺼운 기둥이 떠받치고 있었다. 아잔 수키토는 바로 이 기둥에 기댄 채 타일 바닥에 앉아 있었다. 그리고 나는 그 앞의 방석에 자리를 잡았다. 그와 나 사이에는 양초가 켜져 있었다.

그와 맞절을 하고 나자 휴대폰의 진동이 울렸다.

"무슨 소리지?"

아잔 수키토는 혼잣말을 하고는 어깨 너머로 기둥 좌석의 방석 주변을 더듬거려 휴대폰을 찾아냈다. 1세대 노키아 벽돌폰이었다.

"미안합니다. 원래 5시 이후에는 꺼놓거든요."

나는 미소를 지으며 괜찮다는 뜻으로 두 손을 들어 올렸다. 휴대폰은 내가 이상으로 삼았던 야생의 자연 속 삶과 어울리지 않았지만 이제는 너그러운 마음으로 받아들이고 싶었다.

"그걸로 인터넷 검색은 못 하겠네요."

"맞습니다. 전화만 걸 수 있지요. 뿌 쫌 곰의 전화기예요. 나나찻과 연락을 주고받을 때만 씁니다."

대화의 서두를 떼기에 알맞은 소재였다. 아잔 수키토는 다음 날 뿌 쫌 곰을 떠나고 나는 다음 주에 아예 수도승의 삶을 접고 속세로 떠날 것이다. 전자기기가 있는 세상으로, 소통과 오락과 자극이 넘치는 세계로 돌아갈 것이다. 떠나기 전에 몇 가지 묻고 싶은 게 있었다.

우선 감사 인사로 시작했다. 나는 그에게 어려운 문제가 덜 어려워지는 과정을 경험했다고 말했다.

"식탐과 씨름하다가 드디어 권태를 느꼈습니다."

내 말에 아잔 수키토가 미소를 지었고 그 모습에 용기가 생긴 나는 아침 단체 명상 시간에 내가 침을 삼키는 소리를 들었는지 물었다.

"몇 주 동안은 모두가 들었을 거라고 확신했습니다."

아잔 수키토는 고개를 젓고 말했다.

"늘 느끼지만 인간의 생각이 어디까지 확장될 수 있는지 지켜보면 참 흥미롭습니다."

"침 삼키는 소리를 의식한 것은 어떤 면에서는 도움이 됐습니다. 몸의 감각에 더 집중할 수 있게 됐기 때문입니다. 집중이 흐트러지거나 화가 났다는 걸 자각하면 잠시 멈춰 자문했습니다. '내 **다리**도 화가 났나?' 그러면 의식이 다리로 내려갔고 물론 답은 늘 '아니다'였습니다. 분노가 온몸에 존재하지 않는다는 사실을 자각하면 그 감정이 작게 느껴졌습니다."

"맞습니다. 내관명상은⋯." 아잔 수키토는 적절한 단어를 찾는지 잠시 말을 멈췄다. "대표적 명상법입니다. 몸을 의식하며 명상하는 것은 특히 **생각이 많은** 사람들에게 도움이 됩니다. 뇌에서 멀어지게 해주거든요. 뇌를 쉬게 해주죠. 저도 이 명상법을 주로 씁니다."

아잔 수키토는 우리를 둘러싼 어둠의 소리에 귀를 기울이는 듯 잠시 말을 멈추고 눈길을 돌렸다.

"역사적으로 태국 승단의 스승들이 엄격하기는 했지만 그건 대부분 태국의 문화적 특성 때문이었습니다. 태국인들은 **싸바이** sabai라는 고유한 말이 있을 정도로 워낙 느긋하고 편안한 삶을 추구해서 엄격한 수행을 강조할 필요가 있었죠. 그러나 무리한 노력을 기울이는 성향이 큰 사람들은 자칫 지나치게 엄격해지기 쉽습니다. 뿌 쫌 곰의 생활 방식이 모두가 한 몸인 것처럼 흘러가는 건 그래서입니다. 이곳의 생활은 '먹고 명상하기'가 전부가 아닙니다. 식물도 심고 같이 명상하고 같이 일하죠."

그의 말을 듣는 순간 슬픔이 차올랐다. 이 진리를 깨닫기까지 얼마나 오래 걸렸던가. 몇 달이 지나도록 나는 무언가를 같이하는 즐거움을 모르고 지냈다. 은둔자가 되어야만 하는 줄 알았기 때문이다. 더 엄격해지는 것이 답이라고 믿었지만 사실 그건 수행의 장애물이었다.

"완벽하고 치열하게 집중하는 시간을 간절히 원하는 마음이 오히려 집중에 방해된다는 걸 여러 번 경험했습니다."

나는 균형을 잡기가 어려운 두 가치를 끊임없이 되새기기 위해 단어를 만든 일도 털어놓았다.

"딜리젠틀이라."

아잔 수키토는 고개를 뒤로 젖히며 이 단어를 소리 내어 말하고는 생각에 잠겼다. 공감하는 듯 고개를 끄덕이는 그의 모습에 기쁨으로 심장이 두근거렸다.

"노력이나 엄격함보다… 일관성을 강조하는 단어군요. 노력이나 엄격함은 강제적이고 치열한 면이 있어 오랜 시간 성공적인 수행을 하는 데에는 그리 적합하지 않습니다. 저는 **인내**라는 단어를 좋아합니다. 석가모니의 시중을 들었던 아난다라는 이름의 제자가 있었습니다. 그는 석가모니 곁에서 가장 많은 가르침을 받았지만 아직 깨달음을 얻지 못한 자였죠. 석가모니가 열반에 든 후 500여 인의 아라한이 모여 그의 가르침을 집대성하기로 했습니다. 그는 아라한의 모임 전까지 완전한 깨달음을 얻어야 했습니다. 아난다는 노력하고 또 노력했지만 깨달음을 얻지 못했고 결국

쉬기로 했습니다. 그렇게 베개에 머리를 댄 순간," 아잔 수키토는 한 손을 휙 뒤집었다. "아라한이 됐습니다."

잠시 침묵이 흐른 뒤 그의 말이 다시 이어졌다.

"전투적 태도는 수행에 도움이 되기도 하지만 시야를 좁히기도 합니다."

아잔 수키토는 말을 마치고 시선을 돌렸다. 그와 나를 둘러싼 밤은 더 어두워졌고 우리 사이의 촛불은 더 밝아졌다. 이제는 대화하는 틈틈이 찾아드는 침묵이 좋았다. 아잔 수키토의 말이 일으킨 파문에 귀를 기울일 수 있었다. 물결이 가라앉고 물이 투명해져 다음으로 내가 하고 싶은 말이 보일 때까지 기다릴 수 있었다. 드디어 질문이 보였다. 아잔 수키토의 삶이 처음 계를 받았을 때와 비교해 어떻게 달라졌는지 궁금했다.

"20년간 수행하면서 저를 힘들게 하는 생각과 이상을… 많이 내려놓았습니다."

20년의 수행이 한 문장으로 요약된다는 게 놀라웠다. 아잔 수키토는 어두운 허공을 내다보면서 말했다. 마치 젊었던 자신에게 다정히 말을 거는 듯했다.

"이제는 승려로 사는 것이… 꿈만 같습니다."

나는 아잔 수키토의 표정을 찬찬히 살펴보았다. 그는 정말로 그렇게 믿는 게 분명했다. 나도 그를 믿었다. 때로는 답이 이렇게 단순할 수도 있었다.

다음 화두는 단순함이었다. 아잔 수키토는 단순함을 특별히 숭배했다. 몇 주 전 즉흥적으로 연인 관계에 대해 설명할 때도 그랬다. 일부 승려나 오래된 불교 문헌의 시각과 달리 선악의 관점이 아니라 단순함을 기준으로 설명했다.

"애인이 많으면 단순하지 않아요. 한 명이면 더 단순하고 하나도 없으면 제일 단순하죠."

나는 수도원을 떠날 준비를 하면서 이 말을 비롯한 지혜의 말을 가슴에 새겼다. 속세의 맹공격에 대비해 방패로 삼을 지혜를 비축하고 싶었다.

차 동굴에서도 지혜의 말 한 토막을 찾았다. 맨디 무어의 얼굴 반쪽으로 죽음을 보여준 잡지 옆에 있던 너덜너덜한 책《리더십의 도》에 나오는 문장이었다. "자유로워지고 싶다면 단순하게 사는 법을 배워라." 나는 이 문장을 보여주며 그의 의견을 물었다.

"**단순함**은 제 수행의 핵심 단어입니다. 속세의 기준으로 보면 아무것도 없지만, 저 정도조차도 모으려면 **시간**이 걸립니다."

아잔 수키토는 내 뒤로 보이는 사방이 막힌 방을 가리키며 말했다. 앉기 전에 잠깐 들여다본 바에 따르면 그의 방에는 창턱과 한 칸짜리 책장에 얇은 담마 책 몇 권과 숲에서 모은 예쁜 돌과 울퉁불퉁하고 비틀린 작은 나뭇조각, 자연이 만든 조각물들이 놓여 있었다. 그는 앉은 자리에서 몇 걸음 떨어진 타일 바닥에 둔 소지품 가방도 가리켰다. 장바구니 하나에 3개월 여정에 필요한 모든 짐이 담겨 있었다.

"이스라엘 사람들도 잘 모릅니다. 단순해지면 삶이 나아지리라는 게 너무나 **명백**한데 말이죠."

분노가 아닌 연민이 서린 어조였다. 사람들이 의도치 않은 고통을 자초한다는 사실이 진심으로 괴로운 듯했다. 아잔 수키토는 다시 나를 바라보며 말했다.

"제가 종종 읽는 시가 있는데 보여드리면 좋겠네요. 어쨌거나 그 책에 나온 구절도 참 좋습니다. '자유로워지고 싶다면…' 그 문장이요. 다만… 그런 말은… 구호에 그치기 쉽습니다. **딜리젠틀**이라는 단어도요. 실천하지 않으면 무의미하죠."

내가 두려워했던 답이었다. 그동안 나는 웅크리고 앉아 손가락 관절이 하얘지도록 펜을 부여잡고 일기장에 지혜의 말을 완성하려 안간힘을 썼다. 그러나 결국 진정한 답을 품은 인상적이고 완벽한 격언을 만들지 못했다. 내 일기장이 세상을 뒤흔들 일은 없으리라는 걸 아잔 수키토의 입으로 들으면 상처가 될 줄 알았다. 그러나 이미 각오해서 그런지 그의 말이 별로 아프지 않았다. 오히려 내가 아직 인정하지 않은 사실을 그가 대신 짚어줘 마음이 편해졌다.

다음 질문은 상담이 꼭 필요한 주제였다. 스포츠였다. 벽에 부딪히라는 예감이 들었지만 어떻게든 내 주장을 펼쳐보고 싶었다. 나에게 스포츠는 오락 이상의 의미가 있었다.

"스포츠를 하면서 절제력과 관련해 많은 걸 배웠습니다. 유익하지만 늘 하고 싶지는 않은 일을 해내는 법을 배웠죠. 전반적으로 건강을 관리하는 법, 스트레스가 심할 때 차분한 마음을 유지

도망친 곳에 낙원이 있었다

하는 법, 좋은 팀원이 되는 법, 실수에 대처하는 법을 배웠고 신체 지각의 기반을 닦았습니다. 가끔은 훈련이 노동 행선처럼 느껴지기도 합니다⋯."

나는 말끝을 흐리며 말을 마쳤다. 산들바람에 아잔 수키토의 황토색 승복이 헝클어졌다. 그는 숨을 들이쉰 뒤 먼 곳을 응시하며 생각에 잠겼다.

긴장되는 순간이었다. 나는 달리기가 그리웠다. 하이파이브와 팀원들이 그리웠다. 내 친구들은 대부분 예전과 지금의 팀원들이었다. 운동을 그만두지는 않겠지만 아잔 수키토가 스포츠에 미혹된 거라고 답한다면 태국을 떠날 때 그 어느 때보다도 길을 잃은 기분일 것이다. 이번에도 나는 그의 인정을 받고 싶었다. 몸은 다 큰 어른이었지만 마음속에는 아직 어린아이 같은 구석이 있어서 마음에 안 드는 답이라도 누군가가 대신 답해주길 바랐다. 스스로 권위자가 되어 무게를 감당하기보다는 권위에 저항하는 게 더 쉽기 때문이었다.

아잔 수키토는 다시 나를 돌아보았다. 지금껏 차분한 호흡을 그렇게 연습했는데도 나는 또 숨을 멈췄다.

"스포츠를 그렇게 생각해 본 적은 없는데 이제 알겠네요."

경고가 뒤따르기를 기다렸지만 그게 끝이었다. 나는 놀라 입을 떡 벌린 채 아잔 수키토의 마음이 바뀔세라 다급히 또 다른 질문을 궁리했다. 궁리 끝에 나에 대한 피드백이 있는지 물었다. 그러나 묻자마자 후회했다. 그는 자세를 고쳐 앉으며 말했다.

"수도원에서 피드백은… 간접적인 경우가 많지요."

부끄러웠다. 전형적인 미국인 회사원의 속성을 드러내다니. 나는 뭘 기대한 걸까? 건설적 비판이 담긴 체크리스트라도 기대했나? 아니면 앞으로 취업할 때 추천인이 돼주리라는 약속이라도 받고 싶었나?

아잔 수키토는 계속 말을 이었다.

"태국 특유의 문화 때문일지도 모르겠습니다. 대립을 꺼리죠. 다른 명상 지도자들과 달리 태국 숲속 전통의 승려들은 **면담**을 그리 좋아하지 않습니다. 스스로 자신의 스승이 되자는 주의죠. 물론 질문이 있으면 물어봐도 되지만요."

그가 잠시 말을 멈췄다. 나는 고개를 끄덕이고 기다렸다. 내 침묵에 힘입어 그가 나에 관한 이야기를 더 해주기를 바랐다.

"속세로 돌아가면," 그가 드디어 입을 열었다. "일정 기간은 실험하는 게 당연합니다. 단, 현명하게 해야겠죠." 대학을 졸업한 뒤 나의 삶이 실험의 연속이었다는 말을 그에게 한 적 있었다. "친구 분의… 죽음을 고찰하는 건 매우 중요합니다. 절박감이 생겨 남은 시간을 현명하게 쓰게 될 겁니다."

나도 모르게 생각이 꼬리에 꼬리를 물었다. 절박감. 맞는 말이다. 뿌 쫌 곰을 떠나면 안 될지도 모른다. 하지만 떠나야 한다. 언젠가 이곳에 돌아오거나 다른 곳에서 계를 받을 수도 있다. 집에서 더 가까운 곳이 좋을 것이다. 아니면….

아잔 수키토는 내 마음을 읽었는지 내가 제일 필요로 하는 피드백을 주었다.

"하지만 미래를 너무 앞서서 생각할 필요는 없습니다. 다시 수도원에 돌아오더라도 6개월이나 1년쯤 있을 생각으로 오세요. 무리할 필요는 없습니다. **평생을 바칠** 필요는 없어요." 아잔 수키토는 짐짓 과장된 어조로 말했다. "평생을 바치지 않는다고 큰일나는 건 아닙니다. 수계를 고려할 때 가족 때문에 고민하는 분들이 종종 있습니다. 그랜트의 부모님은 어느 정도 이해하는 것 같지만요."

그렇다. 부모님과 할머니는 내가 떠난 뒤로 명상을 시작했다.

"그분들에게는 매우 값진 경험일 겁니다. 행동은 타인에게 큰 영감이 됩니다. 말만… 잘하는 것보다는요."

일기만 잘 쓰는 것보다도요.

"수도원의 생활 방식을 즐기는 것도 중요합니다. 미래의 행복을 위해 힘겹게 버티기만 하지 말고요."

조금 전 차올랐던 슬픔이 (혹은 진실이) 또다시 가슴을 찔렀다. 이 조언을 진작 들었다면 얼마나 좋았을까. 그러나 생각해 보니 처음 듣는 조언이 아니었다. 그동안 나는 얼티미트 프리스비 팀원들에게는 "과정을 즐겨라"라고 했고, 산악 훈련을 받는 아이들에게는 "행복은 목적지가 아니라 여정에 있다"라고 내 입으로 설교했다. 나는 알면서 실천하는 걸 계속 잊어버리거나 거부했을 뿐이었다.

더는 할 말이 없었다. 나는 마지막으로 감사 인사를 전했다.

"잘 해주었습니다. 뿌쫌 곰에서는 오후 시간에 길을 잃지 않으려면 분별이 있어야 합니다. 그랜트는 생각을 억눌러 없앨 대상이 아니라 도구로 볼 줄 아는 사색하는 능력이 있는 것 같습니다."

어둠이 주황색 불빛 속에 앉은 우리를 더 밀착시켰다. 우리는 미소 띤 눈길로 서로를 바라보고는 무릎으로 일어났다. 아잔 수키토가 뒤로 돌아 기둥 좌석 위에 놓인 불상을 향해 절했고 나도 함께했다. 다음은 내가 그에게 절할 차례였다. 이제는 그와 친구가 된 기분이었다. 나는 기꺼이 고개를 숙였다. 나는 그를 사랑했다. 세 번째이자 마지막 절을 할 때, 이마를 타일 바닥에 조금 더 오래 대고 있었다.

다음 날 아잔 수키토는 조용히 떠나면서 내게 종이 집게로 고정한, 잔가지만 한 작은 두루마리를 건넸다. 나는 그가 떠나고 처음 맞는 오후 시간에 두루마리를 펼쳤다. 그의 깔끔한 필체로 시한 편이 적혀 있었다.

단순한 마음
할 일을 알고, 의무를 아는
인내하는 마음
불평할 일 없다

단순한 마음
지금을 알고, 본질을 아는

인내하는 마음

조금씩 성장한다

처음에는 무슨 뜻인지 몰랐다. 그러나 단순함과 인내의 중요성을 터득하고 난 뒤라 마지막 줄의 의미는 알 것 같았다. 나의 지난 5개월 반을 고스란히 비추는 시였다. 나는 첫날부터 콧수염 난 거북이를 찾듯 갑작스러운 깨달음을 찾아 헤맸다. 그러는 사이 내 마음은 평화를 받아들일 준비가 됐고, 그렇게 서서히 평화가 찾아들었다.

—

성장은 조금씩 이뤄지지만 변화는 한순간에 일어날 수도 있다. 뿌쫌 곰은 짧은 시간 동안 많은 게 달라졌다.

우선 아잔 수키토를 대신할 임시 주지승을 맞았다. 등이 많이 굽었는데도 키가 2미터는 돼 보이는 노르웨이 출신의 임시 주지승은 불룩 튀어나온 이마와 무언가 찔리는 데가 있는 듯한 눈빛, 기이한 미소의 소유자였다. 외모와 태도, 천박한 말투까지 〈심슨 가족〉의 교활한 번스 씨와 닮은 꼴이었다. 나이도 많지 않았다. 안거를 아홉 번밖에 거치지 않아 아직 아잔이 아니었는데도 하루아침에 우리 중 서열이 제일 높은 승려가 됐다. 미시간주 출신의 승려와 중국 출신의 승려의 법랍이 더 높았지만 이들은 아잔 수키토가 떠날 때 나나찻으로 돌아갔다.

그렇게 뿌 쫌 곰에는 나를 비롯한 수련생들과 기이한 새 주지승만 남았다. 새 주지승은 소임 시간에 나와 바다, 조르조와 함께 비질하면서 아무렇지 않게 말했다.

"여기서 이러한 훈련을 받다가 속세에 나가면 말이죠. 분명 여자들이… 달라붙을 겁니다. 아주 환장할 거예요. 진짜예요. 그러다 보면 예전으로 돌아가게 된다니까요. 여자들이 가만히 안 두거든요."

바다는 짝다리를 바꿔 짚으며 미소를 지었고 조르조는 고개를 돌렸다. 나는 내 안의 아잔 수키토를 발동시켜 그를 물끄러미 바라보았다.

오후에 차 동굴로 가기 전, 법당에서 우연히 파무토를 만났다. 차를 마시며 임시 주지승이 한 말을 전하자 파무토가 말했다.

"그랜트한테도 그랬어요? 저한테도 환속하면 조심해야 한다고 조언하더라고요. 여자들이 하도 달라붙어서 어느새 결혼하고 가정을 꾸리게 되고, 그러면 다시는 구족계를 받을 수 없게 된다면서요."

"특이한 분이네요."

"맞아요. 빤히 쳐다보는 것도 이상해요."

"뭔가 구린 데가 있는 것 같아요."

"진짜 내 입으로 이런 말을 하게 될 줄은 몰랐지만 아잔 수키토가 정말 그립네요."

뿌 쯤 곰에 새로 온 사람은 노르웨이인 주지승만이 아니었다. 다음 날, 내가 처음에 지냈던 손님용 꾸띠에 한 여인이 들어왔다. 50대 태국인으로 나처럼 흰색 승복을 입고 있었다. 이름은 드통이었고 몸가짐이 조용하고 품위 있었다. 안경을 쓰고 짧고 검은 머리였으며 영어를 유창하게 구사해 유판과 나 사이에 통역사 역할을 했다.

어느 날 드통이 단체 명상 때 요리를 도와달라고 부탁했다. 아잔 수키토가 있었다면 허락을 구했겠지만 그가 없으니 엄격히 따르던 관습도 그와 함께 사라진 듯했다. 그때부터 나는 다른 승려들이 명상하는 동안 주방에 남아 요리를 돕기 시작했다.

그러던 어느 날 아침, 드통이 합장한 자세로 다가와 베리 토스트를 만들 수 있는지 물었다.

"미국인이라 아실 것 같아서요."

"그거 좋겠네요. 빵이 있나요?"

"아, 빵이 필요한가요?"

"토스트니 필요하겠죠?"

"아뇨, 베리 토스트요."

"네. 베리를 펴 바른 토스트요."

"제가 발음을 잘못했나요? 베리 토스트. 베리토스."

"아! 부리토요?"

드통이 두 손을 휘저으며 말했다. "아, 뭐든요."

내가 일주일 뒤에 이곳을 떠난다고 하자 드통은 일정을 짤 수 있도록 식사를 마치고 자신의 휴대폰을 빌려주겠다고 했다. 그녀가 꺼낸 최신 아이폰을 받으려고 손을 내밀었을 때였다. 드통이 아이폰을 식탁 위에 올리고는 나와의 신체 접촉을 피하려고 손을 뒤로 뺐다. 승려가 여자를 대하는 방식과 똑같았다.

이후 파무토에게 들은 바에 따르면, 드통은 평신도지만 수행하는 데 일생을 바치고 수도원에 있든 없든 팔계를 따르겠다고 맹세한 여성인 매치maechi였다. 엄격한 불교 신자들은 살생과 도둑질, 거짓말, 간음, 중독성 물질을 금하는 오계를 따른다. 매치는 한 단계 더 나아가 평생 독신으로 살 것을 맹세한다. 또한 정오 이후의 음식 섭취와 오락 활동 및 치장, 호화로운 곳에서의 수면을 금하는 세 가지 계율을 더 따른다. 팔계를 따르지만 매치는 수도원이 아닌 바깥세상에 살며, 그럴 수밖에 없는 존재다. 태국에서 여자는 정식 승려가 될 수 없기 때문이다. 따라서 드통은 임시 주지승보다 더 오래 수행했는데도 수도원에서는 방문객 취급을 받았으며 여자라는 이유로 식사 때마다 마지막에 먹어야 했고 요리와 뒷정리도 떠맡았다.

나는 식사를 마치고 설거지를 한 뒤 드통의 휴대폰을 주방 식탁으로 가져갔다. 화면을 잠금 해제하고 드통의 지메일 계정에서 로그아웃한 뒤 내 계정에 접속했다. 받은편지함이 열리길 기다렸다. 그러는 동안 휴대폰에 감탄하려 안간힘을 썼다. *와, 내가 속세를 떠나 있는 동안 기술이 이렇게나 발전했구나!* 그러나 노력이 무색하게도 휴대폰에 금세 익숙해져 드통에게 배터리를 소모하는 애플리케이션을 한꺼번에 닫는 법까지 가르쳐줬다.

받은편지함에는 방콕에서 함께 묵을 에어비앤비 숙소의 주소를 첨부한 MJ의 메일이 와 있었다. 나는 답장을 작성했다. "곧 보자. 내가 좀 이상하더라도 이해해. 눈썹이 없거든. 발진 치료에 좋은 크림도 부탁할게."

안 읽은 메일이 한두 개가 아니었다. 볼드체의 메일이 내 관심을 끌었지만 보고 싶지 않았다. 가끔은 수도원을 떠나는 날의 계획을 짜는 것만으로도 벅찼다. 그 이상은 생각할 여유가 없었다. 나는 자리에서 일어나 휴대폰을 드통에게 건넸다. 아니, 건네려 했다. 드통은 직접 받지 않고 식탁을 향해 고갯짓했다. 나는 "아, 죄송해요"라고 하고는 드통이 집을 수 있도록 휴대폰을 식탁에 내려놓았다.

바깥세상에 나갈 생각을 하니 드통은 어떻게 속세에서 수행의 삶을 이어가는지 궁금했다. 드통은 음악을 듣지 않았다. 정오 이후에 먹지도 않았다. 나는 겨우 상상만 할 수 있을 뿐인 삶이었다. 어디에 있든 깊고 헌신적인 수행을 유지하는 삶 말이다. 드통은 지위와 명성의 도움 없이 그 길을 걸었다. 아니, 지원 자체를 거의 받지 않았다. 재정적으로 가족의 도움을 받는 매치가 많은 이유이기도 했다. 누구도 드통에게 절하지 않았다. 누구도 그녀에게 아름다운 숲에서 수행에만 전념할 수 있도록 숙식을 제공하지 않았다. 누구도 그녀에게 담마 설법을 부탁하지 않았다. 나는 그녀가 겸허히 수행하는 노동에 쉽게 감탄하고 싶지 않았다. 드통이 공식적인 예우를 받지 않아 속상한 마음이 더 컸다.

아잔 수키토가 없으니 미숙한 새 임시 주지승보다 드통이 뿌쭘 곰의 정신적 지주 같았다. 드통이 옆에 있으면 어느새 자세를 가다듬게 됐다. 새 주지승이 수도원을 어슬렁거릴 때 드통은 친절하고 안정적인 태도로 좋은 본보기가 되었다.

그러던 어느 날, 바다가 승복을 벗었다. 환속하리라고는 전혀 예상하지 못했던 승려였다. 수도원의 삶에 누구보다 만족하는 듯해 보였기 때문이다. 소식이 전해진 날 오후에 바다가 내게 다가왔다.

"사실이에요?"

내가 묻자 바다는 눈을 감은 채 고개를 숙이고는 엄숙하게 말했다.

"사실이에요." 그러고는 고개를 들고 씩 웃었다.

"어디로 가시는지 물어도 돼요?"

"미주리주요."

"네?"

"선정 수행을 단계별로 할 수 있다고 장담하는 스승이 있다고 해서요."

의심이나 죄책감의 기색이 없는지 표정을 살폈지만 바다의 눈빛은 초롱초롱했다.

"원하는 바가 다 이루어지길 빕니다."

내 말에 바다는 감사 인사를 하며 오른손을 내밀었다. 처음으로 우리는 절이 아니라 악수를 했다. 바다가 더는 승려가 아니라는 사실을 체감했다.

"추천서를 써줄 수 있나요?"

"미주리주 수도원에 제출하려고요?"

"네. 그랜트도 곧 떠나잖아요. 제가 수도원에 적합한 사람이라는 걸 증언해 주면 고맙겠습니다."

나는 어깨를 으쓱했다.

"네, 안 될 거 없죠."

바다는 내게 이메일 주소와 자신의 본명(모하메드였다)이 적힌 종이쪽지를 건넨 뒤 링크드인LinkedIn에서 나를 찾겠다고 했다.

다음 날 오후, 주방에서 파무토를 만나 함께 차를 마셨다. 아잔 수키토가 없는 데다 이곳에 생긴 변화가 너무 많아 대화가 절실했다.

"당연한 사실이라 이런 말을 하려니 부끄럽지만요. 고승들도 사람마다 **다르더군요**. 저는 고승들은 다 비슷할 줄 알았거든요. 하지만 겪어보니 아잔 수키토는 양극단의 한쪽 끝, 그러니까 아주 내향적이고 신중하고 근엄한 유형이지만…"

"알아요. 다른 한쪽 끝에는 태평스럽고 평범한 아잔 티라 같은 유형이 있죠. 그러고 보니 어느 아잔이 한 말이 생각나네요. 개인의 성격이 어느 정도는 깨달음에 영향을 미친다고 하더군요. 말이 되는 것 같아요. 누가 깨달았고 누가 깨닫지 못했는지 알 수 있는 건 아니지만요."

고승들은 자기들끼리 열반에 이르렀는지 털어놓을지 몰라도 파무토나 나 같은 서열과는 그런 정보를 공유하지 않는다고 했다. 애초에 승려들은 자신의 영적 위치를 누설하면 안 됐다. 그 말을 듣고 처음에는 실망스러웠다. 깨달은 상태가 어떤 건지 궁금하기도 했고 나라면 깨달음을 얻자마자 그 사실을 알리고 싶을 것 같았기 때문이다. 그러나 곰곰이 생각해 보니 비밀을 간직하는 게 얼마나 지혜로운지 이해됐다. 이는 언어와 관련이 있었다. 나도 **깨달음**enlightenment과 **열반**nirvana을 호환해 썼지만 사실 두 단어의 의미는 정반대다. **깨달음**은 빛을 발하게 된다는 뜻인 반면에 팔리어로 열반을 뜻하는 닙바나nibbana, 산스크리트어로 니르바나는 직역하면 '불이 꺼진다'는 뜻이다. 승려의 목표는 사람이 모여드는 빛이 되는 게 아니다. 내면에서 타오르는 갈망의 불꽃을 끄는 것이다. 내 영적 위치를 광고하는 것은 불꽃을 끄는 내려놓기의 정신에 어긋난다.

"새로 온 분 말인데요."

나는 임시 주지승의 꾸띠 쪽으로 고갯짓하며 말을 꺼냈다.

"알아요. 저는 같이 있으면 불안해지더라고요."

"저도요. 아잔 티라가 한 말이 있는데 제가 말했던가요? '성욕 때문에 괴로우면 단식하세요'라고 했거든요. 새 주지승에게 누가 그 말 좀 해주면 좋을 것 같아요."

"그러게요. 제가 하고 싶지는 않지만요. 솔직히 그냥 피하고 있어요."

"저도요." 나는 주방 너머의 대나무를 응시하며 말했다. "덕분에 떠나는 게 더 쉬워졌네요."

"그 마음 알아요. 저도 그렇거든요."

파무토는 곧 나나찻으로 돌아갈 예정이었다. 부모님에게는 아직 편지를 보내지 않았다고 했다. 그는 구족계를 받을 결심이 서지 않았지만 환속을 결심한 것도 아니었다.

"나나찻으로 돌아가기가 두려웠는데 이제는 차라리 그게 나을 것 같아요."

동감이었다. 엄격하고 안정적인 태도로 뿌 쫌 곰에 전지적 존재감을 발산한 아잔 수키토가 그리웠다. 감독의 부재를 실감하며 우리는 세 번째 찻물을 부었다.

다음 화두는 독신 서약이었다. 나는 이미 흔들리고 있는 각오를 거듭 밝혔다.

"나가면 시도는 해볼 겁니다. 아마도요."

우리는 금기시되었던 대화가 유례없이 길게 이어지자 축배를 들듯 서로의 잔을 부딪쳤다.

"아, 보여줄 게 있어요."

파무토는 벌떡 일어나 주방 뒤쪽에 있는 작은 책장에서 표지가 두꺼운 책을 한 권 가져왔다. 탁자 위에 놓고 펼쳐보니 자세한 삽화가 실린 인체 해부학 교과서였다. 우리는 해골과 다양한 장기의 해부도를 보면서 인간의 몸은 그다지 매력적이지 않다고 되뇌었다. 그러면서 금욕은 당연히 지켜야 하는 거라고 입을 모아 말했다.

우리는 머리의 단면을 묘시힌 삽화를 보며 얼굴을 구성하는 요소들을 관찰했다. 과학적 관점으로 보니 입술은 한 꺼풀의 피부에 불과했다! 불그스름한 입술 표면은 그냥 몸의 일부일 뿐 그 자체로 성적 매력이 있는 건 아니었다.

우리는 고개를 끄덕이며 어깨를 으쓱했다. 사람들이 제 입술을 타인의 입술에 뭉개면서 그것을 키스라 부르고 좋아하는 게 얼마나 이상한지 이야기했다. 팔리어로 아수바asubha는 '불순함'을 뜻하는 단어로, 동시에 인체가 본질적으로 매력적인 대상이 아님을 깨닫는 수행법을 뜻한다. 우리는 나름의 방식으로 아수바를 고찰한 셈이다. 이 방법은 그 순간에는 효과가 있었다. 대장을 자세히 묘사한 그림을 보며 성욕이 생기기는 어려웠다. 지난 반년 동안 목적의식을 갖고 수행을 끝까지 실천한 덕분이기도 했다. 물론 내가 6개월 전 사랑을 고백한 지적이고 창의적이고 아름다운 여인을 며칠 뒤 방콕에서 만나리라는 건 파무토에게 말하지 않았다. 그건 너무 잔인했다.

우리는 네 번째로 찻물을 부었다. 오늘 밤 파무토와 나는 금욕을 약속한 전우였다. 뜨거운 물이 떨어지자 파무토가 자신의 꾸띠에서 보온병에 물을 담아와 다섯 번째 찻물을 부었다. 여섯 번째 찻물도 부었다. 우리는 점성술과 니체와 앞으로 달라질 각자의 미래를 이야기했다. 수도원에서는 차를 마시며 주제의 제한 없이 자유롭게 담소를 나눌 기회가 극히 드물었다. 서로 다시는 보지 못하리라는 걸 알아서 그런지 이 기회가 더욱 소중하게 느껴졌다.

드디어 한 명이 시계를 확인했다. 대화를 시작한 지 무려 일곱 시간이 지나 있었다.

"우와."

동시에 감탄사가 터져 나왔다. 갑자기 밤이 더 고요하게 느껴졌다. 그동안 쌓인 우정 덕분에 우리는 서로의 세계 속으로 한 발짝 내디딜 수 있었다. 이제 헤어질 시간이었다. 나는 바깥세상에서 6개월을 보낸 뒤 그에게 편지를 보내기로 약속했다. 파무토는 내게 이메일 주소와 진짜 이름을 알려주었다. 그의 본명은 스콧이었다.

다음 날, 이탈리아에서 소포가 도착했다. 소임 시간이 끝나고 다들 소포 주변에 모였다. 조르조가 활짝 웃으며 말했다.

"어머니가 보내셨네요."

조르조가 소포 상자의 뚜껑을 열자 소박한 아름다움이 눈에 띄는 포장용 상자가 나왔다. 판지나 스티로폼이 아니라 밝은 빛깔의 나무로 된 상자에 지푸라기가 완충재로 들어 있었다. 조르조는 마치 고고학자가 신성한 유물을 대하듯 조심스럽게 상자를 꺼냈다. 상자 안을 들여다보며 물건을 하나씩 꺼낼 때마다 조르조는 허리를 펴고는 손가락을 모으는 이탈리아인 특유의 몸짓을 했다.

첫 번째 물건은 빨간 토마토 소스가 담긴 호리호리한 유리병이었다.

"아, 마리나라 소스."

조르조는 병목이 가느다란 또 다른 유리병을 갓난아기처럼 두 손으로 받들며 말했다.

"아, 올리브유."

조르조가 물건을 건네면 파무토는 받은 물건을 주방 아일랜드 식탁 위에 보기 좋게 진열했다. 조르조가 갈색 종이 다발을 꺼내며 말했다.

"아, 엄마도 참."

"이건 뭐예요?" 내가 물었다.

"이건 영어 단어랑 같아요, 그랜트."

조르조는 물건을 내게 건네며 미소 지었다.

"스파게티예요."

몇 달 전 아버지가 보낸 카인드 그래놀라 바를 몰래 숨겨두었던 일이 떠올랐다. 조르조가 간식을 슬쩍해 승복 주머니에 넣는 걸 못마땅한 눈길로 봤던 일도 생각났다. 그랬던 조르조가 지금은 상자를 모두의 앞에서 열고 그 안에 든 식재료를 공동으로 쓰는 식료품 저장실에 두려 했다. 물론 상자가 커서 감추고 싶어도 못 감췄겠지만 나는 그의 선의를 믿기로 했다. 조르조는 자신의 물건을 모두와 공유했다. 우리는 함께 축하했다.

식사 시간 외에는 음식을 섭취할 수 없어 우리는 이탈리아어가 필기체로 가득 적힌 병들을 감탄하며 바라보았다. 그러고는 식료품 저장실에 가져가 태국어가 가득한 캔과 상자 옆에 고이 내려놓았다.

돌아오니 조르조가 마지막 품목을 꺼내고 있었다. 상자 밑바닥에 있던 흰색 카파 사각팬티 두 벌이었다. 그는 고개를 저었다.

"아, 엄마도 참."

"멋지네요!" 나는 감탄하며 말했다. "빠까오의 흰색 승복과 어울리겠어요."

"가져요."

"네? 안 돼요. 어머니가 보내신 거잖아요."

"그랜트." 조르조가 목소리를 낮추며 말했다. "나는 이거 안 입어요. 제발 가져가요."

나는 씩 웃으며 감사 인사를 했다. 덕분에 라오스에서 더럽힌 속옷을 버린 뒤 홀수가 됐던 짝이 다시 맞춰졌다.

"내일은 진짜 만찬을 즐길 수 있겠네요."

파무토의 말에 조르조가 외쳤다.

"아, 맞다! 이런 비극이 있다니. 안타깝지만 나쁜 소식이 있어요. 유핀은 이 재료로 요리할 줄 몰라요. 지난번에 어머니가 보낸 재료들도 아직 저장실에 있답니다. 저기 그대로 있네요. 저기, 저기, 저기에도요."

순간 의욕이 샘솟았다.

"제가 할게요."

식전 명상 시간에 요리를 도울 수 있는 사람은 나뿐이었다. 부리토도 만들었으니 파스타도 만들 수 있었다.

다음 날 아침, 유핀은 복잡하고 다양한 조리 준비 작업을 분주히 수행하면서 짬짬이 내가 새 재료로 요리하는 모습을 지켜보았다. 내가 물을 끓이고 면을 넣고 기다릴 때는 미간을 찡그리고 두 손을 허리에 얹은 학구적인 자세로 내 옆에 서 있었다. 나는 다른 팬에 마리나라 소스를 붓고 데우며 올리브유와 소금, 후추를 추가한 뒤 드통에게 유핀이 매일 만드는 요리가 훨씬 더 만들기 어렵다는 말을 통역해 달라고 부탁했다. 유핀은 드통의 통역을 듣고 고개를 저었다. 나는 고개를 끄덕였다.

드통도 파스타를 만들어본 적이 없다고 했다. 드통은 유핀에게 무언가를 말하며 웃고는 내게 말했다.

"그렇다고 치죠."

내가 타원형 접시에 파스타를 담자 유핀이 종을 울렸다. 승려들은 차례대로 발우를 채웠고, 모두 불상이 보이는 각자의 자리에서 조용히 밥을 먹었다. 식사 시간이 끝나자 조르조가 법당에서 씩씩하게 걸어 나오더니 주방에 와서 나를 포옹했다. 그는 나를 꽉 껴안은 뒤 두 손을 뻗어 내 어깨에 얹으며 말했다.

"어머니가 해준 맛 그대로였어요."

도망친 곳에 낙원이 있었다

·

13장

다시,
슬픔을 마주하다

차 동굴은 애초에 내가 태국에 온 이유인 고독의 정점을 찍은 곳이었다. 길에서 한참 벗어나 숲속 깊숙이 숨어 있어서 뿌 쫌 곰에서도 두 시간을 걸어 들어가야 했다. 그나마 뿌 쫌 곰이 차 동굴과 가장 가까운 문명사회였다. 나는 극한의 환경에서 지내는 이 경험을 명예로운 훈장으로 여겼고, 이 훈장을 얻으려 애쓴다고 문제가 될 것 같지는 않았다. 그러던 어느 날 밤, 차 동굴의 나무 탁자에서 자다 깨서야 알았다. 숲에는 나만 있는 게 아니었다.

40미터쯤 떨어진 협곡 건너에서 누군가가 동굴 입구로 손전등 불빛을 쏘았다. 잔가지가 부츠에 밟혀 부러지는 소리가 들렸다. 소리를 듣자마자 나는 생각할 겨를도 없이 다급히 나무 탁자에서 굴러 내려와 탁자 뒤에 숨었다. 내려오다가 무릎이 모서리에 부딪혔고, 누군지는 몰라도 그 소리를 들었을 게 분명했다. 손전등 불빛이 다시 내 머리 위로 휙 날아와 이리저리 움직였다. 발걸음 소리가 30미터 앞까지 가까워졌다. 그러다 불빛이 꺼졌다.

나는 꼼짝도 하지 않은 채 요란하게 헉헉대는 숨소리를 가라앉히며 귀를 바짝 기울이고 어둠 속을 응시했다. 탁자 다리 밑에 받친 자기 그릇에서 타르 냄새가 진동했다. 나는 어둠 속의 인물이 누구인지 직감했다. 아잔 수키토가 보여줬던 사진 속 마약 밀수범이 분명했다.

그 순간 온몸을 휘몰아치는 감정은 죽음의 공포였다. 외딴 동굴에서 살면서 얻었다고 믿은 명예로운 훈장은 그다지 명예롭지 않았다. 그저 한밤중 숲속에서 홀로 범죄자의 표적이 되기 쉬울 뿐이었다. 지금껏 간과했으나 극단의 고독에는 위험이 따랐다. 망할 상황이 벌어져도 혼자 맞서야 했다.

나는 발걸음 소리에 온 신경을 집중하면서 잘 때 팔꿈치 아래에 쿠션으로 받치는 양모 양말을 찾아 탁자 위를 더듬었다. 서둘러 양말과 고무 샌들을 신고 발꿈치 끈을 채웠다. 어서 도망쳐야 했다.

탈출로는 두 개였다. 평소 동굴에서 나갈 때 다니는 길은 침입자에게서 곧바로 멀어질 수 있겠지만 마른 낙엽이 쌓인 바위 사잇길이라 낙엽을 밟는 소리가 날 것이다. 다른 길은 협곡으로 200미터쯤 완만한 내리막을 내려가다 왼쪽으로 굽어졌다가 다시 고원으로 올라가는 길이었다. 낙엽은 별로 없지만 은폐물이 없어서 금방 들킬 확률이 높았다. 게다가 뿌쫌곰까지 한참을 돌아가는 길이었고 밤에 이 길로 간 적은 한 번도 없었다. 그러나 첫 번째 길은 추격전의 위험을 감수해야 했다. 나는 조용히 동굴을 나가 두 번째 길로 향했다.

달빛을 받아 주변보다 밝아 보이는 모래를 골라 밟으니 발걸

도망친 곳에 낙원이 있었다

음 소리가 나지 않았다. 그러나 스무 걸음쯤 걸었을 때 위를 힐끗 보다 발을 잘못 내디뎌 낙엽을 밟고 말았다.

그러자 어둠 속의 인물이 고함을 쳤다. 공격적인 소리였다. 손전등이 다시 켜졌다. 손전등 불빛이 마구 흔들리며 동굴 주변을 훑었다. 풀숲을 통과하는 발소리가 갑자기 뚝 멈췄다.

나는 다급히 덤불 뒤에 숨어 몸을 공처럼 둥글게 말았다. 헉헉대는 숨소리가 너무 커 주변 소리가 잘 안 들렸다. 승복으로 입을 틀어막았다. 하필 나무가 듬성듬성 난 곳이라 은폐가 잘 안 됐다. 게다가 나는 땀범벅이 된 민머리가 보름달처럼 번들거리고 흰색 승복을 입은 백인이라 눈에 띌 수밖에 없었다. 호흡을 가다듬으려 애썼다. 아직 들키지 않았을지도….

삐삐! 삐삐! 삐삐! 손목시계의 알람이 울렸다. 오전 4시였다. 얼른 손으로 때려 껐지만 이미 늦었다. 남자가 고함치는 소리가 들렸다. 화난 목소리였다. 손전등 불빛이 내가 숨은 곳으로 방향을 홱 틀더니 내 승복을 비췄다. 나는 총성이라도 들은 듯 벌떡 일어났다.

비탈길을 전력 질주해 협곡으로 내려갔다. 비탈길 아래에서 왼쪽으로 휜 길을 따라 옆으로 쓰러질 듯 기울어지는 몸을 버티며 있는 힘껏 달렸다. 그러고는 오르막을 마구 기어올라 키 큰 풀이 자란 공터를 통과해 고원에 다다랐다. 사방이 트인 돌바닥을 뛰어넘고 미끄러지며 뒤도 안 보고 달렸다. 눈 감고도 갈 수 있는 길이었다. 그렇게 최소 2킬로미터를 죽어라 뛰었다.

고원을 지나 숲 가장자리에 도착한 뒤에야 느린 달리기로 속도를 늦췄다. 아무 소리도 들리지 않았다. 신박한 위험은 피했다는 안도감에 긴장이 풀렸다. 나는 두 팔을 흔들며 미친 듯이 웃었다. 뱀이 있을지도 몰라 시선은 땅에 고정한 채 흥분을 주체하지 못해 통나무를 뛰어넘으면서 직선 구간을 마구 달렸다.

차 동굴에 돌아갈 일은 없었다. 놓고 온 것도 없었고 더는 증명하고 싶은 것도 없었다. 남은 날 밤은 주방의 책장 옆 바닥에서 잘 것이다. 명예보다는 안전이 중요했다. 남은 이틀을 무사히 보내는 게 중요했다.

드통과 유핀이 내가 수도원을 떠나는 날의 일정을 함께 짜주었다. 다음 날 아침 우본에 볼일을 보러 가는 마을 여자들의 차를 얻어 타기로 했다. 그들이 나나찻에 내려주면 나나찻에서 오후 시간을 보내고, 저녁에 신입 담당 승려가 택시를 불러주면 기차역에 가서 방콕행 야간 기차에 오르는 일정이었다.

짐은 이미 싸두었다. 제대로 짐을 푼 적조차 없는 배낭이 동굴로 거처를 옮긴 뒤로 한구석에 방치돼 있었다. 그래도 내용물을 확인했다. 납작해진 운동화와 둘둘 말린 등산용 바지, 구겨진 티셔츠 모두 한 번도 입거나 신지 않았다. 배낭의 맨 위 주머니에서 휴대폰을 꺼내 충전하려고 주방에 가져갔다. 드통에 따르면 뿌 쫌곰에도 전기가 들어오고 있었다. 주방에 있는 유일한 콘센트가 새벽 6시부터 정오까지 작동한다고 했다.

소임을 마치고 완전히 충전된 휴대폰을 조심스레 켰다. 알람이

도망친 곳에 낙원이 있었다

쏟아지리라 내심 기대했지만 잠잠했다. 와이파이가 없으니 당연했다. 인터넷 접속이 안 되는 휴대폰은 쓸모가 없었다.

쓸모 있는 건 카메라 기능뿐이었다. 나는 휴대폰을 개울로 가져갔다. 물이 암반을 따라 한 웅덩이에서 다른 웅덩이로 고요히 움직였다. 멈춰 있는 듯했지만 분명 흐르고 있었다. 평화로운 마음은 멈춘 듯하지만 흐르는 물과 같다는 아잔 차의 말이 떠올랐다. 개울을 바라보니 이 잠언의 역설을 내가 조금이라도 이해하게 됐는지 문득 궁금해졌다. 바로 이곳에서 발을 물에 담근 채 명상에 실패하고 배고픔과 씨름하며 감사의 눈물을 펑펑 쏟은 기억이 떠올랐다. 나는 팔을 쭉 뻗어 나무와 웅덩이와 바위가 다 들어오도록 각도를 맞춰 휴대폰으로 사진을 찍었다.

다음 날 아침, 유핀이 삼륜차에서 깡충 뛰어내려서는 내게 오라고 손짓했다.

"오케이!"

나는 주방의 지붕 아래에서 기다리고 있다가 밖으로 발을 내디뎠다. 파무토와 조르조는 늘 그랬듯 빗자루로 길을 쓸고 있었다. 작별 인사는 이미 했다. 짐칸에 배낭을 올리고 유핀의 뒷자리에 올라타자 삼륜차가 진입로를 따라 달리기 시작했다. 삼륜차는 마을을 통과하면서 도로의 움푹 팬 구멍과 수탉, 주민들이 쓰레기를 태우려고 앞마당에 피운 작은 불을 지나쳤다. 탁발 순례를 돌때는 대부분 고개를 숙이고 있었지만 이제는 나를 먹여 살린 주민들의 집과 콘크리트 벽, 타일 바닥, 열려 있는 현관문을 호기심과 고마움이 담긴 눈빛으로 찬찬히 살펴볼 수 있었다.

삼륜차는 마을 중앙을 가로질러 짙은 색 아스팔트가 갓 깔린 대로에 부르릉거리며 멈췄다. 트럭 한 대가 기다리고 있었다. 문이 네 개 달리고 녹색으로 반짝거리는 신형 닛산 트럭이었다. 내 또래의 젊은 여자가 운전석에서 내려 짐칸에 배낭을 던지라고 손짓했다. 뒷좌석에 탄 50대 여성 둘이 차창을 내리고는 미소를 지으며 내게 절한 뒤 유핀에게 인사했다. 나는 미소 띤 얼굴로 앞으로의 일정을 듣기 위해 기다렸다. 운전하는 젊은 여자가 영어를 조금 할 줄 알아 우본에 가는 길에 나를 나나찻에 내려주는 일정을 다시 한번 설명했다.

유핀은 나를 돌아보며 "오케이?"라고 물었다. 일정이 괜찮냐는 게 아니라 내가 괜찮은지 확인하는 질문이었다. 내 표정에 마음이 드러난 모양이었다. 나는 힘든 이별을 앞두고 있었다. 지난 6개월간 나는 다른 누구보다 유핀과 많은 시간을 보냈다. 유핀의 질문에 고개를 끄덕이니 눈시울이 뜨거워졌고, 유핀도 마찬가지였다. 잠시 후 유핀이 관습을 무시하고 포옹하려는 듯 두 팔을 활짝 벌렸다. 나는 이제 승려가 아니었다. 사실 승려였던 적도 없었다. 우리는 서로를 꺼안았고 나는 "코 쿤 카, 코 쿤 카"라고 말했다. 그 말로는 부족한 것 같아 아잔에게 하듯 합장하는 자세로 유핀에게 절했다. 유핀은 나를 한 번 더 안아주고는 말했다.

"오케이."

나는 뒤돌아 손을 흔들며 트럭의 앞좌석에 올라탔다. 유핀도

도망친 곳에 낙원이 있었다

손을 흔들고는 삼륜차를 타고 또 다른 식사를 준비하러 뿌 쫌 곰으로 향했다.

—

나를 나나찻까지 태워주는 운전사가 서툰 영어로 스스로를 간호학교 학생이라 소개했다. 그녀는 미소를 지을 때마다 교정기가 의식되는지 바로 입을 다물었다. 뒷좌석에 탄 두 여자는 킥킥대면서 내게 태국인들을 어떻게 생각하는지 물었다. 나는 "짜이 디 jai dee(친절하다)"라고 답했다. 우리가 나눌 수 있는 대화는 그 정도뿐이라 여자들은 깔깔 웃고는 이내 자기들끼리 수다를 떨었다. 운전사는 카스테레오에 꽂은 CD의 음악에 맞춰 콧노래를 불렀다. 1990년대 미국 보이밴드의 히트곡을 부르는 그룹의 노래였다. 6개월 전, 태국에 막 도착해 탄 버스에서 무한 반복되는 광고를 보면서 지독히 괴로웠던 기억이 떠올랐다. 그러나 이번에는 야생의 자연을 꿈꿨던 그간의 투쟁이 얼마나 헛된 수고였는지 알려주는 것 같아 웃음이 나왔다. 뿌 쫌 곰을 떠난 지 5분 만에 나는 현대적이고 세계화된 세상에 둘러싸인 채 일본 자동차를 타고 교목림을 가로지르는 직선 도로를 달리고 있었다.

운전사가 콘솔박스에 들어 있던 휴대폰을 꺼내 잠금 해제를 하고는 엄지로 화면을 획획 넘겼다. 등받이에 기대며 계기판을 힐끗 보니 시속 65킬로미터였다. 속도는 70킬로미터, 75킬로미터로 점점 빨라졌고 그녀는 계속 휴대폰을 보고 있었다. 허리가 꼿꼿이 펴졌다. 나는 한 손을 슬며시 뻗어 손잡이를 부여잡았다. 그녀가 드디어 고개를 들고 가속페달에서 발을 뗀 뒤에야 안도의 숨을 길게 내쉬었다.

운전사가 내 성과 이름을 물었다. 알려주자마자 후회했다. 그녀가 휴대폰을 다시 들여다보며 페이스북에서 내 계정을 찾기 시작했기 때문이다. 철자를 잘못 입력했는지 그녀가 다시 내 성을 물었다. 나는 얼굴을 찡그리며 깊이 숨을 들이마셨다. 내가 철자를 말하자 그녀는 두 엄지로 철자를 입력하려고 나머지 손까지 핸들에서 뗐다.

더는 참을 수 없었다. 내가 입력해 주겠다며 손을 뻗었지만 그녀는 화면을 내 쪽으로 돌리며 말했다.

"그쪽이에요?"

하도 오랜만이라 내 프로필 사진을 잠깐 알아보지 못했다. 담쟁이가 덮인 벽을 배경으로 찍은 얼굴 사진이었다. 친구가 내 계정을 해킹해 장난으로 프로필 사진에 온갖 이모티콘을 넣었는데 귀찮아서 바꾸지 않았다. 선글라스 이미지로 눈이 가려져 있었고, '키스해 주세요!'라는 연분홍색 글자가 이마를 가로질렀다. 속눈썹이 있고 분홍색 리본을 단 똥 이모티콘도 있었다.

"네. 저 맞아요."

그녀는 내 계정에 친구 요청을 했다.

"좋네요." 내가 말했다.

끝인 줄 알았는데 아니었다. 그녀는 나더러 친구 요청을 수락해 달라고 했다.

"연결이 안 되는데요."

내 말에 그녀는 상처받은 표정으로 도로가 아닌 나를 계속 응시했다.

"지금은 안 돼요." 나는 난감해하며 두 손을 내밀었다. "수락할게요. 정말이에요. 나중에, 나중에요"라고 약속하고는 그녀에게 앞을 보라고 손짓했다.

우리는 고속도로에서 차선이 없는 6차로로 진입했다. 익숙한 풍경이었다. 첫 번째 갱신 도장을 받은 비자 사무소가 보였다. 트럭이 비자 사무소를 지난 뒤에야 깨달았다. 나나찻으로 가려면 빠져야 하는 분기점이 트럭 뒤로 멀어지고 있었다. 잠시 후 뒷좌석의 여자들이 뒤쪽을 가리키며 운전사에게 무언가를 말했다. 갈림길을 지나쳤다는 걸 그들도 아는 눈치였다.

운전사는 "아"라고 말하고는 갓길에 차를 세웠다. 잠시 쉬면서 가는 길을 우리와 의논할 줄 알았지만 그녀는 다시 가속페달을 밟아 큰 호를 그리며 차가 양방향으로 달리는 6차로에서 유턴을 감행했다.

멀리서 끼익하는 소리가 들렸다. 끼익 소리가 길게 이어지는 동안 나는 사고를 예감했고 예감은 현실이 됐다. 충돌의 충격으로 트럭이 거칠게 덜컥거리며 빙빙 돌았다. 안전띠가 팽팽해지며 어깨와 허리를 짓눌렀고, 머리가 의자에서 팅겨 나갈 듯 앞으로 쏠렸다. 바퀴가 아스팔트와 마찰하며 간신히 회전이 멈추자 트럭이 앞뒤로 마구 흔들렸다.

트럭은 도로 한복판에서 멈췄다. *아직 안전띠를 풀면 안 돼.* 더 오는 차가 없는지 보려고 뒤를 돌아보았다. 주변에 자동차 여러 대가 어지럽게 세워져 있고 사람들이 차에서 내려 차 문을 닫는 것도 잊은 채 우리 쪽을 보고 있었다. 뒷좌석의 두 여자들은 피투성이가 돼 있었다. 한 명은 의식이 없이 목이 축 처지고 입에서 꾸르륵거리는 소리를 냈다. 다른 한 명은 나쁜 꿈을 꾸다 깬 사람처럼 앓는 소리를 내며 이마로 손을 뻗어 벌써 자몽만 하게 부푼 혹을 만졌다. 둘 다 안전띠를 안 매고 있었다.

운전사는 울고 있었다. 나는 두 손을 뻗어 몸의 균형을 잡으며 천천히 차에서 내렸다. 충격으로 부상을 미처 알아채지 못했을 수도 있었다. 그러고는 의식이 없는 여자를 도우려고 뒷문을 더듬어 열었다. 여자의 축 처진 몸이 옆으로 구부러졌다. 머리를 만져보니 뜨거웠고 땀으로 흠뻑 젖어 있었다. 나는 여자의 머리가 흔들리지 않게 잡았다. **척추를 고정하라.** 야생 응급처치 교육 때 배운 내용이었다. 도움이 될지는 알 수 없었다. 이곳은 야생의 자연이 아니었다.

빨간 십자가가 사면에 그려진 흰색 승합차가 도착했다. 구급차였다. 흰색 옷을 입은 사람들이 뒷좌석으로 달려왔다. 뒤로 물러나니 달라진 트럭의 형상이 보였다. 직사각형 모양의 짐칸이 삼각형으로 찌그러져 있었다. 운전사가 조심스럽게 차에서 내렸다. 그

도망친 곳에 낙원이 있었다

녀는 물에 젖은 손을 닦을 곳을 찾을 때처럼 두 손바닥을 내민 채 멍하니 서 있었다. 나와 눈이 마주치자 그녀가 허리를 펴고 손가락을 휘두르며 소리쳤다.

"가요!"

"네? 안 돼요. 저만 갈 수는….”

운전사는 웨지힐 구두로 바닥을 쿵쿵 구르고 손가락을 휘두르며 같은 말을 외쳤다. 나는 두 손바닥을 내보이며 뒷걸음쳤다. 그제야 내 배낭이 트럭 짐칸에 없는 걸 깨달았다. 나는 차와 오토바이와 구경꾼들 사이를 헤치고 자갈로 뒤덮인 갓길이 마른 잔디로 바뀌는 지점으로 향했다. 도착하니 30미터쯤 떨어진 곳에 배낭이 있었다. 먼지투성이에 흠집이 나긴 했으나 멀쩡했다. 나는 운전사가 진정했길 빌며 배낭을 들고 트럭으로 돌아갔다. 그러나 그녀는 나를 보자마자 또다시 손가락을 휘두르며 가라고 소리쳤다.

이대로 떠나서는 안 될 것 같았지만 고함치는 운전사를 보니 남아서도 안 될 것 같았다. 그때, 유핀의 삼륜차와 비슷한 툭툭 택시 한 대가 근처에 멈추더니 기사가 내려 툭툭에 기대섰다. 나 역시 사고 관계자라 기사가 태워주지 않을 것이라 생각했다. 남아서 누군가에게 경위를 진술해야 할 것 같았다. 그러나 내가 다가가자 기사는 뒤에 타라고 손짓했다. "왓 빠 나나찻"이라는 말에 기사는 마치 예상했다는 듯 고개를 끄덕이고 시동을 걸었다.

그렇게 나는 다시 고속도로를 탔다. 살아서, 충격에 휩싸인 채 현장을 떠났다. 툭툭은 좁은 갓길에서 방향 전환을 한 뒤 정차한 자동차 사이를 누비며 역주행했다. 나는 손잡이를 꼭 틀어잡았다.

기사는 툭툭을 반내 방향으로 조심스럽게 몰아 비자 사무소를 지나친 뒤 나나찻으로 가는 길로 빠졌다. 툭툭에는 안전띠가 없었다. 나는 무슨 소리가 들릴 때마다 마치 확인하기만 하면 사고를 막을 수 있다는 듯 고개를 홱 돌려 소리가 난 곳을 쳐다봤다. 고개를 돌릴 때마다 목이 점점 더 뻐근해졌다. 나나찻에 도착할 때쯤에는 고개가 안 돌아가 몸통까지 돌려서 봐야 했다.

기사는 수도원 입구에 툭툭을 세워 내가 건네는 요금을 받고 떠났다. 배낭을 바닥에 내려놓고 잠시 입구 앞에 서서 호흡을 가다듬었다. 나는 또다시 수도원과 바깥세상의 경계 위에 아슬아슬하게 서 있었다. 어깨가 아파 배낭을 다시 둘러멜 수 없었다. 나는 아기를 안듯 배낭을 가슴에 껴안은 채 마지막으로 한 번 더 나나찻으로 걸어 들어갔다.

늘 그랬듯 구불구불한 진입로 끝에서 나를 환영해 주는 사람은 없었다. 하지만 상관없었다. 내가 나나찻을 환영했다. 배낭을 주방 위 기숙사에 두고 곧장 숲속으로 향했다. 포르말린으로 방부 처리된 아이가 담긴 작은 유리 상자와 해골이 있는 숲속 법당에 갔지만 법당에 가만히 있으려니 견딜 수가 없었다. 계속 움직이지 않으면 미칠 것 같았다.

숲속에는 한낮의 고요함이 내려앉아 있었다. 기념일이 아니라 북적이지도 않았고 바람조차 불지 않았다. 식사 시간은 이미 끝난 뒤였다. 고속도로와 태양, 먼지, 엔진, 충돌 사고를 뒤로 하고 고요하고 파릇파릇한 숲에 있으니 집에 돌아온 듯 편안했다.

생각해 보면 내가 교통사고를 당해 아직 죽지 않고 살아 있는 건 놀라운 일이었다. 도로의 차들은 늘 죽음을 가까이에 두고 달렸다. 나는 운전할 때 음악을 크게 틀었고 빨간불이 켜지면 휴대폰으로 문자를 보냈다. 혼자일 때는 그나마 나았다. 대학생 때 프리스비 팀원들과 다닌 장거리 자동차 여행이 떠올랐다. 소년과 간식, 더플백이 들어찬 렌터카들이 줄줄이 도로를 달렸다. 1년에 한 번씩 팀 전체가 미네소타주에서 출발해 밤샘 운전으로 텍사스주에 도착했다. 숙소 바닥이 빈틈없이 꽉 차도록 서른 명이서 매트를 붙여 깔고 잤다. 봄방학이었다. 전국 각지의 팀들과 붙는 주말 토너먼트전을 앞두고 주중에 운동장을 찾아다니며 닥치는 대로 연습했고 먹고 마시고 놀았다. 다른 팀들도 우리와 똑같았다.

주간고속도로 제35호선을 따라 1,600킬로미터를 달리는 여정은 봄의 해동을 상징했다. 돌아가면서 운전대를 잡았고 이야기를 들려줬고 단어 맞추기 게임을 했다. 토너먼트전에는 직접 제작한 티셔츠를 입었다. 잔디와 태양과 먼지의 향연을 고대하며 대형 할인점에서 흰색 티셔츠를 대량으로 구매해 우리만 아는 농담을 스프레이 페인트와 스텐실 틀로 찍어 넣었고 소매를 찢었다. 그렇게 우리는 겨울을 나기 위해 자동차 여행을 떠났다. 패딩을 껴입은 채 영하 17도의 어둠을 뚫고 힘겹게 해야 하는 훈련에서 탈출해 일요일 밤마다 트랙 운동을 하고 새벽 6시에 실내 연습을 하는 남쪽으로 떠났다.

토너먼트전은 유독 겨울이 추운 미네소타주의 탈출구였다. 또 다른 탈출구는 2월에 캘리포니아주에서 열리는 대회였다. 우리 는 미니애폴리스 세인트폴 국제공항까지 데려다 달라고 친구들 을 설득했고 서로의 무릎이 닿고 차가 터지도록 뒷좌석에 끼여 앉았다. 서로의 몸 상태를 잘 알아 욱신거리는 종아리나 접질린 발목이 괜찮아졌는지 안부를 물었다. 마사지도 해줬다. 전문가를 고용할 만큼 지원이 넉넉하지 않기 때문이었지만 내 손으로 동료 를 주물러주는 느낌과 육체적인 방식으로 서로를 이해하는 게 좋 았다. 우리는 몸을 단련하고 내던지고 찬양하는 동시에 소홀히 하 고 존중하지 않았다. 젊으니 몸이 언제든 우리 뜻을 따라주리라 믿었고, 보통은 그랬다. 스포츠는 머리부터 발끝까지 몸을 쓰는 경쟁이었다. 우리는 그 경쟁을 즐겼고 서로를 사랑했다. 함께 껴 안았고 가끔 취했을 때는 입도 맞췄다. 대부분 파티 때 웃자고 하 는 짓이었지만 때로는 전우를 위해서라면 못 할 게 없다고 허세 를 부리는 전사처럼 마구잡이로 입을 갖다 댔다. 그러면서 누가 뭐라든 눈곱만큼도 **상관없다**고 외쳤지만 당연하게도 현실은 그 반대였다.

우리의 언어는 외부인들에게는 무의미한 말이 주를 이뤘다. 놀 려대는 말이며 선배 세대 때부터 전해져 내려오는 전설적인 일화 가 대부분이었다. 이런 일화가 화두에 오르면 너도나도 끼어들어 자기만의 색깔과 과장된 동작을 덧붙였다. 사고 당일 밤, 캠퍼스 에서 출발해 52번 고속도로를 탔던 제임스와 친구들도 그렇게 수

다리를 떨고 있었을 것이다. 그들이 탄 토요타 4러너가 빙판길에 미끄러지며 대형 트레일러트럭과 부딪쳤을 때도 그렇게 웃고 떠들고 카스테레오의 볼륨을 높이고 있었을 것이다.

그날 사고가 났던 차량에서 두 명은 살았다. 한 명은 젊은 선수였고 다른 한 명은 선수들의 설득에 못 이겨 공항에 데려다주던 친구였다. 사고 다음 날, 나는 헤네핀카운티병원의 중환자실에 꽃을 들고 그 둘을 찾아갔다. 복도에서 운전한 친구의 부모님을 만났다. 아들이 자고 있던 병실 밖으로 의자를 빼온 부모님은 병실 문 앞을 지키고 있었다. 붉게 일그러진 이마에는 충격과 공포와 분노에 가까운 감정이 서려 있었다. 그들의 아들은 운전을 했고, 살아남았다. 나는 그들의 발치에 무릎을 꿇고 앉아 꽃을 건넸다. 처음 만났지만 사랑의 마음을 전했고 팀원들 모두 사랑밖에는 전할 게 없다고 말했으며 정말, 정말, 정말 유감이라고 했다. 아니, 그 비슷한 말을 했다. 그날의 기억은 대부분 흐릿했다. 그러나 차를 세워둔 주차장으로 가면서 소금이 뿌려진 인도를 걸었고 어머니에게 전화를 걸어 누가 보는 앞에서는 한 번도 낸 적 없는 울음소리를 내뱉은 기억만은 선명했다.

며칠간의 휴가가 끝나 나는 다시 회사에 출근했다. 정장을 입고 넥타이를 매고 인디애나주의 어느 병원으로 날아갔다. 하는 일은 똑같았다. 호텔 로비와 공항 화장실과 중환자실이 어느 도시든 구별이 안 될 만큼 똑같이 느껴졌다. 그제야 나는 깨달았다. 더는 스프레드시트를 들여다보면서 전문가인 양 떠들며 사람들을 설득할 자신이 없었다. 그러던 어느 날 밤, 나는 제한속도보나 25킬로미디나 느리게 운전해 호텔로 돌아왔고 불을 다 끈 채 혼자 앉아 태국행 편도 항공권을 끊었다.

그리고 이제 다 끝났다. 6개월이 지났다.

—

나나찻에 내가 교통사고를 당했다는 소문이 돌았다. 뿌 쫌 곰에 처음 갔을 때 만났던, 미시간주 출신의 쾌활하고 나이가 지긋해 보이는 아잔이 나를 사무실로 불렀다. 다른 아잔들이 여행 중일 때 임명되는 임시 주지승이었다. 조시도 나나찻을 떠나 다른 암자에서 고승과 함께 살고 있었다.

아잔은 목 상태가 괜찮은지 묻고는 저녁에 기차역에 갈 수 있도록 택시를 불러주겠다고 했다. 그러고는 말끝을 흐리며 나를 가만히 바라보았다.

"오늘 벌어진 사고 말인데요. 인생무상을 또 한 번 깨닫는 일이었겠군요."

"그러게 말입니다."

"유핀에게 들었습니다. 다들 그랜트를 걱정하고 있어요. 동승했던 여성 한 분은 병원에 실려 갔는데 상태가 안정됐답니다."

"다행이네요."

"밖에 나가면 적응하는 데 **분명** 시간이 걸릴 겁니다. 계속 균형을 유지하세요. 계속 수행하세요. 그리고 명심하세요!" 아잔은 한 손가락을 흔들었다. "사랑에 빠지지 마세요! 사랑에 빠지면 고통이 따른답니다. **젊은이**들이 보통 하는 실수죠." 아잔이 웃으며 말했다. 나도 씩 웃었지만 약속은 하지 않았다.

사무실을 나오자 친구가 기다리고 있었다. 젊은 미국인 승려 야니사로가 테가 두꺼운 안경을 쓴 눈으로 미소를 지었다.

"돌아왔군요."

"네."

"떠나는군요."

"네."

"사고가 났다면서요?" 야니사로가 몸체는 유리고 뚜껑은 주석으로 된 작은 원통을 내밀며 말했다. "호랑이 연고랑 비슷한 거예요. 따라와요."

나는 같이 있을 사람이 있다는 데 감사하며 그의 뒤를 따라갔다. 야니사로는 사무실의 뒤로 돌아가 익숙한 길을 걷다가 내가 본 적 없던 좁은 길로 빠졌다. 길을 따라 걸으니 나무가 빽빽이 들어선 구획 뒤로 작은 건물이 하나 보였다. 야니사로는 건물 현관의 망사문을 열어 고정한 뒤 친절한 미소를 지으며 현관 앞의 계단 두 개를 고갯짓으로 가리켰다.

"앉아요."

나는 위쪽 계단에 앉은 야니사로를 뒤로한 채 아래쪽에 앉았다. 야니사로는 멘톨 연고를 펴 바른 뒤 두 엄지로 내 목을 누르며

문질렀다. 질문하거나 의견을 말하지 않았고 그저 내가 コ의 손길을 받으며 숨 쉬게 내버려두었다.

잠시 후 야니사로가 내 어깨를 툭 치며 말했다.

"잠깐 쉬죠."

나는 고개를 들고 감사 인사를 했다. 야니사로는 나와 나란히 현관 계단에 앉아 숲을 바라보며 최근에 꿨던 꿈 이야기를 들려줬다. 꿈속에서 할리데이비슨 오토바이를 탄 외계인이 그의 꾸띠에 찾아왔다고 했다. 야니사로는 꿈에서 본 장면을 그린 만화를 그물주머니에서 꺼내 보여주었다. 나는 그가 기꺼이 공개한 지극히 개인적인 기록을 보며 재미와 혼란과 감동을 동시에 느꼈다.

"제가 이 분야에 야망이 아주 컸거든요. 정식 승려가 되기 전에는요. 아무한테나 보여주는 건 아니에요. 여기서 이런 걸… 그리면… 안 되지만…, 이 정도는 괜찮을 것 같아서요."

나는 어깨를 으쓱하며 얼굴을 찡그렸다.

"괜찮고말고요. 저도 꿈 내용을 자주 글로 적거든요."

"자, 그럼," 야니사로가 연고의 뚜껑을 비틀어 열며 말했다. "2라운드 시작하죠."

"괜찮겠어요?"

"그럼요. 목에 큰 충격을 받았잖아요. 그리고," 야니사로는 손바닥이 위로 향하게 두 손을 들어 보이며 말했다. "오늘 저, 시간 많아요."

나는 눈앞에 펼쳐진 숲을 가만히 바라보았다. 원형 기둥 같은

도망친 곳에 낙원이 있었다

나무의 몸통에서 아치형 공중 버팀벽 같은 나뭇가지로, 둥근 천장 같은 무성한 나뭇잎으로 시선이 이동했다. 그러다 야니사로가 톡 쏘는 연고를 펴 바르고 두 엄지로 척추를 따라 내려가며 문지르자 눈을 감았다. 샌들을 벗고 차가운 자갈에 맨발을 딛고는 야니사로의 손길에 따라 부드럽게 몸을 움직였다. 마사지가 끝나자 나는 머리가 가슴에 닿도록 깊이 절하면서 감사 기도를 속삭였고 시원하고 알싸한 연고 냄새를 들이마셨다.

에 필 로 그

태국으로 떠나기 전, 나는 어둠의 터널을 통과하는 의례를 간절히 치르고 싶었다. 그러나 그 갈망은 강렬한 만큼 모호했다. 터널의 끝에 도달하면 빛이 비치리라 기대했던 것이다. 사실 내가 정말 원한 건 혼자 있을 수 있는 어둠과 방향이 정해져 있어 고민할 필요가 없는 터널이었다. 터널 밖으로 나오면 길을 잃으리라는 생각은 미처 하지 못했다. 수도원을 떠난 순간 내 앞에는 완전히 새로운 세상이 펼쳐졌다. 수도원에 처음 들어갔을 때만큼이나 적응이 필요한 세상이었다.

마지막 날, 나는 승복을 접어 다음 체류자를 위해 기숙사의 보관함에 넣었다. 그런 뒤 등산용 바지를 입고 운동화를 신고는 택시를 타고 우본 기차역에 도착했다. 도착해서는 분홍색 벽에 태국 왕의 그림이 걸린 텅 빈 대기실에 쭈그리고 앉아 기차를 기다렸다. 기차를 탄 뒤, 침대칸의 2층에 올라 길에서 산 말린 바나나 열두 개를 다 먹어치웠다. 그러면서 진짜 매트리스와 깨끗한 시트가 깔려 있고 내부 온도가 조절되며 밤새 기찻길을 달리는 침대칸의

도망친 곳에 낙원이 있었다

호사를 감탄하며 누렸다.

　나나찾에 도착하고 얼마 안 돼 태국에서는 젊은 남자들이 수도원에서 몇 달을 보내고 나면 좋은 신랑감으로 인정받는다는 말을 듣고 내심 기뻤다. 공식적으로 명백히 딴사람이 될 만큼 인생이 바뀌는 여행을 하고 싶은 내 열망과 일치했기 때문이었다. 좋은 신랑감이 된다는 말은 대수롭지 않게 넘겼다. 그건 그저 성장을 뜻하는 상징적 표현인 줄 알았다. 수도원에서 수행한 경험이 정말 나를 결혼하기에 적합한 남자로 만들 줄은 꿈에도 몰랐다. 극도의 자립을 이상으로 삼고 그 이상을 이루려고 나 자신을 채찍질한 뒤에야 나는 그와 같은 이상은 신기루였으며 내가 진정으로 원하는 바도 아님을 비로소 깨달았다.

　다음 날 동틀 녘, 방콕의 근교에서 MJ를 만났다. MJ가 잡은 에어비앤비 숙소의 문간에서 서로를 껴안았고 1분이 꼬박 지난 뒤에야 눈을 맞추고 말하기 위해 포옹을 풀었다. 번갈아 숨을 들이쉬며 어깨만 으쓱할 뿐 아무 말도 하지 못하다 결국 웃음이 터졌다. 그날 오후, 나는 MJ에게 파무토가 있었던 대형 수도원에 가보자고 제안했다. 왓 프라 담마까야Wat Phra Dhammakaya는 지난 6개월간 내가 지낸 수도원과는 딴판이었다. 바로 옆에 있는 국제공항보다 크고 분주했다.

　식료품점의 농산물 코너에 들렀을 때는 너무 많은 선택지로 인한 부담감과 고마움에 흐느껴 울었다. 그날 저녁, 숙소로 가는 택시 안에서 우리는 처음으로 입을 맞췄다.

다음 날은 북쪽으로 가는 기차를 타고 빠이Pai라는 마을에 도착했는데 길거리 음식을 먹고 지독한 배탈이 났다. 둘 다 일주일 동안 꾸띠만 한 찜통 같은 초가집에 틀어박혀 화장실과 침대를 오락가락하면서 위아래로 쏟아냈다. 놀랍게도 그러면서 매 순간 사랑이 더욱 깊어졌다.

배탈이 나은 뒤에는 비행기를 타고 남쪽으로 가 스쿠버다이빙을 했다. 물속에서 천천히 호흡하고 손으로 소통하면서 의도치 않게 세 번째 주에 하기로 약속한 일주일간의 묵언 수행을 사전에 준비했다. 묵언 수행 중에는 함께 바다가 내려다보이는 산비탈의 벤치에 앉아 침묵의 맹세를 깨지 않도록 눈빛과 손짓으로 대화를 나눴다. 명상관 앞에 놓인 MJ의 샌들 속에 몰래 야생화와 작은 쪽지를 넣어두기도 했다. 그러다 어떤 날은 내 샌들 속에서 평생 간직할 MJ의 쪽지를 발견했다. 쪽지에는 이렇게 적혀 있었다.

"제발 벌레 퇴치제 좀 구해봐. 벌레 때문에 미쳐버릴 것 같아."

아잔 수키토는 "애인이 많으면 단순하지 않아요. 한 명이면 더 단순하고 하나도 없으면 제일 단순하죠"라고 했다. 나는 이 말을 떠올릴 때는 늘 그랬듯 전부 아니면 전무를 오가느라 풍요로운 중간을 등한시하기도 했다.

태국 여행의 마지막 며칠은 꼬 팡안Koh Phangan섬의 조용한 해변에서 보냈다. 말도 안 되지만 우리는 야자수 그늘에 누워 있다가 같이 살기로 결정했다. 3주 동안 함께 여행한 게 전부였지만 언젠가 우리가 결혼하리라는 확신이 있었다.

그리고 몇 년 뒤 정말 결혼했다. 가족끼리 모여 식을 올리는 대신 MJ는 여승만 있는 수도원에서 일주일을 지낸 뒤 주지승에게 주례를 서달라고 부탁했다. 작은 법당의 주지승인 아야 아난다보디는 석가모니에게 계를 받지 못했지만 스스로 승려가 된 석가모니의 이모, 마하파자파티 고따미MahaPrajapathi Gothami의 불상을 뒤에 두고 우리 앞에 앉았다. 마하파자파티는 나와 MJ의 결혼을 지켜보기에 적합한 관객이었다. 엄격함과 부드러움의 화신인 아난다보디도 우리에게 딱 맞는 주례자였다. 아난다보디는 나와 MJ의 팔목에 노란 팔찌를 묶어주면서 독신만이 신성한 삶의 방식은 아니라고 말해주었고, 그럼으로써 과거와 미래를 통합하는 길로 나를 인도했다.

하지만 이건 훗날의 일이었다. MJ와 꼬 팡안의 해변에 누워 있던 그날에는 캘리포니아로 이사할 결심을 했을 뿐이었다. 더 이상 수도승이 아닌 데다 외교관 시험에 떨어졌으니 일자리를 구해야 했다.

나는 캘리포니아의 베이 에어리어Bay Area가 정신적 삶과 직업적 삶의 간극을 좁히기에 완벽한 곳이길 바랐다. 그때는 구글이 직장으로 제일 적합해 보였다. 구글은 명상을 주제로 세미나를 열었고 살생을 금하는 불교의 계율과 비슷하게 '사악해지지 말자'는 좌우명을 내세웠다. 구글에서 일하면 열정과 명망, 봉급, 구원을 얻을 것 같았다. 나는 넷 다 원했다. 한참을 억누르며 살았던 내게는 낯선 욕망이었다. 이 욕망이 올가미가 될 수도 있었지만 그건 나중의 일이었다.

MJ와 나는 조용히 모래사장에 철썩이는 파도 소리에 귀를 기울였다. 그러면서 현재의 더없는 행복이 미래에도 우리 앞에 펼쳐진 수평선처럼 끝없이 이어지는 즐거운 상상에 빠졌다.

책을 쓰는 일은 수도원에서의 삶처럼 혼자만의 고행인 줄 알았다. 틀린 생각이었다. 둘 다 고독한 시간을 보내야 하기는 하나 훌륭한 이들의 도움이 없다면 절대 이룰 수 없는 과업이었다.

MJ, 당신은 이 책의 수준을 나 혼자서는 결코 다다르지 못할 경지로 높여줬어. 힘겹고 느리게 책을 쓰는 3년 동안 당신에게 한 글자도 읽어주지 않은 데에는 이유가 있어. 기승전결을 파악하는 능력이 뛰어나 최고의 드라마가 아니면 10초씩 빨리 넘기는 당신의 눈에 어떻게 비칠지 걱정됐어. 영상을 넘기는 당신의 습관이 처음에는 거슬렸지만 전개가 뒤처지면 귀신같이 알아채는 전문가적 안목 때문이라는 걸 곧 알게 됐지. 관심을 보여주고 독창적인 아이디어를 공유해 줘서 고마워. 시간과 노동력을 쏟아부어 우리의 사랑스러운 아이, 레지를 키워줘서 고마워. 글을 쓰도록 용기를 북돋아 줘서 고마워. 할 말이 있으면 거리낌 없이 하고 한 주제를 깊이 파고드는 당신을 보며 나도 용기를 얻었어. 사랑해. 얼른 당신의 책도 읽고 싶어.

어머니, 내 글과 나를 사랑해 줘서 고마워요. 아버지, 영혼을 살찌우고 남성성을 탐구하도록 격려해 줘서 고마워요. 카밀, 우애 있게 대해주고 인정과 저항 사이에 미묘한 균형을 잡아줘 고맙다.

수도원 체류를 지지해 준 모든 분에게도 감사 인사를 전한다. 칼턴대학교 직업센터 여러분, 특히 브렌트 나이스트롬과 제스 밀러는 2011년 내가 처음으로 수도원에서 살기를 도전할 때, 그리고 수도원의 삶을 주제로 쓴 글을 처음으로 《보이스》 잡지에 기고했을 때 용기를 주고 재정적 지원을 해주었다. 아잔 찬다코는 대학교 4학년생인 나를 뉴질랜드 위뭇띠 수도원에 받아주고 수행의 씨앗을 심어주었다. 아잔 아마로와 아잔 파사노는 북부 캘리포니아의 아바야기리Abhayagiri 수도원에, 아잔 시리빠뇨와 아잔 케발리는 왓 빠 나나찻에, 아잔 수키토는 왓 빠 뿌 쫌 곰에 머물게 해주었다. 아야 아난다보디는 알로카 위하라Aloka Vihara에서 주례를 서주었다. 이들과 아잔 수메도, 아잔 자야사로, 유핀, 파무토, 바다, 조르조, 배리, 알렉시, 스티븐, 조시 등 지혜와 유머를 나누고 함께해 준 태국 숲속 전통의 승려들과 수행자들, 그리고 끊임없는 베풂, 즉 **다나**dana로 수도원이 유지되게 해준 주민들 모두에게 고마운 마음을 전한다.

퍼시픽대학교 문예 창작 석사 과정은 귀중한 지원과 인맥을 제공했다. 마이크 매그녀슨은 내가 완벽주의의 소용돌이에 빠져 초고 단계에서 정체되지 않도록 단호하게 길을 인도했다. 조 밀러는 생각과 감정 및 이미지의 균형을 잡는 게 얼마나 중요한지 깨닿게 해주었다. 엘런 배스는 힘과 논리와 구문론의 귀감이었을 뿐 아니라 효율적으로 피드백을 모으는 법을 알려주었다. 클레어 데 더러는 시기적절한 칭찬을 해주는 동시에 단순한 '헛기침'에 불과 한 글을 삭제하는 게 얼마나 중요한지 가차 없이 지적해 주었다. 솔직하고 근성 있고 유쾌한 질 디지와 에미 그리어는 누구나 꿈 꾸는 완벽한 글쓰기 동지였다. 록산 맥도널드는 초고를 읽고 소중 한 피드백을 해주었다. '마법사와 시궁창'의 최고의 팀원들, 앤디 콜, 윌 롱, 캐스린 헤론, 브록 험멜, 서맨사 킴미에게도 감사 인사 와 계속 버텨보자는 말을 전하고 싶다. 스콧 코브, 크리스 아바니, 데브라 그와트니, 크웹 도스, 산지브 바타차리아, 피트 프롬, 케이 트 케네디, 밸러리 레이큰, 도리앤 록스, 샤라 맥칼럼 등 자신의 초 고를 읽어주고 글 쓰는 과정을 공유하는 용기와 아량을 몸소 보 여준 모든 교수진과 학생들에게 고마운 마음을 전한다.

　고마운 게 많지만 무엇보다 다른 어디에서도 경험할 수 없었 던 우정 어린 관계를 계속 유지해 준 얼티미트 프리스비 팀원들 에게도 인사를 전하고 싶다. 에반 파제트는 육즙을 뚝뚝 흘리며 구워지는 고깃덩이처럼 땀 흘린다는 표현을 알려주고 최소한의 단어로 이야기를 전달하는 법을 거듭 보여주었다. 아이작 사울은 글쓰기의 모범적 사례를 보여주고 내 기획과 제목을 건설적으로 비판해 주었으며 맥캐런공원에서 새벽 투구 훈련과 토론을 함께 해주었다. 파이데이아스쿨과 칼턴대학교, 애틀랜타 체인 라이트 닝, 미니애폴리스 서브 제로, 샌프란시스코 리볼버, 뉴욕 포니, 국

가대표팀, 아메리칸 얼티미트 디스크 리그 등 운 좋게도 내가 그동안 참여할 수 있었던 모든 얼티미트 프로그램에도 고마운 마음을 전한다.

이 책이 나오기까지 흔들리지 않는 믿음과 더할 나위 없는 조언과 협업으로 뒷받침해 준 걸 프라이데이 북스의 직원들, 캐런 업슨, 크리스틴 메후스로, 사라 애디콧, 일레인 베커, 폴 배럿, 캐서린 리처즈, 조지 하킷도 고마운 분들이다. 이들이 없었다면 내 평생의 꿈을 이루지 못했을 것이다. 미완성 원고에 폭넓은 피드백과 개인적인 감상을 아끼지 않고 제공해 애초에 이 책을 내고 싶었던 이유를 되새기게 해준 배럿 스미스에게도 고맙다는 인사를 하고 싶다.

마지막으로 이 책이 나오기까지 직간접적으로 도움을 준 파블로 로챗, 카일리 구블러, 버니 샤인, 보니 스팔링, 존 카푸트, 제인 페퍼딘, 카시아 우르바니아, 조지 손더스, 존 랜돌프, 타라 러브, 멜리 로건에게 감사 인사를 전한다.

옮긴이
백지선

이화여자대학교 영어영문학과를 졸업했다. KBS, EBS, 케이블 채널 등에서 영상 번역을 하다가 현재 바른번역 소속 번역가로 활동 중이다. 옮긴 책으로는 《너의 여름을 빌려줘》, 《다시 인생을 아이처럼 살 수 있다면》, 《나는 샤라 휠러와 키스했다》, 《예민함이 너의 무기다》 등이 있다.

도망친 곳에 낙원이 있었다

초판 1쇄 발행 2024년 11월 5일

지은이 그랜트 린즐리
옮긴이 백지선

펴낸이 임경진, 권영선
편집 여인영, 김민진 **마케팅** 최지은, 배희주

펴낸곳 ㈜프런트페이지
출판등록 2022년 2월 3일 제2022-000020호
주소 경기도 파주시 회동길 37-20, 204호
전화 070-8666-7031(편집), 031-942-0203(영업)
팩스 070-7966-3022
메일 book@frontpage.co.kr

ISBN 979-11-93401-32-3 (03840)

만든 사람들
편집 김민진 디자인 [★]규
제작 357제작소 마케팅 최지은, 배희주